谨以此书献给金门战斗、
"八·二三"炮战牺牲的先烈们

最后的炮战

刘武/著

华艺出版社
HUA YI PUBLISHING HOUSE

序

　　1958 年 8 月 23 日打响的金门炮战，注定要成为一页载入新中国史册的鲜活史实，成为一桩了解考察台湾海峡局势变化发展难以绕开的重要事件，成为一个 20 世纪 50 年代福建前线军民的生命印记。

　　也许很多人从教科书看过，从影视剧见过，从前辈回忆听过，从碎片化信息解读过。但我相信，通过小说走进它，是鲜见的，以至于作者明确告诉我最近完成了小说《最后的炮战》，我还要求证追问，是小说不是纪实文学？

　　我与作者在海峡之声广播电台共事 10 多年，当作者邀我为小说写篇序时，我很忐忑但又感到荣幸。当我收到作者发来的《最后的炮战》电子版时，我彻夜未眠，一口气读完了小说。

　　写这样题材的小说不容易，也很难讨巧。作者要在忠于历史原貌和虚构细节、塑造人物之间挣扎，拿捏得既不能随意解构这段半个世纪前的史实，又要塑造与这一历史时期契合的人物内心历程和性格特征。试想，如果一味为创作让步，随心所欲肢解或编排客观史实，失去历史原本肌理与脉络，作品也就无法呈现时间积淀与空间纵深。一样的道理，倘若作品中的人物命运缺乏与那个时代及炮战前因后果的有机联系，形象就不生动、不丰满、不可信。作者不啻在历史围合中扬想象翅膀，在现实桎梏中展灵魂舞姿。

　　作者很明智，在远近、虚实之间游刃，刻画人物群像。近景，以解放军福建前线驻军刘锋军长为主人公，发散开去塑造与其关联的解放军将士、前线民兵等人物，与之对应的是金门国民党守军司令汪海山及官兵。这两组人物为炮战的敌我双方，构成小说情节展开的冲突元素。作者不是在炮战中瞬间爆发他们的冲突，而是从金门战斗交手铺排过来，其间又自然穿插讲述他们戎马生涯的传奇经历，看似信手拈来却夯实了人物性格发展的基调，为把冲突推向高潮做了铺垫。当他们隔着海峡再次对垒，追求荣誉的军人使命感和纠结怨仇的个人情感，使这场他们只是前方执行者的炮战显得更加震撼与悲壮，炮火硝烟中人物形象便立体地向我们走来。明知近景中的人物群像是虚构的，但读过小说多少还有探究人物生活原型的冲动，这兴许能从一个侧面表明人物塑造的成功吧！远景，展现的是历史经纬中的领袖人物，共产党的毛泽东和他的将帅，国民党的蒋介石和他的幕僚，美国的艾森豪威尔、苏联的赫鲁晓夫……或运筹帷幄，或审时度势，或胸有成竹，或瞻前顾后，折射出不同阵营的战略谋划与利益博弈，无不搅动世界风云、台海波涛。不难看出作者着墨这些人物是谨慎的，难免留下运用丰富史料的痕迹。在尊重领袖人物思想与行为真实性基础上，作者对他们的内心活动、情感表达和生活细节描写颇费心思。也许作者让这些人物出场的初衷在于，交代炮战所发生年代的国际局势背景及炮战的成因结果，撑开宏观格局，增强作品的历史厚重感。好在作者并不满足史料中冷冰冰的叙述，而注意描写这些人物微观感性的情感活动和生活场景，一个个风云际会的人物才如此鲜活得跃然纸上。因此，我更愿意把他们看成小说塑造的又一组人物群像，与前一组人物群像交相辉映，共同写就了那段历史，构筑了作品的骨架。毕竟历史的天空总是缀满星星，无论耀眼还是平淡，抑或瞬间陨落，都会在长空划出一道痕迹，在浩瀚坐标中留下自己应有的位置。

如果说人物形象不被历史故事所淹没，凸显的是小说有别于纪实文学的美学价值，那么故事线索安排则直接关乎读者的阅读体验。作品没有囿于仅仅铺陈炮战情节，而是将两岸心战广播作为另一情节线与之并行展开。这样布局相当合理精妙，不仅将炮火威慑与心灵呼唤相交融，延伸了炮战的意蕴内涵，还生动写照了对台广播的发源及雏形，致敬只闻其声不见其人的对台广播前辈。没有硝烟的战场与硝烟弥漫的战场相辅相成，给了作品刚柔相济的审美张力，自然带给读者愉悦。作品细致描写了对金门有线广播的组建过程、技术设施、内容设计、播音技巧、心战效应，读者感知颇具神秘色彩的特殊战线，恐怕不仅仅获得一时的快感，可能还有听到历史回响的震撼。历史就是如此神奇，往往回眸它才发觉某个节点竟有里程碑的建树，品味它才倍加珍视传统基因的宝贵。对台广播正是诞生在金门炮战隆隆炮声中，尽管时过境迁，但对台广播以情感人、讲求艺术性感染力、润物细无声的理念或经验，依然传承发展着，始终扮演着促进祖国和平统一的重要角色。应该说作者驾驭这个情节更得心应手，这与作者30年新闻媒体职业生涯，其中15年对台广播从业经历息息相关。那份对台情结和对广播事业的挚爱，一旦遭遇灵感通道，必然迸发挥洒得酣畅淋漓。

不知是否作者新闻笔触的习惯，作品语言质朴得素面朝天，没有更多人物外表描摹、情绪渲染和环境烘托，一切都以平实的叙述、简约的交代将故事流畅地娓娓道来。习惯也好，有意为之也好，这一语言气质倒符合了历史题材作品理性冷静的格调。人物语言风格也是那么简洁朴实，个性化色彩不浓，还偶见借人物之口，讲述大段直白道理。单从小说写作技巧较真，似乎存在缺憾，不过我能理解作者良苦用心，写这场炮战岂止是还原历史本真，更重要的是要昭示蕴涵其中的政治智慧、历史意味。这层含义不吐不快啊，只是一时还未找到更佳的直抒胸臆的出口。当我们看到小说里炮战老兵说，炮战摸清了三个底牌，一是美国不会为金门、马祖几个小岛与新中国打一场不知输赢的战争；二是蒋介石会坚持一个中国立场，台湾在蒋介石手里绝不会独立；三是当时情势下，解放军能占领金门、马祖，但解放不了台湾，顿感解渴，心境随之豁然。

感谢作者，在阅读碎片化、文学快餐化、审美娱乐化的当下，难得如此严肃、如此投入写这样的作品。无论读者阅读的兴奋点在哪里，作品至少从新的维度展现了金门炮战的全景，在历史真实背板前演绎了时代人物，在炮火硝烟散去后留给读者对历史对现实乃至未来的思考。

人不能没有家国情怀、民族担当，相信海峡两岸同胞同当年炮战老兵一样，真心希望炮战成为最后，台湾海峡和平成为永远！

王志隆

2015 年 12 月 12 日于福州

目录

第一章

兵败金门

我们的幸福将属于千百万人，我们的事业将默默地，但是永恒发挥作用地存在下去，而面对我们的骨灰，高尚的人们将洒下热泪！

——马克思

一　厦门解放

自古逢秋悲寂寥，我言秋日胜春朝！

1949 年 10 月。

刚刚解放的厦门，虽然已是一年中最好的季节，但却没了往日悠闲宁静的城市氛围。

城市的主要街道——中山路上到处都是穿着土黄色军服的解放军战士。

军长刘锋坐在一辆敞篷美式吉普车上，他的身后坐着师长王宝荣和团长肖玉金，在这辆车的后面紧跟着一辆吉普车，上面坐着 4 位警卫战士。

吉普车刚过一个十字路口，迎面遇上一位看上去 20 多岁的女人，只见她身穿白底粉红小花中式上衣，下身穿着一条土黄色的军裤，脚上是一双黑布鞋，腰上还系着一条皮带，齐耳的短发显得英姿飒爽——她是市支前办主任于丽，也是军长刘锋的未婚妻。

"王师长，你们这是上哪去呀？"于丽看到吉普车上坐着刘锋，就故意对王师长打着招呼。

王师长看了一眼坐在车前的军长，连忙回答："是于丽同志呀，我陪军长去一团指挥所。"

于丽朝肖玉金点点头。

肖玉金连忙打招呼："于大姐好！"

吉普车在于丽身前停下来。

刘锋探出身子对于丽小声说："你这是去哪儿？一个人要注意安全。"

于丽看了一眼刘锋身后的王师长和肖团长，也小声说："我没事，刚接到电话，有一批军粮到了，我到码头上去看看。"

"刚打完仗，治安还不是太好，你最好别一个人外出。"刘锋关心地说。

"是！军长同志。"于丽俏皮地回答。

王师长和肖团长都笑了起来。

两辆吉普车一前一后驶出中山路，沿着海边向一团指挥所开去。

今天刘锋要在一团指挥所召开一次重要的军事会议。

徐徐的海风吹来，刘锋感到一阵舒服，他索性把上衣解开，尽情享受海风带来的舒适。

厦门战役一结束，刘锋的部队就开始准备金门战斗。

虽然解放厦门的战斗也属于渡海作战，但毕竟厦门岛离大陆更近，解放军的炮火完全可以摧毁国民党守岛部队的主要军事设施，而且由于厦门岛被大陆怀抱着，解放军可以从四面八方选择多个登陆点让国民党守军很难做出准确判断，再加上国民党守岛部队早已军心涣散，毫无斗志，战斗力几乎丧失殆尽，所以厦门战役远没有设想的那么激烈，虽然登岛部队遇到了一些麻烦，攻占鼓浪屿时还造成部队很大伤亡，但总体还是顺利地解放了全厦门。

金门战斗也会这么顺利吗？

刘锋已经深切感受到兵团上下对金门战斗充满乐观，这让他感到一丝的不安。虽然刘锋也说不清他究竟担心什么，但他隐约觉得金门战斗肯定不会像厦门战役那么顺利。

吉普车沿着海边走了约40分钟就来到一团指挥所。

一团政委和参谋长，以及其他参加金门战斗的两个团的团长、政委和参谋长，都在指挥所门口迎接军长和师长的到来。

刘锋和王宝荣走进团指挥所，参谋们赶忙站起来向军长、师长敬礼。

刘锋和王宝荣与参谋们一一握手问候。

刘锋太熟悉这些部下了，作为军的主力团，一团在多次的重大战役中都担任主攻团。从渡江战役到进攻上海，从南下福建到解放漳州、厦门，作为中国人民解放军第十兵团的主力军，刘锋统率全军将士渡过长江后，从上海一路打到福建，始终是第十兵团的开路先锋，横扫国民党各路守军。而作为军的主力团，一团又始终是军的先锋，他们第一个攻进上海，第一个进入福建，第一个攻占福州，第一个登陆厦门并在鼓浪屿争夺战中立下大功，一团连以上干部的胸前都挂满了军功章。

就是这样一支英雄部队很快又要担任金门战斗的主攻团了。

刘锋的思绪似乎飞到了很远。

"军长，你喝水！"一团政委端着茶杯请军长坐下，他又给师长倒了一杯水。

刘锋把思绪收回到现实中。

"同志们的情绪怎么样？"

"大家信心很足，保证完成这次攻占金门岛的任务，为新中国献礼！"一团政委轻松地回答。

刘锋皱了一下眉头。

这段时间他听到太多这样的豪言壮语。

金门战斗难道真的这么有把握吗？

刘锋不是不相信兵团首长的战役指挥能力，也不怀疑这支英雄部队的战斗力，只是他隐约觉得金门战斗和他们以前所有的战役都很不同。

首先是金厦海域。

　　这看似窄窄的海峡，我们真的了解它吗？它什么时候涨潮？什么时候落潮？什么时间出发最合适？在金门什么位置登陆最有利于我军作战？万一不在预计的登陆点登陆怎么办？渡海作战在没有炮火的支援下如何成功实现登陆？一旦在渡海过程中被敌人过早发现怎么办？一旦登陆作战受阻，增援部队又上不去怎么办？

　　刘锋的脑海里有太多的问号，他不是对金门战斗没有信心，而是觉得金门战斗准备得太仓促，很多作战细节都没有认真细致地研究与准备。

　　按第十兵团原作战计划，漳厦金是作为一个战役统一部署的，战役第一阶段是攻占漳州，然后转入战役第二阶段，同时攻占厦门和金门。只是在战役准备时，因为无法筹集到同时登陆厦门和金门所需要的船只，兵团指挥部才临时把战役第二阶段的任务，由同时夺取厦门和金门，改为先夺取厦门，随后再夺取金门。

　　厦门战役是 10 月 17 日结束的。

　　刘锋是在厦门战役结束后的第二天——10 月 18 日接到金门战斗作战任务的，但兵团给刘锋的作战命令非常简单，只是要求刘锋所部在 10 月底前发动金门战斗，解放金门岛，具体作战部署可根据兵团此前的漳厦金作战计划，由军作战处根据目前实际情况做局部调整，再报兵团首长签署。

　　10 月底前发动金门战斗，实际上只给了刘锋 10 来天的准备时间。

　　虽然攻占金门的计划，兵团在制订漳厦金作战计划时就有了部署，但实际上在厦门战役实施中就已经暴露出这个计划是有很多漏洞的。比如，对海潮的掌握不准确，造成从北面登陆厦门岛的部队全部陷入泥潭，差点造成全军覆没，如果不是由于其他登岛部队的全力增援，后果不堪设想。另外，由于厦门岛离大陆近，而且被大陆怀抱着，因此可以有多处登陆地点，兵团可以使用三个师的兵力同时登陆，四面开花，使国民党守军顾头顾不了尾，才使厦门战役顺利结束。如果不是有这么多登陆地点，登陆部队只有一个师，结局就很难说了。再有，第十兵团的战士大部分是北方人，不会游泳，很多战士掉入海中后是被淹死的，这也是造成厦门战役人员伤亡较大的重要原因。

厦门战役暴露出来的这些问题并没有得到兵团首长的高度重视，更谈不上解决了，在这种情况下就要发动金门战斗，是不是有些草率呢？

刘锋曾向兵团首长提出过自己的担心，建议能否把金门战斗推迟些时间，准备得再充分些。但兵团首长认为，金门守军远远弱于厦门守军，也就是一个军约2万人，而且是国民党非主力部队，战斗力很弱，毫无斗志。我军应该趁拿下厦门的气势，乘胜前进，一鼓作气拿下金门，彻底解决东南沿海军事斗争问题，让党中央可以集中精力研究部署解放台湾的战役，这是向新中国献上的一份厚礼！

刘锋见兵团首长决心已定，当然不能再说什么。作为一军之长，他现在能做的就是坚决贯彻兵团首长的作战意图，全力打好金门战斗。

刘锋现在来到一团，就是要和这些即将登上金门岛的团长们再认真研究一下金门战斗的关键细节。

国民党第十二兵团司令汪海山此时坐在他设在广东汕头的司令部作战室，他的面前是一幅巨大的军用作战地图。

昨天汪海山接到蒋介石的电报，让他尽快率十二兵团撤到台湾。

但汪海山不想这么轻易地撤离大陆。

他想在撤离大陆时再和共军交一次手。

汪海山坐在军用地图前一支接一支吸着烟，脑海里一直想着如何在撤离大陆时狠狠打击共军一次，出出他心中的闷气。

汪海山心中确实有气，但他这股气不知道向谁发泄，他一直不解的是，为什么仅仅三年多的时间，国民党就丢掉整个大陆。

作为国民党的常胜将军，汪海山的军事生涯是很辉煌的。

黄埔军校四期毕业后，汪海山跟随校长蒋介石先是跟盘踞各地的军阀作战，一路从南打到北，汪海山差不多是打完一仗晋升一级。北伐战争开始时，汪海山只是一个小小的排长，北伐战争结束时他已经是团长，并成为蒋介石十分器重的将领。随后汪海山参加了对中央苏区第三、四、五次围剿，并因战功卓著被提升为师长。

抗日战争中，汪海山率领国民革命军第十一师在著名的石牌战斗中击毙日军7000多人，成就了汪海山最辉煌的一段军事生涯。

石牌位于长江三峡西陵峡的右岸，是一个风光秀丽的小村庄，距离宜昌城只有30余里。1943年日本军队占领宜昌后，石牌便成为拱卫陪都重庆的第一道门户，战略地位极为重要。太平洋战争爆发后，日军从西边截断中国补给线的企图被美军飞虎队的驼峰航线打破。此前，从缅甸快速东进的日军也被怒江天险阻挡在了云南西部狭长的区域内，无法对中国的战略纵深造成进一步威胁。迫于太平洋战场上日益恶化的局势，侵华日军决定孤注一掷，集结了约10万的地面部队，试图突破石牌天险，沿长江三峡进攻，一举拿下重庆，迫使国民政府投降，从而结束在中国久拖不决的战局。在这种大背景下，本来名不见经传的石牌顿时成了兵家必争之地，而石牌一役关系着整个战局的发展和演变，甚至在某种程度上决定着中国与日本的命运。

1943年5月25日，在湘鄂边境的日军占领要隘渔阳关后，日军第三十九师团渡过清河，从南面沿长江进攻石牌要塞。民国政府军事当局认为"石牌要塞是中国的斯大林格勒"，必须不惜一切代价守住石牌要塞。蒋介石亲自点将，让他的黄埔子弟汪海山率十一师保卫石牌。

汪海山深知这场战斗的意义。决战前夕，汪海山带领十一师全体官兵，对天宣誓："陆军第十一师师长汪海山，谨以至诚昭告山川神灵。我今率堂堂之师，保卫我祖宗艰苦经营遗留吾人之土地，名正言顺。生为军人，死为军魂。今贼来犯，决予痛歼力尽，以身殉之。然吾坚信苍苍者天必佑忠诚，吾人于血战之际胜利即在握。此誓！"

汪海山是一位善于山地作战的将领，他非常重视利用地形构筑防线。石牌周围崇山峻岭、壁立千仞、千沟万壑、古木参天，这样的地形对构筑坚固工事非常有利。大战前，汪海山在山峦要道层层设置鹿砦，凭险据守，在日军强大火力攻击下，十一师岿然不动。当战斗最激烈时，蒋介石亲自打电话问汪海山："守住石牌有无把握？"汪海山斩钉截铁地回答："成功虽无把握，成仁确有决心!"其英雄气概可见一斑。

这次战斗的惨烈程度至今令人唏嘘。在战斗最激烈的时候，曾有3个小时听不到枪声，这不是双方在停战，而是敌我两军扭作一团展开白刃战、肉搏战。第十一师官兵浴血奋战，拼死守土，用最血腥的刺刀战，最终取得了石牌保卫战的胜利，让不可一世的日军完全丧失了战斗信念，丢下7000具尸体落败而逃。

汪海山日后曾填词记录了当年石牌保卫战的情景和他当时的心境，词曰:"风萧萧，夜沉沉，龙凤山顶一征人。为报党国恩，坚定不逡巡;壮志凌霄汉，正气耀古今。蜉游寄生能几时，奈何珍重臭皮身?吁嗟乎，男儿不将俄顷趁风云!山斧斧，阵森森，西陵峡头一征人。双肩关兴废，举国目所巡。贤哲代代有，得道鼎古今。战场功业垂勋久，不负堂堂七尺身。吁嗟乎，丈夫岂不立志上青云。"

石牌一役，汪海山收获无数赞誉，也奠定了他在国民党军第一战将的地位，蒋介石亲自授予汪海山"青天白日大勋章"，晋升中将军衔。

但1946年内战全面爆发后，汪海山军事生涯的轨迹就开始有些黯淡无光了。虽然汪海山率领的整编第十一师是国民党军五大主力之一，但和共军作战从来就没取胜过。

先是在山东战区被陈毅、粟裕的三野差点全歼。

后来在徐蚌会战中，汪海山又一次死里逃生。

徐蚌会战（淮海战役）打响时，汪海山正在南京给离世的父亲治丧，他一听到自己的十二兵团在双堆集被共军围攻，就亲自给蒋介石打电话，要求立即回到部队。虽然此时汪海山只是十二兵团的副司令，但汪海山心里清楚，这支部队的灵魂是他。

国民党十二兵团是由国民党军整编十一师扩充而成立的，十一师才是十二兵团的核心，而十一师是汪海山一手带出的部队，从连长、营长到团长，都是跟随汪海山出生入死的弟兄。不管汪海山担任十二兵团什么职务，他才是这个兵团真正的指挥官。

十二兵团刚组建时，汪海山自然是兵团司令官的最佳人选，蒋介石也有意任命汪海山为十二兵团司令。但无奈内战这几年，汪海山和"国防部"的矛盾太深，"国防部"根本指挥不了汪海山，他只听蒋介石的命令。他在多个场合声称，十一师永远是校长的部队，只听从校长的指挥。

"国防部"拿汪海山没办法。谁让他是蒋介石的红人呢！既然"国防部"指挥不了你，那么在人事任免上国防部当然也不想重用汪海山，所以十二兵团组建时，"国防部"极力反对汪海山出任兵团司令，这让蒋介石也有些为难。

"国防部"提了几个人选，蒋介石都不满意。

蒋介石也确实不愿意把这支最有战斗力，也是自己最喜爱的部队交给一个自己不太信任的人来掌管。

最后还是蒋介石和汪海山商量，让黄埔军校一期学生，也是汪海山十分敬重的兄长，国民党中央军校校长黄维出任十二兵团司令，汪海山担任副司令，但实际指挥权还在汪海山手里。

"国防部"虽然不太愿意，但只要阻止汪海山出任兵团司令，他们也就心满意足了。

十二兵团上上下下谁都清楚，他们真正的司令长官是汪海山。

所以汪海山一听说十二兵团在双堆集被共军第三野战军围攻，他能不急吗！

蒋介石比他还着急。

全面内战以来，国民党的五大主力部队已经被共产党消灭了四个，现在只剩下十二兵团了。

蒋介石更清楚，黄维根本指挥不了十二兵团，当初让黄维担任十二兵团司令长官完全是为了平息国防部对汪海山的不满，才做了这个权宜安排。

所以蒋介石接到汪海山的电话，马上同意他立即返回十二兵团。

汪海山是乘坐空军一架小型飞机回到十二兵团的。

飞机是蒋介石亲自安排的。

临行前，蒋介石把汪海山请到"总统"官邸。

"海山呀，这次你去双堆集凶多吉少，你做好准备了吗？"蒋介石望着自己的心腹爱将，有些悲凉地说。

"校长放心，海山已做好不成功便成仁的准备。"汪海山用标准的军人姿态站立在他爱戴的统帅蒋介石面前。

"我不是要你成仁，而是要你把十二兵团从共军的围困中带出来。"蒋介石用期待的目光看着汪海山。

汪海山就是带着蒋介石的这番重托返回十二兵团的。

虽然汪海山回到十二兵团后给全军将士极大的鼓励，但大势已去，败局已无法挽回。

汪海山不仅没有把十二兵团带出重围，完成校长的重托，他自己都差点当了共军的俘虏。要不是他命大福大，天不想灭他，他怎么可能一人驾驶一辆坦克车，穿越解放军的重重包围圈，独自逃回南京。

"司令，国防部紧急电报。"

副官的报告声把汪海山从沉思中惊醒。

汪海山看了一眼电报——又是"国防部"催他撤离大陆的命令。

二　神秘海域

刘锋和王宝荣离开一团指挥所时已是傍晚。

会议从上午10点一直开到下午5点。

午餐是在指挥所吃的，一人吃了两个大馒头，喝了一碗萝卜汤。

一团团长肖玉金首先报告了战役的准备情况："目前已经筹备了285条船，可一次性运载登岛战士9000名。各船的船老大都已经找好，目前正和登陆部队一起训练。担任第一梯次进攻的三个团已完成全部科目的训练，但有三分之一的人成绩不合格，主要是北方的战士大部分不会游泳，这在短时间不可能学会。由于不会游泳，海上射击、海上搏斗以及登陆后的战术进攻等科目都不达标。另外还有相当一部分战士会晕船，严重影响部队战斗力。"

刘锋听着肖团长的报告，眉头越皱越紧。

看来自己的担心不是没道理的。

眼看战斗就要打响，还有这么多问题得不到解决，尤其是船，现在只筹到 200 多条，即使再努力一下也很难筹到更多的船了。

200 多条船一次只能运送三个团 9000 人登岛，后续部队怎么办？第二梯次的三个团怎么登岛？如果第二梯次的三个团不能顺利登岛，只靠第一梯次的三个团能攻下金门吗？有多大把握？

刘锋就是带着一连串的问号回到军部。

王宝荣见军长一路上都眉头紧锁，一句话也没说，知道军长为金门战斗担心，他也不好说什么。

本想送军长回军部后他就回师部，但刘锋要他留下。

王宝荣跟随刘锋已经三年，是刘锋的老部下。刘锋当团长时，他是营长，刘锋当师长时，他当团长。刘锋当了军长，王宝荣也成了这个军主力师的师长。

王宝荣太了解军长了。

刘锋的性格、爱好，特别是作战风格，王宝荣都了如指掌。军长让他留下，肯定是有话要说，而且他知道军长要说什么。

果然，警卫员给二位首长倒好水后，刘锋让警卫员和值班参谋都退了出去，作战室里只剩下刘锋和王宝荣。

刘锋品了一口茶，"这茶不错，是漳州产的茶，你尝尝，好茶呀！"

王宝荣尝了一口，满口香气，不觉笑了起来："军长什么时候也学会品茶了！"

刘锋苦笑了一下，"唉，此时我那有心情品茶呀。"

"军长是对金门战斗不放心？"王宝荣见军长苦笑着，就干脆直入主题。

"我岂止是不放心呀！我是觉得这次战役准备得太仓促，问题太多，我是害怕完不成任务。"

"有这么严重吗?"

王宝荣虽然感觉到军长对金门战斗有些担心,但他没想到有这么严重。什么叫完不成任务?在战场上只有打败仗才叫完不成任务!难道金门战斗我们会失败吗?

王宝荣不敢相信军长的这个判断。

和国民党交战以来,我军哪一次不是困难重重!哪一次不都是以我军的最后胜利宣告了国民党军的失败吗!辽沈战役、平津战役、淮海战役,哪次不是险象环生,但最终不都是以我们的胜利而宣告结束的吗!

王宝荣相信,金门战斗虽然有很多困难,但我军也有很多明显的优势,比如,战士的士气高,我方的火力强,兵源更充足,后方补给完全没有问题。再加上国民党现在是强弩之末,兵败如山倒,而金门国民党守军又是杂牌部队,非国民党主力军,战斗力很弱,在敌弱我强的大趋势下,虽然金门战斗我军还存在许多问题,但这些问题不会影响战役的最后胜利,最多也就是仗打得残酷些,战士的伤亡可能会多些。

王宝荣没有把这些想法说出来。

他还想听听军长会说什么。

刘锋把王宝荣叫到作战沙盘前。

这是一张巨大的作战沙盘,整整占据作战室的一半空间。

沙盘上金门和厦门隔海相望。

金厦海域就像一条神秘的蛟龙,时而变大,让金门厦门相隔遥远;时而又变小,让金门厦门近在咫尺。虽然此时看不见它的身影,但你会明显感到它的存在!它究竟什么时候会施展魔法?它的魔力究竟有多大?大到我们的战士都无法战胜它吗?

刘锋最担心的就是这条神秘的海峡!

刘锋指着作战沙盘对王宝荣说:"这是厦门,这是金门。如果我们要顺利登上金门岛,就必须利用涨潮时机,才能让船顺利靠岸。但涨潮时金厦海域就变宽了许多,我们登岛作战部队在海上航行的时间就变长了,如果还未登岛就被金门国民党守军发现,我军登岛部队就十分危险,只能强行登岛,失去突然攻击的优势。另外，金门战斗我们可选择登陆的地点只有金门古宁头。根据情报，古宁头一带敌人只部署了一个团，应该说敌军防守的兵力不是太多，火力也不强。但这一带作战区域非常有限，加上沙滩外都是陡峭的崖壁，利于防守，不利于进攻。如果我们第一梯次的三个主攻团九千人不能突然发起进攻，抢占滩头阵地，并能守住这个滩头阵地，顶住国民党守军两万人的反扑，掩护第二甚至第三梯次一万多后续部队的陆续登岛作战，那么，第一批上岛的部队就有可能全军覆没。还有，涨潮时间有限，如果第一梯次的进攻部队不能在涨潮结束时完成攻占滩头的任务，一旦大海开始退潮，那么所有登岛船只都可能搁浅，船就回不来了。船回不来，第二、第三梯次的作战部队就上不去，后果就不堪设想！我们千万别忘了，国民党军有海、空的优势。一到白天，他们可以从空中、从海上对我登岛部队形成立体打击，那样我登岛部队就将面临十分危险的处境。"

王宝荣听得后背直冒冷汗。

王宝荣刚当师长，从未真正独立指挥一次战役。说心里话，王宝荣过去从未考虑这些战役问题，他只需听从刘锋的指挥，完成战斗任务就可以了。

想想也是，我军渡过长江后，国民党军真是兵败如山倒，我军所到之处，基本可以用横扫国民党军来形容战场上的情况。

王宝荣当团长时，每次都是接受任务，然后率领全团打头阵，往往也是一举突破敌人的防线，然后乘胜追击。

占领上海后，王宝荣当上了师长，一路南下，进入福建。王宝荣每次还是听从指挥部的战役部署，然后率部作为先锋，攻入福州，顺着福厦公路，从莆田、泉州，直到打下漳州和厦门。

王宝荣习惯了听从刘锋的指挥，也习惯了胜利的结局。

虽然有些战斗打得也很激烈，但也只是比预想的要多些人员伤亡，战斗场面惨烈，但从未失败过。

现在听军长说，搞不好金门战斗会失败，甚至登岛部队全军覆没的可能性都有，真吓出了一身的冷汗。

"军长，这些情况你向兵团首长报告过吗？"王宝荣小声说。

　　刘锋没有马上回答王宝荣，只是沉思着又走到大幅军用地图前，凝视着地图不再理王宝荣。

　　王宝荣意识到刚才的问题很愚蠢——这让军长怎么回答呀？

　　如果说和兵团首长报告过，那么一旦金门战斗的结局如军长所预料的那样，是不是说，失败的责任就在兵团首长，而不是军长刘锋了？如果说没有向兵团首长报告，刘锋是不是有隐情不报的嫌疑呢？

　　作战室一时很安静，安静得让王宝荣有些害怕，他只能一动不动地站立在刘锋身后，迷茫地看着军用地图。

　　刘锋在军用地图前站立了很久，好像突然感觉到了身后的王宝荣，才慢慢转过身来，用眼光示意王宝荣坐下。

　　刘锋给王宝荣的茶杯里加了些水，自己也倒了些，然后坐在王宝荣的面前。

　　"宝荣呀，金门战斗兵团首长的决心已下，并要求我们在 10 月底前一定拿下金门，我们不能动摇兵团首长的决心。现在我们把困难想多些，战役准备再充分些，是为了争取多些取胜的条件。明白吗！我的这些担心现在也只能和你说说。"

　　王宝荣点点头。

　　他十分理解军长此时的心情。

　　"金门战斗的具体作战计划，作战处已经完成，我也已经签字并上报兵团首长了，很快作战计划就会批下来。"

　　刘锋说完又站起来，慢慢走到作战沙盘前。

　　他嘴里喃喃地说着："船呀！船……"

　　市支前办主任于丽正忙着在码头上清点送来的军粮。

　　厦门战役一结束，于丽就接到刚成立不久的中共福建省委的指示：立即准备一批军粮，保证即将进行的金门战斗的需要。

这可愁坏了于丽。

福建本来就缺粮，解放军一个兵团 10 万人进入福建，加上国民党撤退时把带不走的粮食全部烧毁，这就让缺粮的福建更难筹到粮食了。

于丽这段时间是早出晚归，她到各个村子了解村民们的生活情况，看能不能从他们的口中挤出一些粮食来。

村民们的生活确实很苦，大家都不富裕。而且厦门周边大部分是渔村，渔民主要靠打鱼为生，粮食自己吃的都不够。好在老百姓对解放大军十分支持，听说是为解放军筹粮，纷纷把节省下来的粮食送到支前办。

福建盛产地瓜。

沿海渔村由于是沙地，很多农作物都无法生长，但沙地特别适合地瓜的种植。而且地瓜可以做成地瓜片或地瓜丝，晒干后便于保存。晒干后的地瓜片或地瓜丝可以和大米一起煮，虽然这样煮出来的饭难吃些，但可以节省很多大米，而且地瓜丝和大米一起煮更耐饿，所以当地的渔民都把地瓜丝叫地瓜米。

于丽从渔村筹到了不少地瓜米。

当然，光靠当地筹粮是很难保证金门战斗需求的，所以于丽又向福建省支前办写了报告，要求省支前办紧急支援一批粮食。

现在于丽在码头上清点的就是省支前办运来的粮食。

三　攻金方案

金门战斗的作战计划兵团首长已经批复。

进攻金门的时间定在了 1949 年 10 月 25 日凌晨 1 点。

把进攻金门岛的时间确定在凌晨 1 点是根据大海的潮汐，而且那天是农历九月初四，没有月光，便于登岛部队在夜幕的掩护下对金门岛发起突然进攻。

根据作战计划：25 日凌晨 1 点刘锋所部第一梯次进攻部队三个整编团共九千人，将从厦门沿海三个点同时登船出发。如果一切顺利，先头部队将在凌晨 4 点抵达金门古宁头一带海域。这时正是金门海域涨潮的时间，登岛部队可乘船顺着潮水越过平日的沙滩，直接靠近崖壁，这非常有利于登岛部队抢占地形，控制登陆点，而且凌晨 4 点是突击的最佳时间。此时正是黎明前的黑夜，大海和沙滩会笼罩在一片夜幕中。凌晨 4 点也是人一天中最疲倦最想睡觉的时段，执勤的哨兵这时最容易放松警惕。

所以刘锋把进攻金门的具体时间定在了凌晨 1 点。

24 日吃完晚饭，刘锋率领作战参谋一行人先去了王宝荣师。

王宝荣和师政委、参谋长在师指挥所等着军长。

刘锋走进师指挥所就问："三个团都准备好了吗？"

"都准备好了，就等军长下达出发的命令了！"王宝荣立正大声回答。

刘锋点点头，直接来到了作战沙盘前："张参谋，你把金门战斗的作战步骤在沙盘上再推演一遍。"

军作战处张参谋立即手拿指挥棒站在作战沙盘前，其他人员也都站立在沙盘两侧。

金门战斗从 25 日凌晨 1 点开始。

我军三个团从 25 日凌晨 1 点分别从厦门岛三个点登船，向金门古宁头登陆点进发。全部船只 285 艘，运载总兵力 9000 人。一团团长肖玉金担任第一梯次进攻部队总指挥，他所乘的船就是海上指挥船，指挥船保持与军前线指挥所的无线电联系，其他两个团海上进攻路线听从肖团长指挥。

进攻部队应在凌晨 4 点到达金门海域。如果此时金门敌军未发现我军，三个团按梯次在金门岛古宁头一带登陆。登陆后，一团防守古宁头阵地，保证我军第二梯次三个团顺利登陆金门。其他两个团向金门腹地进攻，目标是消灭敌军指挥部，切断金门守军与台湾的联系。

如果我军在登陆前被敌军发现，三个团应根据各自的具体情况，强行登陆。登陆成功后，如果三个团不在预定登陆点登陆，由肖团长判断哪个登陆点便于防守，然后三个团向这个登陆点集结。部队集结完毕后，由肖团长统一指挥，留下一个团的兵力防守登陆点，并让运送第一梯次进攻部队的船只立即返航，接送第二梯次进攻的三个团。确保第二梯次三个团按时登陆，其余兵力可向金门腹地进攻，寻找敌军指挥部……

张参谋正根据作战计划在沙盘上推演金门战斗可能出现的各种情况。

刘锋的脑海里却不断闪现出另一番景象：金门海域一片火海，沙滩上到处是军人的尸体，分不清哪些是解放军、哪些是国民党军——这是昨晚刘锋梦中出现的画面。

刘锋以前从不做梦，基本上是头一沾枕头就呼呼入睡的，但这几天他有些失眠了，连着几个晚上都睡不着，脑子里总想着金门作战。

昨晚，刘锋竟然做了一个噩梦：梦中我登岛部队突然遇到风浪，几千人在海上漂来漂去，就是找不到登陆点。突然一个恶浪，好多船都被掀翻，战士们纷纷掉入海中，不少人被淹死。这时海上突然电闪雷鸣，金门海滩上一片火海，好多军人在火海中四处奔跑。这时有一个人被大火烧得全身冒烟，只见他拼命跑向大海，边跑边喊着："军长，救我……"刘锋突然惊醒。

为什么会做这样的梦？有人说梦见大火是吉兆，也有人说梦见大水是凶兆，但刘锋梦见的又是大水又是大火，究竟是吉还是凶呢？梦中向我呼救的那个人是谁呢？

刘锋看不清这个人的脸部，好像认识又好像不认识……

汪海山这几天也睡不好觉。

他本来想在撤离大陆时和共军再交一次手，一是发泄一下心中的怨气，另外也想检验一下目前十二兵团的战斗力。

自从十二兵团在淮海战役被解放军第三野战军全歼后，蒋介石并没有把十二兵团的番号撤销，因为汪海山还在。

汪海山一个人从淮海战场逃回南京后，身负重伤，蒋介石亲自安排汪海山到陆军总医院住院治疗。

三个月后汪海山康复出院。

蒋介石在官邸设宴为他祝贺！可见蒋介石对汪海山的器重。就是在这次宴会后不久，蒋介石亲自任命汪海山为十二兵团司令，并要他在一个月内恢复十二兵团的建制，完成兵员的补充。

汪海山受命后，迅速到江西招兵买马，不到一个月，使十二兵团的人数扩充到近2万人，基本满足一个兵团的建制要求。然后，汪海山亲自训练这支部队，并在国民党大势已去的败退中，边战边训。等十二兵团退到广东汕头一带时，这支部队的战斗力已今非昔比。

汪海山很想用一次和共军作战的胜利来证明十二兵团的实力。

但汪海山一时找不到这样的机会。

他当然不会冒险和共军作战，没有相当的把握，他不会轻易把自己花费最后心血训练出来的十二兵团葬送掉。他要把十二兵团完整带到台湾，这是他在台湾立足的本钱，也是他的校长守卫台湾的重要力量——所以蒋介石一再督促他率十二兵团撤回台湾。

汪海山决定十二兵团23日全体登舰撤离大陆，但并不马上去台湾，而是先去金门，在金门停留几天，看看有没有机会再和共军交一次手。

汪海山的这个决定奠定了他后半生的辉煌。

24日晚上10点。

肖玉金率领全团官兵已经做好登上金门岛的一切准备。

肖玉金按照他的习惯，又来到一营一连，做战前的最后检查。

战士们在沙滩上有说有笑，丝毫不觉得一场生死大战即将展开。

一班长见团长来了，就大叫一声："一班注意，全体起立，立正！"然后他跑步到离肖玉金五米远的地方站定："团长同志，一营一连一班已做好登陆金门的战斗准备，请你指示。"

肖玉金快步走到一班战士的队列前："同志们准备好了吗?"

"准备完毕!"战士们整齐的大声回答。

"稍息。"肖玉金走到每一个战士前检验着他们的装备。

每名战士都是美式装备：背着汤姆式冲锋枪，腰上挂着手雷，胸前的弹夹袋装满了子弹。和以往参战不同的是，他们每人还配了一支手枪和匕首，脚上穿着高腰的胶鞋，绑腿把鞋口扎得死死的，这样可以避免在沙滩上作战沙子灌入鞋里影响行动。

这些装备都是兵团后勤部专门为金门战斗准备的。

肖玉金满意地笑了。

肖玉金是山东临沂人，是抗日战争时参军的老兵。抗战期间，肖玉金跟随部队基本都在鲁南与苏北一带活动，在敌后打击日寇。抗战胜利后，肖玉金当上了营长，并作为华东野战军一纵所部，参加了孟良崮战役，歼灭了国民党王牌部队——七十四师并击毙中将师长张灵甫。

随后肖玉金跟随部队一路南下，又参加了淮海战役。

肖玉金第一次体验到战争的激烈与残酷。

淮海战役肖玉金所在的团打到最后只剩下100多人，团长、政委、两个营长、五个连长都牺牲了。

战后部队重新补员，肖玉金就当上了团长。

渡江战役时，肖玉金负了轻伤，过长江时手臂被一颗流弹划了一下，但这并没有影响他参加战斗。

接下来的攻上海、进福建，肖玉金一路打下来，胜利总是伴随着他。虽然其中有几次战斗还是很激烈的，但其惨烈程度远远不如淮海战役，所以在肖玉金眼里，这些都不算是激烈战斗。在他眼里，激烈战斗就要像淮海战役那样，双方拼得你死我活，最后是靠肉搏战决定胜负。

军人都以参加过这样的战斗而感到骄傲!

但肖玉金此时绝对想不到，即将开始的金门战斗其惨烈程度远大于淮海战役。

四 出征之夜

秋季的金厦海域，凉风习习，海边的亚热带植物如果不是因为被战争摧毁，此时应该是最迷人的姿色。

25日零点一过，刘锋就在他的前沿指挥所发出了第一道命令：参加金门战斗第一梯次进攻的三个团开始做登船准备。

刘锋的前沿指挥所就设在一团登船点的不远处。

沙滩边崖壁上新凿了一个约20平米的坑道，坑道中间摆放着一张和军部作战室同样大小的金门战斗作战沙盘，坑道的墙壁上挂着金厦海域的地图，上面用红色箭头清楚地标注我军三个梯次进攻金门岛的路线以及时间，坑道的左侧摆放的两张桌子上面放着四部电话，一部是通向兵团作战室的，另外三部分别和三个团指挥所连接，四个作战参谋分别坐在四部电话机前。坑道的右侧只摆了一张大些的桌子，桌子上放着一台无线步话机，桌子旁有一张靠椅——这是刘锋休息时坐的。坑道口用沙袋堆成一个掩体，外面用伪装网盖着，除了伪装网上高高的天线，从50米外还真看不出这里和其他崖壁有什么不同。

前沿指挥所的对面就是金门岛。

天气好时，每当下午5点过后，西边的太阳会把阳光大片地洒在金门岛上，站在前沿指挥所，不用望远镜，肉眼就能清楚地看见金门岛全貌。

自从前沿指挥所建好后，刘锋已经连续两天，每到下午观察金门岛最佳时间，都带着作战参谋来到这里，站在沙堆后面，用望远镜仔细观察金门岛的一草一木。

他要尽可能地熟悉这个岛屿，因为几天后他的2万多名战士将登上这个岛，发起新中国成立后最大的一次海上登岛作战。

刘锋相信，这次战役，不仅兵团首长高度关注，北京——中央军委、毛主席也一定十分关心这次战役，因为它关系到解放台湾，关系到全中国的彻底解放。

每当想到这些，刘锋心里总是沉甸甸的。

他也说不清这是为什么。

从渡江战役以来，刘锋参加了无数次战役，只有这次战役让他心神不定。

25 日凌晨零点 30 分。

刘锋和王宝荣来到一团的登船出发点。

沙滩上一片漆黑，月亮像女人的眉毛，弯弯细细的，也像眯缝的眼睛，偷看着沙滩上的几千大军。

刘锋走到一团集结地，才看清黑压压一大片准备登船的战士。

肖玉金走到军长和师长面前，敬礼报告："报告军长、师长，一团准备完毕，正等待出发的命令！"

刘锋没有说话，只是拉着肖玉金走到一边，上上下下仔细打量着肖玉金，把肖玉金看得丈二和尚摸不着头脑，"军长，你怎么了？"

刘锋盯着肖玉金的眼睛，看了一会儿才说："真的准备好了吗？"

肖玉金有些不解，"军长，你担心我们拿不下金门吗？"见军长没有回答，肖玉金就大声地说："放心吧！军长，明天天黑前一定拿下金门，我在金门迎接军长！"

刘锋摇摇头，又点点头，"不，我相信你们一定能完成任务，我等待着你们胜利的消息！"

刘锋不再说什么，只是紧紧地握了一下肖玉金的手，示意他准备出发吧！

25 日凌晨 1 点。

刘锋在他的前沿指挥所下达了金门战斗开始，攻击部队第一梯次三个团登船出发的作战命令。

285 条满载着 9000 勇士的木船离开大陆，向着金门岛驶去！

风萧萧兮易水寒！

几百年来金厦海域讲述了太多战争故事，但以往的故事都没有接下来要发生的故事那么惨痛与血腥！

肖玉金当然不知道三天后的悲惨！

他此时正乘坐在指挥船上。

刚离开大陆不久，肖玉金就发现整个船队散成了一大片，完全保持不了战斗队形。

这些在岸上看似很大的渔船一到海里，就像一片片小小的树叶，被海浪随意地拨弄着，一会儿被送到浪尖，一会儿又被甩下谷底。肖玉金的感觉是一会儿上到几层楼的高空，可以看到满天的星星，一会儿又被抛到了深谷，除了黑洞洞的海水，什么也看不到，这一上一下让肖玉金感到难受。

战前的训练，肖玉金乘船也出过海，但海浪没这么大，船也颠簸，但绝对没这么厉害，一上一下高达十几米。

肖玉金紧紧抱着步话机，生怕海浪把它打到海里。

步话机可是全团的命根子，没有它就和军长联系不上，也不能指挥其他两个团，就真成为聋子和瞎子了。

肖玉金想到这儿，干脆用皮带把步话机紧紧地扎在了胸前。

深夜的大海，就像一只巨兽张开的大嘴，黑漆漆的深不可测。战船随着潮汐，借着风力，与其说是划向金门，还不如说是漂向金门。

285 条战船像秋风扫落的树叶一样洒在金厦海域上。

每条战船上，30 名战士都坐在甲板上，虽然夜色让人们看不清他们的脸，但从他们的坐姿中你能感受到他们是一群下山的猛虎，正虎视眈眈地盯着口中的食物，准备着一旦距离合适，就要猛扑上去，一口吃掉它。

这时，肖玉金的步话机中传来前沿指挥所的声音，"一团，报告你的情况！"

"一团报告：全部船只都被海浪吹散，无法保持战斗队形。"肖玉金小声但有些焦虑地回答。

　　刘锋听到肖玉金的报告，立即从作战参谋手中拿过话筒："一团，我是刘锋。不要考虑战斗队形，只要向着目标前进，同时注意隐蔽，尽量不要让敌人过早发现你们。命令其他两个团，向你团靠近，避免登陆时兵力分散。"

　　"一团明白。"

　　刘锋此时最担心的不是战斗队形，而是登陆部队是否过早被敌军发现，一旦在海上被敌军发现，所有战船就将成为敌军的靶子。海上没有任何东西可做掩护，部队就只能强行登陆，这样会造成很大的伤亡。

　　刘锋不敢往下想，他只能祈盼战士们好运！

五　登陆金门

　　25 日凌晨 4 时 15 分。

　　金门岛已经清晰地出现在肖玉金眼前。

　　太阳还没有出来，东方已经有了一点白光，正是这点鱼肚白把金门岛的轮廓构画出来。

　　金门岛形似一只展翅的蝴蝶，中部狭窄，东西两端宽广。两只"翅膀"中，东面的那只面积大于西面的那只。全岛东西走向约 20 公里，南北走向最宽处在东端，约 15.5 公里，中部狭窄处仅 3 公里。

　　因为金门位于厦门东南海口，取"固若金汤，雄镇海门"之意而得名金门。

　　肖玉金看着眼前的金门岛，马上拿出指南针和作战地图，用手电筒照着，确定登陆地点及攻击目标，并同时向指挥所报告。

金门岛上的守军是从福建溃退的残兵败将。

这真是一支毫无战斗力的部队，虽然也有2万多人，但由于不是国民党军主力，装备很差，除了步枪，重武器很少。

按照蒋介石的防御布置，国民党军把主力放在了厦门，力保厦门不失，保住厦门，金门自然安全。

所以蒋介石把重兵放在了厦门，而且都是他的精锐部队。

厦门失守后，为了保证台湾的防御，蒋介石命令防守厦门的部队全部撤退回台湾，并没有加强金门的防御。

不是蒋介石不想守金门，而是金门容不下太多的军队。如果把防守厦门的部队全部撤到金门，近10万人在金门吃什么？住在哪里？这些都是大问题。

而台湾作为蒋介石的最后基地，更需要保证绝对安全。

当然蒋介石也需要金门。

解放军进攻厦门时，并没有同时进攻金门，这给蒋介石固守金门提供了机会。

厦门失陷后，蒋一面命令厦门守军退回台湾，一面也在考虑是否把金门守军调防一下，让一支战斗力更强的部队去防守金门。

正当蒋介石考虑让哪支部队去防守金门时，他接到了汪海山的报告。

汪海山在报告中请示校长，他想前往金门，以便寻找战机和共军交战。

蒋介石此时太需要汪海山和他的十二兵团。

本来蒋是希望汪海山率十二兵团撤退到台湾，他有重用。但此时看到汪海山的报告，倒让蒋介石心中一动：如果让十二兵团去防守金门，还真是最为合适。

汪海山是解放军十兵团的老对手了，把汪海山的十二兵团放在金门，也真是棋逢对手，将遇良才。

蒋介石立即指示国防部拟定命令：调十二兵团换防金门。

汪海山是在撤离大陆后的第二天，也就是10月24日接到国防部的命令，让他调防金门。

他立即下令，运送兵团的舰队调转航向，直接驶往金门……

金门古宁头驻守着国民党军的一个团。

团部设在半山腰的一个山洞里，从洞口往外望，目光越过茫茫大海，天气好时可以清楚地看到厦门。

顺着山坡往下一直到海边，布满了防御工事：地堡、暗道、火力点等等。只是海边的工事很简单，特别是防登陆的水泥桩，可能是缺少材料，只是象征性地设了一些，基本是聋子的耳朵——摆设。

24 日是团长的生日。

晚饭时，几位营长、连长弄了些罐头，还有两瓶金门产的白酒，就在团部喝了起来，说是给团长过生日。

酒过三巡，团长借着酒劲告诉他的部下：可能再过几天，部队就要换防了，十二兵团要来接替他们。

营长、连长们一听，他们过几天可以离开金门，撤回台湾，顿时高兴起来，危险的苦日子总算到头了——这一高兴，酒就喝多了，几个人两瓶高度白酒还不够，又让勤务兵弄了一瓶。

直喝到凌晨 1 点，营长、连长们才回到自己的营房——山洞里。

有一位连长喝多了。

回到山洞，忍不住就吐了起来。一连吐了几次，直到凌晨。

勤务兵侍候着连长，看看 4 点多了，连长似乎也安静下来，就把连长扶上床，把一条湿毛巾放在枕头边，又在床头给连长放了一杯开水，这才悄悄地退出连长住的山洞。

勤务兵走出洞口，急着要小便，就快步走到山坡前，面向大海撒起尿来。

小便还没解完，勤务兵已经吓得撒腿就往连长住的山洞跑去，边跑边大声喊叫："共军来了！"

刚刚睡着的连长被勤务兵的惊叫声吓醒。他一下从床上爬起来，抓了一件外衣穿上就冲出洞口，"怎么回事？"

勤务兵惊慌地指着海面，"连长，你看！"

连长顺着勤务兵手指的方向看去，只见海面上黑压压的全是船。

连长迅速返回山洞，第一个动作就是拉响了战斗警报。

刺耳的警报声立即响彻古宁头上空。

各个山洞、坑道里一片惊慌失措。

很快，十几发照明弹射向大海，把海面和沙滩照得如同白天。

照明弹还未熄灭，枪炮声已乱作一团。

古宁头沙滩外的山坡、崖壁上，地堡、暗道的各处火力点已开始向解放军的木船扫射。

当照明弹突然在金门上空出现时，刘锋就看到了，随后就听到金门方向传来的枪炮声。

刘锋心里一惊，知道登岛部队已经被敌人发现！

步话机里传来肖玉金急促的呼叫声："一团报告，敌人已发现我们！现在我团准备强行登岛！"

"肖团长，按第二作战方案，先集中船上火力压制敌人，三个团各自为战，寻找适合自己的登陆点，强行登岛。"刘锋手拿步话机大声命令。

"一团明白！"

顿时，200多条船上的轻重机枪和步兵炮向着古宁头的敌军阵地一阵猛射，把敌军的火力完全压制住。

战船借着风力，顺着潮水也迅速靠向岸边。

金门守军的火力只沉默了两三分钟，随后更强大的火力从金门各处向古宁头方向解放军的登岛部队射来。

国民党守军的那个连长拉响战斗警报后，他的第一个电话不是打给他的团长，而是直接打给了师长。连长知道，现在情况太紧急，耽误一分钟可能就会全军覆没，金门就要失陷，他必须把情况立即报告给师长。

师长也立即把情况报告给金门守军胡司令——国民党金门守军最高

长官。

5 分钟后，金门 2 万多守军全部进入战斗状态。

10 分钟后，台湾国防部接到报告，共军已发动对金门的进攻。

蒋介石是在凌晨 5 点多钟被侍卫官紧急叫醒。

他醒后的第一句话是问：十二兵团在什么位置？

当蒋得知十二兵团正在前往金门途中，就命令道：告诉汪海山，十二兵团必须在今天中午 12 点到达金门，然后迅速投入战斗！

蒋介石坚信金门守军能坚持 6 个小时。

只要坚持到十二兵团赶到，金门就能守住。

金门守军的重炮已经开始射向解放军的登岛部队。

炮弹炸起的水柱有几米高，一发炮弹正好落在一艘船的甲板上，巨大的爆炸声让船断成两节，30 名战士还没来得及自救，就沉入了海底。

肖玉金已经顾不了这些。

他拿着步话机向其他两个团传达军长的命令："寻找各自的最佳登陆点，不顾一切强行登陆，登陆就是胜利！"

肖玉金向其他两个团传达完军长的命令后，就带领全团官兵，一面集中火力压制敌人，一面快速划船强行登陆。

肖玉金是在早上 6 点多钟登上了古宁头沙滩。

他登岛后迅速清点人数，发现全团登岛时已经伤亡 400 多人。

肖玉金来不及悲伤，立即指挥一营、二营向金门岛腹地进攻，三营负责守卫古宁头滩头阵地，确保登陆点控制在我军手中。

肖玉金布置完毕，拿起步话机向军长报告。

刘锋在前沿指挥所焦急地等待登岛部队的消息。

他一会儿站在作战沙盘前思考着什么，一会儿又走到指挥所坑道口的沙堆前，用望远镜仔细观察金门岛的情况。

从目前枪炮声判断，我军还占有优势。从海上射向岛上的火力明显强于岛上射向海上的火力，而且双方的交火正在接近。

刘锋的判断是正确的。

自从登岛部队被金门守军发现后，虽然古宁头一带有国民党军一个团，但和解放军进攻部队相比，不管是人数还是火力都处在下风。但是国民党军占据有利地形，可以凭借工事有效打击登岛的解放军。只是火力有限，在登岛解放军火力压制下，他们很快就有些守不住了。

尽管随后有两个团的守军赶来增援，但解放军气势磅礴的攻势和战士们必胜的信心与勇气，还是让一败再败的国民党军抵挡不住。

尤其是解放军成功登上金门古宁头后，国民党守军士气大受影响，很快就放弃了前沿阵地，向金门岛腹地退却。

国民党在大陆败的实在太快，太惨。

号称八百万军队，装备又比解放军好几倍，可短短三年多时间，不仅大陆丢失，几百万的军队也就剩下五六十万了。

几个海岛能守得住吗？

本来金门守军就是杂牌部队，对守金门完全没有信心，现在听说解放军已经登上金门岛，军心一下就散了。

解放军的登岛部队迅速向金门腹地进攻，打得国民党守军节节败退，到上午10点，不到5个小时，半个金门已经被解放军占领。

六 援兵杀到

刘锋是在早上6点多接到肖玉金的报告，部队已成功登陆，三个团共伤亡近千人。

刘锋长长地出了口气。

虽然伤亡近千人让他很悲痛，但这就是战争。

部队登陆后，刘锋相信金门战斗就基本取得了胜利！

　　因为他知道，金门守军也就两万多人，装备很差，是国民党的杂牌军，战斗力根本没法和解放军十兵团的主力军相比。

　　现在，再过两小时，参加第一梯次进攻的200多条船就会返航，如果算上被敌军击沉的船只，哪怕只有100多条船返航，第二梯次的部队几千人就能登上金门，随后还有第三梯次。

　　金门战斗很快就会结束！

　　其实，在刘锋心里，他相信只要第一梯次的三个主力团能顺利登上金门岛，不要第二梯次的几千人上岛，也能完全打败金门岛上的两万多国民党守军。

　　刘锋完全有这个信心！

　　不仅刘锋有这个信心，兵团首长、十兵团的全体官兵可能都是这么认为的。

　　所以，刘锋接到肖玉金的报告后，才会长长地舒一口气。

　　他随后拨通了兵团作战室的电话："报告司令员，我部首批进攻金门的三个团今天凌晨6点已顺利登上金门岛，现在正向金门全岛进攻。第二梯次进攻部队三个团已做好出发准备，3个小时后可顺利出发。"

　　话筒里传来司令员爽朗的笑声……

　　蒋介石是在上午8点从他的官邸来到国防部作战室。

　　他刚刚坐下，"国防部长"俞大维就向他报告："共军已经登上金门岛，正向全岛发起攻击。"

　　蒋介石没有说话，只是站起来走向挂着的金门战区地图。

　　俞部长就在地图前报告目前最新战报及台湾国民党军的作战部署。

　　蒋介石听完报告立即指示：告诉金门的胡司令长官，让他务必坚守到中午12点，并且一定要保证料罗湾码头的安全，迎接增援部队顺利登岛。另外，告诉空军、海军，让他们马上行动，全力支援金门守军，一定要保证金门在中午 12 点前不被共军占领。

蒋介石把全部希望都放在了十二兵团和汪海山身上。

汪海山是在早上 6 点 40 分接到报告：共军已发动对金门的进攻，并且先头部队已登上金门古宁头。

汪海山迅速走到作战地图前，找到了古宁头的位置。

"共军有多少兵力登上了古宁头？"汪海山边看地图边问站在身后的参谋长。

"国防部的战报中没有具体数字，只是说很多。"参谋长小心地回答。

"这群饭桶，很多是多少？战报能这么说吗！"汪海山愤愤地说。

他对"国防部"的这帮人早就没有任何信心，他们除了在纸上谈兵外，还会什么。

"立即给国防部发报，我要了解金门的具体战况：有多少共军登上了金门？他们的作战意图？除了登岛部队，海上还有其他共军吗？另外，让情报部门尽快搞清楚，共军的指挥官是谁？"汪海山一面给参谋长下命令，一边让副官请舰长到作战室来。

国民党海军登陆舰上校舰长很快来到十二兵团临时设在舰上的作战室。

"汪司令，您找我？"

"你告诉我，我们最快什么时间能赶到金门？"汪海山头也不抬地问道。

舰长稍微想了一下，回答道：

"我们可以在 4 个小时内到达金门。"

汪海山听舰长这么说，就抬手看了一下手表，"你的意思是我们可以在上午 11 点前到达金门。"

"是的！"

"还能再快吗？"

"这已经是全速前进了。"

"好！你一定保证在 11 点前把我的十二兵团全部运到金门。"

"是！请司令放心。"

舰长向汪海山敬了个标准军礼，就退出作战室，快步向登陆舰的驾驶室走去。

汪海山看舰长走出了作战室，就继续对参谋长命令道："立即给校长发报，十二兵团上午 11 点可投入战斗，请金门胡长官做好接迎十二兵团上岛准备。"

汪海山下完这道命令，就一个人走出作战室，站在了登陆舰的甲板上。

初升的太阳把海面照得十分耀眼，汪海山把上衣解开，让海风尽情地吹拂。

他看了一眼满载十二兵团的六艘军舰，正一字排开，向着北面高速前进！

汪海山意识到：一场和共军的血战马上就要开始了！

七　兵败金门

肖玉金率领两个营一路猛攻，很快就攻到了金门的最高峰——太武山。

太武山海拔 253 米，站在山顶可以鸟瞰金门全岛。

肖玉金在太武山遇到了国民党守军顽强的阻击。

国民党守军凭借工事和有利地形，打退了肖玉金所部几次进攻，人员伤亡很大。

肖玉金急了，他用步话机和其他两个团联系，却始终联系不上。

肖玉金从枪炮声的方向上判断，其他两个团应在他的侧翼。肖玉金决定，不顾一切，攻下太武山，占领金门岛的主峰，掩护第二梯次的进攻部队登上金门岛。

想到第二梯次的登岛部队，肖玉金吓出了一身冷汗——他犯了一个致命的错误：在古宁头登陆时，肖玉金只命令一个营镇守古宁头，而忘了下令登陆船只迅速返回，接运第二梯次的登岛部队。

正是这个致命错误，彻底葬送了金门战斗取胜的一丝希望……

刘锋在前沿指挥所用望远镜仔细观察金门岛的情况，密切注视登岛部队的战斗进展。

天早已大亮，海面上看不到一条船的影子。

刘锋心中暗暗着急：运送第一梯次登岛部队的船只为什么还不返回呢？

从早上8点一直等到10点还不见船返回。

刘锋心里暗自叫苦：难道肖玉金没让船只返回？

从早上6点，肖玉金登上金门岛，大海就开始退潮。到上午9点，也就是肖玉金想到还没下令登陆船只返回，已经过去3个小时。原来还在海面上停着的船，现在全部搁浅在沙滩上。

上午9点多，金门上空传来飞机的轰鸣声。不一会儿，国民党空军的6架飞机就出现在肖玉金眼中。

飞机在空中盘旋了几下，就开始向古宁头沙滩上搁浅的船只狂轰滥炸起来。

200多条船用了不到10分钟就被全部炸毁，沙滩上一片大火。

守在古宁头阵地上的解放军战士眼睁睁看着木船被国民党飞机炸毁却毫无办法。

刘锋用望远镜把这一切看得清清楚楚。

他知道金门岛上的战局开始发生变化了，但他此时还坚信：即使第二梯次的三个团上不了金门岛，肖玉金他们也能打败敌军，攻下金门。

但是刘锋的信心很快破灭了！

汪海山的十二兵团在10点半登上了金门岛——比预计的时间快了半小时。

这是决定金门战斗的关键30分钟。

肖玉金在上午10点已经拿下太武山，开始向国民党守军司令部和料罗湾码头发起最后的进攻。胜利在望：只要打下敌军司令部，占领料罗湾码头，金门就是我们的了。肖玉金想到这儿，全身都是劲，他下令全体人员一起冲锋，向着最后的胜利前进！

肖玉金没想到的是：战斗越打越激烈，好像敌军变戏法似的越打越多。

肖玉金突然感到不对。

他发现：敌人的火力越来越强，不仅稳住了阵脚，而且开始有条不紊地反击，步步推进。

肖玉金的感觉是对的！他遇到了真正的对手：国民党主力部队第十二兵团。

汪海山从料罗湾码头登上金门岛后，先让他的部队稳住阵脚，扼制住解放军的进攻，随后他先和守军司令胡长官汇合，了解战斗情况。

汪海山得到的报告是：解放军有大批部队登陆，具体人数不详。目前已攻占金门大部分阵地，国民党伤亡惨重，只剩下不到 5000 人，已经顶不住解放军最后攻击了。

汪海山迅速做出判断：共军从早上 6 点登岛开始到现在已经过去了 5 个小时，在国军战力比较弱的情况下还没有拿下全岛，说明共军的攻岛部队人数不会太多，超不过 1 万人。国军力量虽然比共军弱，但凭借工事和有利地形，应该也消灭了一定数量的共军。如此判断，共军目前的兵力应该在 5000 人左右，而且海上没有发现共军的增援部队。

汪海山心中有数了。

随后汪海山下达了第一道命令：两个师守住目前的阵地，一个师迂回从左右两侧进攻古宁头，切断共军的退路。

汪海山决心要全歼登上金门岛的共军。

战局很快发生了根本变化。

登岛的国民党十二兵团 2 万多人，加上原来守军 5000 人，总兵力达到近 3 万人。十二兵团配备一个炮团，还有一个装甲营，装备远远强于攻岛的解放军。

很快，汪海山不仅守住了阵地，而且开始逐步反击，把丢失的阵地一个个又夺了回来。

更致命的是：迂回进攻古宁头的一个师也得手，虽然他们遇到镇守古宁头解放军一个营的顽强抵抗，但毕竟兵力悬殊，他们只能放弃阵地，退守到山里。

夜色慢慢降临，激战了一天的枪炮声也渐渐停了下来，金门岛仿佛恢复了往日的宁静。

这是暴风雨前的宁静！

汪海山完全控制了金门岛。

十二兵团已经把金门岛团团围住。

所有渔船都被销毁，码头上有重兵把守，沙滩上一队队巡逻的国民党士兵严密监视着海面上的动静，防止有共军泅渡撤回大陆。

汪海山就像一只饿急了的老虎，只等天亮，就要扑向他围住的食物。

刘锋也在做最后的努力。

他向兵团首长报告了金门战斗的最新情况——虽然此时刘锋还不知道汪海山的十二兵团已经登上金门。

刘锋请求兵团迅速征集渔船。

只要有船，第二梯次和第三梯次的6个团明天就能登上金门岛。

金门战斗就能取得最后的胜利。

刘锋清楚，明天国民党的增援部队也会赶到，如果在国民党的增援部队到达金门前，第二梯次的三个团和第三梯次的三个团不能上岛，那么肖玉金他们就太危险了。

刘锋的希望在黎明前彻底破灭了——兵团经过再三努力，没有征集到可运送部队的渔船。

太阳照常升起！

当黎明冲破黑暗，把光明带给人间时，一场残酷的人与人的杀戮开始了。

天一亮，国民党十二兵团就开始围歼解放军登岛部队。

汪海山命令部队先用大炮猛烈攻击解放军的阵地。

国民党空军也赶来助阵，一颗颗炸弹从空中落到解放军的阵地上。

肖玉金率领登岛解放军三个团经过一天的激战，现在只剩下不到5000人。

两个团长都在战斗中牺牲。

步话机也被打坏。

肖玉金现在完全是孤军作战。

本来，肖玉金很快就要成功了，就能实现天黑前迎接军长登上金门岛的誓言！

但老天爷不愿如此成就肖玉金！就在肖玉金率部准备发起最后攻势，一举全歼国民党守岛部队，拿下金门岛时，汪海山赶到了！

国民党十二兵团的到来，不仅改变了肖玉金的命运，也改变了刘锋的命运！甚至可以说改变了国共两党最后的命运！

肖玉金看着打了一天仗，累得筋疲力尽的战士一个个躺在阵地上。

肖玉金心如刀绞，他让战士们赶快吃些东西，养足精神，好迎接明天更残酷的战斗。肖玉金知道，明天的战斗会更激烈，更残酷，也许，他和这些战士永远都回不了大陆……

肖玉金此时突然十分想念家乡——山东沂蒙山。

家乡的山可比金门岛上的山高多了。

小时候，他在山上放羊，走遍了家乡的山山水水。

肖玉金又想起了家乡的渣豆腐。

小时候，每次他出去放羊都要一整天，妈妈总是把新烙好的煎饼卷上一大包渣豆腐，让他带上。这就是他一天的口粮，饿了就吃一口煎饼卷渣豆腐，渴了就喝一口山泉水。

肖玉金如果不当兵，早就该娶媳妇了。

他已经订了亲，是邻村的姑娘，比他还大一岁，他们见过一面，姑娘长得挺俊，身体也好。肖玉金很喜欢。

他们拉过手，但更亲近动作就没有了。

肖玉金在梦中亲过她。

有一次肖玉金梦到他俩一起去放羊，突然遇到大暴雨。俩人躲进一个山洞里，雨越下越大，天也越来越黑。姑娘有些害怕，就慢慢地靠近他。一个炸雷，姑娘吓得把头紧紧靠在他怀里。

肖玉金趁势把姑娘抱住。

又是一个炸雷，姑娘把脸贴在了肖玉金的胸口上。

肖玉金感到脸上一阵发烫。

姑娘的脸慢慢靠在了他的脸上。

肖玉金紧张地闭上了眼睛，却把嘴贴在了姑娘的嘴上……

天亮后的炮声把肖玉金和战士们从睡意中惊醒。

"准备战斗！"肖玉金大叫一声，立即翻身跳进了临时挖的工事里。

炮弹像雨点一样覆盖了阵地，压得肖玉金和战士们根本抬不起头。

战士们伤亡很大。

为了保存有生力量，肖玉金立即做出决定：分散作战，以排、连为作战单位，大家分散躲进山里，等到天黑，再想办法靠近海边，寻找机会下海泅渡撤回大陆。

肖玉金此时十分清楚，没有增援部队，他们已经打不下金门，他现在要做的就是如何躲避国民党军的追剿。

肖玉金布置完毕，就和一连撤出阵地，躲进了山里。

其他战士在连长、排长的带领下，也纷纷撤出阵地，躲进山里。

炮声慢慢稀疏下来，十二兵团开始进山清剿躲进山里的解放军。

十二兵团的装甲营封锁了海滩，几十辆坦克在沙滩上来回巡逻，偶尔有三五名解放军战士出现在沙滩上，坦克车毫不留情地用机枪扫射。

如果发现解放军战士是赤手空拳，坦克车就恣意地碾过去，把战士活活压死！

这已经不是战争，而是一场屠杀！

鲜血把古宁头的沙滩染成了红色。

从山里被追赶出来的解放军战士，成排成连地在海滩上被国民党十二兵团用机枪扫射。解放军不肯投降，实际上汪海山也不希望解放军投降，他要用解放军战士的鲜血来祭奠徐蚌战场上十二兵团的将士，他要用这些战士的生命发泄这两年一再败给解放军的怨恨！

金门岛上的枪声慢慢地消失了。

27 日一整天，只会偶尔从金门的山里传来一阵冲锋枪的声音，但很快又平静下来。

肖玉金带着十几名战士一直躲在一个山洞里，几次国民党搜山部队就从他们躲藏的洞口走过，鬼使神差竟然没有被发现。坚持到第三天的晚上，肖玉金和战士们已经两天两夜没吃一点东西了。

他们实在太饿了。

28 日凌晨，肖玉金决定派两名战士下山去弄点吃的。两名战士下山后，发现山下有一个小村子，本想进村讨点吃的。但村子里有敌军，他们就没敢进村，只是在村口的红薯（地瓜）地里挖了十几个红薯带回山洞——就是这十几个红薯暴露了他们的行踪。

一大早，一个村民到村口给菜地上肥。发现红薯地被人挖了一小片，立即把这一情况报告给驻在村子的国民党军连长。那连长立即带人到村头菜地查看，断定是躲在山上的共军因为饥饿所为。

一个小时后，一个团的国民党军把整座山团团围住，他们像梳头发似的开始搜山，终于，发现了肖玉金和十几个战士躲藏的山洞。

1949 年 10 月 28 日上午，肖玉金和身边的 10 余名战士被十二兵团搜山的士兵发现，全部被俘。

肖玉金绝不投降。

结果他和被俘的战士全部被枪杀。

解放军第十兵团三个团 9000 人，在金门战斗中大部分牺牲，一部分被俘，这是解放战争以来，解放军第一次损失了整建制三个团。

刘锋在他的前沿指挥所一直待到 28 日傍晚。

金门岛上再也听不到枪声了。

刘锋才跪在沙滩上，面向金门，泪流满面……

他没有一点哭声，只是跪在沙滩上让泪水尽情地流淌。

战士们想把军长扶起来，但谁都不敢，只能站在远处陪着军长流泪。

就这样，刘锋在沙滩上跪了整整一个小时。

突然，他像发疯一样，站起来从一个战士手上夺过冲锋枪，向着大海狂扫起来！

身后几百名战士愣了 2 秒钟，然后全都举起枪向着空中扫射！

海滩上响起一片枪声……

八　降职处分

金门战斗的失败震惊北京！

也"震惊"台北！

蒋介石是在 10 月 27 日傍晚接到金门战斗大捷的消息。

当"国防部"部长俞大维用惊喜而颤抖的声音报告："总座，刚接到汪司令的战报，金门战斗全部结束，全歼共军三个团，共 9000 人。"

蒋介石老泪纵横！

内战以来，他听到的总是失败的消息：山东战场，他心爱的虎将张灵甫和他的整编七十四师被全歼。东北战场（辽沈战役），他损失近60万官兵，主力部队新一军被全歼，辽阔的东北大地全部丢失，接着天津、北平（平津战役）又被解放军占领。徐蚌会战（淮海战役），他的主力部队全部被歼，南京、上海随后失陷……

当蒋介石被迫退到台湾后，他已经无路可退了。

金门战斗打响后，蒋介石的心情可想而知。

他必须要有一场胜利来鼓舞国民党军的士气，稳定台湾的局势！

此时，金门战斗获胜了，而且不是小胜，是大胜，是内战以来第一次全歼解放军整建制部队——三个团共9000人。

汪海山和他的十二兵团拯救了台湾，也拯救了他的校长！

第二天，台湾所有报纸都是通栏大标题：古宁头大捷，国军全歼共匪三个团，9000人。

金门战斗后，刘锋从军长降到了师长。

刘锋曾请求兵团军法处置，以寻求内心的安宁。

兵团首长请示北京。

据说是最高统帅不同意。

最后，中央军委的决定是：十兵团司令员受处分，直接指挥金门战斗的军长刘锋降为师长……

接到降职的命令，刘锋只带了一名警卫员，离开军部来到他新任职的二师。

刘锋把自己关进师部作战室，在作战沙盘前反复检讨金门战斗失败的原因。

3天他都没有离开作战室。

于丽十分担心刘锋的身体。

听到金门战斗失利的消息后，可以用撕心裂肺来表达于丽的心情，她心痛牺牲的战士，心痛牺牲的团长肖玉金，也心痛她的未婚夫刘锋。

本来，于丽和刘锋是要在 10 月 1 日举行婚礼的——他们想和新中国一起开始新的生活。

后来由于漳厦金战役的准备，他们只能推迟婚期。

这已经是于丽第二次推迟婚期了——上海解放后他们原本就要结婚。

于丽是南京人。她是在解放南京的战斗中认识刘锋的。

于丽是南京护士学校的学生，南京解放前，在中共地下党的组织下，于丽作为进步青年参加了救护队，准备迎接解放军进入南京。

解放南京的战斗打响后，于丽跟随救护队抢救负伤的战士。

于丽学的就是护理，所以她对伤口包扎等救护工作十分娴熟，一再受到伤员和医生的好评。

有一天，4 名解放军战士扶着一位年轻的首长来到救护队。

于丽听到战士叫他"师长"。

她心想：这么年轻就当师长了。

于是，于丽仔细打量起这位年轻的师长：只见他身高近一米八，皮肤有些黑，但透着红光，显得很健康，眼睛不大，但鼻子很高，嘴唇的轮廓很分明，配上一张方脸，年轻的师长还真很帅气。

于丽正想着，就听到年轻的师长大声吼着："你们这是干什么，受这点伤还想让我下火线吗！"

4 名战士正拉扯着他：

"军长命令你一定要到救护队包扎伤口，你不听军长的命令吗？"一名战士也大声地说着。

只听年轻的师长说："好小子，你敢用军长来压我！"

这位年轻的师长就是刘锋，是于丽给他做的伤口包扎。

刘锋的伤不重，只是小腿被子弹划了一下，并没伤着骨头，只要休息几天就能痊愈。

　　枪伤容易治愈，但"情伤"就复杂多了——就是这次的伤口包扎，让刘锋坠入了情网——他爱上了于丽。

　　于丽刚给刘锋包扎伤口时，刘锋还没在意——因为于丽戴着口罩。

　　刘锋只是觉得这位女护士手很巧，细长的手指包扎伤口一点都不疼。

　　刘锋感激地看了于丽一眼——但隔着大大的口罩，刘锋看不见她的面容，只是觉得她的眼睛很大，眼睫毛又长又黑，断定是个漂亮姑娘！

　　于丽给刘锋包扎完伤口，就站起身来，走到救护室的消毒池边，给双手消毒，然后摘下了口罩。

　　刘锋一抬头，终于看清了于丽美丽的容貌：一双大大的眼睛，扑闪闪的好像会说话，眼睫毛又长又黑，让这双会说话的眼睛平添了几分妩媚；鼻子高高的，从侧面看，还有些弯勾，嘴唇薄薄的，嘴唇很红，显得很性感；白皙的皮肤，配上瓜子脸。

　　于丽的美艳让刘锋一见钟情。

　　随后，他们的关系发展很快。

　　在刘锋猛烈的追求下，于丽答应嫁给他。

　　他们相约：打完上海战役后就结婚。

　　但上海战役结束后，刘锋所部马不停蹄挥师南下，向福建前进。

　　刘锋只能请求于丽推迟婚期。

　　于丽就参加了南下服务团，随解放军第十兵团进入福建。

　　1949 年 8 月 17 日，人民解放军第十兵团解放福州，刘锋也升任军长。

　　他们又相约：10 月 1 日举行婚礼，让新中国成立的礼炮作为他们婚礼的进行曲，奏响新生活的乐章！

　　但刘锋又接到命令：即日率部参加漳厦金战役。

　　刘锋立即率部出发，沿福厦公路一路南下，打下漳州，攻占厦门！

　　金门战斗开始前，刘锋承诺：打完这一仗马上和于丽结婚。

　　但谁能想到，金门战斗的结局是如此得悲壮！

　　于丽此时最担心的就是刘锋能否从这次致命的打击中挺过来，坚持住！

　　于丽决心要用女人的温柔和情感帮助心上人度过这次人生的挑战！

听警卫员说，刘锋三天都没有离开作战室。于丽下班后就先到农贸市场，想买点猪肉，给刘锋包点馄饨——刘锋最爱吃她包的馄饨了。

傍晚的农贸市场还是很热闹。

因为是海滨城市，市场上卖海产品的很多，各种海鱼长得奇形怪状，于丽几乎都叫不上名字。她只知道带鱼，因为在南京吃过这种鱼，另外她还知道海带，其余的她就几乎不知道了。

也难怪，于丽是南京人，长江边的人都喜欢吃淡水鱼，很少吃海鱼。来到福建后，忙于战争，于丽也很少逛农贸市场。

于丽记得上次逛农贸市场还是在解放福州时，那天刘锋说要请王宝荣、肖玉金等人到家里来吃饭，商量一下结婚的事。于丽就拉着刘锋去了农贸市场，第一次买了很多海鲜，当然还买了猪肉和鸡、鸭。

记得那天于丽还请了一位福州籍的战士教她做海鲜，不学不知道，一学吓一跳：原来福州人吃海鲜这么简单，基本上就是用开水烫一下。什么白灼虾、白灼章鱼。再就是清蒸：各种海鱼、螃蟹都是清蒸。只是北方人吃不习惯，王宝荣、肖玉金都觉得这种吃法太腥了，结果一桌子海鲜剩了不少，反倒是于丽做的红烧肉、红烧鸡、红烧鸭很受欢迎，基本吃得一点不剩。

从那以后，于丽就再也没逛过农贸市场了。

于丽一走进农贸市场，根本没在卖海产品的摊位前停留，直接走向卖猪肉的摊点。

"同志，你要买猪肉吗？你看这块怎么样？"摊主见于丽走到自己的摊位前，很热情地招呼。

于丽看了看摊主手上的肉：这是一块五花肉，一层瘦肉一层肥肉，分布得很均匀，靠皮的部分肥肉要更厚些，如果做红烧肉，这真是一块好肉，不过，于丽想包馄饨，这块肉就显得肥了些。

"我想包馄饨，有瘦些的吗？"

"有、有！"摊主从挂着的几块肉中挑了一块放在肉板上：

"同志，你再看看这块肉如何？"

这是一块猪大腿肉，几乎看不到一点肥肉。

于丽仔细地看了看，"好吧，就是它了，给我割半斤。"

"好嘞！"摊主大叫了一声，然后拿起刀，熟练地割下一块瘦肉，在秤上一称，刚好半斤。

摊主用纸把肉包好，"你走好，下次再来。"

"谢谢！"于丽提着肉，又到卖葱的摊位买了一些葱和生姜。

看到有卖香蕉的，于丽又买了一串香蕉，然后才回宿舍。

等于丽包好馄饨，煮好后，放入一个大陶瓷杯中，再骑自行车到刘锋的宿舍，已经是晚上7点钟了。

于丽见刘锋还没回来，就给师部值班室打电话："喂！你好！我是于丽，请你们师长接个电话，好吗？"

值班参谋一听是师长未婚妻的电话，马上快步走到作战室，"师长，有您的电话。"

"谁来的？"

"是于大姐。"

刘锋一听是于丽的电话，就立即走到值班室，"于丽吗，你在哪儿呀？"

"我在你宿舍，这么晚了，你怎么还没下班呀！这样下去你的身体会垮的。"

听到于丽心疼的声音，刘锋顿时鼻子一酸，眼泪都差点流出来，"好，我马上回去。"

5分钟后，刘锋就推门走进了宿舍。

于丽什么也没说，一下子扑进了刘锋的怀里，把脸紧紧地贴在刘锋的胸口上。

刘锋愣了一下，随后把手上的皮包扔到门边的椅子上，用后脚跟把门关上，就紧紧地抱着于丽。

两人什么话也没说！

于丽听到刘锋的心脏嘭嘭地跳着，仿佛在向她诉说着什么。于丽知道，此时的刘锋内心有多痛苦，承受着多大的压力——他要承担金门惨败的责任！而这种责任也许会让他一辈子都抬不起头！

于丽多么希望能听到这颗心脏永远这么有力的跳动着，永远伴随着她，成为她生活中最动听的旋律呀!

刘锋一动不动地站着,享受着女人带给他的温馨!

慢慢地,刘锋把鼻子靠在了于丽的头发上,顿时,一股女人头发中特有的香味飘入了他的鼻中。

刘锋情不自禁地深吸了一口气,然后用下巴轻轻的揉搓着于丽的头发,嘴唇慢慢地下滑,寻找着那个温柔而湿润的地方。

于丽感受到了男人的温柔!她开始尽情享受这个男人带给她的温情。

于丽已经很久没有享受他的爱抚了,不是他不愿意,而是因为战争。一个接一个的战斗,让她所爱的男人没有一点时间,更没有一点精力去爱抚她,去温暖她!

于丽从不怪他,也从没有后悔过他们的爱情!

因为于丽知道:她所爱的男人心中装的不仅是她,还有那些生死与共的战友。他是师长、是军长,他肩上的担子太重了,他必须完成上级交给他的战斗任务;必须带领全体官兵战胜敌人,最后才能解放自己。

于丽相信,当台湾解放后,她的男人才可能轻松下来,才可能真正属于自己,那时才可能把所有情感都给自己!

于丽相信这一天总会到来。

金门战斗的惨败好像让这一天提前到来了。

看到为9000将士的牺牲心如刀绞、痛不欲生的未婚夫,于丽意识到:是该她用深情帮他渡过这一关的时候了!

刘锋的爱抚让于丽浑身发热,她的心开始燃烧。

当刘锋宽厚的嘴唇滑向她的脸颊时,于丽再也忍不住了:她把头微微仰起,让他的嘴唇能够尽快地滑向她的嘴唇。

刘锋闭着双眼,感觉到了她微微仰起的头,顺其自然地把嘴唇滑向了那个渴望的部位。

两个饥渴的嘴唇终于亲吻上了!

刘锋感到她的嘴唇是那样的湿润而柔软。

他贪婪地狂吻着,把她的小嘴全部含在自己的嘴里。似乎这样还不满足，刘锋又把自己的舌头伸进丽的嘴里，直到于丽含住了他的舌头，刘锋才一动不动地享受着……

两人的激情持续了 30 分钟，于丽才慢慢地平静下来。

刘锋把于丽扶到椅子上坐下，才发现天早已黑了。刘锋把电灯打开，又给于丽倒了一杯热水，自己也倒了一杯，这才发现桌子上的大陶瓷杯。

"你给我带什么好吃的了?"刘锋边说边想打开陶瓷杯的盖子，于丽抢先一步把盖子压住。

"猜猜看，我给你做什么好吃的了?"

"肯定是馄饨。"

于丽看刘锋一下就猜到了，就故意撒娇："讨厌，你怎么一下就猜中了呢? 一点都不好玩!"

"真是馄饨呀! 太好了，我已经好久没吃你包的馄饨了。"刘锋说着就拿过杯子打开了盖子。

于丽开心极了，"快吃吧! 知道你几天都没有好好吃饭了。今天下班特意到农贸市场去买的新鲜猪肉，还有葱和生姜，专门为你包的葱拌猪肉馅馄饨。"

刘锋早等不及了，拿了把汤匙，舀起一个馄饨就送进嘴里，一个还没吃完，又舀起一个吃了起来。

"好吃，真香呀!"刘锋一连吃了 5 个馄饨，才停下来说。

"都凉了吧? 馄饨是不是都沾着了?"于丽看着刘锋狼吞虎咽的样子，心里喜滋滋的。

"不凉，还温着呢，也没沾着。"刘锋说着又吃了一个。

突然他想起了什么，就用匙子舀起一个馄饨送到于丽的嘴边。

"你是不是还没吃呀?"刘锋边说边把馄饨送进于丽的嘴里。

于丽还真没吃，她包完馄饨，煮好后都已经快 7 点了，哪有时间吃呀。再说，于丽也想和刘锋一起吃。

"真该死! 我只顾自己吃了，太自私了!"刘锋有些自责地说。

于丽才不这么想呢! 看到刘锋吃得这么香，真比自己吃了还高兴。

只要刘锋能吃好，能开心，让于丽做什么都高兴!

第二章

台海危机

　　每一次重温过去的岁月，聪慧理性的人们总会采撷到新鲜的价值。

——卢　梭

一　朝战爆发

　　纷纷红紫已成尘，布谷声中夏令新。

　　20 世纪 50 年代的第一个夏天注定不平静。果不其然，1950 年 6 月 25 日，朝鲜战争爆发！

　　刘锋密切关注朝鲜战局。

　　10 月 19 日中国人民志愿军入朝参战。

　　10 月 25 日中国人民志愿军打响入朝参战第一枪。

　　——这是一年前刘锋打响金门战斗的日子，也是他刻骨铭心的日子。

　　刘锋在这个特殊的日子得知我军入朝参战，真是百感交集！

　　难道老天爷是要给他一个洗刷耻辱的机会，让他在朝鲜战场上和更强大的敌人作战，用胜利来证明他的价值吗?!

一年来，刘锋时刻准备着参加新的战斗。

他相信台湾海峡一定会有一场更大的战役，为此，他忍受着内心的巨大痛苦，潜心研究渡海登陆作战。

他向老渔民了解台湾海峡的潮汐规律，了解台湾海峡的气象特点，研究海上作战兵力部署、武器配备、战术动作、打击手段。登岛作战从登陆点的选择，进攻梯队和轻重武器的配置，抢滩登陆的战法，到控制登陆点，掩护后续部队登陆，阻击敌人的反扑，然后向纵深推进，直到取得登陆作战的最后胜利。

刘锋反复在沙盘上演练。

演练中他也深刻检讨金门战斗失利的原因。

刘锋给兵团首长写了一封1万多字的金门战斗检讨书，深刻分析总结了金门战斗失利的原因：

首先是轻敌。以为金门守军战斗力弱，已是强弩之末、惊弓之鸟，因此，没有从战术上高度重视对方，战斗方案非常粗糙，没有想到更多的困难。三个团9000人登岛作战，竟然没有一位师级领导随部队登岛指挥，充分说明轻敌思想多么严重。

其次是指挥上的重大失误。登陆成功后，没有坚守阵地，盲目地向金门纵深推进，特别是没有及时下令船只返航，造成全部船只搁浅，后续部队无法登岛，眼睁睁看着登岛部队最后被敌人消灭。

第三，战役准备不充分，特别是对金厦海域的潮汐掌握不准确，也是造成船只搁浅的客观原因。

第四，忽视情报工作。敌十二兵团的动向掌握不及时、不准确，以至于十二兵团登陆金门后我方还不知道，使战局发生逆转。

刘锋对金门战斗失利原因的分析是准确全面的。

他这么做是希望金门战斗血的教训，能引起兵团上上下下的高度重视，在未来的渡海登陆作战中不能再犯同样的错误，不能让9000烈士的鲜血白流！

刘锋万万没想到的是：一场新的大战不是在东南沿海，而是在遥远的东北，在朝鲜爆发了。

刘锋立即向兵团首长写了请战书，恳请上级把他派往朝鲜参战。

刘锋要用战场上的胜利来洗刷金门战斗失败的耻辱！

但刘锋的请求没有获得上级的同意。

更让刘锋痛苦的是：第十兵团重新组建了一个军入朝参战，其中有一师，但没有刘锋任师长的二师。

刘锋的心在流血——他深深感受到兵团首长对他的不信任。

当战争来临，曾经的"战神"却没资格参战，这对一名职业军人就是最大的羞辱。

曾几何时，哪次战斗刘锋不是一马当先，最艰巨的任务总是由他来完成。

渡江战役，刘锋的师担任突击队，第一个突破国民党的长江防线登上南岸。

占领南京，刘锋所部把红旗插上了南京国民党总统府。虽然那次战斗刘锋负了伤，但却收获了一等战功的勋章，更让他意外惊喜的是，他还收获了爱情！

攻打上海，刘锋率部攻占外滩——那是上海的心脏，刘锋出色完成任务，把外滩完整地交到新中国的手中。

上海战役后，刘锋升任军长。

一路南下，遇到难啃的骨头，兵团首长首先想到的就是刘锋；"让刘锋上"成为兵团首长在战斗困难时的口头禅。

刘锋为此感到骄傲与自豪！

但是金门战斗让刘锋从巅峰跌落谷底。

说心里话，当金门战斗惨败后，刘锋是做好了被军法处置的心理准备的。

如果把他判刑，关进监狱，他也毫无怨言——谁让他使十兵团受辱，甚至是全军受辱。被国民党军全歼三个团，这是解放战争以来的第一次，而且是在新中国已经成立后。

作为职业军人这是罪孽深重！

所以，当刘锋得知上级对他的处分是由军长降为师长，他是万万没有想到的！

刘锋从内心感激首长的信任——只要让他带兵，别说是师长，就是团长、营长，甚至是连长他也愿意。

作为一名屡立战功的职业军人，对他最大的惩罚就是让他离开战场，离开他所热爱的战士，剥夺他带兵打仗的权力。

现在刘锋就有这种被剥夺感：剥夺他上战场的权力！

王宝荣来向刘锋辞行。

他要率一师入朝参战了。

"军长，您要多保重呀！"王宝荣还是习惯称刘锋为军长。

刘锋苦笑了一下，"什么时候出发？"

"今天晚上。"

刘锋若有所思地点点头。

"宝荣呀，这次入朝参战你们会遇到很多困难，战斗肯定会很激烈，甚至是残酷的。美国毕竟是世界第一的军事强国，美军在二战中又经历了最残酷的战争考验，他们的战斗力是不用怀疑的。跟世界第一的美军打仗，是要付出很大代价的，你们都要做好牺牲的准备呀！"

"军长放心，我已经做好一切准备！"

"你还有什么要交代的吗？"

"其他没有了，就是希望军长多保重。我理解您此时的心情，但我更相信军长一定能战胜自己。如果有一天我从朝鲜战场上回来，我会向军长仔细报告与美军作战的体会，供军长总结。"

刘锋感激地笑了，紧紧握住王宝荣的手——这既是告别，更是信任！

王宝荣告别刘锋后，并没有马上返回部队。

他去了支前办。

王宝荣还是放心不下刘锋，他要把军长托付给于丽。

于丽正在办公室打电话，看见王宝荣来了，就对着话筒说了一句："我现在有事，一会儿再打给你。"就放下电话，连忙招呼王宝荣坐下：

"王师长，你怎么到我这儿来了？"

"我当然是无事不登三宝殿呀！你这个地方还真不好找。"

王宝荣乐呵呵地笑着说。

"你是稀客，有什么事需要我们支前办做的，请指示！"于丽也高兴地说。

于丽对王宝荣充满好感。

这不仅因为王宝荣是刘锋的部下，更因为王宝荣性格开朗，而且心细。

福州战役结束后，于丽和刘锋商量结婚的事，他们想把日子定在10月1日。

刘锋把这个消息第一个告诉的就是王宝荣。

这可把王宝荣高兴坏了。

他开始四处给刘锋于丽找房子，然后和军后勤处商量筹备些什么样的家具，连婚礼怎么办，王宝荣都考虑好了。

要不是漳厦金战役提前，于丽已经和刘锋结婚了。

于丽想到这些，很是感激王宝荣。

王宝荣见于丽在想心事，就故意问道："想军长了吧？"

被王宝荣突然这么一问，于丽还有些不好意思，"真是一星期没见他了。"

其实，王宝荣一走进于丽的办公室，她就猜到王宝荣来找她的目的——肯定是谈刘锋的事。

于丽已经听说王宝荣要去朝鲜战场了。

于丽也知道刘锋的请战书上级没有批准，这时候王宝荣来找她还能有什么其他事呢！

果然，王宝荣想了一下，非常认真地说："我现在担心的就是军长。今天晚上我就要出发了，我找你是代表我们全师，不！也代表我们全军把军长托付给你，请你代表我们全军一定照顾好军长。我们从朝鲜战场回来后，希望看到一个健康快乐的军长!"

王宝荣说完,退后一步向于丽敬了一个军礼,然后大步走出于丽的办公室,头也没回!

于丽双眼噙满泪水。

她一定要为这些可敬可爱的战友们照顾好他们的军长!

汪海山现在是金门防卫部司令长官。

金门战斗后,汪海山得到了蒋介石和台湾军方能给他的一切荣誉,如同当年石牌保卫战一样,并破格提前晋升为陆军上将。

但汪海山自己心里很清楚,这次的古宁头大捷和当年的石牌保卫战是根本不同的。石牌保卫战是硬碰硬,完全是靠全体官兵用生命和鲜血,再加上有利的地形才打败日军夺取胜利的。但这次古宁头大捷,更多的是运气。如果不是大海退潮把解放军的船只全部搁浅,使解放军的后续部队无法登岛;如果不是十二兵团当时刚好离金门不远,有幸能在战斗打响后4个小时赶到金门参战,后果就不是这样了。

当然,战争胜利本来就有幸运的成分。

历史上这样的战例实在太多。

汪海山突然想起,当年在山东战场,他统率的国民党五大主力之一的整编十一师被陈毅粟裕所部围住,2万人被围困在一条狭窄的山沟里,战斗打得异常残酷,双方伤亡惨重。眼看十一师就要顶不住了,即将遭到全军覆没的厄运。就在这时,天突降暴雨。这场雨用倾盆大雨来形容,还不足以表达当时的雨下的有多大。而且,这场雨下了整整七天七夜,一刻也没停,愣是下得围困的解放军不得不撤离,十一师才幸运地得以逃脱。

汪海山想到这些竟然有些得意起来:上次的运气是让我不败,这次的运气是让我取胜。可能是老天爷不忍心让我输得太惨,所以,在最后时刻给了我赢的机会。

当然，能抓住机会也是一种本事。

机会总是留给有准备的人。

如果不是我不听国防部的命令，迟迟不愿撤离大陆，时时准备寻找时机打一仗，金门战斗的机会我能抓住吗！

朝鲜战争的突然爆发，让汪海山又一次感到机会来了。

本来，汪海山断定中共不会出兵朝鲜：一是新政权刚刚建立，百废待兴，各项建设任务繁重。二是经过三年的战争，解放军需要休养生息。三是大陆西南地区战事还没有结束，还有部分国民党军在坚持游击战，东南沿海部分岛屿还控制在国民党军手中。

所以，汪海山分析，在这样的局势下，中共肯定不会出兵朝鲜。

但汪海山判断错了。

中共不但出兵朝鲜，而且一下出动了五个主力军。

这让汪海山心中暗暗佩服中共领袖的胆识与气魄！

汪海山在他的金门前线作战室，挂上了大大的朝鲜战区地图，也做了一个大沙盘，真实反映朝鲜战区的地形地貌。

汪海山根据作战情报部门的战报，每天都在地图上标出志愿军和美军作战的最新战况。

他要从中找到机会，配合蒋总统实现反攻大陆的梦想！

蒋介石时刻都在想着如何反攻大陆！时刻想着如何率领跟随他败退到台湾的300多万国民党军政人员打回大陆去。

古宁头大捷虽然暂时稳住了台湾海峡的局势，但蒋介石知道，这只是暂时的平静，一年内一场更大的战役一定会在台湾海峡上演。

毛泽东的"宜将剩勇追穷寇"，不仅是指人民解放军要打过长江，还要彻底解放全中国，把胜利的红旗插上台湾。

蒋介石太了解毛泽东了。

蒋介石判断：解放台湾的战役很有可能在1950年的5月、6月或者7月的某一天爆发——因为这三个月是台湾海峡风平浪静的时候，台风很少。过了7月，台湾海峡进入台风季节，解放军的渔船或者机帆船是过不了台湾海峡的——台风带来的狂风暴雨会把台湾海峡上的所有船只掀翻。

所以，金门战斗后，蒋介石没有睡过一天的安稳觉。他四处视察，四处演讲，督促战备工事的修建，告诉他的部下：我们已无路可退，台湾就是我们最后的家园。守住台湾，就是保住了重返大陆的希望。守不住台湾，我们将全部死无葬身之地。

一股悲情弥漫在台湾岛上，"成功成仁誓为国死"的情绪达到空前高涨。

美国中央情报局给美国总统的一份秘密报告中也分析认为：中共的十几万精锐部队将在六七月份渡过台湾海峡，台湾会和大陆一样被中共占领，国民党政权在台湾的统治将终结。

然而，朝鲜战争的突然爆发，一下子改变了台湾海峡的局势。

1950 年 6 月 25 日早晨，蒋介石正在用早餐。

蒋经国匆匆忙忙地走进餐厅，递给他一份绝密情报：金日成突破三八线，向南朝鲜发起进攻，朝鲜战争爆发了。

蒋介石立即终止早餐，让蒋经国召集高级幕僚开会，分析朝鲜局势。

蒋的高级幕僚认为：朝鲜战争的爆发对台湾百利而无一害。如果战局有利于北朝鲜，李承晚顶不住金日成的进攻，美国必定出兵干预。金日成的军队自然不是美军的对手，在美军的帮助下，李承晚的大韩民国就会把金日成的北朝鲜吃掉，从而实现朝鲜半岛的统一。如果朝鲜半岛的局势是这样，那么，在美国的支持下，台湾国民党军就可以从朝鲜半岛进攻中国东三省，开始实现反攻大陆，重新夺回丢失的故国家园的伟大计划。退一万步讲，如果美国不出兵朝鲜，让金日成打败李承晚，实现朝鲜的统一，美国一定会更警惕共产主义对国际社会的威胁。从美国的国家利益出发，美国一定会干预东亚局势，绝不会允许中共占领台湾。

看到这份报告，蒋介石如同吃了一颗定心丸，心情顿时好起来。

这段时间不断有情报说，美国政府有人主张抛弃败退到台湾的国民党政权，与中共建立外交关系——这让蒋介石吃不好、睡不着。

这种可能性是存在的：美国已单方面终止了对台湾的援助。留驻台湾的外交机构已降为领事级，最高武官竟然只是一位中校军衔的"毛孩子"。

这不能不让蒋介石十分担心！

蒋心里很清楚，单凭退败台湾的 60 万国民党军是守不住台湾的。如果没有美国的支持，一年之内，台湾将被中共占领，他和跟随他败退台湾的 300 多万军政人员将死无葬身之地。

所以，蒋介石最担心的就是美国与中共建立外交关系，这意味着美国彻底抛弃台湾。

现在，朝鲜战争爆发了，蒋介石的这个担心消除了，这能不让他心花怒放吗！

接下来的几天，朝鲜战局的发展果然和蒋的幕僚们判断的基本一致：

朝鲜战争爆发后的第三天，美国总统杜鲁门就宣布：鉴于中共军队占领台湾将直接威胁到太平洋地区的安全，并威胁到在太平洋区域履行合法而必要之行动的美国军队，为此，我已命令美国第七舰队立即前往台湾海峡，防止任何人对台湾的进攻，并且，我同时请求在台湾的国民党停止对中国大陆的军事行动。

杜鲁门声明发表后的第二天，美国第七舰队的六艘驱逐舰、两艘巡洋舰和一艘运输舰就驶入台湾海峡。

接下来是美国第七舰队司令史枢波将军访问台湾并和蒋介石会面。

美国驻远东军总司令、第二次世界大战的英雄麦克阿瑟五星上将也从日本飞到台湾，和蒋介石握手言欢。

随后，源源而来的是 20 个步兵师的崭新装备，1000 余架各型飞机，200 余艘各类舰艇和 8 亿美元的经济援助。

蒋介石踏踏实实地睡了几天安稳觉，他的高级幕僚们判断：中共不会出兵朝鲜。

蒋介石自己也认为，中共不可能出兵朝鲜。

10 月 25 日，中国政府以中国人民志愿军的名义打响了入朝参战的第一枪。

蒋介石得到这个消息心中暗喜。

他判断：第三次世界大战可能由此爆发。

美国联合英国、加拿大、澳大利亚等15个国家组成联合国军出兵朝鲜，而中共出兵朝鲜的后台老板是苏联。如果中国人民志愿军顶不住美军的攻势，苏联就可能亲自上阵，并联合他的东欧兄弟国家共同出兵。世界上最强的两大军事阵营就会在朝鲜半岛上真刀真枪地干起来——第三次世界大战就爆发了。

这真是天赐良机——反攻大陆的国际机遇终于到了。

蒋介石要借用国际力量，特别是美国的力量，实现他反攻大陆的伟大计划。

二 偷袭东山

汪海山接到国防部的密令：配合朝鲜战局制订偷袭大陆的作战计划。

汪海山立即把他的幕僚召集到作战室。

汪海山知道，总统这次是要动真格的，他是要用东南沿海的战斗来搅乱中共对朝鲜的出兵。因此，这次作战规模必须大些，最少是一个师的行动，才能弄出些动静来。

汪海山盘算着，他的幕僚们也陆续走进了作战室。

汪海山的作战室就设在金门最高峰北太武山的脚下，在背对大陆一面陡峻的山崖下，挖了一个山洞。洞口不大，三人并排走进洞口还略显拥挤，但一进洞口，里面却是一个巨大的空间，二三百人同时待在山洞里，还显得很宽松。

山洞里用木板隔成了很多房间，每个房间的门口都挂着一个小木牌，上面写着不同的部门，如作战室、情报室、通讯室等等，自配的发电机让每个房间都灯火通明。

汪海山的司令部全设在这个山洞里。

参加这次作战会议的有金门防卫部参谋长陈通明和金防一师师长高有根，以及作战处处长和参谋们。

参谋长陈通明首先报告了解放军在福建、广东的布防情况。

"汪司令，目前我们掌握的敌军情况还是半年前情报部门提供给我们的。朝鲜战争爆发后，我们曾多次催促情报部门给我们提供最新的敌军情况，但情报部门一直没提供。我们也派出一些小分队泅渡过海，侦察对岸的防御情况，但收获不大，目前我们能掌握的情况就是这些。"陈通明报告完解放军在福建、广东的军事部署后，又补充说。

汪海山点点头。

他知道最近一个时期台湾的情报部门忙得晕头转向，但提供的情报大部分没有太大的价值，要么是过时的，要么就是假的。

汪海山想，就靠军统、中统撤离大陆时临时潜伏下来的特工，有多少能真正潜入解放军的核心部门呢？靠他们提供情报，要么是主观猜测，要么就是信口雌黄自己编的，主要是为了得到更多的活动经费，情报方面我们和中共的差距太大了。

汪海山想到这儿，就拿起电话，亲自与台湾保密局毛局长通话。

一星期后，一份详细的解放军在福建各地的驻防情报就放在了汪海山的作战室。

这份情报把解放军团以上部队的番号、驻地、兵员、基本装备，作战任务以及指挥员姓名和基本简历都写得清清楚楚。

这是一份很有价值的军事情报。

汪海山很满意："看来毛局长的手下还是有能人呀！"

参谋长陈通明也附和着说："据我所知，毛局长接到司令的电话后，亲自下令，起用潜伏了十几年的三号特工，才获得了这份情报。"

"好！我们就根据这份情报立即制订偷袭福建的作战计划。"

福建东山岛驻守着解放军一个营。

营长朱国群是一名身经百战的老兵，他也是山东人，也是随第十兵团一路南下打到福建，而且刚刚从连长破格提拔为营长——因为在解放小嶝岛的战斗中荣立一等功。

朱国群的个子像南方人，不到1米70，但身体很壮实。自从他奉命驻守东山岛后，学会了三样本领：游泳、吃海鲜、闽南话。

朱国群认为，只有学会了这三样本领，才能更好地保卫东山岛。

初冬的闽南，天气仍然暖洋洋的。北方已是冰天雪地了，但东山岛还能下海游泳。

傍晚，朱国群查完最后一个哨位，就向营部走去。

海边上，一群妇女正在织鱼网。

见朱营长走来，一位妇女就大声说："朱营长，查岗去呀？"

朱营长也大声回答："是！这么晚了，你们还在忙呀？"

"明天我们想出海打鱼，海上安全吗？"

听这位妇女这么问，朱营长就很认真地说："如果你们明天出海，还是按老规矩，不要靠近敌占岛。而且到达渔场后，一定要派出警戒船，发现有情况，就立即返航。"

"知道了！朱营长再见！"

妇女们大声地喊着。

朱国群也笑着与她们挥挥手告别。

回到营部，朱国群拿起电话，向团部例行报告今天东山岛的情况。

摇了几次电话却不通。

"通讯员，告诉电话兵，营部到团部的电话不通了，让他立即去查线路！"

营部通讯员应了一声，就快步向通信班跑去。

朱国群坐下来，给自己倒了一杯开水，一边喝水一边看着电话机想：刚才查哨前还接到团部的电话，怎么这会儿就不通了呢？

朱国群放下茶杯，又走到电话机旁——他想给一连打个电话，看看电话是不是通的。

朱国群发现给一连的电话也打不通，接着给二连、三连打电话，都打不通。

朱国群知道情况不好。

他立即背起枪，带上一名通讯员，向离营部最近的一号哨位飞快地跑去。

朱国群飞奔着冲进一号哨位，吓得两位执勤的战士不知发生了什么情况。

朱国群拿起一号哨位的电话就打起来。

哨位和连部的电话是通的。

"一连吗？我是朱国群，立即做好战斗准备！"

朱国群给一连下达了作战准备的命令，接着又给二连、三连打电话，下达了同样的命令。

给三个连先后下达战斗准备的命令后，朱国群又想到一件更为重要的事情："通讯员，你马上去团部，报告团长：今晚东山岛肯定有敌情，请团长向上级报告，并增援东山岛！"

"是！我立即去团部，向团长报告：今晚东山岛有敌情，请求增援！"通讯员重复了一遍命令后立即跑出一号哨位……

深夜，东山岛四周的海面上一片漆黑。

国民党金门防卫部一师师长高有根正率领三个团，乘坐登陆舰悄悄向东山岛驶去。

汪海山根据台湾保密局提供的情报，选定福建东山岛作为这次偷袭大陆的攻击目标。

汪海山认为：东山岛地处福建、广东交界处，兵力部署相对薄弱。根据情报，东山岛只驻守了解放军一个营，方圆100公里内再没有其他解放军整师建制的部队。战斗一旦打响，离东山岛最近的驻守漳州的解放军增援东山岛，也需要3个小时。如果战斗打响前，能让潜伏在东山岛的特工切断岛上解放军与岛外的联系，留给国民党军的时间就更多了，打下东山岛应该没有问题。

在汪海山心里，他之所以选定东山岛还有一个他不愿说出的原因——因为东山岛是刘锋的防区。

汪海山还想和这位老对手碰碰面。

突袭东山岛的国民党军一个师已经到达预定位置。

师长高有根从望远镜中已能清楚看见夜色中的东山岛。

"给汪司令发报：我军已到达进攻位置，请求发起对东山岛的进攻！"高有根对作战参谋命令道。

作战参谋快步向登陆舰上的电讯室跑去。

高有根又对其他人员命令道："一团、二团做好登陆准备，三团作为预备队留在舰上待命。"

朱国群命令通讯员去团部报告敌情后，自己就快步向一连的防守阵地走去。

只用了20分钟，朱国群就来到一连阵地。

"报告营长，一连已全部进入作战位置，目前还没发现异常情况。"一连长见到朱国群立即报告。

朱国群站在一连指挥所的坑道里，拿着望远镜向海面仔细看了一遍。

一连指挥所实际上就是一个简易的坑道：上面用刚砍下的树干盖成顶棚，顶棚上铺上防雨布，上面再用沙袋做些伪装，远远看去，就像一个小沙丘。

一连长见朱国群放下了望远镜，就小声问："是团部有敌情通报吗？是小股敌人还是大部队？"

朱国群没有马上回答，只是拿着望远镜又朝另一处海面仔细地看了一遍，然后才对一连长说："团部没有敌情通报，是我的判断。"

"怎么回事，你发现什么情况了？"一连长瞪大眼睛问道。

"啊！我发现营部通往团部的电话不通了，而且和各连的电话也不通，我估计是人为的破坏。你想想，为什么这个时候有人要切断我们的电话线？无非是害怕我们与岛外联系。而且这个电话是今天傍晚时不通的，破坏的人可能想，晚上我们查线路比较困难，会等到明天天亮后再去查，那么今晚有情况我们就无法向岛外报告了，破坏电话线的人目的也就达到了，所以我判断，今天晚上一定有情况，而且情况会比较严重。"

朱国群一口气说出了自己的分析。

一连长听后也是一阵紧张——他觉得营长的判断是正确的。

也许今晚真有一场大的战斗。

朱国群和一连长正在分析敌情，突然从海面上传来一阵微弱的马达声，朱国群快步走出坑道，向着海上仔细地听着。马达声越来越清晰，不一会儿，一艘登陆艇的轮廓就出现在朱国群的眼前。

朱国群拿起望远镜一看，海面上几十艘登陆艇正向东山岛快速驶来。

"不好，有情况！"朱国群大叫了一声，转身冲回坑道，对着坑道里的人说，"敌人来了，准备战斗！"

金防一师师长高有根接到了汪海山的命令："按作战计划行动！"他立即下达了进攻东山岛的命令。

第一攻击波300人乘坐登陆艇向着东山岛南侧的海滩冲去。

朱国群和一连战士清楚地看见登陆艇靠上沙滩后，随着前舱口的打开，一群国民党士兵就端着冲锋枪向岸边冲来。

等他们进入一连阵地轻重武器的最佳射程内，朱国群才大叫一声："打！"

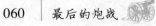

轻重机枪和步枪一齐开火，一下就打倒了前面的 20 多人。

国民党军见解放军早有准备，立即四散趴下，利用沙滩上的小礁石做掩体，开始组织火力反击。

双方枪声响成一片。

高有根在指挥舰上把这一切看得清清楚楚。

看来，解放军早有防备，偷袭是不可能了，只能用第二套作战方案：强攻。

高有根立即命令舰上的所有炮火集中轰击解放军的前沿阵地，掩护部队强行登陆。敌舰上的炮火相当猛烈，压得解放军守岛部队抬不起头。

一连阵地完全被摧毁。

朱国群命令一连转入第二道防线。

在一连阵地遇到敌人炮火猛烈攻击时，二连、三连阵地前也出现了大量敌人，看来敌人是采用了四处开花、全面登岛的战术。

高有根见东山岛的解放军早有防备，就改用第二套作战方案，命令部队强行登陆。充分利用登陆艇灵活、快速的特点，从东山岛的南北两面，选择多个登陆点实施登岛。

高有根知道东山岛的解放军只有一个营，也就 100 多人。根据情报，解放军对东山岛东面比较关注，防守的兵力布置比较多，所以，高有根选择了岛的南面作为进攻的主要方向。这一带虽然沙滩面积小，不利于进攻部队展开，但礁石和树林较多。部队进攻受阻时，可以充分利用礁石和树木，建立简易掩体，有效保存战斗力。

高有根知道解放军的防守是严密的，尤其是解放军善于发动群众，走到哪里就把群众工作做到那里，让老百姓和他们一条心。

这一点是国民党军永远望尘莫及的。

高有根从心里佩服共产党的正是这一点，他不知道共产党使用的是什么魔法，为什么老百姓就那么支持他们。

国民党军的士兵也大部分是穷苦百姓出身，并不是所有国民党军的纪律都比解放军差，如果士兵欺负老百姓有的也同样会受到严厉处分，甚至枪毙。

可老百姓为什么就不和他们一条心呢?!

高有根是职业军人，不是政治家，他当然不会懂得这些。但高有根懂得解放军善于把群众变成他们的同盟军，变成他们的耳目。所以，东山岛的解放军虽然只有一个营，100多人，但你却不能把东山岛的防御力量只看成是100多人，东山岛上的老百姓都可能成为解放军的同盟者，帮助解放军反击国民党军的进攻。

所以在制订偷袭东山岛的作战计划时，高有根是充分考虑到这些因素的。

其实高有根也知道，偷袭东山岛是很难成功的。一方面解放军的警惕性很高，防守的布置也很严密。另一方面，岛上的老百姓那么多，只要有一个老百姓发现了他们，很快就会报告给解放军。

所以，高有根的作战计划中重点还是强攻，他把攻击点四处分开，让解放军顾头顾不了尾。

解放军的战斗力再强，毕竟只有100多人，不可能在全岛各处设防。

现在，高有根的战术奏效了。

南面登陆的国民党军遇到了严密的防守，但北面登陆的国军就很顺利，几乎没有遇到解放军的阻击就顺利登陆了。

高有根发现北面是解放军防守的薄弱环节，立即对战术做出调整：他让一团从南面牵制解放军，二团全部从北面登陆。二团从北面登陆后，全力攻占东山岛的制高点，控制住全岛，然后再向南攻击，夹击南面的解放军守岛部队的主力。

朱国群让一连退守第二道防线后，发现岛的北面有枪声，心想：坏了，可能敌人从北面登岛了。

东山岛的北面大部分是滩涂和乱礁，船只很难靠岸，所以，一营在北面只设了几个哨位，负责监视海上情况，因兵力有限，并没有部队防守。

一营三个连：两个连布防在东山岛的东面，一个连在南面。现在，三个连都遇到敌人的强攻，谁也分不出兵力去防守北面。

朱国群知道，这次敌人是做了充分准备的。

从敌人进攻的路线看，东、南、北三面同时登岛攻击，说明敌人出动的兵力起码有一个师，仅仅靠一个营是绝对抗不住敌人一个师进攻的。现在只能把部队集中起来，利用有利工事进行有效防御，尽力保存部队战斗力，拖延时间并守住东山岛西面的码头，等待增援部队的到来。

朱国群想到这里，立即下令："通讯员，你立即赶到三连阵地，告诉三连长，让他带领全连退出现在的阵地，撤往西面，防守东山岛西面的码头，我带一连、二连也逐步往西面靠。无论如何我们要坚守到明天下午，等待增援部队的到来。"

通讯员说了一声"是"，转身向三连阵地跑去。

敌人的进攻越来越猛烈。

朱国群率领一连、二连边打边撤，向着东山岛西面靠拢。

朱国群不知道天亮后援军能不能赶到，也不知道一营能不能守到明天下午。

三　紧急增援

奉命前往团部报告敌情的通讯员在海边渔村找了一条小船划向大陆，登陆后，一刻不敢耽误，急速向团部驻地跑去。

黑漆漆的天空，满天的星星调皮地看着这位在荒郊野外奔跑着的年轻战士。通讯员不知道现在几点了，但他知道越早赶到团部，向团长报告敌情，东山岛的危机就会减轻些，增援部队早一分钟到达，东山岛就早一分钟安全。

通讯员从营长朱国群脸上读懂了"情况紧急"这四个字。

团部驻扎在离东山岛约 60 公里外的一个小山村，工兵营修了一条简易公路，使大卡车能通过这条简易公路给团部运送物资。

也算这位通讯员运气好，正当他摸黑在公路上急速向团部跑去时，一辆运送物资的车辆刚好从他身后驶来。

通讯员挥手拦住了车辆，告诉车上押送物品的战士，他是东山岛一营通讯员，有紧急敌情要赶往团部报告。

押车的战士让他上了车，大卡车直接向着团部驶去。

团长米烈山下午参加驻地的军民联席会议，吃完晚饭才回到团部。

快要过新年了，驻地的群众大部分都没有准备过年的东西。几年的战争，让老百姓的生活过得很艰难。联席会上，地方领导希望部队能帮助政府解决一些粮油等生活必须品，让老百姓过一个欢快的新年。

米烈山回到团部，立即给师长刘锋写报告，请求上级协调解决老百姓急需的一些物资。

报告刚写完，米烈山躺在床上准备休息，就听到外面一阵马达声，一辆汽车好像是在他的门口紧急刹车，刹车的声音有些刺耳。

米烈山正想着，这是哪个冒失鬼，车开得这么急！一阵急促的脚步声就传入米烈山的耳朵。

脚步声在米烈山的房门口停住，接着就是很响的敲门声："报告团长，有紧急敌情！"

米烈山一听有敌情，一下就从床上爬起来，快步走到门口把门打开。

"报告团长，我是东山岛一营营部通讯员，奉营长朱国群的命令，向您报告：今晚东山岛有敌情！"

米烈山拉着小战士进屋，让他坐下，然后说："不着急，具体说说，什么情况?"

米烈山用平和的口气询问,他怕口气太急会吓着小战士。

通讯员喘了一口气,听到团长问具体情况,又站起来报告:"今天傍晚,营部通往团部的电话被人破坏了,而且营部和各连的电话也打不通。营长判断这是敌人有计划的破坏,今晚肯定有情况。"

米烈山拍拍小战士的肩膀,让他坐下,"你的任务完成得很好,你现在的任务就是睡觉!"

米烈山说完又大声对门外叫道:"小张,你过来一下。"话音未落,一名战士就跑进了米团长的房间。

"小张,你带这位小同志去休息,先给他弄些吃的,然后找个地方让他好好睡一觉。"

"是!团长。"

米烈山看着两位战士走出了自己的房间,立即从床头拿起手枪就快步向团部作战室走去。

路过作战值班室,他让值班参谋通知参谋长、作战科科长等有关人员立即到作战室开紧急会议。

师长刘锋被一阵电话铃声吵醒,他打开床头灯,伸手拿起电话。

"报告师长,我是米烈山,东山岛今晚有敌情!"

20分钟后,刘锋的作战室里已经坐满了人。

师参谋长简要介绍了东山岛的情况后,就请师长刘锋下达作战部署。

刘锋站在巨幅的作战地图前,用洪亮的声音说道:"根据米团长的报告,今晚东山岛可能遭到敌人的进攻。我的判断是:敌人很有可能利用优势兵力和优势装备,一举拿下东山岛,然后根据我军的动向再做打算。最近,朝鲜战场打得很激烈,台湾方面不可能没有动作。如果敌人袭击东山岛,肯定是配合朝鲜战场的军事行动,那么,这次行动的指挥官就一定是我们的老对手——汪海山了。"

听到师长刘锋讲到汪海山，作战室里发出了会心的笑声。

"汪海山的用兵历来是既小心又大胆，一旦他认为出现了机会，就会不顾一切地大胆用兵，实施他的作战意图。东山岛还真是我们的一个薄弱环节，首先，东山岛只有我们一个营的兵力，虽然营长朱国群很会打仗，但他能调动的兵力很有限，一旦敌人投入数倍于我们的兵力进攻东山岛，是很难守住的。第二，敌人有海上的明显优势，可以一次性运送一个师的兵力登岛，而且无后顾之忧，进可攻，退可走。第三，东山岛离我们师的主力比较远，即使增援也要有时间，所以，汪海山一定会抓住这个机会，偷袭东山岛。"

刘锋进一步分析，而且越分析越看清了东山岛的危险。

"现在，我们唯一能让汪海山想不到的就是我们的增援速度。我判断，如果今晚敌人偷袭东山岛，兵力会是一个师，而且会采用四面开花、全面登岛的战法。夜晚，敌人不敢纵深推进。但天一亮，一营就会很困难，会遭到敌人的四面围攻，东山岛很难守住。如果朱国群了解了敌情，他一定会把全营的兵力集中起来，退守到岛的西面，守住西面的码头，等待增援部队的到来，这样，东山岛才有机会守住。"

刘锋说到这，环视了一下作战室每一位参加作战会议的人员，然后表情严肃地下达作战命令：

"我命令全师部队凌晨3点出发，全速前行，增援东山岛。必须在上午8点到达东山岛并投入战斗，保证东山岛不会落入敌人手里，那怕一分钟也不行。我已命令一团先派出一个营，立即出发，轻装前进，保证在天亮时赶到东山岛，配合一营守住码头，等待主力部队的到达。"

刘锋下达作战命令后，立即向兵团首长报告。

汪海山在天亮前就接到了高有根的报告：两个团已经登上东山岛，现在正全力围攻解放军，力求中午 12 点前占领全岛。

汪海山并没有向台湾国防部报告情况，他知道东山岛不可能这么顺利地占领。

他站在军用地图前，认真思考着：东山岛通往外界的电话线已被我们提前派出的特工破坏了，这样，岛上解放军只能派人出岛向上级报告军情。就算战斗一打响，他们就派人出岛报告情况，最快也要五六个小时。早上七八点左右刘锋才可能接到报告，一小时后派出增援部队，赶到东山岛最快也要 3 个多小时。

汪海山判定，解放军的增援部队最快会在中午 12 点前到达东山岛，因此必须让高有根在上午 10 点前结束战斗，占领东山岛。

汪海山很了解刘锋，知道刘锋用兵神速。

高有根接到汪海山在上午 10 点前占领东山岛的指令，也立即下令已经登岛的一团、二团全力推进，一定要在解放军增援部队到达前消灭岛上的守军。同时命令作为预备队的三团，立即派出两个营登岛作战，防守北面的登陆点，保证一团、二团遇到不利情况时能顺利撤回海上。

一团、二团接到命令后，立即从南、北两面向朱国群营发起了新一轮的进攻……

营长朱国群虽然把三个连集中起来，坚守岛西的码头，并凭着有利地形和工事，连续打退了敌人的几次进攻。但天亮后，朱国群就明显感到敌人的进攻更猛烈了。虽然一营的战士地形熟，战术素质好，三个连相互配合，彼此火力支援，又连着打退了敌人的三次进攻，但自己的伤亡也开始增多，阵地被压缩得越来越小。

朱国群浑身冒汗地穿梭在三个连之间，不断根据战场情况，调整三个连的防守策略。但无奈双方实力相差太大，到早上 6 点，自己的三个连已被敌人压缩在很小的最后一处山头上。

朱国群心急火燎。他十分清楚，丢了这个阵地，码头也就丢了，他们将无退路可走，造成全营覆没。因为如果丢掉码头，既使增援部队赶到，也很难上岛。在敌人占有海上绝对优势的情况下强行登岛，一定会造成人员的极大伤亡。

朱国群不敢再往下想，他只能咬牙指挥部队做最后的坚持。

正当一营危在旦夕时，提前出发赶往东山岛增援的一团三营赶到了。

朱国群看到援兵到了，立即指挥全营发起反冲锋，把冲到前沿阵地的敌军再次打退，让增援的三营顺利进入了阵地。

一营阵地一下子多了100多人的援兵，火力顿时强了很多。朱国群乘势又组织了几次小规模的反冲锋，把丢失的几处阵地夺了回来……

高有根接到报告，说解放军的援军到了，吓了一跳，后又接到报告说，增援的解放军人数并不多，这才稍许放下心来。他判断，增援部队可能是在东山岛附近的小股部队，听到枪声后赶来支援的，但这说明解放军已经得知东山岛遭遇攻击了，增援的大部队也应该很快就会到来。

高有根不敢懈怠，立即命令一团、二团加强进攻，他要在解放军大部队到来前拿下东山岛。

刘锋向兵团首长报告了东山岛的敌情和作战部署。

作战部署马上得到兵团首长的批准，同时兵团首长命令驻广东汕头的另一个师也火速增援东山岛。

刘锋亲率两个团向东山岛火速增援。

几十辆军用大卡车行驶在蜿蜒起伏的山间公路上，车队时而穿出山谷，远远望去，像一条元宵节时人们舞动的灯龙，在黑暗的山间闪着串串灯光。

车队时而驶入谷底，串串灯光顿时消失，山间又被夜幕笼罩，漆黑一团。

刘锋坐在吉普车里，用步话机保持和二团、三团的联络，不时和两位团长沟通一下，了解部队的行军速度和道路情况。

刘锋心里很着急，他知道东山岛的情况危机，如果不能及时赶到，东山岛可能被敌人攻下。

突然，步话机里传来二团长急促的声音："报告师长，部队行军中遇到地雷，一辆车被炸毁，六名战士受伤，一名牺牲。两个特务已被我击毙，另有一名逃往山中，我已派出一个班正在追击，报告完毕。"

"把受损车辆立即推到路边，部队全速前进。追剿特务的一个班让他们尽量抓活的，完成任务后让他们回团部待命。"

"是！二团明白。"

刘锋下达完命令，从心里佩服汪海山作战精细。

这几个特务肯定是奉命阻截我的增援部队——是汪海山整个作战计划的一部分。虽然汪海山知道，靠这几个特务是不可能阻止我的增援部队，但只要延缓我的增援速度，就会给他的进攻东山岛的部队更多一点时间。

刘锋想到这，又立即给二团下令："你团要不顾一切抢时间赶到东山岛，为了提高行军速度，你团可集中最好的车辆和武器，先保证一个营在8点之前到达东山岛，其余两个营紧跟其后，到达东山岛后，除了支援岛上作战外，还要留下一个连多准备一些渔船，接应三团登岛作战。"

"二团明白！保证完成任务！"二团长在步话机里大声回答。

高有根在海上指挥两个团全力攻占东山岛。

眼看就要成功了，没想到解放军的增援部队会来得这么快。

刘锋的增援部队——二团一营在早上7点半就登上了东山岛，一营上岛后，立即从南面反击登岛的国民党军。

朱国群迎接二团一营进入阵地后，立即组织部队发起对岛上北面敌人的攻击。

一小时后，二团的其他两个营也全部顺利登岛。

随后，解放军的全面反击开始了……

这是汪海山万万没有想到的。

早上7点40分接到高有根报告，说解放军的增援部队到达东山岛，汪海山还有些不信。他以为这是东山岛附近的小股部队，刘锋的大部队不可能来得这么快。

汪海山很自信——他的作战计划是很周密的：偷袭前，他已派出特战人员上岛切断了岛上共军和大陆的联络。为阻止刘锋的增援部队，他通过保密局，要他们潜伏在福建的特务不惜一切代价采取行动，干扰刘锋所部增援东山岛。

汪海山相信，这些措施的落实，至少可以让刘锋所部在中午12点之前无法赶到东山岛，以保证自己的部队有足够的时间打下东山岛。

当然，汪海山还没有嚣张到自欺欺人的地步，他在制订作战计划时，从来都要求做到知己知彼。

汪海山心里很清楚：东山岛战斗只是偷袭，目的就是呼应一下北面的朝鲜战事。东山岛离大陆那么近，即使打下了，也不可能长期驻守。就凭国民党军现在的实力，守金门都困难，更别谈东山岛了。

汪海山的计划是，先把东山岛的一个营解放军吃掉，然后占据东山岛，凭借自己的海上优势，再和刘锋打一场夺岛保卫战，说不定还能再吃掉解放军的一个团。这样也能让台湾方面长长士气，让校长在美国人面前也好说话。

现在看来，这个计划要落空了！

汪海山命令高有根：如果刘锋的增援部队到了，就让登岛的两个团迅速撤离，不要恋战，以保存实力，因为国军实在输不起。

高有根很听话，立即命令一团、二团有序退出战斗，由三团掩护撤回到登陆舰上。

刘锋登上东山岛时，国民党军的两个团已开始全面撤退。

汪海山的部队还是训练有素的，两个团交替掩护，并不慌乱，加上停在海面上的军舰也开始用大炮轰击解放军，掩护登岛部队撤离，所以两个团的撤退还是很顺利。只是最后一批撤离的国民党兵乘坐的十几艘橡皮艇，有一艘被朱国群带领的追击部队击中，橡皮艇顿时漏气，艇上的 5 名官兵落入水中，被解放军活捉了。

刘锋从望远镜中看着一边打炮一边快速撤离的国民党军舰，真正意识到没有海军，台湾海峡还真是一道难以逾越的天然屏障！

"向兵团首长报告：偷袭东山岛的国民党军已被我军击退，现已全部撤离东山岛！"

刘锋没有再说什么——因为他心里清楚：海峡两岸的较量才刚刚开始，这必将是一场长期而艰巨的战斗……

四 战地广播

三月的金厦海域，微风习习，是一年中难得的好季节。

"驻守在金门的蒋军官兵弟兄们，这里是中国人民解放军厦门前线对金门广播站，现在开始为你们广播……"温柔甜蜜的女播音员的声音，从离金门岛最近的小岛——角屿岛上飘向了大、小金门岛。

这是 1953 年 3 月 5 日傍晚 6 点整。

大、小金门岛上，三三两两的国民党军官兵正走出坑道，有的躺在沙滩上，沐浴着落日的余晖；有的在沙滩上漫步，驱赶着一天的疲惫，突然间听到从对岸传来的广播声吓了他们一跳。大部分官兵在第一时间迅速跑回了坑道，只有几位老兵由于动作慢，还在沙滩上紧张地往坑道里跑着。

"蒋军官兵弟兄们，从今天开始，每天傍时 6 点到 7 点，我们将为你们广播一个小时。我们知道，你们驻守在金门岛上，生活很艰苦，没有什么文化娱乐活动。有些人离开家乡好几年了，一定想知道家乡的情况，也想听听乡音乡情。所以，我们的广播会为你们介绍家乡的变化，播报家乡亲人的消息，也会为你们播放家乡的戏曲，希望你们从今天起，每天傍晚能走出坑道，在沙滩上，在小树旁，聆听来自祖国大陆的乡音乡情。今天先为大家播出江西的地方戏——赣剧的经典名剧《白蛇传》的片段。"

悠扬的赣剧《白蛇传》飘向了大、小金门岛。驻守金门的原国民党十二兵团的官兵很多来自江西，显然这是解放军厦门前线对金门广播站的编辑们精心准备的一道"心战"大菜。

组建厦门前线对金门广播站是军区首长半年前的决定——这个决定来自于朝鲜战场上的一份战地通讯。

朝鲜战争爆发后，军事斗争的重点从东南沿海转到了东北。虽然驻守在金门的国民党军经常袭扰大陆沿海地区，但基本都是小股部队，再没有出现像偷袭东山岛那样派出整师部队的行动。

金厦海域出现了暂时的平静。

十月的一天傍晚，军区首长在阅读一份朝鲜战报，是新华社记者写的一篇战地通讯《震撼美军的战地玫瑰》，文中详细介绍了在朝鲜战场上我军一名战地女播音员，如何利用战斗空隙对敌喊话，成功瓦解敌军的传奇故事。

军区首长读完这篇通讯，立即联想到金门岛。

现在两军对峙，隔着一条窄窄的海峡，这种军事对峙目前看来不是短期就能结束的，这不正是开展"心战"的最好战场和时机吗？

"张参谋，你给刘锋打个电话，让他立即到我儿这来。"首长看完战报，边思考边对一旁的参谋说。

30分钟后，刘锋站在了军区首长面前。

"首长，二师师长刘锋前来报到，听候首长指示！"

"来的好快呀！来、来、来，到这坐下。"

首长用亲切的话语招呼刘锋坐在他身旁，然后仔细打量着刘锋。

已经两年多了，刘锋没有和首长这样面对面地坐过。

自从金门战斗失败后，刘锋只和首长见过一次面，那是降职处分决定下来后，刘锋从军长降为师长，军区首长也是这样把刘锋叫到办公室，也是这样面对面的坐着，当时首长什么宽慰的话都没说，只说了一句："金门战斗的失败主要责任在我！"刘锋的眼泪就控制不住了。

在老首长面前，刘锋像个孩子似的"哇"的一声哭了出来。他不是为自己的降职，而是为牺牲的 9000 战友，为十兵团的荣誉！

"东山岛战斗打得很好，你的指挥果断，兵力调配及时，行动迅速，军区领导都很满意。"

听到首长的表扬，刘锋反而有些不好意思了，"是首长指挥果断！"

"我们哪有指挥呀，不就是批准了你的作战计划吗！这可不能贪功呀。"首长半开玩笑半认真地说。

刘锋没有说话，他真不知道该怎么回答。

"说说金门岛的情况。"首长收住笑容，认真地问。

"目前金门的情况还比较平静，据我们的情报，蒋介石目前也把注意力放到了朝鲜，密切关注着朝鲜战局的变化，所以金门岛现在没有什么大动作。除了一些小股部队偶然偷袭一下，再就是一些武装特工泅渡过来刺探情报，都被我们及时发现，并把他们打了回去，前线的情况基本稳定。"刘锋用简略的语言报告前线的情况，边说边猜测首长今天叫他来的意图。

首长听完他的报告，微笑着点了点头，然后把一份战报放在刘锋面前——这正是首长刚看完的刊载战地通讯《震撼美军的战地玫瑰》的那期战报。

刘锋认真地浏览了一遍。

"怎么样，有什么想法？"首长见刘锋看完了通讯就问道。

"首长的意思是——在厦门前线也应该组建一支心战部队？"刘锋像是自言自语，又像是在回答首长的提问。

"就是这个意思。现在我们和国民党军隔海对峙，从目前形势分析，这种对峙可能会持续较长时间。朝鲜战争没结束前，我们不可能发动对台湾的作战。因此，我们要有长期对峙的思想准备，这正是我们开展对敌心战的有利时机。利用广播，宣传我军的政策，宣传祖国大陆的建设成就，让金门的国民党军了解自己家乡亲人的现状以及家乡的变化，使他们逐步知道什么是正义的战争，知道对抗是没有出路的，从而瓦解敌军的战斗意志，为我们将来解放金门、解放台湾的战斗打下基础，这是一场看不见硝烟的战斗。"

刘锋听着首长的分析判断，越听越兴奋。他突然明白了，首长叫他来是不是要把这个新的任务交给自己呢?!

他正猜测着，就听首长说道："我现在就要交给你这个艰巨而又光荣的任务：半年内组建对金门的广播喊话，要充分利用乡音乡情，瓦解金门敌军的斗志，为解放金门先打一场心理战。"

刘锋是怀着激动而又忐忑的心情回到师部的。激动的是，通过今天的谈话，刘锋知道军区首长还是非常信任自己的，在首长心目中他还是一员能打硬仗的猛将；忐忑的是，对金门广播刘锋完全是门外汉。广播是怎么回事？怎么才能把声音播出去？需要哪些技术设备？需要什么样的技术人才？这些人从哪里去找？一大堆的问题他一时还不知道怎么解决。

但刘锋相信一条，只要认真学习，不懂就问，依靠集体的力量，没有解决不了的问题。

刘锋回到师部的第二天，军区关于恢复刘锋军长职务的命令也下达了。

刘锋此刻才真正明白首长为什么要把这个艰巨而又光荣的任务交给他，他从内心感激军区首长对他的充分信任，并暗下决心一定要在金厦海域打一场以前从未打过的对敌心理战。

刘锋到军部上任后的第一道命令就是要求军政治部一周内完成组建对金门广播的方案，并上报军区批准。

田玉娟是军区文工团的歌唱演员。

这几天文工团可忙了——因为再过一个月文工团要组建一支小分队，随中央政府赴朝鲜前线慰问团为志愿军进行慰问演出。

田玉娟很自信，她相信自己一定能被选上，参加赴朝慰问小分队，前往朝鲜为最可爱的人——志愿军战士歌唱。

田玉娟的自信是有根据的：她是团里的主力演员，每次文工团演出，她基本上是压轴出场，一唱就下不了台，不连唱五六首歌，战士们是不会饶过她的。

战士们喜欢她的歌：嗓音甜美，音域辽阔，感情真挚！

战士们更喜欢她的长相：大大的眼睛，高高的鼻子，嘴唇不薄也不厚，配上白皙的瓜子脸，真是太漂亮了。

文工团每次下部队演出，战士们只要听说田玉娟要来，都会兴奋得睡不着觉，然后期盼着这个军中女神为他们唱歌。

所以田玉娟很自信，她相信这次文工团组建小分队去朝鲜慰问演出，她一定会被选上。

"田玉娟，政委让你去团部，有任务。"一个舞蹈演员大声对正在琴房练歌的田玉娟喊道。

"知道了！"

田玉娟对钢琴老师说了句"对不起，我们今天就练到这儿吧"，然后就收拾好曲谱，向文工团团部走去。

田玉娟边走边想，会是什么任务呢？组建赴朝小分队是一个月后的事，不会这么早就定名单吧？

"报告！"

"请进！"

田玉娟大步走进团部，见政委正陪着一位她不认识的人说着话。

政委见田玉娟来了，就小声地对那人说："这就是田玉娟。"

那人听政委说完，就上上下下的打量了一下田玉娟，然后伸出手，"你好，田玉娟同志，我是军区宣传部的。"

"这位是军区宣传部的李副部长。"政委连忙介绍到。

"您好！李副部长。"田玉娟大方地握着李副部长的手。

"你好！田玉娟同志。"李副部长关切地问道，"听说你们最近很忙，都在为去朝鲜前线慰问演出做准备。"

"是的，我正在准备曲目，预选了 10 首歌，都是为这次赴朝慰问演出新创作的歌曲，我要把最新最好听的歌曲献给志愿军战友们。"田玉娟热情地回答。

李副部长和政委对视地笑了一下。

"田玉娟同志，现在有一个更艰巨而又光荣的任务等待着你。"政委严肃地说。

田玉娟见政委如此严肃，马上收住了笑脸，自然地把两腿并拢，高声回答："坚决服从命令！"

政委并没有再说下去，而是朝李副部长点了下头。

李副部长接过话头说："田玉娟同志，军区决定在厦门前线组建对金门广播站，决定调你担任对金门广播站的首任播音员，两天后你去厦门前线部队报到，具体任务你报到后会告诉你。"

田玉娟不知是没听清楚还是没听懂，愣愣地站在两位首长面前一动不动，也不说话。

"田玉娟，你怎么啦！"政委见田玉娟不说话，问道。

田玉娟还是一动不动站在那里，然后泪水慢慢地流了下来。

"田玉娟，你怎么哭啦？这是一项十分光荣的任务呀！"政委有点慌了，大声地说。

李副部长也有点意想不到，他也不知为什么田玉娟会哭。

田玉娟只是让眼泪尽情地流着，没有哭出声。其实，这比哭出声还吓人！

"我想唱歌，我想在舞台上为战士们唱歌！"田玉娟喃喃地说。

她不知道什么是对金门广播，也不知道什么是播音员，但她知道自己热爱唱歌，她喜欢在舞台上为战士们唱歌。她迷恋唱完歌后战士们给她的掌声和欢呼声，也迷恋唱完歌后战士们送给她的鲜花。

田玉娟从小就爱唱歌。

田玉娟是上海人，她的父母亲都是工人。虽然父母亲都不会唱歌，但上帝却给了田玉娟一副好嗓子。

田玉娟上小学时，老师就发现这孩子的嗓音比一般孩子的嗓音又高又亮。好在这所小学有音乐课，音乐老师也特别喜欢这位天生一副好嗓音的学生，就经常给田玉娟上小课，辅导她学习乐理，教她试唱。正是小学打下的这些基础，使田玉娟上中学后，音乐天赋得到了充分的发挥。正当田玉娟准备参加音乐学院的考试时，战争来临了。田玉娟没有机会上音乐学院，只能跟着父母参加了保卫上海的战斗，迎接解放大军进上海。

上海解放后，刚好华东野战军要组建南下文化服务团，其中要招一部分文工团员，田玉娟听说后马上就报了名。

由于田玉娟出身工人，又有一副好嗓子，再加上有不错的乐理基础，自然就被南下服务团录取了。

田玉娟随南下服务团到了福建。

后来十兵团组建文工团，田玉娟就成了文工团的歌唱演员，十兵团撤销后，田玉娟就进了军区文工团。

现在领导突然要让她告别舞台，告别她心爱的歌唱事业，去担任什么播音员，田玉娟当然不愿意！

但服从命令是军人的天职！

田玉娟从团部回到宿舍，就开始收拾简单的行装。两天后她就要告别文工团，到厦门前线部队报到，从事她非常陌生而又充满神秘感的对金门广播！

五　百灵歌唱

军政治部制订的厦门前线部队对金门广播方案是刘锋下达命令后的第五天完成的，提前两天完成的方案让刘锋很满意。

刘锋立即组织召开军党委会议对这个方案进行了专题讨论。

"政治部已经起草了关于组建对金门广播的方案，下面先由方案的具体负责人——政治部林副主任介绍一下具体内容。"刘锋作为军党委书记，见参加会议的党委委员到齐了，开门见山地说。

林副主任立即站起来，开始介绍对金门广播的方案：

"接到任务后，政治部首先会同司令部、后勤部有关部门，讨论了组建对金门广播的具体内容、步骤和需要解决的问题。我们又请教了地方广播电台的有关领导，然后根据我们的具体任务制订了这个方案。第一，机构名称、归属、级别。名称：中国人民解放军厦门前线对金门有线广播站；属军政治部直属单位，业务归口军政治部联络科；级别：正营级单位。第二，人员编制：由 18 人组成，其中技术人员 8 名，编辑 6 名，播音员男、女各 1 名，正、副站长各 1 名。第三，广播站地点：根据司令部作战处的建议，为了达到最好的传播效果，广播站拟设在离金门岛最近的我方岛屿——角屿岛上。第四，广播设备：播出设备和录音机由地方广播电台提供，地方可支援两台录音机和一套播出设备，广播大喇叭由军区后勤部解决……"

林副主任详细介绍完方案后，大家七嘴八舌地议论起来，意见很快就统一了，只是播音员从哪里挑选，一时还没定下来。

"播音员从哪里选现在有两种意见，一种是认为应该从现有部队人员中挑选，还有一种是认为应该从地方挑选，选中人员再特召入伍，这两种意见都有其合理性，大家再议议，看哪种方式更适应我们开展对敌心理战的要求。"刘锋见大家议论的差不多了，就归纳大家的意见说。

沉默了一会儿，军政委见大家不说话了，就带有总结地说道："关于男、女播音员从哪里选，我看还是从部队中选吧。虽然从地方选可能面更宽些，可以选到更好的播音员，但毕竟对金门广播不是一般的播音，而是一场战斗，是要在前线，在距离敌人最近的前沿阵地上广播，是要随时准备牺牲的。所以，对金门广播的播音员首先是一名战士，是一名不怕牺牲的勇敢的战士，其次才是播音员。军区首长要求我们在半年内组建完成对金门的广播，我们没有更多的时间去培养一名播音员从老百姓转变成战士，所以，我觉得还是从现在部队人员中挑选更符合实战的要求。"

政委的这番话统一了大家的意见。

"如果大家同意政委的意见，就鼓掌通过吧！"刘锋见大家不说话了，就提议道。

会场上响起了一阵掌声。

军区很快就批复了《关于组建厦门前线对金门有线广播的方案》，在批复方案的同时，还送给了对金门有线广播站一个最大的"礼物"——军区首长亲自点名，让军区文工团歌唱演员田玉娟担任对金门有线广播站的女播音员。

消息传来，可把刘锋和政委高兴坏了。

"看来还是军区首长了解我们的难处呀！这两天我还正为女播音员的事犯愁呢！"政委笑呵呵地对刘锋说。

"是呀！昨天林副主任还跟我说，男播音员没有问题了，就是咱们政治部的小王，他是北京人，又是大学生，当播音员是再合适不过了，但女播音员就有些困难了。军医院的那些护士，不是文化太低，就是普通话太差。这不，还正准备把这个问题上交给军区，看能不能在全军区范围内挑选呢。你看，还没等我们上报，首长就把这个问题给解决了。"

"明天，我们是不是派部车去接接田玉娟同志，也表达我们对军区首长的谢意呀?！"

"我看可以，明天米烈山团长正好到军区装备部领新装备，就让他顺便把田玉娟同志接来吧。"

米烈山团长到军区后勤部领取新配发部队的新型榴弹炮，办完全部手续，已经是下午3点了，他看时间不早了，赶紧让司机开车去军区文工团接田玉娟。

军区文工团坐落在城市郊区一个不大的小院子，只有三栋房子。三层楼的房子是演员们的宿舍，两层楼的是文工团团部及一些行政办公室，还有一座占地面积最大的平房是练功房和琴房。

田玉娟已经站在文工团的院门口等米团长。

昨天文工团政委告诉田玉娟，今天下午 3 点厦门前线部队会有车来接她，还说接她的是一位团长。

田玉娟很纳闷——怎么会是一位团长来接她？

文工团的姐妹们听说田玉娟要去厦门前线部队担任播音员，都感到很突然，也很吃惊！大家不理解田玉娟怎么会舍得心爱的舞台和歌唱事业，去当什么播音员呀！

晚上，文工团的姐妹们要送田玉娟，临时买了些吃的，大家就在田玉娟的宿舍里围坐一团。

"娟姐，你怎么会想到去厦门前线当播音员呀？"

"前线播音怎么播呀？是和广播电台一样吗？有播音台吗？"

"离国民党军那么近，会不会有危险呀？"

小姐妹们七嘴八舌，纷纷提出自己的问题。其实，田玉娟和她们一样，也是一头雾水，也不知道对金门广播是怎么回事。

"各位姐妹，别问我啦，我和你们一样，也是昨天刚知道要调我去厦门前线当播音员。我也不知道播音员是怎么回事，究竟怎么广播，危险不危险，我真是一点也不知道。"

田玉娟说到这儿，端起一杯红酒无奈地说："我们都是革命军人，军人就要服从命令。姐妹们，我们从四面八方相聚到文工团，大家姐妹一场，明天我就要和大家分别，也不知以后什么时候能再见面，可能有的姐妹一辈子都见不到了。这杯酒算我敬大家的，祝各位姐妹平平安安！有机会我们一定再相聚！"田玉娟说后仰头把酒喝干了。

其他人也都把杯中的酒一干二净！

然后大家都哭了！

米烈山远远就看见一位身材苗条的姑娘站在文工团的院门口，她的脚边放着一个旅行包，旅行包上放着一个打着"三横二竖"的标准背包。

吉普车在姑娘跟前停下。

"你是田玉娟同志吗？"米烈山下车后边问边向姑娘走去。其实不用问，他也猜到了，眼前的这位漂亮姑娘肯定就是田玉娟。

"我是，您是来接我的吗？"

"我叫米烈山，今天到军区办事，军首长特别嘱咐我来文工团接你。"米烈山边自我介绍边拿起姑娘脚边的旅行包和背包。

"我自己来吧！"

田玉娟想自己拿，但米烈山的动作迅速，两个包早被他一手一个提上了车。

米烈山还是坐在副驾驶的位子上。

田玉娟一人坐在后座上，行李摆放在后座的一侧。

田玉娟想，不是说接我的是一位团长吗？他这么年轻，能是团长吗？田玉娟想问，又不好开口，就什么也没说。

吉普车一溜烟地驶离了文工团驻地，不一会儿就开上了通往厦门前线的野战公路。

米烈山从吉普车后视镜中打量着田玉娟。其实，米烈山看过田玉娟的演出，只是当时坐得很远，看不清田玉娟长什么样。

吉普车不停地摇晃着，后视镜里的田玉娟也是一会儿在镜中，一会儿又不在镜中。米烈山用两眼的余光从后视镜中偷偷看着田玉娟：她长得太漂亮了，眼睛那么大，皮肤又白，虽然没化妆，但演员的气质还是让她与众不同。

米烈山心想，让一位漂亮又娇艳的女同志天天待在角屿岛上，对着金门岛的国民党官兵广播，是不是有些太残忍！

田玉娟发现了米烈山在后视镜里看她，一点都不生气，她太习惯被人这样"偷看"。每次下部队演出，不都要被无数的官兵这样"偷看"吗？田玉娟很理解战士们的这种渴望，天天一帮大老爷们儿待在一起，经受着生与死的考验，猛然看到一位女人，那眼光自然有些吓人。如果看到的是一位美女，是一位身材高挑、皮肤白皙、双眸明亮、嘴角性感的大美女，战士们的表情就可想而知了。

田玉娟就是这样一位大美女，再加上她那副天生的好嗓音和她在舞台的风采，不知道全军区有多少人把她当成梦中情人和偶像！就是这样一位大美人，现在要去一个小岛上，冒着敌人的炮火去从事一个她一点都不熟悉的职业——播音员。

一路上，米烈山和田玉娟没说一句话：米烈山是不敢！田玉娟是不想……

角屿岛是祖国大陆离金门最近的一个小岛，面积只有 0.19 平方公里，也就是长约 600 米，宽约 300 米，退潮的时候，角屿岛距离金门岛最近点只有 1800 米。

角屿岛上驻守着解放军的一个连。

正是这种特殊的地理位置，对金门广播站才选定在这里。

田玉娟第一次登上角屿岛，已经是她来厦门前线部队三个月之后了。

田玉娟报到的第一天，军长刘锋和政委亲自接见了她，并专门设宴为她接风，这算是对她的特殊礼遇吧——毕竟田玉娟是军区首长亲自点将来的！

除了第一天的礼遇外，随后田玉娟就和从各部队调来的广播站其他干部一样开始投入紧张的集训和筹备工作。

第一个月主要是政治培训，全面了解什么是"对敌心理战"。通俗些说，就是要知道，对金门广播究竟要播些什么内容才能真正打动国民党官兵的心，逐步瓦解他们意志和士气，转变他们的情感和立场。这句话说起来容易，做起来却很难。为此，就要首先了解国民党金门守军的人员情况，比如他们都是哪里人、文化程度、个人爱好、个性特点等等。当然，要全面了解这些情况是相当困难的。其次，对金门广播要提供什么内容、用什么形式、在什么时间才最容易被对方接受，从而达到影响他们的目的。第三，如何抓住重点。重点就是各级军官，这是对敌心理战的主要对象。

第二个月主要是业务培训。田玉娟这时才知道，播音跟唱歌完全是两个不同的领域。虽然都是用嗓音工作，但方法完全不同。尤其是对金门有线广播，因为大喇叭在传送声音时要受气流、天气的影响，所以讲话的语速比正常的语速要慢很多。正常语速每分钟可以念 240 个字，但有线广播每分钟只能念 120 个字，整个语速要慢一半。另外，写稿、编稿时一定要口语化，有些词，特别是一些形容词如果不够口语就不能用，否则不仅听不懂，可能还会起反作用。

第三个月主要是实操培训，学习使用录音机、播出设备。田玉娟第一次看到广播用的大喇叭，这是志愿军缴获的一种美军在战场上使用的直径有一米的特大型喇叭，技术员告诉田玉娟，这种大喇叭要九个合在一起使用，俗称"九头鸟"，可以有效传送几千米，如果在角屿岛上使用"九头鸟"，完全可以有效覆盖整个金门岛。

三个月的培训虽然紧张艰苦，但田玉娟充满好奇，一切都是新鲜的，她觉得日子过得很快。

田玉娟一直盼望着能早一点登上角屿岛——那才是自己真正工作战斗的地方。

经军区首长批准，厦门前线对金门有线广播站的开播日期定在了 1953年 3 月 5 日 18 点，第一次播音的时长 60 分钟，除了 20 分钟文字内容外，还将选播江西省的地方戏——赣剧《白蛇传》片段，因为金门守军很多是江西籍。

田玉娟被批准担任首播的播音员——为此她很自豪，也深感责任重大！

离正式开播前的一个月，领导通知田玉娟可以上岛了！

当天晚上 9 点，半个月亮悬挂在天边，海面上风平浪静。田玉娟在 4 名战士的护送下，划着一艘小船悄悄地登上了她盼望已久的工作地点——角屿岛。

上岛前，田玉娟多次想象过播音室的工作条件有多么艰苦，但上岛一看，还是比她想象的要简陋。

播音室设在一个坑道里，坑道上覆盖着厚厚的土，从外面看就是一个小山包。坑道大约只有 6 平方米，一张小桌子，上面摆放着两个话筒和一个小煤油灯。录音机放在桌子边上，紧挨着录音机是一套播出设备，把小坑道塞得满满的，连转个身都比较困难。

　　播音室往里还套着一个坑道，里面摆了 4 张小床，是值班人员休息的地方。

　　田玉娟坐在播音室的桌子前，对着话筒试了试——这就是她即将工作和战斗的地方，她的声音将通过这个话筒传到对面的金门岛上，传到金门岛上每位国民党官兵的耳朵里。

　　田玉娟不知道未来的日子里她的声音会有多大的影响力，但她此时已经预感到——她即将从事的是一项载入史册的工作！

六　海边求婚

　　1953 年 7 月 27 日《关于朝鲜军事停战的协定》签署。

　　中国人民志愿军开始分批撤离朝鲜，回到祖国。

　　军长刘锋接到上级通知：王宝荣的一师已经回国，并将很快成建制地回归他们军。

　　刘锋心里感到特别的高兴。

　　八月的福建是一年中最难熬的日子。

　　每天火辣辣的太阳早早就升在头顶，大清早的气温就能达到 30 度，中午的最高气温可以达到 40 度。

　　炎热的季节如同此时刘锋的心情，只有温度和热情——王宝荣和他的一师今天就要回家了。

　　刘锋要用最热烈的方式迎接从朝鲜战场胜利凯旋归来的一师和王宝荣。

　　后勤部根据军长的指示已经忙碌了好几天，他们在地方支前办的帮助下买了几卡车的鲜鱼和各类新鲜蔬菜，又宰了几十头猪，准备了几坛高粱酒。

王宝荣是江苏人，喜欢听越剧。刘锋特意指示政治部，让他们联系从上海南下福建的芳草越剧团，请他们准备一台好戏，犒赏从朝鲜战场归来的英雄们。

于丽这几天也特别兴奋，一是听说王宝荣和一师要回来了，二是她和刘锋的婚期确定了。

婚期又一次定在了 10 月 1 日——只是比前一个 10 月 1 日整整晚了 4 年。

这是一个星期前刚刚确定的。

一个星期前的周末，刘锋约于丽来到海边。

他们已经三年没有在海边散步了。

——金门战斗惨败后，刘锋就没有在海边散步过。

他怕看见金门岛，怕听到海潮的波涛声——他总觉得海潮的波涛声就像是肖玉金和 9000 战士的呐喊和呼救！他的心就会出血。

东山岛战斗后，金厦海域就再没发生战事。

平静的海峡似乎在抚慰刘锋的伤口。

于丽更是用女人的爱心和细心缝合着这个伤口。

这三年，于丽时刻没有忘记王宝荣临去朝鲜战场前对她的嘱托：细心照顾他们的军长，当然，这种照顾更出于对刘锋深深的爱！每到周末，于丽总是想方设法做些好吃可口的饭菜。

刘锋是山东人，喜欢吃面食。而于丽是南京人，又不善长做面食，除了馄饨，其他的面食都不会做。

于丽就天天到军部食堂，向山东籍的战士学做面食：擀面条，包饺子，蒸包子，做馒头……

半年后，于丽做的面食比北方人做的还地道，而且更丰富——她把南京的面食小吃，如烧麦、馄饨等也融入到她的面食谱里。

每个周末，于丽给刘锋做的面食都不同：第一个周末是擀面条，第二个周末就是蒸包子或馒头，第三个周末就改吃烧麦了，最后一个周末肯定就是包饺子。一个月下来，每个周末都不同。

刘锋喜欢吃凉菜，更喜欢吃大葱。

于丽就学做各种凉拌菜：凉拌豆腐丝、凉拌黄瓜，还有凉拌大白菜、萝卜、青椒。

于丽通过支前办从山东运来了很多大葱，部队北方籍战士都喜欢。

于丽还学会了做面酱，大葱蘸面酱，配包子或饺子，再来一碗小米粥——这是刘锋最爱吃的周末晚餐。

每当刘锋吃着这些可口的面食，真的从心底感激于丽。

正是在于丽的细心呵护下，刘锋慢慢从金门战斗失败的阴影中走了出来，敢于面对现实，面对失败。

也敢于面对爱情了！

于丽接到刘锋打来的电话，说周末想约她到海边散步并有大事商量。

于丽就猜到刘锋想和她商量什么事，内心一阵激动。

周末，于丽没有按惯例去刘锋宿舍给他做吃的，而是在支前办食堂简单地吃了点饭，就赶紧回到了自己的宿舍——今天她要打扮一下自己。

于丽先打了盆热水，认认真真地把上半身擦洗了一遍，又换了一盆热水，洗了把脸。然后坐在桌子前，对着镜子照起来——这张脸还是那么年轻漂亮，只是在海边生活的时间长了，皮肤被海风吹得黑了些，不过这样倒显得更健美。

于丽拿起眉笔把自己细细弯弯的眉毛描了描，显得更黑些。又在鼻梁处画了几下，让鼻梁显得更高，再往脸了擦了些雪花膏。

于丽又从衣柜里拿出一条白色细蓝条的连衣裙穿上，换了一双综色的半高跟皮鞋，又往耳朵跟和脖子上洒了点香水，这才出门，往军部驻地不远处的海边走去。

人逢喜事精神爽！于丽好像很久没这么开心了。

心情好，眼前的一切都变得美好起来。

傍晚的海边，晚霞把大海映得通红。落日的余辉倒影在海面上，形成一条长长的亮光，煞是好看。海面很平静，波浪缓缓地涌向岸边，只有轻轻的浪涛声。海风不时把于丽的裙子吹起，一股凉风就从腿部流向全身，让她感到全身舒服。微风拂面，如同一双少女的手轻柔而过，爽极了！

于丽远远看到刘锋已在海边等她，就快步向他跑去！

"你今天真漂亮！"看着从远处跑来的于丽，刘锋发自内心的感叹！

"真的吗？是真心话吗？"

于丽没有拥抱刘锋，只是有些害羞地挽住了刘锋的手臂，然后仰头望着刘锋的侧面，嗔怪地问！

"当然是真心话！"

听到刘锋肯定的回答，于丽轻声地说："你好久没说我漂亮了！"

在于丽的记忆里，这句最普通的赞美女人的话，刘锋只对她说过两次：一次是在南京他们刚相识的时候，于丽给刘锋包扎完伤口，刘锋抬头看到刚摘下口罩的于丽，顿时被她的美丽惊呆了，脱口而出："你真漂亮！"还有一次是他们准备结婚时，在福州准备当新房的家里，于丽穿了一件准备在婚礼上穿的旗袍，刘锋看到后也脱口而出："你真漂亮！"

刘锋今天又脱口说出"你真漂亮"——是因为这件连衣裙吗？还是因为有重要的决定而这么说？

于丽下意识觉得刘锋每次说"你真漂亮"时，总有重要的决定——第一次说"你真漂亮"时，他决定了自己的爱情；第二次说"你真漂亮"时，他决定了自己的婚姻！

那么，今天他又说"你真漂亮"，是要决定什么呢？是我一直期待的那个日子吗？

自从金门战斗失败后，于丽从不提结婚的事。

她知道这几个字会像一把尖刀刺痛刘锋的心——本来他们是要用金门战斗的胜利作为他们婚礼的最高礼物。

结果是9000名官兵血洒金门，无一人生还，成为解放军历史上最悲惨的失败——这一战役的最高指挥员刘锋，一生将背着败将耻辱的罪名！

刘锋一天不从自己的内心放下这个罪名，于丽就一天不会向刘锋提出结婚，但于丽天天盼着刘锋能早一天从内心解放自己，让她能走进婚姻的殿堂，满足一个女人的心愿！

看来这一天快要到了！

于丽挽着刘锋在海边的沙滩上来回地走着，沙滩上留下了他们一串串的脚印，不一会儿，海浪又把脚印全都淹没了。

夜色已经降临，月光把大海变成了银白色，显得温柔又多情——这真是一个谈情说爱的好时节和好地方！

于丽胡乱地想着，一会儿望着大海，一会儿又侧头看看刘锋：这张脸在月光下比平时更增加了几份英俊。

于丽走得有些累了，就拉着刘锋在一块礁石边坐下来，浪花就在他们的脚前飞舞着。

刘锋让于丽躺在自己怀里，他闻到了于丽身上散发出来的淡淡香气。

"小丽呀，我想和你结婚！"

刘锋在私下称于丽为"小丽"——这是刘锋对于丽的爱称。

可能是于丽身上散发出来的女人特有的气味，让刘锋说这句话时表现得非常温柔。

于丽装着没听见，只是把脸更紧地贴在刘锋的胸口上。

于丽听到了刘锋强有力的心跳声，仿佛他现在说出的每一个字都是从内心强有力地弹出来的——

"这几年把你苦了，金门战斗后，我是很难从失败的罪恶感中走出的。我害怕听到人们讲金门，害怕海浪声，甚至害怕夜色中的大海，这一切都会让我想起金门战斗发起前的那个夜晚！肖玉金和9000官兵的容貌经常出现在我的梦中，我愧对他们，愧对他们的亲人，愧对他们年轻的生命。本来打完这一仗后，多少人可以荣归故里，享受幸福生活。很多人可以结婚生子，拥有快乐家庭！可是，这一切都因为我的过错而化为乌有！这几年我就是在这样的罪恶感中坚持着。在我内心最痛苦时，是你的温情让我感到了希望，是你的细心照顾让我暂时忘却了痛苦！这几天我总在想，作为一个职业军人，金门战斗的失败是不可饶恕的，但我同时还是个人，还应该有正常人的情感追求。我不能让职业军人的失败来逃避我对一个年轻女人的承诺，否则那又是一个罪过。作为职业军人，我在战场上失败过，但作为一个年纪不算太大的中年人，我不能再在情感战场上失败了，我要让我所爱的女人有个幸福的家，有个疼爱她的老公，有个充满希望的未来！所以今天我要正式地再次向你求婚——我们就在今年的 10 月 1 日结婚吧！"

于丽是在刘锋的怀里听完他说的话，每句话、每个字都伴随着他的心跳声，让于丽感到是那么真实，那么发自内心。

于丽的泪水已经湿透了刘锋胸前的白衬衫。

她仰起头，把自己湿润又温暖的嘴唇紧紧地贴在了刘锋厚实的双唇上。

刘锋再也控制不了自己的情感，开始疯狂地亲吻于丽。他把于丽的脸庞亲了个遍，又把厚实的嘴唇从脸部滑向脖子，在于丽的脖子上留下道道吻痕。这还不够，他还不满足，又把嘴唇慢慢地滑向于丽丰满的胸脯。

刘锋用嘴巴把于丽的衣服解开，又把丽贴身的内衣慢慢咬下，一对高耸白皙的乳房就暴露在他的眼前。

刘锋不敢看，闭上双眼，慢慢地用舌头在乳房上贪婪地行走着，当舌头行走到"美丽山峰"的顶部，他忘情地亲吻起来……

七　一师凯旋

欢迎一师从朝鲜战场凯旋归来的大会是从下午 3 点开始的。

在军部的操场上搭了一个主席台。

主席台正中上方悬挂着毛泽东主席的巨幅画像，画像两侧各挂了五面红旗。主席台的台口悬挂着一条长长的横幅，上面写着"热烈欢迎一师赴朝参战凯旋归来大会"十六个大字。

参加大会的各部队从下午 2 点 30 分开始入场。

入场后各部队就开始了拉歌比赛。

首先是军直属炮团，他们在团长米烈山的亲自指挥下合唱了《中国人民志愿军军歌》："雄赳赳，气昂昂，跨过鸭绿江。保和平，卫祖国，就是保家乡。中华好儿女，齐心团结紧，抗美援朝，打败美国野心狼……"这雄壮的歌声立即让现场沸腾起来。

歌声一停，米烈山就扯着大嗓门拉起歌来：

"通信团！"

战士们就齐声喊："来一个！"

"一、二、三！"

"快、快、快！"

"一、二、三、四、五、六、七！"

"我们等得很着急！"

随后就是催促通信团接着唱的热烈掌声。

通信团政委站了起来，指挥通信团唱起歌曲《说打就打》："说打就打，说干就干，练一练手中枪刺刀手榴弹。瞄得准来也投得远，上起了刺刀叫人心胆寒……"

通信团因为有女兵，他们一唱就博得了阵阵掌声。

通信团一唱完，他们的政委也带领大家拉起了歌："侦察营！"

"来一个！"

"唱什么！"

"都可以！"

"一、二、三！"

"快、快、快！"

"我们唱了你们唱！"

"大家等着你们唱！"

又是一阵雷鸣般的掌声。

军直属侦察营营长站了起来，大声地指挥全营唱了《三大纪律　八项注意歌》："革命军人个个要牢记，三大纪律、八项注意：第一一切行动听指挥，步调一致才能得胜利……"

侦察营一唱完，营长刚想指挥拉歌，见主席台上军首长都入座了，就停了下来。

这时刚好是下午 3 点。

军政治部主任走到主席台前对着话筒大声说："全体起立，让我们用热烈的掌声欢迎一师代表入场。"

全场响起了暴风雨般的掌声。

在师长王宝荣的率领下，由一师各团代表组成的 200 人的方阵跑步进入了会场。

他们在主席台前台停下。

王宝荣大声地喊着口令：

"立定，向左转，向右看齐，向前看！稍息。"

王宝荣等部队排列整齐，下达完"稍息"的口令后，他看了一眼主席台，见军长刘锋等军首长都整齐地站列在主席台上，就大声命令道："全体注意，起立，立正！"

然后他跑步登上主席台，在军长刘锋面前停下，庄严地向刘锋报告："报告军长，一师完成上级下达的赴朝参战任务，现成建制归队，请军长指示！"

"同志们辛苦了！欢迎你们凯旋而归！请同志们坐下！"

"是！全体坐下！"

王宝荣下达完命令后，被军长刘锋留在主席台上就座。

欢迎大会由军政治部主任主持。

他首先宣读了军区给一师的嘉奖令和军党委关于开展向一师学习的决定。

然后是军政委致欢迎词，他热情讴歌了抗美援朝的伟大意义，高度赞扬了一师赴朝参战所取得的胜利，表场了一师官兵在战斗中表现出来的大无畏的革命英雄主义精神。最后，他号召全军官兵要向一师学习，抓好战备训练，迎接新的战斗，为解放台湾做好准备！

在热烈的掌声中，王宝荣代表一师介绍了赴朝参战的情况，重点介绍了几位获得一等功的战斗英雄的事迹。

最后是军长刘锋讲话："同志们：今天我们在这里隆重欢迎一师从朝鲜凯旋归来。刚才王宝荣师长介绍了一师赴朝参战的经验，特别是重点介绍了几位战斗英雄的光辉事迹，我们要好好学习，认真总结，一定要把战士们用鲜血换来的宝贵经验认真总结好，变成能够指导当前军事斗争准备的有用教材，完成上级交给的作战任务。当前，军事斗争的重点又转到东南沿海，美帝国主义勾结蒋介石匪帮，妄想分裂我国，长期占领台湾，我们能答应吗？"

"不能！"全场响起雷鸣般的吼声。

"对！我们绝不能答应。现在台湾海峡的局势很复杂，我们眼前的金门岛还被蒋介石匪帮占领着，这是我们绝不能答应的。我们一定要苦练军事本领，加强战备训练，做好充分准备，一旦毛主席、中央军委命令我们解放金门，解放台湾，我们军就是先锋，就要第一个登上金门、台湾，把胜利的红旗插上金门，插上台湾！"

……

欢迎大会结束后是大会餐，由军首长做东宴请从朝鲜战场凯旋归来的英雄们！

军部操场上临时支起了50张简易的饭桌，工兵团在操场四周临时拉了电线，几十个大灯泡把操场照得如同白昼。

军部食堂忙着杀猪、宰鸡、宰鸭，剖鱼，做馒头，蒸包子，还从通信团调来50个女兵帮厨，真是忙得不亦乐乎！

今天每桌的主菜是：一脸盆红烧肉，一大碗红烧鸭，一条红烧大草鱼，一大盘土豆烧鸡块，一脸盆猪肉炖白菜粉条。

凉菜有：面酱蘸大葱和白萝卜、凉拌黄瓜、凉拌土豆丝。

每桌还有一大盆猪骨头海带萝卜汤。

主食是：猪肉白菜馅的大包子、白面大馒头。

酒是当地产的62度高粮酒。

军长刘锋见大家都坐好了，就端起一碗酒站了起来，"同志们，今天我们用美酒佳肴欢迎从朝鲜战场凯旋而归的一师全体官兵，我很高兴！一师是我们军的光荣与骄傲！我感谢一师为我们军争得了荣誉！这碗酒我代表政委，代表军里其他首长，也代表全军官兵敬一师的全体官兵！请大家举杯，不，应该是举起碗，我们今天没有这么多酒杯，就以碗代杯吧，把碗中的酒喝下，祝一师胜利凯旋！祝全军官兵身体好！训练好！取得更大的胜利！"刘锋说完，一仰脖子，就把一碗酒喝得一干二净。

王宝荣见军长一口喝完了一碗酒，二话没说，一仰脖子也把一碗酒喝得干干净净！

刘锋见大家把碗中的酒都喝了，就又倒了一碗酒站起来说："这第二碗酒我提议敬给那些牺牲在朝鲜战场的志愿军烈士们！他们长眠在异国他乡，无法回到自己的祖国，也无法和我们共饮庆功酒。就让我们用这碗酒深深地缅怀他们，永远记住他们！祝他们永远安息吧！"

刘锋说完，把一碗酒轻轻地洒在了地上。

全场鸦雀无声！大家都把盛满白酒的碗举过头顶。

见军长把酒洒在地上，也纷纷把碗中的酒洒在地上，祭奠牺牲在朝鲜战场上的战友们！

触景生情，一师的官兵想起了一起赴朝参战却没能一起回家的战友，不禁哭了起来。

痛哭是会传染的。

见一师的官兵哭了，在场的人也开始抽泣！

王宝荣也泪流满面。

他端着酒走到刘锋和政委的面前，抽泣的说："军长，政委，我没能把全师官兵都给带回来，258 名战友永远留在了朝鲜，我对不住他们……"

政委见王宝荣还想说，就打断他的话："宝荣，打仗就会牺牲，不要再说了。"

政委知道这些话最刺激的就是刘锋，他不想让今天的庆功酒变味。

果然，刘锋的脸色变得十分难看——他又想起了肖玉金团长，想起了

9000 名牺牲在金门岛上的战友。

但刘锋没有流泪——他不想在今天这样的场合流泪！

刘锋见政委阻止王宝荣说下去，知道政委的用意，就拍了下王宝荣的肩膀，然后大声地对全体官兵说："同志们，军人，就是要随时准备为国捐躯！这是军人这个特殊职业的特殊要求。怕死就不能当兵，但是，战士的生命是最宝贵的，我们不能让我们的战士做无谓的牺牲，所以在座的团长、师长和我军长肩上的责任很重呀！我们常说，军人要保家卫国！为国大家很好理解，就是国家有难，国土遭到侵略，军人要第一个冲上去，扛枪打仗，为国献身！但保家是什么？保家就是要让我们每一个小家平安幸福地生活在国家的领土上，每个小家的幸福才是国家真正的富强！我们的战士很多是一个家庭的主要成员，他们的生命关系到这个小家的幸福，所以，保护好每个战士的生命，是国家赋予我们这些当团长、师长和军长的另一项神圣使命与责任！"

刘锋说到这儿又端起一碗酒，"第三碗酒就敬在座的各位战士，感谢你们不怕牺牲，感谢你们英勇顽强，才使我军的战斗力如此强大！"刘锋说完又把第三碗酒喝了下去。

各桌的官兵也都站起来，见军长把碗中的酒喝了，就纷纷碰一下碗，也都把碗中酒喝下。

不太会喝酒的就把碗中剩下的酒倒给同桌能喝的战友，以表达对军长的敬意！

三碗酒喝完，政委提议让大家每人先吃一个肉包子，再喝一碗萝卜汤，吃一块红烧肉。

大家都会心地笑了，操场上响起一片吃包子、喝汤的声音。

三杯酒喝完，场上的气氛顿时热闹起来。

坐在各桌的师长、团长、营长们都纷纷来到主桌给刘锋和政委等军首长敬酒，政委一看这阵势，就赶紧大声说："各桌不许到主桌来敬酒，我和军长也不到各桌敬酒了，各桌相互之间也不许敬酒，这是今天会餐的纪律，宣布完毕！"

政委说完后就坐下，操场上响起了一片笑声。

"政委，你的这条纪律宣布得好呀！"刘锋见政委坐下，就对各位说。

王宝荣见军长这么说，也不客气地说道："政委这是在保你，如果不宣布这条纪律，军长你第一个就要被喝倒。"

刘锋哈哈地笑起来，"要不然我们怎么是搭档呀！"

大家已经很久没吃到这么丰盛可口的饭菜了，加上军长开了一个好头，一连敬了三碗酒，各桌的官兵也就放开喝起来，这一喝不少战士就喝醉了。

政委见状，就对后勤部长说："你通知厨房多做些酸辣汤，让喝多酒的战士多喝些汤，解解酒。"又对军参谋长说："你告诉各团团长，今晚喝醉酒不算违纪，战士们这几年太艰苦了，今天就算过个特殊的节日。"

会餐进行了3个小时，到晚上7点半结束。

然后，大家又集合去军部礼堂，观看芳草越剧团的新编历史剧《杨家将》。

本来，王宝荣是个越剧迷，晚上这个节目也是刘锋特意为他安排的。但王宝荣今晚喝得高兴，又见军长情绪很好，就想拉着刘锋去办公室，谈谈朝鲜战场上的一些事。

刘锋开始以为王宝荣喝多了，想让警卫员带他去休息一下。

王宝荣见军长误会了他的意思，就把刘锋拉到一边小声说："军长，我想单独向你报告一些朝鲜战场上的情况和我个人的想法，因为这些想法不成熟，在给军党委的正式报告中我没敢说，只想单独和军长谈谈。"

刘锋见王宝荣说得很认真，就问："今晚的越剧《杨家将》可是专门为你准备的，你真的不想看？"

"越剧当然是我的所爱，但朝鲜战场上的一些想法闷在我心里更难受，总想找机会跟军长谈谈。"王宝荣一脸的真诚。

"那好吧！我们晚上就好好聊聊。"刘锋说完和政委低声说了几句，然后就和王宝荣向军部办公楼走去。

刘锋和王宝荣来到办公室。

刘锋让警卫员泡了两杯浓浓的绿茶，就让警卫员退下并把门关上。

办公室里就只有刘锋和王宝荣了，刘锋喝了一口茶，把目光投向王宝荣，示意他可以说了。

王宝荣考虑了一下，说道："军长，从朝鲜战场回来，我一直在回想和美军作战的细节。美军的战法和国民党军完全不同，美军基本上不和我们正面死拼，遇到不利情况他们就放弃阵地，快速转移，然后重新布防，寻找战机，所以在朝鲜战场很难成建制地消灭美军部队，哪怕是一个营，甚至是一个连都很难。由于美军的机械化程度高，机动能力很强，说撤退，一个师很快就脱离战场，消失得无影无踪，我军根本就追不上。如果在追击过程中，我军一个师或者一个团单独冒进，孤军深入，反而很容易被美军的机动部队反包围，把我们吃掉。另外，由于美国空军太强大，飞机说来就来，狂轰滥炸，使我军进攻和防守的压力都很大。而且美军一旦进攻，就是立体式的，天上是飞机轰炸，地面是坦克进攻，把我军阵地炸得差不多了，人员伤亡很大后，才是步兵的进攻。所以，每次战斗，即使我军取得胜利，人员伤亡也远高于美军。"王宝荣一口气把心中的话吐了出来，他在刘锋面前不用顾虑什么，也不用害怕说错什么话，或者有什么错误观点。

刘锋了解他，他也了解刘锋。

可能是因为今天喝了些酒，王宝荣的思维更敏捷，说话也更流畅！

刘锋也不打断他的话，只是边喝着茶边静静地听着。

"另外，我军在朝鲜的后勤保障太困难。每次战役，我们最多只能打7天。7天后，不管战局对我军多么有利，我们都得撤退——因为弹药和粮食只能保障7天。过了7天，我军即无弹药，也无粮草。反观美军，由于有空中提供后勤保障，不管美军走到哪里，弹药和粮草都十分充足，美军作战完全没有后顾之忧，战线可以拉得很长，也可以收缩得很小，完全可以根据我军的态势灵活布局。再加上朝鲜半岛三面临海，也为美国海军提供了机动的作战空间。美国海军可以从海上随时随地的为美军陆上作战提供支援——或运送兵力，或提供补给，甚至可以直接参战，用舰炮轰击目标。由于我们没有海军，没有海上的攻击力量，所以美军完全不用考虑海上安全，可以大胆安全可靠有保证地实施军事部署，这对我军造成的威胁非常大。"

王宝荣想讲的话很多，而且这些话还真不能在太多人面前讲。

刘锋看着眼前的王宝荣，思绪也飞到了朝鲜战场。

虽然朝鲜战争期间刘锋也看到了大量的战报，但远没有王宝荣讲得真实和具体。

此时，刘锋想的是：如果他带一个军赴朝参战，面对武器装备远优于自己的美军，他会如何作战呢？能战胜强大的美军吗？会用什么战术跟美军较量？是打阵地战还是运动战？打阵地战：美军的火力攻势那么强，而且还是立体式的进攻，我军防得住吗？打运动战：美军的机动性那么强，步兵都是装甲运兵车，跑得飞快，我军能追上他们并消灭他们吗？

刘锋满脑子都是问号。

他从朝鲜战场又想到了台湾海峡。

现在美国第七舰队就在台湾海峡游弋，以后跟国民党军作战，他的背后就是美军。在台湾海峡真跟美军打起来，会不会遇到和朝鲜战场一样的难题？美军的海上优势比在陆地更明显，航空母舰战斗群可以随意攻击任何目标，机动性、突然性、攻击性更强，我军该如何防御并进而战胜之？

刘锋陷入了深深的沉思……

八　筹办婚事

军长刘锋 10 月 1 日结婚的消息在军部传开了。

军运输处处长邱维力听到消息后，就主动打电话和于丽联系：

"于主任吗？我是邱维力。"

"邱处长，有事吗？"

"首先祝贺您马上要和军长结婚了！这不仅是你们的喜事，也是我们全军的喜事！"

邱维力就是会说话，这话虽然有拍马屁的嫌疑，但让于丽听起来还是很舒服。

"我是刚听说这事儿，婚礼是定在 10 月 1 日吧！有什么事需要我办的，您千万别客气。我在军部运输处，有些事办起来方便些，您一定别客气！"

邱维力的热情让于丽真有点不好意思。

于丽认识邱维力是在厦门战役结束后不久。

一天，于丽到码头接收省支前办运来的一批军粮，军粮清点完后就堆放在码头上。市支前办的同志找不到车把军粮运到粮库存放，正当大家着急时，邱维力开着军用大卡车到码头装运军需物资。

市支前办有同志认识邱维力，就对于丽说："于主任，那位押车的解放军干部是运输处长邱维力，你能否让他派辆车帮我们把军粮运回粮库呀？"

于丽不认识邱维力，但邱维力认识于丽。

还没等于丽开口，邱维力远远地就向于丽招手，"于主任，你们在干什么呀？有需要我帮忙的吗？"

市支前办的同志看到邱维力主动跟于丽打招呼，也就挥手说道："邱处长，我们正有事想请你帮忙呢。"

邱维力听到市支前办的同志在招呼他，就快步跑了过来。

他跑到于丽面前，敬了个军礼，"于丽主任，我是军运输处处长邱维力，有何任务请你指示！"

于丽被邱维力的举动搞得很不好意思。

市支前办的其他同志却趁机开起了玩笑："于主任，你就下达指示吧！"

邱维力看到于丽有些局促，就主动自我介绍说："于主任您可能不认识我，我是军运输处处长邱维力，是刘军长的老部下了，我早就认识您，有什么事需要我做的，你别客气！"

邱维力的热情大方让于丽顿时轻松起来。

她连忙伸出手和邱维力握了下，"对不起邱处长，军里的同志我认识的不多。是这样，省支前办刚运来一批军粮，主要也是保障你们军的，你看能否派辆车帮我们把这批军粮运到粮库里去。"

"没问题，这事就交给我了。"邱维力说完，就转身跑到码头办公室，找了部电话打起来。

不一会儿，来了三辆军用大卡车，每辆车上还坐着几名战士。

押车的干部看到站在码头上的邱处长，就下车向他报告："报告处长，三辆卡车奉命来码头装运军粮，随车15名战士前来报到，请处长指示。"

邱处长告诉带队干部，听从市支前办同志的指挥，把堆在码头上的军粮全部装上车送到粮库去……

于丽就这样认识了邱维力。

自从刘锋告诉于丽，想和她10月1日举行婚礼，于丽从心里感到高兴。倒不是因为自己终于可以结婚了，而是因为自己深深爱着的男人终于从失败的阴影中彻底走出来了。

于丽等待这一天已经三年多了，虽然于丽始终坚信刘锋会战胜自我，从金门战斗的惨败中挺过来，但每次看到刘锋失去光彩的眼神，于丽的心都在流血。

这三年多来，于丽从不提婚字，就是怕自己深爱的男人心里的伤口还没有完全愈合——这个"婚"字会像刀一样又把未愈合的伤口划开。

今天，刘锋终于向她求婚了，而且是发自内心的真诚求婚，这说明刘锋已经真正走出了失败的阴影，从内心解放了自己，于丽能不高兴吗！

这几天，于丽都在偷偷忙着准备结婚的事。

她先去百货商店买了两床绸缎面的被子，一床是大红色的，一床是紫红色的，非常喜气。

然后，又到市一家最有名气的裁缝店，让老师傅给她做了一套列宁装，同时给刘锋做了一套中山装。

于丽又到食品店买了10斤糖果，还有两条香烟。

刘锋虽然说婚礼是"革命化"的，但于丽想，总要请大家到家里坐坐，吃几颗喜糖，抽几支喜烟吧！

于丽还想买几件家具。

刘锋现在住得房子，虽然面积还可以，除客厅、厨房外，还有三间卧室，但家具太简单了，除了床和办公桌，一个简易的书架，一张吃饭用的方桌，几张靠背椅，其他什么家具也没有。

于丽想把这个家布置得温馨些。

于丽去了几次家具店，也看上了几件家具，于丽正犯愁怎样把这几样家具运回去时，她想到了邱维力。

于丽给邱维力打了个电话，说买了几件家具想让邱处长派个车，帮着运回去。

邱维力接到于丽的电话高兴坏了。

听于丽说，想请他派辆车帮着把买好的家具运回去，就问清了地点和时间。邱维力让于丽放心，他会派好车并安排几名战士把她买好的家具送到家里。

于丽看上了四件家具：五斗柜、碗柜、一对木制单人沙发，还有一个书柜。五斗柜是放在她和刘锋的卧室，将来他们俩的衣物就放在五斗柜里。碗柜是放在厨房，沙发是放在客厅，书柜放在另一间卧室，暂且作为两人的书房。

邱维力那天准时带着四名战士和一辆大卡车来到家具店，帮于丽把四样家具抬上车，运了回去。

10 月 1 日，风和日丽，阳光明媚！

一大早，邱维力就带着几名战士来帮于丽布置新房。

军长刘锋和往常一样，8 点钟就走出家门。他上午要去一师检查战备，然后要参加市里举办的国庆军民座谈会。下午计划去军直属炮团，检查新装备的使用情况。

临出门时，于丽再三提醒他，下午 4 点前一定要准时回来——今天的婚礼 5 点钟准时开始，婚礼安排在军部小礼堂。

刘锋笑着答应："放心吧！5 点前我准时回来。"

　　邱维力带着几名战士先布置新房：大门口贴上了大红喜字，一副对联写着：风雨同舟心相联　海枯石烂情不变！横批是：锋丽百年。

　　这副对联是军政委亲自写的。

　　大家看后都拍手叫好：上联精准概括了刘锋于丽相识相爱的日子，下联尽情表达了他们对美好未来的心愿。横批更是画龙点睛：锋丽是新郎新娘的字，又是锋利的谐音，四个字既表达了对新人百年合好的祝福，又体现了这对新人的职业特点和人生追求！

　　客厅里挂上了战士们自己制作的红灯笼，以红灯笼为中心，四周挂着彩带，墙壁上贴着各种各样的喜字。客厅的方桌上铺上了一块红色的桌布，上面摆放了六个白瓷盘，瓷盘里放了六种不同糖果，每个瓷盘上还放了一包香烟。

　　卧室的双人床上摆放着红、紫绸缎面的两床新被子，一对绣花枕头放在被子上。床头上挂着新郎、新娘的结婚照：新郎穿着崭新的军装，没戴军帽。新娘是齐耳的短发，穿着列宁装。照片上方用红丝绸做了一朵大红花，红丝绸的缎带把照片的镜框装饰起来，使照片充满喜气的神采！卧室的五斗柜上摆放了一套茶具，茶具上罩着一块白色的小方巾，小方巾上也贴着喜字，茶具的旁边是一个红色带喜字的热水瓶。

　　邱维力他们布置完新房，又来到军部小礼堂开始布置婚礼现场……

　　刘锋今天穿了一套崭新的军服。

　　他的车刚进一师师部的大门，远远就看见师长王宝荣站在门口迎接他。

　　刘锋看见王宝荣也穿了一套新军服，就边下车边笑着说："你今天有什么喜事呀？怎么也穿上新军服了？"

　　王宝荣笑而不答，只是向军长敬礼，然后陪着刘锋走进了师部。

　　王宝荣先向军长报告了新装备——新型榴弹炮配发后的训练情况：全师官兵热情很高，但训练效果并不理想，主要是大部分战士的文化水平太低。

新型榴弹炮的操作需要战士具备一定的数学知识，特别是目标的测定、炮弹轨迹坐标的设定，都需要掌握一定的数学知识，才能准确命中目标。从目前训练情况看，炮击的准确率还不到30%，远远达不到80%的训练大纲要求，所以各团都很着急，目前还没有很好的解决办法。

"照你的说法，要让新装备充分发挥作用，必须提高战士的文化水平?"刘锋听完王宝荣的报告后问道。

王宝荣点点头。

"那用什么办法来快速提高战士的文化水平呢?"刘锋见王宝荣同意他的看法，就继续问。

"我现在也想不出什么好办法。师里有文化的干部不多，他们都承担着繁重的战备训练任务，不可能都去教战士补习文化。但如果不尽快提高战士的文化水平，让他们短时间内掌握新装备还真是有困难。"

刘锋听完王宝荣的观点，若有所思地在办公室来回地走着。

王宝荣见军长在思考问题，也就不说话了，免得打断军长的思路。

刘锋在办公室来回地走着——这是他的老习惯，每当遇到难题需要他认真思考时，他总是这样来回地走，好像走着思路会活跃些。

刘锋边踱着步，边想着如何才能快速提高战士们的文化水平。他突然停了下来，问王宝荣："如果把配发了新装备的部队战士集中起来补习文化课，你估计要多少老师来教他们? 要教多长时间才能把战士们的文化水平提高到掌握新装备的要求?!"

王宝荣听军长提出了这么具体的问题，知道军长有了解决问题的办法："如果我们把50个战士编成一个补习班，估计要100名数学老师，估计三个月可以解决问题。"

"10点钟我要到市里参加国庆节军民座谈会，我把这个问题跟市长提出来，看他能不能从市里各中小学抽调100名老师帮我们。"

王宝荣一听就高兴地说："我看这个办法可行，只要解决了师资问题，我保证半年后全师的训练水平达到训练大纲的要求。"

"好! 就这么办。"刘锋说完看了一下手表，就对随行的作训处处长说:

"你通知炮团米烈山团长，下午 2 点我们到炮团，直接到榴弹炮营的实弹训练场看他们的实弹训练。"

"是！我马上去通知。"作训处处长敬了个礼，就快步走出王师长的办公室。

刘锋也站起身向外走去。

他边走边问王宝荣："于丽跟你说了吗？她让你今天下午早点过去，婚礼上有些事她要跟你提前商量。"

王宝荣笑着回答："告诉我啦！没看到我今天把新军装都穿上了吗，就等着喝军长的喜酒了！"

刘锋听他这么说，又仔细地从上到下打量了一遍穿着新军服的王宝荣："马要鞍配，人要衣装呀！穿上新军装是比平时精神多了！晚上就看你的啦！"

刘锋说完笑呵呵地离开了王宝荣的师部。

军直属炮团团长米烈山下午 2 点不到就站在榴弹炮营的训练场等着军长和师长。

他今天也穿了一套新军服。

上午米团长接到军作训处处长的电话，知道下午 2 点钟军长要来检查新装备的训练情况，就立即通知榴弹炮营做好准备。

中午，米烈山又接到于丽的电话。

于丽在电话里一是正式邀请米团长晚上参加她和刘锋的婚礼，二是请他下午一定要让刘锋 4 点钟回到军部。

于丽知道刘锋下午去米团长的榴弹炮营检查工作，她再三叮嘱米团长，把所有的工作都安排在 3 点半前结束，然后你和军长一起回军部。

米烈山表示一定完成任务。

接完电话，米烈山就给榴弹炮营营长打电话，对下午的训练汇报做了细致的安排。

中午 1 点 30 分，米烈山换了一套新军服，坐上车去了榴弹炮营的训练场。

榴弹炮营的实弹训练场面积很大，足有 10 平方公里，在一面小山坡上修了三个炮位。炮位按实战要求，全部做了伪装。

新配装的榴弹炮射程可以达到 10 公里，10 公里以内的目标，理论上可以达到精准命中的效果。所谓精准命中，就是误差范围在 5 米之内。

但是新装备列装部队后，遇到的最大难题是：很多班长（炮长）不会计算目标距离，也就不会设定炮击目标的坐标，自然炮击的准确率大大降低。由于榴弹炮的射击距离非常远，如果坐标稍有偏差，实际的偏差就非常大，有些炮弹落在了炮击目标几百米外。

战士们开始抱怨新装备，训练热情大受影响。

刘锋知道这个情况后，心里很着急。不尽快解决这个问题，一旦发生战事，部队怎能完成上级交给的战斗任务呢！这也是他为什么在今天这个特殊的日子还要去检查部队战备训练情况的原因。

2 点刚到，米烈山就看到两辆吉普车从山下往山坡上开来，军长刘锋在师长王宝荣的陪同下一起来到榴弹炮营的训练场。

米烈山向两位首长敬礼后，就请两位首长检查榴弹炮营的训练成效。他首先请师长王宝荣任意选择一个炮击目标。王宝荣选了一个设定在 6 公里处的 3 号目标，榴弹炮营营长立即给一号炮长下达了炮击 3 号目标的命令。2 分钟后，一发炮弹呼啸着飞向目标。

刘锋和王宝荣举着望远镜观看炮击情况。不一会儿，就看到远处的山坡上冒起了一股白烟，并传来不大的响声。前方报靶员通过有线电话报告炮击成绩：炮击目标未击中，误差 53 米。

米团长眉头一皱。

刘锋和王宝荣对视了一下，也没说什么。

米团长又请军长选一个炮击目标，刘锋就选了一个设定在 5 公里处的 8 号目标。

营长又下达了炮击 8 号目标的命令。

这次炮击的时间比前一发要快一些，不到 2 分钟，又是一声炮弹出膛的呼啸声。由于这次的目标比较近，刘锋从望远镜中清楚地看见炮弹落在了目标外。

"目标未击中，误差 21 米。"

刘锋一脸严肃地站起来，他没有说什么，只是看着远方的目标阵地沉思着……

九　婚事新办

军部的小礼堂，此时被邱维力和战士们装扮成了红色的海洋：用红纸剪的喜字贴得到处都是，自制的大红花也挂满了四周墙壁。小礼堂摆了 5 张餐桌，餐桌前临时搭了个小舞台，舞台铺着红地毯。

舞台背后的墙上贴着一个大大的双喜字，双喜字的上方是一个横幅，上面写着：刘锋于丽同志结婚典礼。横幅的两边分别挂着两个条幅，上面写着：志同道合手牵手，互敬互爱心连心。

邱维力不知从哪里还搬来了一台老式的留声机，留声机里正放着战士们听不懂的音乐。

于丽下午 3 点半就来到小礼堂。

她还是齐耳的短发，只是头上别了一枚红色的发卡。新做的浅蓝色的列宁装剪裁得非常合体，把她修长的身材表现得淋漓尽致。一双半高跟的红色皮鞋非常醒目，也体现了她今天的身份——新娘！

邱维力看到于丽来了，就开玩笑说："新娘子今天真是漂亮呀！你怎么这么早就来了？你应该让军长去接你来呀！"

于丽也笑着回答："我们今天是革命同志的新式婚礼，旧的习俗全都免了。今天就是让大家高兴一下，一起吃顿饭。"

于丽环视了一下充满喜气氛围的小礼堂，发自内心地说："真是谢谢你了，把个小礼堂布置得这么有情调！"

"你满意就行！受条件限制，我搞不到更多的东西，否则我会把小礼堂装扮得更漂亮。"邱维力有些得意地说。

于丽看到了留声机，才发现小礼堂回荡着优美的音乐声，就认真地听起来，这一听让她大吃一惊：

"这不是贝多芬的《田园交响曲》吗？已经快 10 年没听到了。"于丽自言自语地说着，听了一会儿就闭起双眼，陶醉在音乐中。

邱维力见于丽是个行家，高兴得眉飞色舞：

"你喜欢交响乐，喜欢贝多芬！太好了！"

"你从哪儿弄来的这些宝贝？"

"从我一个朋友那里借来的。"

于丽不再问了，只是静静地听完了贝多芬的《田园交响曲》，仿佛又回到了学生时代。

"我在南京护校读书时，和我同一个宿舍的同学，她爸爸是南京艺术学校的音乐教授，所以她经常带我们到南京艺校去听音乐会，还把一台和你这台差不多的留声机搬到了宿舍。我们经常听贝多芬，还有莫扎特，全宿舍的人都喜欢上了交响乐。"

"你是在南京读的书？"邱维力有些吃惊地问道。

"怎么！你也在南京读过书？"

"我是在南京读的交通大学。"

"那可是一所名校呀！你是哪年读的交大？"

"1940 年，南京被日本人占领后，我随交大撤到了云南，后来就参加了国民党军，跟随孙立人将军到缅甸打日本人。"

"那你怎么又参加解放军了呢？"

"1949 年淮海战役时，我随部队投诚，加入了第三野战军。"

"愿来是这样，那你是哪儿人呀？"

"我是安徽人。"

于丽虽然在厦门战役结束时就认识了邱维力，到现在已经 4 年了，但两人从没有深谈过。

于丽只是觉得邱维力这个人很热情，而且办事能力强，对他很有好感而已，但于丽没想到邱维力是南京交大的毕业生，这让于丽更增添了对邱维力的好感！

"我今天还给你和军长准备了《婚礼进行曲》，等婚礼开始时就播放。"邱维力见于丽在想着什么，就小心地提示着她。

"太谢谢你了！今天才算真正认识你，以后有空常到家里来坐坐。"于丽是发自内心邀请邱维力的，她太需要这种情趣相投的朋友。

正当于丽和邱维力热情交谈时，小礼堂外传来了一阵汽车的鸣笛声。

于丽看了一下手表，刚好 4 点。她知道是刘锋他们来了，就快步向门口走去，果然是刘锋他们。

于丽看到刘锋正和王宝荣、米烈山说笑着向小礼堂走来。

王宝荣看到站在门口的于丽，就笑嘻嘻地说："我现在该叫你什么呢？是叫你嫂子呢，还是叫于主任呀？"

王宝荣比刘锋小两岁，刘锋的妻子他当然得叫嫂子，但王宝荣比于丽大 6 岁，把于丽叫嫂子，王宝荣觉得有点亏。

"你就得叫她嫂子，谁让我比你大呀！"刘锋不客气的对王宝荣说，又回头对米烈山说，"你也得叫她嫂子。"

米烈山的年纪也比于丽大。

"好！我们都叫她嫂子。"王宝荣大声地说。

于丽挥挥手，对走在她身边的王宝荣说："别听他的，你叫我妹妹吧！"

"我叫你妹妹，那军长就是我妹夫了，我是不是有点占便宜呀！"王宝荣哈哈地笑着说。

刘锋也不答话，只是笑呵呵地走进了小礼堂。

于丽拉着王宝荣站在小礼堂的门口，她让米团长先进去，她有话要和王师长说。

米烈山就跟着军长进了小礼堂。

于丽见身边没人了，就小声地对王宝荣说："按我们老家的习俗，婚礼现场得要有娘家人在场，今天的婚礼你得做我的娘家人，谁让你是我的半个老乡呢！"

王宝荣是无锡人，离南京很近。

王宝荣这才明白，于丽为什么让他叫妹妹，原来是为了让他当娘家人。

"好！好！好！我今天就以你表哥的身份，当你的娘家人。"王宝荣连说了三个好字，然后和于丽笑呵呵地一起走进小礼堂。

今天婚礼的司仪是对金门广播站的播音员小王。

他是北京人，说着一口标准的普通话，又是大学生，本来就是军里有名的秀才，所以政委亲自点名让他主持军长的婚礼。

田玉娟也被邀请参加军长的婚礼，只是她没什么具体任务，乐得她能自由自在地四处逛逛，满足好奇心。

小王是大家族出身，见过场面。政委让他主持军长的婚礼，他也不客气，觉得这个任务只有他能胜任。

小王为今天的婚礼安排了一个特殊的内容——就是让政委为新郎新娘证婚。

政委开始还搞不明白什么是证婚，后来听了小王的解释，也觉得这个内容很重要，就答应为新郎新娘证婚——不过，证婚词是小王准备的。

下午5点，婚礼准时开始。邱维力亲自操作留声机，放起了《婚礼进行曲》。

小王大声叫道："请新郎新娘入场！"

穿着一身新军装的新郎刘锋和穿着崭新列宁装的新娘于丽就手拉着手，从小礼堂的休息室走入婚礼现场。

大家热情鼓掌，衷心祝福这对新人生活幸福！

婚礼的第一项是新郎、新娘介绍恋爱经过。

司仪让新郎先讲。

大家一听军长要介绍恋爱经过，先是一阵笑声和掌声，随后就安静下来，而且是非常安静，大家都很想听听军长和于丽是怎样好上的。

刘锋见大家都不说话了，就故意做出回忆的样子，半天不说话。

半分钟过去了，大家见军长还不说话，就起哄了："快讲呀！是谁追的谁？第一次拉手是什么时候……"

大家七嘴八舌地提出自己感兴趣的问题。

刘锋还是笑而不答。

于丽有点沉不住气了，她悄悄捏了一下刘锋的大腿，让他快点说。

就这么一个小动作，却让司仪看得真真切切。

于是，小王就大声说："新娘刚才已经用特殊的手法命令新郎赶快交代，我们再次用掌声欢迎新郎交代恋爱经过！"

大家就再次鼓起了更热烈的掌声。

刘锋知道不能再拖了，就清了下嗓子，"我是参加南京战役时认识于丽同志的，那场战斗我腿部负了伤，到前线救护所包扎，是于丽同志给我做的包扎，我们就这样认识了。"

刘锋说到这儿就停了下来。

大家静静地听着，半天不见新郎再说什么，就嚷嚷道："怎么，这就完了，谁先追的谁呀？什么时候开始好的？有没有亲密的动作？"

大家纷纷提出各种问题，表达着对刘锋回答问题的不满！

于丽也不满意，她用嗔怪的眼神看了刘锋一眼，意思是说：你这男子汉怎么当的，难道要我说，是我追的你吗？

刘锋也感受到了于丽的意思。

于是，就笑嘻嘻地补充道："是我追的于丽同志。我跟她说，希望以后能嫁给我。开始她还不答应，我就天天问她同不同意，可能是她被我问烦了，有一天她就同意了！"

大家哄的一下都笑了——原来军长是这样追的于丽，一点都不浪漫！

司仪又让于丽讲讲，新郎说得对不对，恋爱经过是这样的吗？

于丽表现得就比刘锋大方得多。

她也没推辞："我们是在南京战役时认识的。当时他负了伤，伤并不重，只是腿部被流弹划了一道口。我给他做了包扎后，我们就认识了。后来我觉得他打仗勇猛，也很关心人，人长得也还行，他说想和我结婚，我就同意嫁给他了。"

大家又是一阵笑声。

司仪赶紧说："刚才新郎新娘介绍了他们的恋爱过程，虽然不浪漫，但很真诚，让我们用掌声祝福他们！"算是给了他们一个台阶。

于是，大家又是一阵热情的掌声。

婚礼第一个内容就这么过去了。

婚礼第二项内容是政委为新郎新娘证婚。

司仪请政委上台。

政委上台后，先对着刘锋问："刘锋同志，你愿意娶于丽同志为你的妻子，两人忠于党，忠于革命事业，并且互相关心，互相爱护，携手前进，白头到老吗？"

"我愿意！"刘锋大声说。

政委又对着于丽问："于丽同志，你愿意嫁给刘锋同志为妻，两人忠于党，忠于革命事业，并且互相关心，互相爱护，携手前进，白头到老吗？"

于丽也大声说："我愿意！"

于是政委对着大家庄严地宣布："我证明：刘锋、于丽同志的婚姻符合中华人民共和国婚姻法，从今天起正式结为革命夫妻！"

大家热烈鼓掌祝贺这对新人！

刘锋向大家敬了一个标准的军礼，于丽也向大家深深地鞠了一躬，表达了他们对各位的真诚谢意！

然后是新郎新娘向大家敬酒。

刘锋、于丽端起了一杯红酒。

刘锋站在舞台上对大家说："感谢各位今天来参加我和于丽同志的婚礼，也感谢军部的同志为我们准备了这样一个隆重又热烈的婚礼！从今往后我和于丽同志将一起为革命努力工作，不怕流血牺牲，为彻底消灭国民党残余势力而奋斗！为解放金门，解放台湾而努力奋斗！也祝同志们工作顺利，生活幸福! 我和于丽敬大家一杯!"刘锋说完, 和于丽碰了一下杯, 就把杯中的红酒一口喝了下去。

于丽看刘锋把酒都喝完了, 也学着样把酒一干二净!

大家也纷纷把杯中酒一干二净。

刘锋和于丽给大家敬完一杯酒后, 就从舞台上走下来, 他们首先给主桌的来宾敬酒。

政委代表主桌的来宾衷心祝愿新郎新娘生活幸福。

刘锋和于丽就与主桌的每位来宾一一碰杯, 感谢各位能来参加他们的婚礼, 大家又把杯中的酒全都喝了。

刘锋和于丽给主桌每位来宾敬完酒后, 就准备去各桌敬酒。

这时于丽大声地说: "按我们家乡的习惯, 到各桌敬酒时, 我可以请家里人代我喝酒, 现在我就请我的表哥王宝荣代我到各桌给大家敬酒。"

"原来是要我代你喝酒才让我当表哥呀!"王宝荣故意装着不高兴的样子说。

"你要是不愿意, 我来替嫂子喝, 只要新娘叫我一声哥哥。"米烈山见王宝荣得了便宜还这么说, 就故意要自告奋勇替于丽敬酒。

"去! 去! 去! 还轮不到你当哥哥。"王宝荣乐呵呵地说, "谁让我跟新娘是半个老乡呀! 这个表哥我当定了。"

大家都笑起来!

刘锋就拉着王宝荣到每桌去敬酒

米烈山早就发现田玉娟也来了, 只是不好意思打招呼。他看刘锋和王宝荣到其他桌敬酒去了, 就借机端着酒杯来到田玉娟身边, "田玉娟同志, 还认识我吗?"

田玉娟一眼就认出了米烈山, 高兴地说: "米团长, 您好! 怎么不认识您呀! 那天不是您去军区文工团接的我吗!"

米烈山一听, 田玉娟还认识自己, 心中暗喜, 就把手中的酒杯和田玉娟手中的酒杯碰了 下, "借新郎新娘的酒, 祝我们的播音女神工作顺利, 生活幸福!"

田玉娟自从来到厦门前线后，第二天就参加集训，然后就上了角屿岛，筹备对金门有线广播的正式开播，还真没机会再见到米烈山，所以，今天能见到米烈山，她也很高兴。

刘锋和王宝荣正好也到田玉娟这桌敬酒，见米烈山和田玉娟正聊得火热，就故意说："米团长怎么跑到这桌来了，是不是想把我们的播音员灌醉呀？"

"报告军长，我来厦门前线部队是米团长去接的，来后还是第一次见到米团长……"

"不用解释，他去接你是我下的命令！"刘锋故意严肃地打断田玉娟的话说，"我现在命令米烈山自罚三杯酒，你怎么能把人家接来后就再也不理人家呀！"

米烈山先是愣了一下，马上就反应过来，也故意大声地说："好！好！好！我受罚，我喝三杯！"说着就一口气连喝了三杯酒。

田玉娟也没想到军长会这么帮她，就开心地说："我衷心地祝军长新婚快乐！"说着就把杯中的酒喝干了。

刘锋笑着说："小田呀！如果你真心祝福我和你于丽嫂子新婚快乐，就为我们唱支歌吧！这才能真正表达你的祝福呀！"

大家听军长这么提议，都热情地鼓掌，"对！给大家唱一个吧！"

田玉娟从心里感激军长的这个提议！她真的好久没唱歌了，她太想唱了，尤其是今天这样一个热闹的场合。

于是，田玉娟大方地走到舞台上，清唱了一首优美的情歌《敖包相会》："十五的月亮升上了天空哟，为什么旁边没有云彩，我等待着美丽的姑娘，你为什么还不到来哟……"

十　台海危机

1954 年的夏天来得特别早，刚过 6 月中旬，气温就升到了 35 度。

台湾海峡的紧张气氛也达到了高潮。

自从艾森豪威尔入主美国白宫后，这位第二次世界大战的著名将领就对美国的国家安全政策进行了重大调整，制定了所谓"新面貌"战略，其核心内容就是"大规模报复"计划，主张以尽可能少的代价来获取尽可能大的威慑力量。

基于朝鲜战争的经验，艾森豪威尔和他的主要幕僚认为，杜鲁门政府奉行的遏制政策是"消极的、徒劳的和不道德的"，所以也是失败的，现在，美国政府必须以积极的、大胆的"解放政策"取而代之。因为美国不可能在共产党国家"可能进攻"的每一个地区都派驻军队，所以美国不应该把防卫力量平均地分布在世界各地，而应该根据目前共产国际的实际情况，建立一支强大的、能够迅速回击共产国家在世界任何地区发起战争的军事力量。这种军事力量是以核武器为后盾，以航空母舰战斗群为主要打击手段，机动灵活的快速反应部队。

1953 年 10 月 30 日，艾森豪威尔批准了主要体现这种战略思想的国家安全委员会第 162·2 号文件。这份文件主要阐述的是在遏制苏联和共产主义"扩张"的同时，如何避免"严重削弱美国的经济，避免动摇美国的价值观念和借以生存的制度"。文件指出，美国必须发展并保持强大的军事力量，对苏联和中国形成有效的威慑，最重要的是美国必须在核武器的数量和质量方面都"保持优势地位"。文件建议"如果发生战争，美国将考虑像使用其他武器那样可以使用核武器"，强调"不仅要使美国的欧洲盟国，而且要使苏联明白无误地认识到，一旦欧洲遭到进攻，美国将毫不犹豫地使用核武器和大规模报复手段来进行回击"。同时，该文件主张"在国家安全委员会进一步考虑之前，这一政策不得公开"。

1954 年 1 月 12 日，美国国务卿杜勒斯在纽约对外关系委员会发表演说，首次对美国国家安全委员会 162·2 号文件提出的新战略做了公开的阐述。他首先批评杜鲁门政府的战略"不是一种健全的战略"，指出："我们的目标是使我们和盟友的关系少花钱多见效。为了做到这一点，要更多地依靠威慑的力量，同时减少对局部防御力量的依赖。"杜勒斯认为："局部防御将永远是重要的"，但是"单纯的局部防御绝不可能遏制共产党世界强大的军事力量，必须用大规模报复的打击力量作为进一步的威慑来加强局部防御。"他最后强调："阻止侵略的办法就是由自由世界愿意并且能够利用自己选择的方式在自己选择的地点做出有力的反应。"

杜勒斯的这一讲话被国际新闻界解读为，今后无论来自共产党国家的"侵略行动"发生在哪里，美国都可能立即用原子武器对苏联或中国进行报复。随后，美国副总统尼克松也宣称："我们将不容许共产党在世界各地的小型战争中把我们一口口吃掉，我们今后将主要依靠大规模报复能力；其好处在于我们可以自己考虑决定在我们所选择的时间和地点使用这种能力，打击侵略的主要策源地。"

蒋介石非常敏感地意识到了美国国家安全战略的调整。

"经国呀，最近艾森豪威尔总统的讲话你们注意到了吗？"

在家里，非正式的谈话场合，蒋介石总是称呼儿子的名字，而非官职"蒋副秘书长"。

"我们注意到了，父亲！我们认为美国政策的这一调整，对我们还是有利的。只要我们利用得好，可以更好地保证台湾地区的安全。"

蒋经国也是如此。在家里，在非正式的谈话场合，他也不称呼父亲为"总统"，而是"父亲"，这样显得更亲切些。

蒋介石点点头，在客厅里来回地走着。这也是他几十年养成的习惯——在思考问题时喜欢来回地这么走着。

蒋经国直挺挺地站在一旁看着父亲，也不说话，他怕说话会打断父亲的思路。

来台湾转眼已经5年了。

这5年父亲无时无刻不在想着如何反攻大陆，带着跟随他远离故乡的300多万国民党军政人员返回故土。

朝鲜战争爆发后，原以为第三次世界大战就此开始，父亲可以借助美国的军事力量，从朝鲜进入中国东北地区，从北往南收复失去的地盘，如同当年中共一样，也是从北往南，一步步把我们赶出大陆。

但谁想到，朝鲜战争的敌对双方竟打成了平手。

美国不仅没能占领朝鲜，而且被迫回到战前的以三八线为标志的南北朝鲜各自控制的区域，并和中朝两国签订了《朝鲜停战协定》，成为美军历史上第一个无胜绩的停战协定。

父亲的反攻大陆计划也就此流产。

朝鲜停战后，中共又把军事斗争的重点转移到了东南沿海地区，台湾海峡的局势又开始紧张了。解放军在福建前线不断调整兵力部署，武力攻台的战略企图越来越明显。而美国方面如何帮助确保台湾的安全却迟迟没有明确的表示，我们提议的两国尽早签订《台湾海峡共同防御协定》，美国方面一拖再拖，始终没有明确表态，这让父亲内心非常焦虑……

"经国呀，我总担心美国这一战略的调整，一方面是有利于台湾的安全，但另一方面是不是也想让我们彻底放弃大陆，实施他们的一中一台，或者叫两个中国的计划呀！这是我很担心的。"蒋经国正想着父亲来台后这几年的不易，突听父亲说话，就把思绪拉回到现实。

"我们也有这样的担心。杜勒斯在很多场合都明确表态，绝不允许中共武力攻打台湾，美国认为这种行为是对美国利益的公然挑衅。但他同时又多次暗示我们，尽快从金门、马祖撤兵，这样才有利于台湾的防御，有利于美军第七舰队的部署。"

"一个中国是我们的底线，我们绝不能同意搞什么两个中国，我们一定要反攻大陆，要把中华民国的地盘夺回来，这是我们坚守台湾的信念。没有这个信念，人心会垮的，台湾最终也守不住。"

蒋介石有些气愤地说。

他不理解美国为什么不理解他的志向，总是用各种方式劝他放弃金门、马祖，实际上是要他放弃大陆，这是要逼他放弃一个中国的底线，他绝不答应。

刘锋是在 7 月 23 日晚上从厦门前线对金门广播中听到了田玉娟播报的《人民日报》社论《一定要解放台湾》：

台湾自古就是我国神圣领土的一部分。

……

美国侵占我国台湾，并勾结蒋介石残余匪帮进行军事阴谋活动，是对中华人民共和国的不可容忍的侵略和挑衅行为，严重地威胁着亚洲及世界和平。

这几年来，美国破坏亚洲和平，妄图挑起进攻中华人民共和国的战争的军事冒险的阴谋，一再遭到挫败。美帝国主义者的实力政策，在亚洲不得人心，威信扫地；而中华人民共和国在反对美帝国主义侵略的斗争中日益强大起来，它的国际地位和声望日益提高起来。事实证明，中华人民共和国是碰不得的。但是，这并没有使美国好战分子老实一点，他们反而变本加厉地以十亿美元以上的大批飞机、军舰和各种军火供给蒋匪，并派庞大的美国军事代表团来改编、训练和扩充蒋匪残兵败将；同时，美国指使蒋匪向我沿海地区和岛屿不断进行骚扰，派遣特务潜入中国大陆，对来我国通商的各国商船进行海盗拦劫。美国为了对我国进行武装侵略，为了破坏亚洲和平，制造紧张局势，竟拼凑包括南朝鲜、日本、菲律宾、泰国和中国台湾蒋匪在内的所谓"太平洋反共军事集团"，并硬把蒋匪代表塞在联合国中的中国席位上，剥夺中华人民共和国在联合国中的合法地位。美国侵略者这种无法无天的罪行，是中国人民和一切正直人类所不能容忍的。

……

中国人民再一次向全世界宣布：台湾是中国的领土，中国人民一定要解放台湾。不达目的，绝不休止。伟大的中国人民绝不能容忍侵犯我国领土主权完整的事情存在，如果谁要顽固地这样做去，谁就要得到应有的后果。

刘锋意识到：一场新的战斗就要打响了！

北京，中南海。

毛泽东按他的生活习惯下午 4 点起床了。

洗漱完，他点上烟，走向餐厅。

秘书在餐厅等着，"主席，总理来电话说，有重要的国际局势情况要向你当面报告。"

毛泽东点点头，示意秘书让总理过来。

这段时间，毛泽东一直在思考着台湾问题。

本来，按照中央的战略部署，台湾问题在 1950 年就应该解决。金门战斗失败后，虽然全军上下感到震惊，十兵团更是有一种负罪感，但毛泽东并没有恼怒。作为军事家，作为全军的统帅，在他眼里，胜负乃兵家常事。虽然金门战斗失败的有些意外，三个团被全歼也让他有些不痛快，但他没有怪罪他的将领。当十兵团上报要求严肃处理有关领导时，毛泽东并没有同意。他相信他的将领们是尽了全力打金门的，只是战争有许多意想不到的突发因素，而往往一些偶然的原因也能决定战争的胜负。

毛泽东不想因为一次战斗的失利就严惩跟随他夺得全国胜利的将领们，他深知将士们的艰难和努力，所以最终毛泽东只同意对负有责任的兵团首长给予纪律处分，而直接指挥金门战斗的军长降职处分。

毛泽东是军事家，更是一位政治家。

金门战斗失败后，总参作战部又重新制订了一个全新的攻台计划，准备用第三野战军十二个军，共计 50 万人，在海、空军的配合下，于 1950 年六七月份进攻台湾，彻底消灭蒋介石残余势力，解放台湾，真正解放全中国。

后来由于朝鲜战争的爆发，这个计划就搁浅了。

朝鲜停战后，毛泽东又把注意力转到了东南沿海。

台湾问题不解决是他的一块心病。

1953 年 1 月杜鲁门政府下台，艾森豪威尔担任美国第 34 任总统。

艾森豪威尔上台后立即修改了美国的国家安全政策，把台湾作为美国在太平洋地区战略利益的一个重要筹码，提出台湾地位未定论，妄想通过联合国托管的方式，长期占据台湾，实现一中一台，或两个中国的战略企图，使台湾成为美国永不沉没的航空母舰。

1953 年 9 月，美国与台湾国民党当局签订了《军事协调谅解协定》，公然决定国民党军队的整编、训练、监督和装备完全由美国负责，如果发生战争，国民党军队的调动指挥，必须得到美国的同意。协定中的防区，包括台湾、澎湖、金门、马祖等岛屿，并在台北设立"协调参谋部"，由美国主持，加强控制。美国还把第七舰队摆在台湾海峡，完全摆出一副武装干预中国内政的强硬姿态。

毛泽东从来不信邪！

美国想制造一中一台，或搞两个中国，想把台湾从中国分离去出，我偏要打破你的妄想！

毛泽东正沉思着，门外传来了汽车的声响。

主席知道是总理到了。

"主席！最近国际上很热闹呀。"周总理迈着轻快的脚步，人还没进门，声音已经传入主席的耳朵。

毛泽东笑了——他喜欢听总理这样的声调，说明总理对如何解决问题有了基本的想法。

"总理呀！《人民日报》发表的那篇社论是不是在国际上有些反应呀！"主席边说边和总理握手，并让总理坐在他左手边的沙发上。

"国际上的反响不是太大呀！"总理坐在沙发上，侧着脸说。

"是吗！看来文的还是不行呀。"

毛泽东又点了一支烟，深深吸了一口，一个大胆的想法已经在他脑中形成，只是他现在还不想说，他要听听总理说说国际上的事情，然后再和总理交流想法。

"最近，联合国很热闹呀！据可靠情报，美国国务卿杜勒斯提出了一个方案，要把我国沿海岛屿——金门、马祖等的归属提交给联合国安理会解决。美国想通过操纵联合国安理会做出一项维持台湾地区政治和领土现状，实现停火的协议，这样即可以避免与我们发生全面战争，又能够保住金门、马祖等沿海岛屿。据情报，艾森豪威尔已经同意了这个方案。现在美国政府决定，由杜勒斯负责去探索实施这一方案的可能性，并尽早采取行动。美国国防部则密切关注事态发展，为采取一切可能的行动做好准备。据可靠情报，很快新西兰会作为提案国，要求联合国出面斡旋'在中国大陆某些沿海岛屿的敌对行动'，美国和英国将对该提案予以支持。"

总理一口气把从外交途径获得的最新情报向主席做了报告。

毛泽东听得很仔细，生怕漏掉一个细节。

听完后，主席沉思了一会儿说："在朝鲜战争停战后我们没有及时地向全国人民提出解放台湾这个任务，没有及时地根据这个任务在军事方面、外交方面和宣传方面采取必要措施和进行有效的工作，这是不妥当的。如果我们现在还不提出这个任务，还不进行工作，那我们将犯一个严重的政治错误。"

总理赞许地点点头。

毛泽东继续说道："现在国际上是不是有种误解呀，以为我们可以放弃台湾了，以为我们怕美国的干预了。在朝鲜，我们不是也没怕他们吗！不是照样和他们打了一下吗！不是也没输吗?!"

"其实，《人民日报》的社论已经充分表明了我们的立场与观点。"总理补充着说。

"但是看来《人民日报》的社论人家不看不听呀！所以，我看现在文的是不行了，是不是要来点武的呀！"毛泽东说到这儿，故意停了下来。

他认真看了看总理的表情。

总理听到主席说，要来点"武"的，立即明白了主席的意图，只是这个事情太大了，不是他们两人就可以决定的。

"主席，我建议是不是召开一次政治局会议，专门研究一下台海局势。"

"可以！"

毛泽东和周恩来相视一笑……

十一 九三炮战

8 月的金厦海域是一年中台风最多的季节，但不知为什么，已经到了 8 月底，一场台风也没来。

闷热的天气让刘锋几个晚上都没睡好。

表面上看是因为天气热的原因，实际上刘锋自己心里清楚，是目前台湾海峡复杂的局势才让他睡不好觉。

自从《人民日报》的社论《我们一定要解放台湾》发表后，刘锋就从社论的字里行间读出了战争的火药味。

"台湾是中国的领土，中国人民一定要解放台湾。"这样的语言实际就是一种宣告，向全世界宣告：人民解放军将用武力解放台湾！

作为厦门前线的最高指挥员，刘锋当然清楚他肩上的责任与重担！但他更清楚：现在解放台湾，对手就不仅仅是蒋介石和他的 60 万军队，如果是这个对手，刘锋是不会睡不好觉的。现在真正的对手是美国人，游弋在台湾海峡的美军第七舰队才是刘锋真正的对手，这个对手就不那么好打了。首先是美军的空中和海上优势十分明显，作战飞机不仅数量远远多于解放军，飞机的性能更是解放军空军无法相比的。海军的实力差距就更大了，人民海军的舰艇基本是小吨位的炮舰，主力舰还是鱼雷快艇，而美军是航空母舰战斗群，巡洋舰、驱逐舰上百艘。其次，更让人担心的是，美国人手上还掌握着核武器。美军参谋长联席会议主席雷德福就公然叫嚣，如果中共军队敢武力攻台，美军就可能使用核武器对中国大陆东南沿海地区的军事设施进行毁灭性打击。

刘锋深知原子弹的巨大威力。

二战中，如果不是美国人在日本广岛和长崎投下两颗原子弹，日本人绝不会这么快就投降，二战也绝不会这么快结束。

两颗原子弹造成几十万人的伤亡，而且伤亡的人是不分男女老幼、军人或老百姓的，这种场面太残酷了，这也是战争带来的最恶劣的结果。

刘锋又想起王宝荣介绍的美军在朝鲜战场的作战特点：机动性强、立体作战、后勤保障充分、战线可以拉得很长、善于利用机动性打歼灭战，这些都是我军的弱项。

如何在未来的渡海作战中扬长避短，发挥我军近战、快战的优势，以最小的代价打赢解放台湾的战斗——刘锋一想到这些问题就吃不好、睡不着……

汪海山也看到了《人民日报》的社论《我们一定要解放台湾》，但他不相信解放军敢发动渡海战役解放台湾。

因为现在不是 5 年前。

现在台湾海峡布防的是美军强大的第七舰队——这是美军太平洋舰队的主力。解放军现在虽然有了空、海军，在朝鲜战场上，志愿军空军也和美军交过手，而且还打下了美军的飞机，甚至美军的王牌飞行员也被年轻的志愿军空军击落，但这完全不能说明解放军的空军就可以和美国空军相抗衡，因为在台湾海峡和在朝鲜战场完全不一样。首先，没有了突然性，双方战机起飞都会被对方雷达轻易地发现。这时的空战就看谁的飞机性能好，飞行员的飞行技术好了，这方面美军的优势是不言而喻的。其次，美军飞机的数量也是解放军不可相比的，再加上海军的实力，解放军更不是美军的对手。

如果解放军贸然发动解放台湾的渡海战役，那么等待他们的一定是葬身于台湾海峡的结局。

但是金门就危险了，如果解放军仅仅是发起登陆金门的战斗，国民党军是很难抵抗得住，光靠金门岛上的 10 万军队，怎么能防住解放军几十万人的登陆进攻呢？更何况布防在金门对岸的解放军炮兵，几百门大炮如果一起开火，基本就可以彻底摧毁金门，怎么守得住解放军炮火下的金门呢。

汪海山想到这些，也吃不好、睡不着！

蒋介石也吃不好、睡不着！

"经国呀！《人民日报》的社论你们都认真看了吗？"

每天早上蒋经国都会准时到父亲的官邸请安，蒋介石见儿子走进客厅，还没等他开口就迫切地问。

蒋经国见父亲这么迫切地询问《人民日报》社论的事，知道他这几天肯定又是没吃好、睡好，就小心翼翼地回答："国安会这几天都在研究社论传达的究竟是什么信息。"

"大家的看法呢？"蒋介石又是迫不及待地追问。

"大家分析的结论是：中共只是向国际上表明一个态度，台湾是中国领土，绝不会放弃，也绝不允许任何国家，当然主要是指美国，分裂中国领土。"

"那中共有可能渡海攻台吗？"

"我们认为不会。一是从实力上说，中共还不具备渡海攻台的能力，如果只靠几艘小舰艇，是不能一次运送至少 30 万军队渡海的。二是时机也不具备，现在美国国内正为美军是否放弃金门、马祖等大陆沿海岛屿，全力固守台湾争得不可开交，如果此时中共渡海攻台，正帮了美国政府的忙。因为美国军方是不愿意放弃大陆沿海岛屿的，美军参谋长联席会议主席雷德福将军多次在国会上表示，绝不能放弃中国大陆沿海岛屿，否则就会助长共产主义向亚洲其他国家渗透，也会让美国的盟国日本、韩国、菲律宾对美军失去信心，这将严重侵害美国的战略利益。"

蒋经国说到这儿，停下来看了看父亲的表情，然后又接着说："所以，我们的基本判断是，中共绝对不会此时渡海攻台。"

"那他们会不会借机攻占金门呢？"蒋介石又担心地问。

"这就不好说了，进攻金门的可能性还是有的。"蒋经国还是小心谨慎地回答。

蒋介石听完经国的回答，暂时没再提问，只是在客厅里来回地走着。突然他停下来，问了一个和刚才的话题完全不沾边的问题："你吃过早饭了吗？"

蒋经国愣了一下，没反应过来。

蒋介石见儿子没回答，就又问了一遍："你吃早饭了吗？"

"没吃！您知道我每天是起床后先到您这里，然后再去吃早饭。"蒋经国觉得父亲今天有点奇怪，自己每天不都是先到总统官邸问候完才去吃早饭，然后直接去办公室吗！

"那你今天陪我一起吃早餐吧！"

原来父亲是想让自己陪他吃早餐呀！

蒋经国点了下头，就扶着父亲一起往餐厅走去……

1954年9月1日一大早，刘锋刚起床就接到师长王宝荣的电话："军长，你今天能到我们师来吗？来看看炮团的射击训练，他们经过半年的紧张训练和摸索，现在终于完全掌握新装备的榴弹炮了，射击的命中率达到92%，大大高于训练大纲的要求。"

"是吗！太好了，你怎么不早说呀？"

"我不能早说。你不是常说，训练要按实战要求吗！我不想给他们太多的准备时间。如果你能来，我就 8 点半下命令，9 点钟我们训练场见。"

"好！就这么决定，9 点钟训练场见。"刘锋放下电话，赶紧去厨房放了一脸盆冷水，就在厨房里刷牙洗起脸来。

于丽已经把早饭做好了，是稀饭和馒头，另外还有两个小菜和咸鸭蛋。

刘锋洗完脸，刚在餐桌前坐下，于丽就把稀饭和馒头端上了桌。

刘锋抓起一个馒头，就大口地吃起来。

"慢点吃，又没人跟你抢。"于丽嗔怪地说。

刘锋"嗯"了一声，马上放慢了吃饭的速度。

"是不是要打仗了？昨天省支前办传达了省委的指示，让我们从现在开始全力做好支前准备，为部队筹备战备物资。"于丽自己也盛了一碗稀饭，边吃边问。

刘锋没有回答于丽的问题，只是埋头大口地喝着稀饭，吃着馒头。

"你怎么不说话呀？问你事呢。"于丽见刘锋没说话，没好气地说。

"你的问题我现在没法回答。"

"那你们接到战备命令了吗？"

"现在不是天天战备吗，哪有一天放松呀！"

是呀！部队二级战备都一个月了，于丽也觉得这次战备时间还真是很长，不过从目前情况判断，好像离打仗的日子越来越近了。

"我今天上午去王宝荣他们师，中午就在师里吃饭。"刘锋三下五除二地吃完早饭，边擦嘴边对于丽说。

于丽点点头："知道了。"

刘锋从卧室里拿好公文包，出门时突然对着于丽的耳朵轻声地说："我估计这两天可能就会接到作战命令了。"说完拍了拍于丽的脸颊，"保密哟！"就快步走出家门。

于丽听着刘锋的脚步声越来越远，她的心也越来越沉——又要打仗了！

刘锋是在 9 点差 5 分钟时来到了一师的训练场，王宝荣已经在训练场等候。

"情况怎么样？"刘锋见到王宝荣就开门见山地问。

"我是在 8 点 30 分下达的命令，部队 20 分钟就进入了训练阵地，并完成炮击目标的准备，完全符合训练大纲的要求。"王宝荣向刘锋敬礼后，利索地回答。

刘锋在王宝荣的陪同下走到观察台前，举起望远镜认真地看了一遍设在对面山坡上的炮击目标。

"今天是哪个团？"刘锋边观察目标边问。

"是米烈山团。"

"很好！记得去年也是这个时候吧，新装备刚下来不久，我们也是看的米烈山团的训练，那时可不行呀！炮弹离目标相差很远呀。"

"军长记忆真好呀。那是去年十月一日，就是你和于丽妹妹举行婚礼的那天。"王宝荣自从参加完军长的婚礼后，就一直叫于丽——妹妹。

"时间过得真快呀！一晃就是一年了！"刘锋有些感慨！

这一年来台湾海峡的局势越来越复杂，美国企图分裂中国的目的越来越明确，而蒋介石的态度还不明朗，也许这个时候只有通过打一仗，才能真正摸清美国人和蒋介石的底牌。

刘锋若有所思。

王宝荣见军长在沉思，就站在一边不说话，他不想打断军长的思路。

就在这时，一辆军用吉普车快速地驶向训练场，吉普车在离刘锋 50 米的地方才紧急刹车，尖叫的刹车声伴随着车的惯性一直让吉普车向前滑行了约 30 米才停下来。

作战参谋从车上跳下来，向着刘锋跑去，"报告军长，军区首长紧急电话，让你速到作战室接受命令。"

刘锋一听，马上意识到很可能是作战命令，他放下望远镜，边快步向吉普车走去，边对王宝荣命令到："让米烈山团立即返回驻地待命，你们师立即进入一级战备准备，听候命令！"

"是！全师立即进入一级战备，听候命令！"王宝荣大声地重复了一遍军长的命令。

刘锋跨进吉普车，还没坐稳，司机就猛踩油门，吉普车"轰"的一声，像疯了一样冲了出去，一会儿就看不见了。

刘锋来到军作战室，政委、参谋长都在作战室等着，几名作战参谋也都站立两旁，作战室里弥漫着一股大战前的特殊紧张气氛。

刘锋没有和政委说话，只是交换了一下眼神，就直接走向直通军区的作战电话。

红色电话机已经接通，刘锋拿起电话机，"报告首长，我是刘锋。"

电话机里传来军区首长清晰的声音："是刘锋吗！现在我下达中央军委命令，命令你部于9月3日14点开始炮击金门。你部所有火炮必须在9月3日凌晨5点前全部进入阵地，完成炮击金门的准备，命令完毕！"

"是！我部在9月3日14点开始炮击金门，9月3日凌晨5点前全部进入阵地，完成炮击金门的准备。"刘锋重复了一遍命令。

"祝你们成功！"军区首长说完就挂断电话……

9月3日早晨，太阳早已升起，洒向大陆方向的阳光把厦门沿海照得清清楚楚——这是一天中金门看大陆最好的时间点。

汪海山和往常一样6点准时起床，他来到海滩上，朝着大陆方向面无表情地看了一会儿，然后先做了几个深呼吸，就开始打一套军体拳。

5分钟下来，汪海山已经感到身上有些出汗了。

汪海山每天早晨打一套军体拳已经坚持了十几年，哪怕是在战斗最紧张激烈的日子里，只要有点时间，他都会坚持锻炼，所以汪海山虽然负了那么多次伤，但体质一直很好，这多亏他有良好的生活习惯。

汪海山不抽烟，酒也喝得不多，只是在高兴的时候，或遇到大家热闹时他才喝些酒。其实，汪海山的酒量很好。抗战时期，汪海山在著名的石牌保卫战取得胜利后，蒋介石欣喜若狂，一封电报把他召到重庆。蒋介石在重庆为汪海山举行了最隆重的庆功会，除了给汪海山颁发青天白日大勋章，立功晋职外，就是为汪海山开了一次盛大的酒会。

从不喝酒的蒋介石破例敬了汪海山一杯红酒，并一口把杯中酒全喝了。

在场的蒋夫人宋美龄都说自从结婚后，还是第一次见总统喝酒，而且是一口喝干一杯红酒。

这让汪海山倍感荣耀！

那天晚上汪海山喝了很多酒，来者不拒。凡是敬酒者，他都喝，而且是几种酒混着喝——红酒、洋酒加上白酒。

汪海山大醉了一场。

后来汪海山的副官告诉他，那天他起码喝了两斤以上。

汪海山从此以后就再也没这么喝过酒，也再没醉过。因为他是个职业军人，他不知道战争哪天会突然降临，他要对他的士兵负责，要对几万生命负责。

汪海山的克制力极好！有时他也很想喝酒，甚至想喝醉，但一想到战事，一想到几万将士的生命都在他手里，立刻能把这种欲望之火压下去。

这也是蒋介石最欣赏汪海山的地方。

汪海山打完军体拳，又在海滩上散了一会儿步，就走回山洞里。勤务兵已经为汪海山准备好了早餐：一杯牛奶、几片面包，还有一个煮鸡蛋。

汪海山的早餐喜欢西式，这是他在德国留学时养成的习惯。

早餐后，汪海山稍微休息了一下，就开始每天雷打不动的工作——修工事。

汪海山深知，要想守住金门，必须修好各种防御工事，而且是分层次、分功能、永久性的防御工事。比如，海滩的防御工事主要是各种水泥桩，这是防止解放军登陆的，让解放军的登陆船只无法靠岸。靠近海边的山坡主要是修建各种地堡、暗道，构筑火力网，以消灭登陆的解放军。而在半山腰主要是修筑坚固的炮兵阵地，以打击厦门沿海的军事目标以及解放军渡海时的船只。

汪海山相信，只要把金门岛变成一个战斗堡垒，再凭借国军相对优势的空军和海军，金门岛守个一年半载的还是没问题。

所以汪海山天天做的一件事就是修工事，深挖洞、广积粮，他要为他的校长守住金门。

昨天，校长还来电话问他金门的情况，问他对岸有没有发动战争的迹象，汪海山只能如实地回答：不知道。

汪海山只能这样回答，因为他确实不知道对岸的解放军什么时候会突然发动对金门的进攻。

汪海山没有自己的情报网。

每次派出小股部队泅渡过去刺探情报，基本是送死。

大陆老百姓的警惕性太高了，根本靠近不了军事设施，有时靠近渔村都不容易，因为老百姓发现陌生人就立即报告解放军，或者报告民兵。

汪海山在这方面十分佩服共产党，他始终搞不明白，共产党是通过什么办法让老百姓那么相信共产党，拥护共产党，帮助共产党，为什么国民党就不行！

汪海山判断解放军很可能最近会采取攻击金门的军事行动，但哪一天行动，行动规模有多大，战斗意图是什么？汪海山无法判断，因为这些不是靠分析、靠推测能解决的问题，这需要情报，需要来自解放军内部的情报，这些都是汪海山力不从心的地方。

本来校长说要派蒋经国到金门来，给前线将士鼓鼓气。校长说，越是危险的时候，越要让官兵感受到他与大家、与金门共存亡的决心与信心。

汪海山当然知道校长的用心，也知道经国先生来到前线对官兵肯定是极大的鼓舞，但这个时候来太危险了！谁知道解放军什么时候发动攻金战役呀！万一在经国先生到金门时解放军发动了攻金战役呢？

汪海山不敢冒这个险，所以他婉拒了校长的建议。

但美军顾问团要来金门前线，汪海山同意了！

就在昨天，美军顾问团一行10人乘坐一架美军运输机降落在金门机场。

晚上，汪海山在金门防卫司令部餐厅（这是金门岛上最好的餐厅）给他们接风。

汪海山还是没喝酒，他让高有根师长陪美军顾问团的军官们喝了当地产的最好的高度白酒——金门高粱。

汪海山听说，几位美军顾问还喝高了！

汪海山谈不上对美军顾问团是喜欢还是不喜欢，他当然知道美军的存在才能真正阻止解放军渡海攻台，没有强大的美军第七舰队，也许毛泽东早就发动进攻台湾的战役了。

但汪海山不喜欢美军顾问团的趾高气扬，更看不惯那些年轻军官们指手画脚，他们从没跟解放军真正交过手，他们哪知道解放军的厉害！所以，他们要来金门前线，汪海山倒是很乐意。让他们到金门前线来看看，感受一下前方将士的艰苦和危险，可能对他们也有好处，至少可以加深美军对这种特殊战争的了解，对解放军的了解，对中国内战的了解。

中午，汪海山还是没有陪美军顾问团的军官们吃午餐，还是让高有根师长陪他们。

因为昨天晚上喝多了酒，上午美军顾问团视察前沿阵地的活动临时取消了，一上午美军顾问团都在给他们准备好的山洞里休息。

所以，吃完午饭，美军顾问团在高有根师长的陪同下，准备先去古宁头前沿阵地看看。

美军顾问团走出山洞时，刚好是中午 2 点。

突然一阵闷雷似的响声出现在金门上空，美军顾问团的军官们愣住了。

"高师长，这是什么响声？"一位美军上校满脸迷惑地问高有根。

高有根毕竟在金门待了 5 年，他太熟悉这种声音了。

"不好！这是共军的炮击，快回山洞！"高有根师长大叫了一声，立即拉住身边的美军军官就往山洞里跑。

但来不及了！

就在高有根拉着美军顾问团的军官们往回跑的刹那间，成片的炮弹落在了金门岛面向大陆方向的山坡上。

人民解放军刘锋所部的 155 门大炮几乎是同时开火，向着金门岛上事先设定的 20 多个目标猛烈轰击，金门岛上四处开花，20 多处目标全被击中。

可怜的美军顾问团的军官们，当场就被炸死两人：一名上校，一名少校。

十二 于丽上岛

刘锋自从炮战开始后就没回过家，他一直吃、住在前沿指挥所。

王宝荣师长几次打电话给他，让他回家看看。

"你是关心我，还是关心你妹妹呀！"刘锋故意这样说。

"当然是关心你，不过也关心我妹妹。"自从在刘锋、于丽的婚礼上，于丽让王宝荣当她的娘家哥哥，王宝荣还真就一口一个妹妹了。

刘锋默认并习惯了这样的称谓。

"放心吧！你妹妹比我还忙呢，炮战开始后，她也没回家。"刘锋乐呵呵地说。

王宝荣不信，有次去军部办事就特意跑到军长家，看看于丽在不在，果然，隔壁邻居说，炮战开始后就没看见于丽回家。

刘锋说得没错。

于丽是 9 月 2 日炮战前一天接到市委通知，要求支前办协助前线各乡政府撤离群众，除了基干民兵要协助解放军参战外，其余人员全部撤离到安全地区，要打仗了！

于丽作为市支前办主任，主动要求去离金门最近的海岛——小嶝岛帮助群众撤离。

于丽想去小嶝岛，除了因为小嶝岛离金门最近，工作相对危险些，还有一个很重要的原因——于丽早就听说小嶝岛的乡长是一位才 20 岁的女同志，她很想认识这位年轻的女乡长。

小嶝岛的女乡长叫林凤秀。

2 日下午，于丽乘坐一条小船前往小嶝岛。

出发前她给刘锋打了一个电话："当家的，我马上去小嶝岛帮助乡政府撤离岛上的群众。"

于丽在家都称刘锋为当家的。

刘锋听于丽要去小嶝岛，心里一惊，难到她不知道明天就要开战了？小嶝岛离金门只有3000米，而且岛上有一个炮兵营，也就是说，开战后小嶝岛肯定会被国民党军当作重要的军事目标打击，小嶝岛的面积只有0.6平方公里，敌人的炮弹还不像铺地毯似的覆盖全岛。

这个时候去小嶝岛是不是太危险了，但刘锋不能这么说。

昨天刘锋回家，只是对于丽说接到作战命令了，其他的没再多说什么。至于什么时候开战，投入多少兵力，作战的具体任务等刘锋都没说——因为这是军事秘密。

于丽也不会问，她知道能说的刘锋会说，不说的就是不能让她知道的军事秘密了。

"明天我去前沿指挥所后，可能几天都不回来了。"晚上睡在床上，刘锋搂着于丽在她耳边轻声地说。

于丽不说话，只是把脸侧向刘锋，在他脸上亲了一下，表示知道了。

"打仗就会有牺牲，什么事都可能会发生。"刘锋也亲了一下于丽，然后轻声地说。

"我知道，放心吧，和你结婚早就有这样的思想准备。"于丽换了一个姿势，背靠在刘锋的怀里，头靠在刘锋的肩膀上，这样她能看到刘锋的侧面。

于丽最喜欢这样靠在刘锋的肩膀上，因为她觉得刘锋的侧面是他最英俊的一个角度。从侧面看，刘锋的鼻子高高的，嘴角的轮廓很分明，显得特别有男子汉气质。

"如果有一天我牺牲了，你怎么办？"刘锋故意这么说。

"别胡说，你不会牺牲的，我也不会让你牺牲，顶多让你负点伤，然后让我来照顾你。"于丽说着这话，脑中又闪过刘锋在南京战役负伤时的情景——仿佛就在昨天。于丽想到这儿，就把脸紧紧靠在刘锋的脸上，仰起头把嘴唇贴上了刘锋的嘴唇上……

于丽是带着满足来到小嶝岛。

小船还没靠岸，于丽就看到一男一女站在码头边迎接她。

男的穿军服，于丽认识，他是驻小嶝岛炮营营长朱国群——就是原来驻守在东山岛，指挥东山岛保卫战的那位朱营长。这几年，为适应厦门前线作战需要，刘锋所部进行了较大的编制调整，缩减步兵，增加炮兵，朱国群就被调到小嶝岛担任炮营营长。

女的不用猜，一定是乡长林凤秀了。

小船一靠岸，朱国群就向于丽敬礼，"报告于主任，驻小嶝岛炮营营长朱国群前来接你。"

于丽赶紧摆摆手，"朱营长，别客气，我们是老熟人了。"

"王师长打来电话，说你今天会上岛。"朱国群边说边接过于丽手中的小包。

于丽心想，王宝荣怎么知道我今天来小嶝岛？一定是当家的告诉他了。

"于主任，欢迎你来小嶝岛指导工作。"

"不用猜，你一定是大名鼎鼎的乡长林凤秀吧?!"于丽一手拉着林凤秀，一边上下打量着这位有点传奇色彩的女乡长。

只见林凤秀上身穿着一件白色的短袖斜开口的中式外衣，下穿一条略显肥大的黑裤子，脚上是一双紧口布鞋，腰上扎着一条皮带，皮带上挂着一支手枪，齐耳的短发在海风中显得英姿飒爽。

于丽不由得笑出了声，"好一个女乡长，真是不爱红装爱武装。"

林凤秀被于丽看得有点不好意思，"于主任是不是觉得我不像女人呀!"

"不! 是新中国的新女性，真的很佩服你能在这么艰苦的小岛上工作。"

三个人边说边向乡政府走去。

说是乡政府，其实就是一间房子，里面摆了一张桌子，上面有一部电话。墙上挂着毛主席的画像，还有很多锦旗，锦旗上写着"前线模范乡政府"、"战斗、生产先进乡政府"、"支前模范乡政府"等。

三人走进乡政府，林凤秀给于丽和朱营长各倒了一杯白开水，就汇报起工作："于主任，昨天我们也接到了上级通知，让我们把不能参战的人员在今晚 12 点前全部撤到大陆去，有亲戚的投靠亲戚，没亲戚的县里统一安排了住处。现在全乡 200 多户人家在今天中午前已经撤走了 180 户，剩下的 20 多户下午会陆续地撤离，最迟在今天晚上 9 点前全部撤离。"

"很好！群众撤离后，主要是帮助朱营长他们修工事，以及运送炮弹和食品。战斗一旦打起来，这项工作很艰巨呀！我们不但要保证大炮的粮食，让朱营长他们有足够的炮弹，还要保证战士们能吃饱，不能饿着肚子打仗。"于丽对着林、朱二人说。

"请于主任放心，我们乡有这方面的经验。现在全乡有 216 名基干民兵，其中女民兵有 26 名，都是经过战斗考验的。在小嶝岛，哪天听不到枪炮声呀！我们习惯了。"

"是！这里离金门太近了，天天能看到国民党的青天白日旗，天天能看到国民党兵在海滩上散步。"朱国群感慨地说。

"是呀！这里才是真正的前线。"于丽也很有感慨地说，"所以我决定，炮战开始后，我就留在小嶝岛，和你们在一起。"

"这恐怕不行吧！这里太危险。"朱营长立即反对。

"是呀！这里太危险，您还是今天晚上回大陆吧！"林凤秀也不同意。

"不！我已经决定了。正是因为这里有危险，我作为支前办主任才应该在这里和大家一起战斗。"于丽侧头对朱国群说，"而且我也和你们军长报告过了，你就放心吧！"

林凤秀和朱国群对视了一下，也只能这样了。

"那好吧！于主任你就住我家吧。"林凤秀热情地邀请，而后又有些不好意思，"只是我们家太简陋了，你可别嫌弃呀！"

"能和你一起住是我的心愿，我们可以好好聊聊。"于丽发自内心地说。

"我让营里给于主任送一床棉被来吧，晚上风大，可能还有些凉。"

"还是朱营长想得周到，我家还真没有多余的被子。"林凤秀也不客气地说。

"好！咱们就这么定了。"

大战前的小嶝岛显得特别的安静，海风吹散了白天的炎热，开始凉爽起来。因为群众都转移了，岛上家家户户没了灯光，到处都是漆黑一团，显得阴森森的。

于丽和林凤秀挨家挨户检查了一遍，该撤离的都走了，剩下的都是基干民兵。他们按战前的训练要求，已经全部进入战斗状态，一个排对应一个炮位，负责炮弹的运送，如果战斗出现伤亡减员，他们随时可以顶上去。一炮手牺牲或受伤，他们中有人可以充当一炮手，瞄准、定坐标绝对没问题。二炮手牺牲或受伤，他们中马上有人可以当二炮手，把炮弹推上膛绝不含糊。三炮手、四炮手、五炮手，那更没问题了，几乎所有的民兵都能顶上去承担。所以，小嶝岛虽然只有一个营的战士，但实际战斗力绝不止一个营，这是对岸国民党军队永远比不了的。

朱国群也在检查各炮位的准备情况，明天下午 2 点就是开战时间，作为全军炮群的最前沿，小嶝岛炮群承担着消灭小金门军事目标的重任。朱国群不敢有丝毫懈怠，这是他担任炮营营长后的第一次指挥作战，他要交一份令自己满意的答卷，如同东山岛保卫战一样。

于丽和林凤秀巡视一遍后，回到林凤秀的家已经是深夜 11 点了。两个女人简单地洗漱了一下，就合衣躺下了。

林凤秀很快就进入了梦香，轻微的鼾声有节奏地传入于丽的耳朵。

于丽却睡不着，不知是因为环境陌生，还是想到明天的战争。

于丽是第一次这么近距离地看金门。

下午，她在海边看到对岸飘扬的青天白日旗，听到国民党军换哨时的声音，真的感受到什么才是前线。

小嶝岛怎么离金门这么近呀！近到似乎是一个村子，大家好像是一家人，你做什么事对岸看得清清楚楚，他们做什么事你也看得清清楚楚。

可就是这条窄窄的海峡，又把两岸分隔得十分遥远，分成了两个世界：这边是共产党的天下，那边还是国民党统治；这边是新中国，那边是敌占区；这边是新社会，那边是旧社会；这边是人民当家做主，那边是人民受苦受难。

于丽就这么胡思乱想，越想越睡不着。

突然，一声清脆的枪声划破夜空，于丽一下子坐了起来，她竖着耳朵听了一会儿，岛上安安静静的，没什么反应。

林凤秀转了一个身，看到于丽坐在床上还没睡，就懒洋洋地说："你怎么还没睡呀？明天打起仗来可就没觉睡了。"

"你听到刚才的枪声了吗？"

"没事，那是对岸走火了，经常的事，放心睡吧！"林凤秀转个身，又睡了过去。

于丽还是睡不着。

明天就要打仗了，她现在来到离金门这么近的小岛，会是怎样的一个情景呢！会牺牲吗？想到牺牲，她又想起昨晚和刘锋在一起时的疯狂。他们结婚一年多了，他好像第一次这么勇猛，这么不顾一切！是因为就要打仗，还是因为害怕失去什么？我不能牺牲，我还没给他生儿子呢！

于丽在天亮前才迷迷糊糊地睡着……

十三 海岛玫瑰

林凤秀早上5点多就起来了。

由于小嶝岛地处大陆东南沿海的最东边，太阳出来的比较早，5点多阳光已经洒满整个小岛。

林凤秀起床后，看到于丽还在睡，就轻手轻脚地走出房间，到厨房做早饭。林凤秀知道昨晚于丽很晚才睡着，想让她多睡会儿。

林凤秀烧了一把柴火，往锅里放了点米，又加上水。岛上没什么好吃的，林凤秀想做点稀饭，另外再煮几个地瓜，配上点咸鱼，这就算是岛上很好的早饭了。

林凤秀还没做好早饭，于丽就起来了。

"昨晚没睡好吧！你再多睡会儿。"林凤秀见于丽起床了，有些歉意地说，"是不是不太习惯，我们家条件太差了。"

于丽连忙摇摇头，"不是！我的睡眠一直不是太好。"

于丽说着就帮林凤秀一起做早饭。

"我真羡慕你，一倒床上就能睡着。"于丽边帮林凤秀烧着炉灶边聊起天。本来还想昨晚和她好好聊聊呢，没想人家倒床就睡着了。

"我是习惯了，白天忙了一天，晚上再不能好好睡一觉，第二天可就没精神了。"

"这倒也是，凤秀，你来岛上几年啦？"

"我是童养媳，从小就被卖到岛上，要不是解放了，我早就结婚帮人家生儿育女了。"

"你是童养媳？这我还真没想到！"于丽怎么也无法把眼前这位英姿飒爽的女乡长和童养媳连一起。

"我五岁的时候就从漳州卖到小嶝岛给人家当童养媳。1949 年 10 月厦门战役结束后，国民党军从厦门败退到金门，途经小嶝岛时，他们把小嶝岛洗劫一空，年轻的壮劳力都被抓去当兵或当民工，我男人也被抓走了，就在把他押上船准备送往金门时，他突然跳海，结果被国民党军开枪打死。我公公一看儿子被打死，就冲上去要拼命，结果也被他们开枪打死了。国民党军撤退时把岛上能带走的船全部拖走，带不走的就烧毁。船是渔民的命根子，没有船渔民怎么生活。小嶝岛上突然没有了一艘船，整个小岛就像死了一样，家家户户恐慌得要命，都不知道该怎么活。我婆婆恐惧加伤心一下就病倒了，两周后就去世了。我们一家突然死去了三个人，就剩下我这个童养媳，我那年 15 岁，每天害怕得要死，就在这时，解放军来了，他们登岛后，先是救济生活，给家家户户分配粮食。生活稳定下来后，政府又帮助大家恢复生产，先是帮大家造船，然后组织大家开展生产自救。有了船，可以出海捕渔了，大家的生活就慢慢地安定下来，我就是从那时开始参加了革命。"林凤秀说着自己的身世，于丽就像听故事一样。

"后来呢？"于丽看林凤秀要结束的样子，就追问道。

"当时有一连解放军驻守小嶝岛，有一天我跑到连部，见到连长就向他请求给我一支枪。他问我要枪干吗？我说，我要去金门杀国民党军，为亲人报仇。连长耐心地听完了我的讲述，知道我们一家都死在国民党军的枪下，很同情我，也理解我。连长说，你的仇是一定要报的，但不是靠你个人，也不是你一个人能报得了，要靠大家，要靠革命队伍。如果真想报仇，你就应该参加革命，加入革命队伍。如果你想参加革命，我可以介绍你去学习班，等你学懂了革命道理，就知道该如何报仇了。后来连长就介绍我参加了政府组织的培训班，开始走上革命道路。"林凤秀愉快地回忆着。

她突然问于丽："你知道介绍我参加革命的那位连长是谁吗？"

于丽被林凤秀突然一问，一下愣住了，真猜不出这位介绍林凤秀参加革命的连长是谁。

林凤秀看于丽猜不出来，就笑嘻嘻地说："就是朱国群呀！"

"朱营长？他原来不是在东山岛吗？"于丽知道朱国群就是因为东山岛保卫战。

"是呀！他就是从小嶝岛调到东山岛的，而且还是破格提拔，从连长直接提拔为营长的。"

林凤秀说到朱国群，脸上洋溢着幸福的笑容。

于丽突然发现了什么，"你们俩人是不是好上了？"

林凤秀听于丽这么直接地问这个问题，马上满脸通红，"我们才好上，还没公开呢，你要替我们保守秘密哟。"

"没问题！我看你们挺合适。"于丽从心里为这对新人高兴。

"不过，听国群说，好像部队有规定，不能和驻地女同志谈恋爱。"林凤秀谈到自己的私事，就改口称朱营长为国群。

"是有这样的规定，但主要是针对战士，为了严格部队管理，战士不管年纪多大都不能与驻地女同志谈恋爱。干部也不鼓励，原则上尽量不与驻地女同志谈恋爱。因为部队不稳定，经常调防，今天驻守这里，明天可能因为战备的需要，又换到其他地方了。因此，和驻地老百姓谈恋爱会有很多不方便的地方，部队才有这样的规定。但你们的情况不一样，朱国群是你参加革命的引路人，你现在又在最前线担任乡长，你们的结合只会对革命更有利，对工作更有利。"于丽是支前办主任，老公又是军长，所以她对这方面的政策非常熟悉。

林凤秀听于丽这么说，高兴极了。她听朱国群说了，于丽是军长的妻子，她说的话一定管用。

早饭虽然简单，但于丽吃得很香。

渔民家的咸鱼就是不一样，品质非常好，虽是鱼干，但肉质保持得非常好，细腻而鲜嫩。

于丽吃了两碗稀饭，又吃一个煮地瓜。

刚吃完饭，朱国群就来了。

"于主任，你还是中午前离开小嶝岛，回大陆吧！"朱国群已经接到命令，知道炮击就在下午 2 点开始。

"怎么！你想让我当逃兵，在战斗打响前让我离开阵地？"于丽故意装着生气的样子。

"不是这个意思，只是小嶝岛太不安全了，一旦开战，可能全岛都会遭到敌人炮火的攻击。"

"那你们能待，我为什么不能待？是不是因为我是军长的妻子，你们就把我当成特殊人物了。"

"不是这个意思。"朱国群有些急了，他不知道用什么词汇来表达他此刻的心情。

昨天晚上朱国群向师长王宝荣报告了于丽的决定，王宝荣也吓了一跳。他立即指示朱国群要尽量动员于丽离开小嶝岛，如果实在不行，必须让于丽 24 小时待在营部的坑道里，而且派一名战士 24 小时保护她，一定要确保于丽的安全。

王宝荣也知道，于丽既然决定留在小嶝岛，是不可能劝她回来的，也只能采取一些措施，尽量保证于丽的安全。但打起仗来，哪有什么绝对安全的，炮弹不长眼，谁知道它会落在哪儿！

　　朱国群现在就是按照师长的指示在做。

　　林凤秀见于丽绝不可能撤离小嶝岛，就对朱国群使了个眼色说："既然于主任不愿意离开小嶝岛，我看这样，一旦战斗打响，我们是不是给于主任找个安全的地方。"

　　"我是来参战的，不是来参观的，你们在什么地方，我就在什么地方。"于丽有些不悦地说。

　　"那不行，战斗打响后，你必须待在营部的坑道里，这是师长的命令。"朱国群终于把底牌打出来了。

　　"师长的命令？师长什么时候给你下的命令呀？"

　　"昨天晚上。离开这里后，我向师长报告了你要留在小嶝岛的决定，师长当时就命令我，一定要把你劝回大陆。如果你不走，必须待在营部的坑道里，这是命令，我必须执行。"朱国群非常坚定地说。

　　"如果我不听从你们师长的命令呢？"

　　"那我也要坚决执行，这是军人的职责。"

　　"你怎么坚持执行呀？"

　　"就是绑也要把你绑到营部坑道里。"

　　"你说什么？你要把我绑到坑道里？"

　　"如果你不去，我只能采取这种强制行为。"

　　"好了！好了！于主任不会不去的。"

　　林凤秀看到朱国群和于丽的对话有点火药味了，就赶紧圆场："我看这样好不好，战斗一旦打响，于主任和我都到营部指挥所去，了解战斗的具体情况。因为是炮战，我们又不会打炮，确实也帮不上什么忙。如果随着战斗的变化，需要我们的时候，我们再做新的安排。"

　　"我看林乡长的水平就是比你朱营长要高，将来你们在一起，你要好好向人家学习。"于丽话中有话地说。

　　朱国群当然也听懂了于丽话中的意思，他连忙用眼神寻问林凤秀，"于丽知道我们的事啦？"

　　林凤秀故意不看朱国群，只是大声地对于丽说："于主任，上午我们是不是再去检查一下民兵的战备情况？"

"好！现在就出发。"

说着三个人走出了林凤秀的家。

今天下午 2 点开始炮击金门的命令已经下达。

朱国群命令全营所有炮位做战前的最后一次检查，掩体做了重新加固，小金门的八个炮击目标都重新做了修定，以保证炮击的准确度。战士们的情绪都很高，一个个摩拳擦掌，等待炮击时刻的来临。

于丽她们三个离开林凤秀家后，朱国群先回营指挥所，分别时朱国群再三叮嘱林凤秀中午到营部来吃饭，以保证炮战开始后于丽能安全进入营部坑道。

林凤秀让朱国群放心，她保证中午和于丽一起去营部吃午饭。

分开后，于丽和林凤秀就去检查民兵的战备准备情况。

小嶝岛不愧是海防前哨，民兵们的战备训练搞得非常好，他们就是没穿军装的战士。

于丽和林凤秀来到基干民兵营，民兵营营长正在做战前的最后一次动员："战斗打响后，根据分工，一个排负责一个炮位的炮弹运送，要保证每个炮位都有 500 发的炮弹量，随时注意补充炮弹。白天运送炮弹一定要注意自身安全，全部要走战壕，哪怕远一点也要走战壕。另外，如果部队有伤亡我们要随时顶上去，听从部队的指挥，需要我们顶几号炮手，我们就当几号炮手，大家听明白了没有？"

"听明白了！"回答的声音虽然不是很整齐，但声音很大，表明很有信心。

这时，民兵营营长见林乡长来了，就跑步过来报告："报告乡长，民兵营已做好一切准备，现在正在做最后一次战前动员，请指示！"

"请继续！"林凤秀非常干净利落地回答。

"是！"民兵营长转身跑回队列前。

于丽感慨地赞叹道："真是训练有素呀！和部队没什么差别，就是少了一套军服。"

"可别这么说，我们和朱营长他们差距还是很大的。"

"你也别谦虚啦！我还有一个问题，白天小金门上的敌人看我们也是清清楚楚的，我们打炮，他们也会打炮，炮弹怎么运送呢？"于丽昨晚就想到这个问题，一直没机会问。

"炮弹我们主要是晚上运送，如果炮击打得猛烈，白天需要补充炮弹，我们专门修了通往各炮位的战壕，可以保证炮弹的补充需要。"林凤秀回答完就建议于丽去看看这些战壕。

于丽点点头表示同意。

林凤秀就带着于丽走入挖得曲曲弯弯的战壕。

战壕挖得上部小，底部大，所以在地面10多米外你都看不见这些战壕。战壕并排可以走两人，据说这是为了一旦出现人员受伤，需要转移时方便转移伤员。战壕从一个秘密码头挖起，所谓秘密码头就是平时不用，战时专门用来运送炮弹或军需品的。码头修得非常巧妙，它藏匿在一块巨大的礁石后面，背靠小金门，敌人绝对看不到这个码头。不过因为受地理条件的限制，码头不可能修得太大，只能同时停靠两艘小船，只能保证战时特殊军需品的运送。平时这个码头就是由民兵看守，这样也不容易暴露。

通往各炮兵阵地的战壕就是从这里开始挖的，战壕把每个炮兵阵地连在了一起，形成更加完备的作战体系，如同人体中的血管。一旦开战，通过战壕，既可以保证兵员的增补，又能保证弹药和物资补充。

林凤秀对这些战壕熟悉得如同自己的身体，根本不用看任何标志就知道哪条战壕通向哪个炮兵阵地。她领着于丽转了大半天，几乎每个炮位都跑了一遍。最后，来到营部指挥所，刚好是中午12点。

朱国群已经焦急地在营部指挥所等着她们，见她们从战壕里走出来，一颗悬着的心才放下。

"你们终于来啦？刚想派战士去找你们呢！"朱国群一副着急的样子。

"是担心我呀？还是担心我们年轻美丽的女乡长呀？"于丽又开起了玩笑。

"当然是担心你呀！她有什么好担心的，整个小嶝岛她比我还熟。"

"这倒也是，你看看迷宫一样的战壕，她确了如指掌，根本不用看标志，我今天算是长见识了。"于丽由衷地赞叹道。

"你们拿我开心呢！营长同志，给我们准备什么好吃的了？"林凤秀也不客气，跑了一上午，这时还真是饿了。

朱国群赶紧让营部通讯员把准备的午饭端上来。

林凤秀一看是白面馒头配海蛎汤和咸菜，就有些不满地说："就让我们于主任吃这个东西呀！怎么没点新鲜蔬菜呀。"

朱国群连忙抱歉地说："我也不知道于主任会留下来，所以没准备。"

"别听她的，这个已经很好了。"于丽坐下来，喝了一口海蛎汤。

"刚来厦门时，最喝不惯的就是海蛎汤了，觉得腥得很。现在习惯了，就觉得鲜得很。"于丽又咬了一口白面馒头，就着咸菜大吃起来，跑了一上午，她也真是饿了。

"战士们都吃了吗？吃的什么？"于丽看朱国群没吃就问道。

"我们上午11点半就开饭了，战士们和你们吃的一样，馒头配海蛎汤。"

"食品准备得充足吗？开战后能保证战士们吃饱饭吗？"

"放心吧！炊事班准备了很充足的食品，保证战士们能吃好吃饱。"

5分钟饭就吃完了。

林凤秀站起身来对于丽说："于主任，你就待在营部指挥所吧，我去乡政府，然后和民兵营一起进入战斗位置，就不陪你了。"

她又转身对朱国群说："于主任就交给你了，一定要保证她的绝对安全呀！"

"是！乡长同志，坚决完成任务！"朱国群一脸认真地回答，惹得林凤秀和于丽忍不住都笑出了声。

于丽握了一下林凤秀的手，然后小声地说："不用担心我，你自己要注意安全，毕竟是打仗！"

林凤秀点点头，又对朱国群做了一个怪脸，然后转身走出营部指挥所。

于丽一直目送着林凤秀走远，直到人影完全消失，才转过头来对朱国群说："真是个能干的女人，你将来一定要好好待她哟！"

朱国群"哼哼"地笑了两声，然后使劲地点点头。

于丽没再让朱国群照顾她。

她自己独自一人坐在营指挥所的角落里，不再打扰朱营长的指挥。

朱国群也确实没时间，也没精力再去照顾于丽。尽管她是军长的妻子，但是在战争面前，一切个人因素都变得无关紧要，打好这一仗才是指挥员最为重要的。

朱国群对营部通讯员交代："开战后你要寸步不离于主任，保证她的绝对安全。如果敌人的炮火很猛，指挥所不安全，你要负责把于主任带到坑道最安全的地方。"

交代完这一切，朱国群就开始做战前的最后准备。

他首先要通了各连的电话："一连长吗？我是朱国群，准备工作怎么样了？"

"一切准备完毕！"

"好！2点整听到我的开炮命令后才能开炮，如果2点到了，没有我的开炮命令也不许开炮，明白吗？"

"明白！"

"好，现在开始对表，现在是12点50分。"

朱国群又给二连、三连下达了同样的命令。

朱国群最后把电话要到营部直属通信排："林排长吗？我是朱国群，现在我命令你要不惜一切代价保证各连、各炮群的电话畅通。特别是开战后，电话线最容易被炸断，你必须保证各连的电话中断时间不能超过30分钟，各连通往各炮位的电话中断时间不能超过10分钟，能做到吗？"

"我尽力做到。"

"不是尽力做到，是必须做到。"

"我保证做到！"

"这就对了。如果人手上有什么困难，你可以向民兵营提出来，让他们帮助你克服困难。"

"是！保证完成任务。"

朱国群把所有的战前工作完成后，离炮击的时间只有 10 分钟了。

于丽坐在指挥所的角落里一动不动，也没说一句话，只是静静地看着朱国群打电话，做战前的最后布置。

原来打仗就是这样的。

于丽此时突然想起了刘锋：他是不是此时也在军指挥所做战前的最后部署呀？开炮的命令应该是从他嘴里下达，然后再传到各团各营各连各炮群。于丽感到了一种从未有过的自豪与骄傲：作为军人的妻子，也许只有战争才能让她感到丈夫的伟大！战争就是男人的事业，是男人就应该当军人，才有资格在战争中一显身手！

于丽正想着战争与男人，突然听到朱国群对着电话大声喊道："时间到，开炮！"

刹那间，炮弹一声声呼啸着划过天空，在小金门上开花，开始时炮声还有点沉闷，后来就越来越响。

很快，小嶝岛上也传来的巨大的爆炸声。

战争就是这样开始的……

第三章
特战心战

一次正义的战争能在高尚的国度里唤起神圣的
爱的力量，这已为无数感人的事例所证实。

——特赖奇克

一　台美关系

风烟滚滚海浪涌，炮声阵阵山地裂。

人民解放军炮击金门的行动震惊了白宫。炮击金门的第 10 天，即 9 月
12 日美国总统艾森豪威尔在白宫亲自主持召开美国国家安全委员会会议，集
中讨论解放军炮击金门后的台海局势及美国应对的政策。

秋季，也是华盛顿最为舒适的季节。

白宫小型会议室只有 20 多个座位，上午 9 点，美军参谋长联席会议主
席雷德福上将第一个走进会议室，他刚坐下，美国陆军参谋长李奇微上将和
空军参谋长范登保上将也随后走进会议室。

"听说了吗？我们驻台湾军事顾问团的两名军官被解放军的炮火击毙了，

这是公然向我们挑战！"雷德福对坐在他身边的李奇微愤愤地说。

李奇微默然地听着，没有做出任何表示。

雷德福见李奇微没吭声，就对范登保说："还没有哪个国家的军队敢如此挑战我们，我认为必须给中国军队一点颜色看看。"

范登保也没有接雷德福的话，因为他实在不知道该如何回答。范登保是真正的职业军人，他当然知道现在不是表态的时候。

这时，美国中央情报局局长、总统"国家安全"事务顾问等"国安会"成员都陆陆续续走进会议室。

艾森豪威尔总统在国务卿杜勒斯的陪同下最后走进会议室。

"各位：10 天前，也就是 9 月 3 日，中国军队在没有任何征兆下突然对金门岛进行了猛烈炮击，并打死了两名正在金门进行正常军事巡视的美军军官，这是一场严重的军事挑衅，总统很想听听各位对这一事件的看法，并提出我们应对的办法和政策。"杜勒斯受总统委托主持这次国安会。

雷德福第一个发言："我个人认为，这次事件是中国军队对美军的公然挑衅，我主张我们借机可以与台湾一起对中国大陆进行军事打击。首先可以动用空军对中国东南沿海的军事目标进行空中打击，一定要让共产党中国明白，在任何时候、任何地方攻击美国军事人员就是一种挑衅，甚至是一种宣战，美国绝不允许这种现象的存在。"

雷德福刚讲完，颇有学者风度的中情局局长艾伦·杜勒斯就慢悠悠地说道："对毛泽东的中国我们很不了解，不能冒险采用军事行动，否则惹怒了这个大国，很容易把它推入苏联人的阵营，这会伤害到美国的利益，尤其是美国在亚太地区的战略利益。"

雷德福一听中情局局长不同意他的观点，就十分不满地说："对中国东南沿海地区进行军事打击不会让美国陷入被动，反而会争取到主动，因为我们有核武器。如果毛泽东的中国敢跟美国对抗，可以对中国进行核武打击。只有这样，美国才能保持在自由世界的影响力，以此阻止共产主义在世界的蔓延。"

"但我们现在最重要的是如何保证台湾不被中国大陆所占领，而不是跟中国大陆打仗。分裂中国，让台湾独立，并且我们能有效地控制台湾，最终使台湾成为我们在太平洋上一艘永不沉没的航空母舰，这才最符合美国的利益。"艾伦局长号称"狐狸"局长，他的老谋深算岂是这些职业军人可以比的。

艾伦局长从心里也看不起雷德福这样的所谓职业军人，他们就知道打、打、打，以为军事力量可以解决一切问题。

艾伦·杜勒斯是去年担任美国中情局局长职务的，他一上任，就把注意力放到了亚洲地区，特别关注朝鲜半岛、台湾海峡以及印度支那地区的局势。他认为，虽然欧洲是美国战略利益的最重要地区，但欧洲的局势美国基本能控制。现在美国应该把注意力放到亚洲，特别是东亚和中东地区，这些地区局势不稳，美国在这一地区的利益还不能得到充分保障，所以，如何在这一地区建立符合美国利益的新秩序，应是中情局的工作重点。台湾现在就是一颗重要的棋子，如何下好这颗棋对美国在亚太地区的利益是十分重要的。

艾伦局长深知美国政府对蒋介石是又恨又爱：恨的是中国内战期间，美国政府给了蒋先生那么大的支持，从军事装备到军事顾问团，从经济援助到国际舞台上的政治支持，结果蒋介石政府的腐败已经到了令人发指的程度。各级官员、军事首长没有不贪污腐败的，而且什么都敢贪，军用装备、作战物资都敢倒卖，这样的政府岂能不被推翻。短短 3 年，800 万国民党军队就被共产党赶出大陆，让美国政府支援蒋介石的几百亿经济、军事援助付之东流，这让美国政府怎么能不讨厌这个政权和这个政权的领袖蒋介石呢！但蒋介石又有可爱的一面，就是他的反共决心和意志，所以，美国现在还不能完全放弃蒋介石政权。中国的分裂，让台湾成为阻击共产主义势力继续漫延的一个桥头堡，成为反共的前哨阵地，使苏联的势力不能在亚洲任意扩张，这是符合美国战略利益的。如果帮助蒋介石守住台湾，不让红色中国占领台湾，造成实际上的一中一台才是美国对台政策的核心。

艾伦局长想着自己的心思，别人的发言他也没听进去，直到总统讲话时，他才把思绪拉回到现实中。

艾森豪威尔总统见大家说得差不多了，就最后说道："对共产党中国不能轻易地动用武力，更不能陷入毛泽东与蒋介石的军事争斗中，美国不能因为台湾而卷入与中国的战争，这不符合美国的利益，但我们一定要确保台湾的安全，绝不能让毛泽东占领台湾。"艾森豪威尔说到这儿，扭头对国务卿杜勒斯说："台湾的蒋先生不是一直希望跟我们签订《美台共同防御条约》吗，我看可以加快推进条约的谈判，争取今年底把这个条约签下来，以保证台湾的绝对安全。"

杜勒斯点点头，表示完全明白了总统对台政策。

蒋介石得知解放军炮击金门，一点也不吃惊，甚至还有点高兴。

解放军突然炮击金门，会不会使美国对台湾的政策做出调整，使台美共同防御条约的谈判更顺利些呢？蒋介石在心里盘算着这场突发的战事会给两岸关系带来什么样的变化。当他听到报告说，解放军的炮击打死了两名美军顾问团的军官，蒋介石心中暗喜。因为他知道，打死了美国人，美国政府一定会做出强烈的反应。

蒋介石这时最关心的是解放军是否有登陆金门的企图，"汪司令的报告中，是否有说解放军攻占金门的迹象？"

"目前还看不出有强攻金门的迹象。"蒋经国和"国防部部长"俞大维站立在蒋介石官邸办公室，向总统报告金门前线的情况。

解放军突然炮击金门后，汪海山立即向台北报告，蒋经国马上就知道金门遭遇了猛烈的炮击。

蒋经国也不吃惊，因为这段时间从种种迹象判断，解放军迟早是要对金门动手的。

7月份共产党的《人民日报》发出了措辞强烈的社论《我们一定要解放台湾》，实际就是一个明显的信号。

8月份，北京也多次在各种场合放出风声：台湾问题一定要解决，绝不能让美国分裂台湾的阴谋得逞，解放台湾、统一祖国是当下解放军的首要任务。同时，情报系统的报告也显示，驻守厦门的解放军刘锋所部已进入战备状态，随时可能发动对金门的进攻。

面对日趋紧张的台海局势，蒋经国和他的幕僚们分析判断：中共攻台的可能性几乎没有，但有可能对金门采取军事行动，至于行动的规模、动机、方式、时间等，还都不能做出明确的判断。

8月底，当这份分析报告作为绝密件放在蒋介石的办公桌上时，蒋介石非常不满意。

他把蒋经国叫到办公室："蒋副秘书长，你认为如果我们不依赖美军，台湾能守得住吗？"

在办公室，蒋介石称呼蒋经国从来不叫名字，而是称职务，蒋经国担任中华民国国安会的副秘书长。

"总统，如果没有美国的支持，完全靠60万国军恐怕很难确保台湾的安全。"蒋经国不知道父亲问这个问题的深层含义是什么，他只能选择不敏感的字眼小心地回答。

蒋介石听了蒋经国的回答，也没立即说什么，只是若有所思地点点头。

沉默了一会儿，蒋介石才深思熟虑地说道："现在的台海局势是，单凭我们自己的力量很难确保台湾的安全，因此，我们要依靠美国。但美国人的想法是希望我们放弃金门、马祖等大陆沿海岛屿，把军队全部撤退到台湾，美国人的用意你明白吗？"蒋介石说到这儿，停顿了一下，看了一眼蒋经国。

蒋经国没敢回答父亲的问题。

其实蒋介石也没想让蒋经国回答这个问题，他接着说道："美国的用意是想让我们跟中共划海为治，实现一中一台，或者叫两个中国的目的，但我们能答应美国的这个要求吗？绝对不能。因为不管是一中一台也好，两个中国也好，实际上都是台湾独立，这就意味着我们跟大陆变成了两个国家，我们都不是中国人了，我们的老祖宗都不要了，我们在大陆的亲人都不要了，我们文化的根也没了，我们中华民族的血脉也断了！这可能吗！这样跟随我们来台湾的300万党政军人员能同意吗？我们在台湾的统治还能维持吗？人民还会支持我们吗？我们在台湾还能生活下去吗？绝不可能！美国人永远不会理解我们和大陆的这种血浓于水的特殊情感，所以，我们绝不能同意美国的政策。但是，如果我们反对美国的对台政策，他们会不会把军队撤离台湾，不再负责台湾海峡的防御呢？这是我现在最担心的。"

蒋介石终于在儿子面前把心中的担忧全部说了出来——这才是台湾当局的最高机密。

蒋经国也是第一次亲耳听到父亲全面分析台海局势，表达台湾与大陆的关系以及台湾与美国的关系。他听完后，突然感到内心一阵紧张：这实际上是对中共、对美国，也是对台湾前途的底牌呀！这意味着父亲正式表明他将来是要把台湾交到自己手中。

蒋经国觉得这一天来的太突然了，也太不正式了。本来以为是谈论金门战事，没想到父亲突然把心中最核心的机密全盘托出。

蒋介石不这么认为。

他是深思熟虑的，他知道台湾的前途到了一个关键时候。如果这个时候不能处理好与美国的关系，不能在国际上明确表明中华民国的立场，让对岸的中共误解了我们，那么接下来中共和我们都可能采取错误的政策，就可能造成台湾永远与大陆分离。

这是蒋介石绝不愿看到的结局！

蒋介石知道，必须从现在开始就要让蒋经国了解这一切，作为蒋家政权的接班人，蒋经国必须从现在开始就要真正懂得什么是一个中国的底线，将来制定的各项政策都必须符合这个底线。

所以蒋介石得知解放军突然炮击金门，从心里还有些暗自高兴。只要解放军不登陆金门，炮击得越猛烈，我们越好跟美国谈条件，金门这张牌就越好打！

蒋介石想到这儿，就对蒋经国和俞大维说："告诉汪司令，只要中共没有登陆金门的行动，就不要采取反击行为，让中共炮击吧，打得越猛烈越好。不过要让前线的官兵隐蔽好，尽量减少伤亡。当然，适当的时候也可以让汪司令组织炮群回击一下，礼上往来嘛。但一定要跟汪司令讲清楚，我们的炮击只能打对岸的军事目标，不能伤害老百姓。"

蒋介石说到这儿，想了一下又单独对俞大维说："俞部长，你立即向美国驻台军事协调处通报美军顾问团两名军官阵亡的情况，并代表我向他们并通过他们向阵亡军官家属表示慰问！具体的善后办法由你和军调处协商解决。另外，你从今天开始，每天把金门前线的战报负责送给美方军调处，让白宫了解金门前线的战况。"

"是！总统。"俞大维虽然是文官，但还是两腿一并立正回答。

蒋介石又转身对蒋经国说："蒋副秘书长，这段时间你抓紧跟美国方面谈判共同防御条约的签订，金门战事说明中国的内战还没有结束呀！我们必须在金门、马祖等东南沿海前线派驻我们的军队，这样才能有效防御中共对台湾的武力进攻，也才能真正保卫台湾的安全。至于美国方面如何做，你可以和他们认真讨论，但不能突破我们的底线，一定要让美国既承担防御台湾的责任，又不能过多干预我们在金门、马祖的防务。"

"是！请总统放心。"蒋经国心领神会地回答。

二　"青鸟"行动

人民解放军炮击金门的军事行动持续了 15 天，到 9 月 20 日炮击就很少了，每天也就象征性地打几十发炮弹。

金厦海域又慢慢恢复了往日的平静。

汪海山严格执行蒋介石的命令，只是在解放军炮击停止的间隙，有针对性地向对岸的解放军炮兵阵地发射几十发炮弹，表示金门还具备一定的战斗力。但汪海山严令高有根密切关注海上动静，特别是夜间，要派出小股部队前往离大陆最近的海滩，设立临时观察哨，监控解放军有无任何渡海登陆金门的军事行动，甚至还派出巡逻舰，加强夜间对金厦海域的巡防，提防解放军利用夜色的掩护偷袭金门。

这也是蒋介石的命令，一旦发现解放军登陆金门，就要不惜一切代价坚决把登岛的解放军消灭掉。

虽然此时汪海山还不可能完全理解蒋介石这样部署的真正意图，但汪海山知道，现在的金门战斗，不光是军事斗争，还是一场复杂的政治斗争。

眼看解放军的炮击逐渐停止了，躲在山洞里已经 10 多天的国民党官兵又开始趁着夜色三三两两地走出山洞，到海滩上，或在山坡上透透气，活动活动。

9 月底，解放军的炮击完全停止了。

10 月初的一天，汪海山在高有根师长等一行人员的陪同下，开始视察前沿阵地。

从古宁头阵地开始，汪海山非常细致地察看了每一处防御设施，发现靠近大陆一面的工事几乎全部被摧毁，炮阵地的损失也特别大，小金门的工事损失更为惨重。

一天的视察结束后，在金门防卫司令部作战室，汪海山主持了临时会议，讨论如何修复被解放军炮击损毁的工事。

"高师长，如果我们全部修复被共军摧毁的这些工事，你估计要多少时间？"汪海山喝了一口水，然后问高有根。

"起码要一年时间。"高有根不假思索地回答。

"要这么长时间吗？"

"这还只能恢复简易工事，有些工事还不可能完全恢复到炮击前的程度。"

汪海山没有再问，他要仔细想想，现在最应该做的是什么。

金门工事的修复最快也要一年时间，如果这期间解放军再次发动炮击金门的军事打击，金门已经没有任何防御设施了，如果这时解放军发动登陆金门的战役，我们靠什么去和解放军作战呢？

汪海山想到这儿，感到后背一阵发冷。

金门防御现在最薄弱的环节是什么呢？是情报。对！是对解放军的情报太缺乏了。

汪海山想到情报，就有一肚子怨气。

金门防卫部情报处实际上就是聋子的耳朵，根本得不到任何有价值的军事情报。他们没有任何侦听手段，也没有出色的情报分析专家，唯一获取情报的途径就是派人泅渡过海，到对岸去刺探情报。可每次都是一无所获，还经常被解放军或民兵俘虏。

已经是50年代了！靠这种方式怎么可能获得有价值的情报。正是因为没有情报来源，汪海山才显得处处被动，如同没有眼睛和耳朵的残疾人。比如这次解放军炮击，明明知道对岸会有动作，但因为没有情报，就不能做出准确的判断，因此，也就不能最有效地防御共军的进攻。

现在金门的工事大部分被解放军的炮火摧毁，如果这时解放军突然发动对金门的登陆作战，国民党兵靠什么才能有效打击解放军？对！只有靠情报。如果国民党军在解放军发动对金门的登岛战斗打响前获得情报，哪怕是提早一天获得准确情报，我们都能做出有针对性的防御部署。如果有情报，也才能有效部署台湾本岛的空军、海军对金门的全面支援，甚至才有可能得到美军的强大支援，只有这样才能真正打败解放军对金门的登陆作战。

汪海山想到这里，立即结束了关于修复工事的会议。

他现在要做的一件更为重要的事，就是亲自给蒋介石写报告，要求台湾保密局立即启动在大陆东南沿海的情报网，严密监视厦门前线部队，特别是刘锋所部的行动，一旦解放军有登岛作战的企图，特工人员能及时获取，这样才能保证金门的安全。

汪海山知道，保密局在撤离大陆时，潜伏了大批特工人员，现在是该启用他们的时候了。

蒋介石很快就收到了汪海山写来的绝密报告，看完后很赞同汪海山的看法。

"你立即给蒋副秘书长打电话，让他立即到我这里来。"蒋介石对他的侍卫官说。

"是！我马上联系。"侍卫官转身走出总统办公室，回到侍卫官办公室给蒋经国打电话。

不一会儿，蒋经国就来到总统府办公室。

蒋介石见儿子来了，就指指办公桌对面的沙发，让他坐下，然后把一份绝密报告递给蒋经国。

"这是汪司令写来的报告，你先看看。"蒋介石说完，就走回办公桌，从桌上端了一杯白开水，又回到蒋经国身旁的沙发上坐下。他见蒋经国正在看报告，就边喝着白开水，边等儿子看完报告后再和他讨论这个问题。

蒋经国大约用了 5 分钟时间快速浏览了一遍汪海山的报告。

"你怎么看汪司令的意见？"蒋介石见蒋经国看完了报告问道。

蒋经国没有马上回答父亲的问题，他略微思考了一下，然后说："汪司令的意见我赞同。现在对金门防卫来说，情报是显得特别重要。不能掌握对岸的动向，确实会很被动。"

"是呀！金门离大陆太近了，不管我们如何修筑工事，都很难完全阻挡对岸的攻击，毕竟解放军的大炮是可以完全覆盖金门全岛的！"

"所以，汪司令的建议很正确。在金门防御中情报非常重要，因为如果我们能掌握准确的情报，就可以充分利用美军的海、空军力量，打击企图登陆金门的共军，这样才能真正阻止共军对金门的占领。"

"好！那你立即去保密局，跟毛局长商议，立即启动东南沿海的潜伏人员，密切注意厦门共军的情况，特别是刘锋所部的动向。一定要获得共军对金门采取的任何军事行动的情报，并及时通报给汪海山，确保金门的安全。金门安全了，台湾才能安全。"

"是，我这就去布置。"说完蒋经国快步走出总统办公室。

深夜，厦门前线部队大院里，一个身穿解放军干部服装的人把宿舍的窗户用窗帘遮盖得严严实实，只见他从床底下拉出一个箱子，从箱子里拿出一台小型收音机。

他打开收音机，戴上耳机，在短波段上慢慢找着他要找的电台。突然，他听到了熟悉的女播音员的声音："青鸟请注意！青鸟请注意！最近天气恶劣，你可以飞走，飞行路线，三号，飞行距离，1800，飞行终点，火岛。"

汪海山开始不断收到台北"保密局"转来的绝密情报，其中最有价值的一份情报是关于刘锋所部的详情，包括各团的驻防位置，团长、政委姓名、籍贯，主要装备，以及对金门作战的主要目标。

江海山欣喜若狂。

他立即根据这份情报在作战地图上全面修正解放军的兵力部署，并把解放军对金门的作战目标一一做了显著的标记。

汪海山过去从来看不起保密局的那些特工人员，想想内战期间与共产党作战，他们什么时候获得过有价值的准确情报，反而是共产党的情报人员好像随处都有，蒋"总统"每一次重大军事部署，共产党马上就能获知，似乎"国防部"里个个都是共产党的间谍。

汪海山清楚地记得，徐蚌会战（淮海战役）前，校长亲自召开了军事会议，对会战进行全面部署。当时保密局提供的绝密情报说，共军只有华东野战军参战，总兵力约30多万人，而且粟裕因为身体原因不可能亲自指挥作战。结果是解放军两大野战军——华东野战军和中原野战军参战，还有华北野战军部分兵力参战，参战总兵力达到60万人，远远超出预估人数，而且整个战役，粟裕从头至尾都亲自部署、亲自指挥。

再说双堆集之战，情报说双堆集只有中原野战军一部约3万多人，结果造成国军十二兵团司令黄维的重大误判，他下令兵团11万多人全部进攻双堆集，准备全歼中原野战军的3万多人，却掉进了共军的口袋。粟裕集中了中原野战军全部和华东野战军大部，共20多万人等在双堆集，国民党军十二兵团一进入双堆集，粟裕把口袋一扎，结果是十二兵团被共军全歼。自己要不是亲自驾驶坦克冲出解放军的重重包围圈，幸运地逃回南京，否则他就和兵团司令黄维一样早成了解放军的俘虏。

汪海山每当想起内战，心中就一阵酸楚。虽然他知道国民党战败的原因有很多，但如果仅仅从军事上分析，情报不准确也是重要原因之一。

保密局的那帮腐败分子，利用假情报骗取高额的特支情报费，然后中饱私囊，发不义之财，这在当时已是公开的秘密，只是没人敢把这个实情告诉蒋介石，也没人告诉蒋经国。

不过自从国民党军败退台湾后，蒋介石对党、政、军、特系统的整治好像起到了作用，国民党各系统的腐败得到有效遏制。其实，300 多万国民党军政人员败退到小小的台湾岛后，谁都知道大家成了一条船上的人，如果再腐败，让台湾这艘船再沉没下去，大家都是死路一条。另外，通过内战，国民党丢掉政权后，很多人也明白了一个道理：政权没了，个人再有钱也无用钱之地。现在大家再不齐心协力，把台湾守住，那真是死无葬身之地了。

只是这个代价太大了，丢掉了整个大陆国民党才明白这个道理。

三　签订条约

从纽约直飞台北的航班早上 6 点降落在了台北松山机场。

风流倜傥的中华民国驻美国大使顾维钧风尘仆仆走下飞机，虽然顾维钧坐的是头等舱，但十几个小时的航程还是让他显得有点疲惫。

一星期前顾维钧接到蒋经国的电话，让他立即回一趟台北，总统要了解和美国政府关于美台共同防御条约谈判的进展情况。

顾维钧立即做了详细的准备。

自从 10 月份美国政府与台湾当局开始进行关于"共同防御条约"的谈判，可以说进展得是又顺利又不顺利。

所谓顺利就是说，由于解放军炮击金门，使艾森豪威尔总统决定派出高规格的谈判代表和台湾当局洽谈共同防御条约的签订。美国方面由国务卿杜勒斯亲自负责，具体谈判代表是负责远东事务的助理国务卿罗伯逊。而台湾当局负责谈判的则是台湾"国安会"副秘书长蒋经国，具体谈判代表是台湾"驻美大使"顾维钧。

所谓不顺利，就是在两个关键问题上双方分歧很大。一是共同防御条约的适用范围：美方认为，共同防御条约只适用于台湾与澎湖列岛，不适用于金门、马祖等中国大陆沿海岛屿；而台湾方面认为，如果条约明确写明这样的内容，无异于鼓励中共对金门、马祖等岛屿动武，这不利于台湾当局的利益。二是美国坚持在条约中约定台湾军方不能以任何方式主动发起对中国大陆的军事进攻，任何进攻性的军事行动都必须征得美国军方的同意；而台湾方面认为，如果有这样的内容，实际上是要让台湾放弃反攻大陆恢复中华民国在大陆的合法政权，这会动摇国民党在台湾统治的政治基础。

由于在这两个问题上分歧太大，使谈判陷入僵局。

正在这时，顾维钧接到了蒋经国的电话，让他回台北直接向蒋介石报告谈判的情况。

中华民国"外交部"的车早已等在外交人员特殊通道门口，两位"外交部"的工作人员已在门口等着顾维钧。看到顾维钧走出来了，他们立即迎了上去。

"顾大使，辛苦了！"

"还好，只是在飞机上怎么也睡不着觉呀。"顾维钧边走边说。工作人员接过他的行李箱，三人一起上了车。

小车飞快地向台北市区驶去。

"顾大使，你没法休息了。蒋副秘书长说，接到你后，让你直接去"国安会"，副秘书长和你共进早餐。上午8点，总统将在总统府召见你。"

"知道了！"顾维钧心想时间安排得这么紧，看来总统对谈判的事很是挂念。

顾维钧不再说话，闭上了眼睛，想利用在车上的半个小时好好休息一下，免得总统召见时打不起精神。

这两个月来的谈判确实让顾维钧筋疲力尽，倍感压力。美国国务院对签订台美共同防御条约的反对声音还真不小，好在主管这一事务的助理国务卿罗伯逊是坚定的支持者，要不是罗伯逊的全力支持，可能现在谈判还无法进行。

据顾维钧了解，罗伯逊曾先后三次以备忘录的形式给国务卿杜勒斯建言，尽快启动与台湾关于共同防御条约的谈判，以便尽早签订这个条约。罗伯逊认为，共同防御条约的签订至少有以下四点好处：一是可以大大提高国民党官兵的士气，使他们反对共产主义的斗志更高，也更有信心保卫台湾。二是可以使蒋介石政权获得与美国亚太军事联盟体系成员国同样的地位，更容易得到国际社会的承认。三是可以使蒋介石充分信任美国政府，更加投靠美国，并和美国在国际上的行动一致。四是也向美国的盟国表明美国政府支持蒋介石政权的立场，而这四点是符合美国国家利益的。

但国务卿杜勒斯并不同意罗伯逊的观点，尽管杜勒斯也认为罗伯逊的观点很有说服力，但杜勒斯仍然认为现在谈判共同防御条约时机并不成熟，因为美国的主要盟国英国对蒋介石政权没什么好感。丘吉尔就多次说过，蒋介石在大陆的失败原因，主要是政府腐败，对这样一个腐败政府没有全力扶持的必要。中华人民共和国已经成立，必须面对这个现实，可选择适当时机承认中华人民共和国，这样才有利于亚太地区的稳定，并且可以避免中华人民共和国投入苏联的怀抱。所以，这个时候与蒋介石政权谈判台美共同防御条约，会让英国不高兴，从而影响美国和盟国的关系。

要不是突然而来的九三炮战，使杜勒斯改变了看法，也使美国总统艾森豪威尔改变了看法，可能现在与美国的谈判都不可能进行。

小车速度慢下来了，驶进了"国安会"的大门。四位宪兵站立在大门口，看了一下车牌，就挥手让小车驶了进去。

蒋经国已经站在门厅里迎候顾维钧。

"顾大使，辛苦！辛苦！也没让你回家休息，就直接到我这里来了，真是有些抱歉呀！"蒋经国拥抱了一下顾维钧，然后拉着他往餐厅走去。

"为国家效劳，理应如此，秘书长不是也这么早就开始工作了吗！"顾维钧讨好地说。

"是呀！总统为谈判的事吃不好睡不着，所以我们要尽快拿出一个可行的方案来，让条约尽快签订，否则，总统的日子不好过呀。"

两人说着话，就来到设在二楼的小餐厅，餐厅里只有五六名穿着白色制服的服务员。

"你想吃中式早餐还是西式的？"蒋经国客气地问顾维钧。

"我还是吃西式的吧！"顾维钧也不客气。

"看来在美国待久了，已经习惯西式早餐了。"蒋经国很是理解地说，然后和气地对服务员说，"给我们一份西式早餐，一份中式早餐，辛苦你们了。"

不一会儿，两份早餐就端上了桌。

西式早餐是一杯牛奶、两片烤面包、一小碟果酱，还有就是些水果。中式早餐是：一小碗大米粥、两个小笼包子、一个鸡蛋，还有一小碟咸菜。

蒋经国喝了一口大米粥，吃了一个小笼包子，就边剥鸡蛋边问："现在谈判陷入僵持的主要问题是什么？"

"还是那两个老问题。一个是条约的适用范围，美方坚决不同意把防御条约的适用范围扩大到大陆沿海岛屿。他们认为，如果把大陆沿海岛屿也纳入防御条约适用范围，会让美军非常被动。承担责任吧，就可能陷入与中共政权的战争，甚至可能由此引发世界大战，这是美国政府绝不愿看到的结果。不承担责任吧，沿海岛屿就可能被解放军全部占领，美军面子上也不光彩，所以，美方绝对不同意把共同防御条约的适用范围扩大到大陆沿海岛屿。另一个就是不允许我方单方面发动对大陆的军事行动，只要不是防御性的军事行动，都必须征得美军的同意。"顾维钧边吃着烤面包、喝着牛奶，边回答蒋经国的问题。

"这确实是两个很棘手的问题，有什么变通的解决办法吗？"蒋经国也是边吃边说。

"我多次和杜勒斯国务卿沟通过，他明确表示，这两个问题是美国政府签订共同防御条约的底线，不可能突破。我也和罗伯逊助理国务卿商量过，请他帮忙想想办法，因为罗伯逊是很希望尽早签订共同防御条约的，但从罗伯逊的口气中感到好像这两个问题都很难有商量的余地。"

"可是这两个问题不解决，我们也没办法同意签约呀！"蒋经国也感到这两个问题很难找到一个双方都能接受的解决办法。

"待会总统召见，问到这个问题时该怎么回答呢？"顾维钧心中没底地向蒋经国请教。

"你就把实际情况告诉总统吧！总统这次把你叫回来，没别的意思，就是想听你介绍一下谈判的具体情况，总统听说谈判陷入僵局非常着急。现在看来，这两个问题不解决，共同防御条约就签订不了，条约签订不了，总统对台湾的安全就不放心呀！"蒋经国把这次召顾维钧回国的意图明明白白地说了出来，见顾维钧点点头，就没再说什么。

蒋经国把碗里的稀饭全都喝干净，又把剩下的小笼包子吃了，然后用餐巾擦了擦嘴，就站起身来向餐厅外走去。

顾维钧也赶紧把杯中的牛奶喝完，起身跟着蒋经国走出餐厅。

11 月的台湾秋高气爽，是一年中最舒适的季节。

往年这个时节，蒋介石总要去台湾各地视察，除了视察各地的军事设施，看望军队官兵，和老兵们聊聊家常，告诉他们现在把台湾建设好、保卫好，就是为了将来有一天要打回去，回到大陆自己的故乡。

蒋介石还会把更多的时间用来视察民情，了解老百姓的生活，特别是农民的生活。

自从政府退守台湾后，蒋介石深刻反思了在大陆失败的原因，除了政治腐败，党内、军队派系明争暗斗，不听指挥等主要原因外，还有一个重要原因就是没有及时进行土地改革，使政府失去了农民的支持。早有政治家说过，在中国这个封建残余势力很强的国家，失去农民的支持，就会失去政权。过去，蒋介石对这个问题体会不深，总认为失败的原因是党内不团结，各派拉山头搞独立，甚至为了一己私利不惜出卖党国利益，让共产党钻了空子，使共产党不断分化瓦解国民党的统治，并利用抗日时机，发展壮大自己的武装，最后用武力推翻了国民党的政权。

但退守台湾后，蒋介石认真思考了抗日战争胜利后，国民党统治时期实行的一系列内外政策，他发现没有实行有效的土地改革，让最广大的农民对中华民国、对国民党失去信心，转而支持共产党，才是国民党败退台湾的最根本原因。反观共产党，在他们控制的地区，大搞土地改革，打土豪分田地，把地主的土地拿过来，分给农民，用一种激进方式，快速地让农民有地种，有饭吃，从而快速得到了最广大农民的支持。

中国的农民阶级是文化最低、生活最苦、最讲实际的一个阶层，谁给他看得见、摸得到的好处，他就支持谁。共产党给了他们土地，他们当然支持共产党，农民才不管什么"主义"。最能反映广大农民对共产党支持的行动就是徐蚌会战（淮海战役）时，100多万山东农民推着小车，跟随共军转战四方，只要共产党解放军打到哪里，小车就推到哪里，保障共军能吃上饭，穿上衣。国民党军却得不到老百姓的支持，不要说主动支援了，就是去老百姓家买粮，老百姓都不卖给你，纷纷把粮食藏匿起来，使国民党军走到哪都征不到粮，也无法补充兵员。共产党的军队是越打越多，国民党的军队却越打越少，最后能不失败丢掉大陆吗！

蒋介石到台湾后，真正深刻认识到不解决农民问题，就不可能巩固国民党在台湾的统治，一旦中共攻打台湾，老百姓还是不会支持国民党。当年发生的"二·二八"起义，不就反映老百姓对国民党统治的不满和反抗吗！所以，要巩固国民党在台湾的统治，把台湾建设成反攻大陆的基地，就必须解决好农民问题，而解决好农民问题的核心是土地。

所以从1949年到1953年，在蒋介石的主导下，台湾当局开始了大规模的土地改革运动。

台湾当局首先成立了"中国农村复兴联合委员会"，具体负责台湾的土地改革。委员会认真研究了中国历代历朝关于土地的主张与政策，特别是太平天国的《天朝田亩制度》和共产党在大陆的土地改革政策及实行办法，分析研究后得出这样的结论：太平天国以绝对平均主义分配土地，是农民小私有者的幻想，根本不可能实现。共产党在大陆废除封建土地所有制是合理的，但"打土豪、分田地"、"没收地主土地财产"是侵犯地主阶级利益的行为，不利于农村经济的发展，不能够真正释放土地的经济效益，更会影响今后民族工商业的发展。

蒋介石主张"政府不能以暴力的手段夺取地主、富农的土地分给农民"，台湾不能搞"杀富济贫"式的土地改革，不实行激烈的农民革命，而是要实行温和的社会改良。

蒋介石决心要把孙中山先生倡导的"平均地权"、"耕者有其田"的理想在台湾变成现实。

蒋介石主导的台湾土地改革分三步依次推进。

第一步是"三七五减租"。用法律条例的形式规定农民租种地主的土地，地租不得超过全年主产品收获量的37.5%，所以叫"三七五减租"，这样就从过去50%以上的地租减少了近三分之一，减轻了农民的负担，同时也保障了地主阶级的利益。因为规定了农民必须按时缴纳地租，欠缴地租两年的佃农，地主可以收回土地。

第二步是"公地放领"。所谓"公地放领"，就是抗战胜利后，当局从日本殖民者手中没收的大量土地，现在政府要把这些土地（台湾把这些土地叫公地）全部用贷款方面卖给无地的农民，土地所有权由政府变更为农民，使无地的农民有了自己的土地。

第三步是真正实现"耕者有其田"。1952年7月，台湾当局大量征购地主的土地，然后转卖给还没有获得土地的农民。根据台湾当局颁布的《实施耕者有其田法条例》规定，地主可以保留一定数量的法定土地，超过部分必须卖给政府，政府再把这一部分从地主手中征购的土地卖给"公地放领"后还没有获得土地的农民，使所有农民都有土地真正实现"耕者有其田"。而政府对地主土地的补偿不是用现金，而是用土地债券和公营企业股票，补偿标准是以所征地主土地全年农产品收获量的2.5倍给予地主补偿，其中70%

是土地债券，30%是公营企业股票。

征购后地主保留的土地只占耕地总面积的5%，自耕农成为土地的真正主人，封建土地所有制自然消亡了。而地主的土地虽然被政府收购了，但他们从中获得大量企业股票，摇身一变成为新兴工商业者，成为推动民族工业发展的生力军。

蒋介石对他在台湾实行的土地改革是满意的，认为这是他从大陆到台湾执政以来最成功的社会变革。他把台湾的土改称为"阶级合作方式的革命"，地主、农民、当局都得益。当局巩固了政权，农民得到了土地，地主成为新兴工商业者，或称为资本家，日后他们中的许多人都成为台湾工商业的巨头。

土改的成功直接表现为农民对当局的支持大幅度提升，蒋介石走到哪里，老百姓都发自内心表达出爱戴与拥护。

蒋介石已经很久没有感受到人民对他的支持与拥护了。

八年抗战他还能感受到人民的支持，尤其是抗战胜利，当他从重庆返回南京时，那热烈的场面，欢呼的浪潮，让他真正体会到人民对抗战胜利的喜悦，对他这位抗战领袖的感恩与热爱。但是很快这种感受就消失了，特别是随着国民党在内战中的节节败退，国民经济完全崩溃了，严重的通货膨胀使老百姓的生活一天不如一天，再加上国民政府官员的腐败，老百姓恨死了政府，自然也不支持他这个总统了。

今年已经过了11月中旬，蒋介石还没有外出视察，这让"总统府"的幕僚们忐忑不安。"总统府"秘书长几次询问总统准备何时外出，好早做安排，"总统"都没有明确表态，即没有说去，也没有说不去。

此时蒋介石确实没有心情外出视察。

台美共同防御条约谈判了两个月，却陷入了僵局。

据蒋经国报告，是美国方面在共同防御条约的适用范围和不许台湾军方单方面发起进攻大陆的军事行动这两个核心问题上根本不让步，这让蒋介石感到头疼。

今年7月份《人民日报》发表了措辞强硬的社论《我们一定要解放台

湾》，据说这篇社论是毛泽东授意写的，明确表明了中共在台湾问题上的立场，就是要不惜一切代价解放台湾，实现中国的完全统一，随后大陆掀起了一股解放台湾的宣传浪潮。周恩来在多个场合代表中国政府表示，坚持反对美国妄图把台湾从中国分裂出去的图谋。大陆的各人民团体，什么全国妇联、全国总工会、各个民主党派都纷纷集会，支持中共在台湾问题上的立场，支持中共解放台湾。

特别是 9 月 3 日解放军突然炮击金门，再次挑起军事冲突，这一切都表明，毛泽东已经把注意力集中到了台湾海峡。

蒋介石不能不高度关注台湾的安全，必须采取一切手段阻止解放军进攻台湾的任何企图。如果解放军胆敢发动进攻台湾的战役，国军就必须把共军歼灭在台湾海峡。

但问题是，60 万台湾国民党军真能阻挡百万解放军对台湾的进攻吗？显然如果没有美军的帮助是很难阻挡住的。

蒋介石心里很清楚，毛泽东之所以现在不发动对台湾的战役，是因为美军第七舰队游弋在台湾海峡，这是一道中共军队暂时无法跨越的军事屏障。但美军第七舰队停留在台湾海峡的由头是因为朝鲜战争，美国总统借口台湾如果被中共占领，台湾海峡就成为危险的海域，为确保美军在朝鲜战场的安全，才下令调美军第七舰队进入台湾海峡，以保证台湾不被中共占领。

但是现在朝鲜停战了，美军已经开始撤出朝鲜半岛，第七舰队留在台湾海峡的借口就没有了，美国总统会不会在国内民意和国际舆论的压力下，突然宣布美军第七舰队撤离台湾海峡呢？这是蒋介石最担心的。所以，必须要用法律形式保证美军第七舰队能长期停留在台湾海峡，协助国军防守台湾，才能真正保卫台湾的安全。

台美共同防御条约就是要起到这个作用。

可是美国人为什么不能在条约的适用范围和台湾国民党军的单方面军事行动上灵活一些，理解我们为什么要坚持反攻大陆的信念呢！看来，东西方文化的差异让美国人很难理解中国人对故土的感情。

所以蒋介石要把顾维钧召回台北，他要再仔细听听美国人究竟是怎么想的，然后拿出一个双方都能接受的方案，破解谈判难题，使台美共同防御条约能尽早签订。

蒋介石是希望今年年底前能把这个条约签订下来，完全消除台湾的后顾之忧。这件事不解决好，他没有心情做任何事，包括每年例行的外出视察。

"总统，蒋副秘书长和顾大使到了。"总统府秘书长8时整准时走进蒋介石的办公室向他通报。

蒋介石比平日提早了半小时到总统府。

昨天晚上一直在考虑如何打破谈判僵局，所以也没睡好。既然经国和顾大使今天一早就来总统府报告有关情况，蒋介石索性就早些来了。

见顾维钧在蒋经国的陪同下走进了总统府办公室，蒋介石微笑着伸出手说："顾大使辛苦了！和美国人谈判是个苦差事。"

顾维钧赶紧双手握住了蒋介石的手，"总统辛苦！是维钧办事不力，让总统操心了！"

蒋介石和儿子经国也握了一下手，然后让他俩在沙发上坐下。

总统侍卫官给蒋经国和顾维钧一人倒了一杯杭州西湖龙井绿茶，给总统倒了一杯白开水，就退出办公室，随手把办公室的门关上。

"谈判还在僵持中？"蒋介石开门见山地问。

"是！总统。"顾维钧因为早上蒋经国给他交了底，知道总统这次召他回来的用意，所以就如实地回答。

"难道一点回旋的余地都没有吗？"蒋介石又追问了一句。

"杜勒斯国务卿把话说得很死，说在这两个问题上没有什么再商量的余地，后来我几次想约他再谈谈，但他每次都以各种理由不见我。"

"这个杜勒斯在反共问题上跟我们是完全一致的，对台湾的军援他起了很大的作用，但就是不理解我们为什么要金门、马祖这几个沿海小岛，固执得很！"蒋介石见过杜勒斯几次，对这位国务卿他谈不上好感，但也不反感。

"罗伯逊助理国务卿的态度倒是好一些，他也表示愿意和我们进一步沟通，看能不能找到双方都能接受的方案。"蒋经国这时插话道。

"罗伯逊负责远东事务，他30年代就来过中国，而且在北京大学学习过汉语，所以他比杜勒斯更了解中国的情况，也更懂东方文化。"蒋介石虽然没见过罗伯逊，但他知道这位助理国务卿是坚决主张尽早签订台美共同防御条约的，所以对他的个人情况有些了解。

"罗伯逊有什么好的建议吗？"蒋介石问顾维钧。

"具体的建议倒没提，只是态度上很配合，什么时候约他会面，他总是会想办法抽出时间见你。"

"那你们每次见面都具体谈些什么呢？说来我听听。"蒋介石表现出对谈判具体细节的兴趣。

"他主要是听我阐明我们为什么不能放弃金门、马祖等大陆沿海岛屿的意义，当然，他也会不断提出问题，比如，他认为金门、马祖这几个岛面积那么小，既使现在放弃了并不表明将来不要反攻大陆呀。现在放弃只是军事上的考虑，因为金门离大陆太近了，确实不好防守。将来真要反攻大陆，这几个小岛的作用并不太大，还是要靠先进的战机和航空母舰，甚至是核武器。"

蒋介石认真听着顾维钧介绍美方的看法，他的大脑在飞速运转，考虑着如何才能拿出一个双方都能接受的方案！

"罗伯逊甚至提到，如果我们同意条约的适用范围不包括金门、马祖等沿海岛屿，是不是可以在条约中增加关于美方在时机成熟时协助台湾军队反攻大陆的内容……"顾维钧介绍到这时，发现蒋介石已经慢慢地走到窗口前望着远方在沉思，就没再说下去。

蒋介石沉思了一会儿，发现顾维钧停止了介绍，就转过身来说："你继续说下去。"

"总之，罗伯逊虽然在这两个关键问题上并没有松口，但他的态度是积极的，是愿意配合我们找到双方都能接受的方案的。"顾维钧说到这儿，看了一眼身旁坐着的蒋经国，见蒋经国跟他点头示意了一下，知道说得差不多

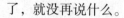

了，就没再说什么。

蒋介石像是自言自语，又像是对蒋经国、顾维钧说："我不是舍不得那几个小岛，舍不得那几平方公里的面积，只是金门对我们的战略意义太大了。对台湾而言，金门就是大陆！对大陆而言，金门就是台湾呀！没有了金门，我们和大陆的根就断了，血脉联系就断了，一个中国的立场和原则就很难守住！我们在台湾的统治也就没有了法理基础。所以，金门不能放弃，只有守住了金门，才能坚守住一个中国的底线。"

蒋介石说到这儿，他心里已经有了一个成熟的方案，"你们看这样行不行，在正式公布的台美共同防御条约上，不要写明条约只适用于台湾与澎湖列岛和台湾国民党军采取任何针对大陆的进攻性军事行动必须征得美军的同意。这两条我们以秘密换文的方式对美方做出承诺，而公开的文件上只写上条约适用于台湾本岛、澎湖列岛及双方认为必须协防的岛屿，也就是说，正式公开的文件上不明确说金门适不适合共同防御条约，用一个模糊的概念来取代，这样双方都可以按自己的意思理解。"

蒋经国首先表示赞同："总统的这个方案充满了智慧，既坚持了我们的原则，又留有极大的灵活性，也没突破美方的底线，真是太好了！"

顾维钧也喜出望外，"总统太英明了。这个想法美方一定能接受，我有信心按总统的这个方案尽快与美方进行谈判，争取年底前签订条约。"

蒋介石也很高兴！他拍拍顾维钧的肩膀说："那就按这个思路，尽快跟美方沟通。你可以先和罗伯逊沟通一下，争取得到他的大力支持，然后再和杜勒斯国务卿谈，要保证年底前把这个条约签订下来。"

"是！总统放心，我一定完成这个任务！"

顾维钧第二天就飞回美国。

他立即约请助理国务卿罗伯逊面谈。

罗伯逊听了顾维钧关于用秘密换文的方式写明台美共同防御条约的适用

范围只包括台湾与澎湖列岛以及国民党军队采取任何进攻性军事行动必须征得美军的同意，而在对外公开的文件中对这两点做些技术处理，不明确这么写。

罗伯逊也觉得这是个可以接受的办法。

"顾大使，请你给我些时间，让我找机会先跟杜勒斯国务卿汇报一下，做些他的工作，等时机成熟时，你再和国务卿谈。"罗伯逊表现出十分合作的态度。

在罗伯逊的游说下，美国国务卿杜勒斯虽然开始还不太接受这种方式，但最终还是接受了秘密换文的主张。

1954年12月2日美国政府与台湾当局终于签订了影响两岸关系长达20多年的《美台共同防御条约》。

1955年1月，《美台共同防御条约》获得美国国会参、众两院的通过正式生效。

台湾海峡更加乌云密布！

四　母亲呼唤

田玉娟平生第一次参加战争，真正感受到战争的残酷与无情。

昨天还是活蹦乱跳的小伙子，第二天就没了，再也见不到他的音容笑貌了！昨天还在一起谈生活谈理想的战友，第二天就永远离开了你，再也看不到他雄伟的身影、和蔼可亲的脸庞了——这就是田玉娟9月3日炮战第一天的真切感受。

炮战的前一天，也就是9月2日田玉娟和对金门有线广播站的战友们很不甘愿地从角屿岛撤到了大陆安全地带——这是军长刘锋的命令。

军长不希望炮战开始后，角屿岛上的有线广播站成为敌人炮击的目标，更不希望对金门广播这支特殊的队伍在炮战中有丝毫的损失。当然，刘锋更关心田玉娟的安全，这不仅因为田玉娟是军区首长亲自点名派到厦门前线来的，更因为她是整个前线海岛上唯一的女兵。

刘锋懂得田玉娟的价值！

自从广播站开始对金门广播以来，短短一年时间，田玉娟已经成为两岸军人共同的"梦中情人"。她甜美又略带磁性的嗓音、委婉动听的声调让多少寂寞难耐的金门国民党军官兵听得如痴如醉，同时也让驻守在大嶝、小嶝等我方岛屿上的解放军前线官兵感受到丝丝的温情和亲情。

战争还真不能完全让女人走开，有时候，女人的参战会带给前线将士们意想不到的特殊效果。

田玉娟带给前线官兵们就是这样的特殊效果。

每到傍晚6点，当设立在角屿岛上的对金门有线广播站开始播音时，金门岛上国民党官兵就三三两两地走出坑道，有的躺在沙滩上，有的漫步在山坡上，有的则坐在礁石上，他们共同等待着一个甜蜜女声的出现。

"金门国民党官兵：你们好！我是田玉娟，现在开始为你们广播……"

金门岛上的军人们此时会静静地听着对岸传来的女人的声音，他们已经好久没听到女人的声音了，而这个女人的声音又是那么的甜美、动听，充满魅力，很多军人并没有听进去什么内容，只想听听久违的女人的声音。

每当田玉娟开始播放歌曲或地方戏曲时，金门岛上的军人们就开始议论这个女人：

"你说她有多大年龄了？"

"最多20岁吧！"

"我看应该有20多岁，你听她的声音里已经有女人的温柔，太年轻的女人绝对没有这种感觉。"

"哎哟哟！还女人的温柔呢？你懂什么女人的温柔！你碰过女人吗？你跟女人上过床吗？都没跟女人上过床还懂什么女人的温柔！"

接着是一阵似浪荡又非浪荡的笑声！

同样的时刻，大嶝、小嶝岛上的军人也会议论：

"你知道她是哪儿的人吗？"

"听说是山东人。"

"不对，是上海人。我一个老乡听她唱过歌，那时她还是军区文工团的演员，歌唱得可好了，人长得也漂亮，是军区文工团的大明星。"

"什么时候我们也能亲耳听听她唱歌，亲眼看看她长的什么样，那才算没白在这海岛上待过呢！"

接着是一阵爽朗开心的笑声！

九三炮战结束后，田玉娟和她的战友们又回到角屿岛，恢复正常的对金门广播。

时间过得真快，转眼就到了1955年，过了元旦，很快就是春节了。

田玉娟开始准备春节的节目。

中国人过春节讲究的是合家团圆，大年三十全家人围坐在一起，团团圆圆，热热闹闹，再穷的家庭，这时也会想尽一切办法做些好吃的，全家人吃顿丰盛的年夜饭，放些鞭炮，这个年才算过了。田玉娟想，在金门岛上的国民党官兵过年时最想的就是家乡的亲人了：父母亲现在身体好不好？家乡的生活怎么？妻子、儿女都好吗？兄弟姐妹们结婚、工作了吗？如果春节期间能把这些信息通过我们的广播告诉他们，那是对他们节日的最好祝福！

田玉娟是从军区文工团调来的，她和军区政治部各部门都比较熟，她立即找到军区敌工部的领导，把她的想法说了，希望他们通过工作关系，在地方政府的协助下，组织一批在金门的国民党军官兵的亲人，通过录音讲话的形式，给在金门的国民党军官兵拜个年，再讲讲他们现在的生活，和他们在金门的亲人聊聊家常。

军区敌工部的领导觉得田玉娟的想法非常好，认为这是最好的心理战宣传：在最佳的时机（春节），用最打动人的内容（家乡的变化和亲人的信息）、最合适的形式（录音讲话），面对工作对象（金门国民党官兵）进行广播宣传，一定会起到非常好的效果。

在军区敌工部的全力支持下，通过江西、湖南、四川等地政府的协助，对金门有线广播站果然在春节前收到了一大批来自各地的国民党军官兵家属的讲话录音，这可把田玉娟和她的战友们高兴坏了。大家立即做了分工，开始认真听取每一份录音，并根据不同的地区、不同身份、不同的讲话内容进行编辑。

离春节只剩下不到一星期了，田玉娟负责处理的录音讲话也只剩下最后一篇。

冬季的角屿岛6点多天就黑了，海风吹在人的脸上冷嗖嗖的。

田玉娟吃完晚饭，在小岛上溜达着走了一圈，就回到广播站的坑道里，她要把最后一篇录音讲话编辑完。

这是一位来自湖南岳阳的母亲给儿子的讲话录音："狗娃儿：我是你的母亲，你能听到我的声音吗！狗娃，你离开家算算已经整整6年了。1949年那年也是快过年了，你说要给家里换点钱，过年时好到集市上买点肉，全家人好好过个年。那天你上山挖了很多冬笋，拿到城里去卖，可这一去就再也没有回来。听同村的人说，你是被国民党军抓壮丁抓走了，母亲就天天盼着你有一天能回来。狗娃，你走的这6年，家里的生活过得是一天比一天好。5年前村里搞了土改，我们家分到了3亩多地，都是水田，每年能打近千斤谷子，除了交公粮，剩下的就归我们家自己吃，所以粮食是够吃的。另外我们家还养了3头猪，20多只鸡，过年时宰一头猪，除了卖一半，可以换回不少钱，剩下的半头猪我把大部分猪肉腌制成腊肉，这样可以吃半年。每年20多只鸡会下很多蛋，足够家里吃的。狗娃，你走的这几年，你的两个姐姐都出嫁了，她们的日子也过得很好，经常会回来看我。你的两个弟弟，一个还在读书，另一个中学毕业后在家务农，是家里的壮劳力，把家里的3亩多地种得可好了。狗娃，你父亲去世得早，母亲把你们5个孩子拉扯大很不容易。现在，日子好过了，母亲就更想念你！娃儿，你现在好吗？母亲不在你身边你可要学会照顾自己呀！有机会一定要回来，不能让母亲一辈子见不到你呀……"

田玉娟把这篇讲话录音安排在了大年初一的晚上播出。

小金门国民党军驻守了一个团，三营二连下士李狗娃大年初一傍晚6点正好是他的岗。

"真倒霉！大年初一轮到我的岗。"李狗娃因为要站岗，晚上连队过年加餐，晚餐比平日多了一盆红烧肉，一碗海鱼炖豆腐，还有金门高粱酒。但李狗娃没敢喝酒，只是吃了几大块红烧肉，多吃了一碗米饭。

傍晚6点，李狗娃端着枪，走出坑道，来到哨位换岗。

"口令？"

"63！"

"是李狗娃呀！算你倒霉，大年初一轮到你的岗。"

"可不是吗？今晚酒是一点没敢喝。"

"今晚的加餐怎么样？"

"还行吧！有红烧肉，还有鱼炖豆腐，其他的就是平日的菜了，不过，酒不错，是金门高粱酒。"

"那我得赶紧回去了，你辛苦了！"哨兵说完就走出哨位，回营房坑道吃饭去了。

李狗娃看着同伴消失的身影，心想：平日里大家都喜欢傍晚6点的岗，因为这一小时岗刚好是对面广播的时间，可以边站岗，边名正言顺地听大陆广播，一点不觉得累一个小时就过去了。今天可好，大年初一，连队加餐，6点的岗就只能随便吃一点，连酒都喝不成了。

李狗娃正想着，对面的广播就响了："金门国民党军官兵们：今天是中国人的传统节日——春节，我们向你们致以节日的问候，并给你们拜年啦！"

李狗娃望着黑漆漆的大海，海风不时从瞭望孔吹进来，刮到脸上凉嗖嗖的，李狗娃把大衣领子立了起来，让衣领把脖子围住，这样感觉暖和些。

"下面我们播放湖南岳阳一位母亲给她儿子狗娃的讲话录音。"

李狗娃吓了一跳，湖南岳阳，哪不正是自己的家乡吗！狗娃——难到真是自己的母亲给我的讲话吗？

李狗娃不敢相信这是真的——世上哪有这么巧的事情！

"狗娃儿：我是你的母亲，你能听到我的声音吗……"

李狗娃早已走出了哨位，他站在海边的山坡上，仔细听着对岸传来的母亲慈祥的声音。

6年没听到母亲的声音了，今天在这样一个特殊的地方，这样一个特殊的日子，李狗娃突然听到了母亲的呼唤——狗娃能不激动、能不伤感吗！

李狗娃泪流满面地听完了母亲的讲话录音，虽然大海的气流让他母亲的声音有些改变，但狗娃早就听出来了，那绝对是他日思夜想的母亲的声音。

李狗娃愣愣地站在山坡上，两眼直直地望着大海，眺望着更遥远的故乡……

6年前的一幕又出现在他眼前：那年也是快要过春节了，作为家里的长子，狗娃想给家里弄点钱。大清早，狗娃上山挖了很多冬笋，快到中午时，狗娃带着挖来的一麻袋冬笋来到集市上。他还没卖几个冬笋，集市上突然骚动起来。狗娃还没弄明白怎么回事，几个国民党兵已经把他抓住，带到了队伍上，后来又把他送到江西参加军事训练。三个月的军事训练结束后，他就被编入了国民党军第十二兵团。就这样，狗娃随着十二兵团从江西到了广东，又从广东汕头登舰去了金门，参加了金门战斗。从此，狗娃就一直待在金门，一待就是6年。

这6年狗娃天天想家，想念母亲！自己是家里的长子，两个弟弟还小。虽然两个姐姐可以帮助母亲操持家务，可她们总有一天要出嫁呀。

狗娃10岁时父亲生病离开了人世，是母亲含辛茹苦把他们姐弟5人拉扯大的，自己刚刚可以为母亲分担些家务时，突然就被国民党军抓走了，母亲能受得了这样的突然打击吗？

狗娃被抓当兵后，几次想逃跑，但无奈十二兵团管得太严，每次都没跑成。队伍到广东后，更跑不成了。兵荒马乱的他往哪跑呀！狗娃只能跟着队伍不断地撤退，最后竟然撤到了金门。

金门战斗是狗娃第一次打仗。

开始他非常害怕，生怕一颗子弹让他永远也回不了家，永远看不到他的母亲了！好在他运气不错，这一仗十二兵团没有打输，而是全歼了登上金门岛的解放军。

所以他也活了下来。

狗娃根本不知道为什么要打仗，为什么一边叫解放军，另一边叫国民党军？都是中国人，为什么中国人要打中国人？他只知道军人要听当官的命令，否则就会被军法处分。所以，打仗时当官的叫他往哪儿打，他就往哪儿打。叫他往哪儿冲，他就往哪儿冲。好在狗娃在江西受过三个月的正规军事训练，基本掌握了打仗的要领，所以打起仗来还基本能对付。

今天，狗娃突然听到母亲的声音，听到母亲的呼唤！母亲说，一定要找机会回家，不能让母亲一辈子见不到他。狗娃就已经下定决心：一定要想办法逃回大陆，要回家看母亲。否则，哪天队伍换防，把他调到台湾，就真的一辈子再也见不到母亲了！

李狗娃不动声色，开始悄悄做着逃回大陆的准备：他首先偷偷从金门当地渔民那里了解了这段时间金厦海域的潮汐规律，又偷偷准备了一个篮球藏在离哨位不远的小山洞里。他又搞到一张金门、厦门地图，认真研究了游回大陆的路线。这些都准备好以后，李狗娃逃回大陆就已经是万事俱备，只欠东风了——他要等待一个站岗的最好时机，就可以实施他的计划。

李狗娃根据这段时间的潮汐规律，计算出凌晨3点那班岗最适合实施他逃回大陆的计划。

机会很快就来了。

这天是星期六，本来没有李狗娃的岗，但巧合的是，站凌晨3点钟那班岗的士兵晚饭可能吃了什么坏东西，吃完饭后就拉个不停，一个小时上了十几趟厕所，根本无力再站岗。

站过岗的都知道，凌晨3点的岗是最难受的，睡得最熟的时候被叫起来站岗，真是难受呀！所以，谁都不愿站凌晨3点的岗。

排长正想着让谁替生病的士兵站3点钟的岗，李狗娃主动说："排长，我替他站3点钟的岗吧！"

排长喜出望外，拍拍狗娃的肩膀，"好样的，就算帮我个忙了，下次你有什么困难，一定跟我说，我帮你解决。"

狗娃只是"嘿嘿"地笑了一下，没再说什么。

入夜，狗娃听到睡觉的哨声就钻进被窝。他假装睡着了，其实满脑子都在想着今晚的行动。

如果行动成功，很快就能见到母亲了。母亲变样了吗？我要突然出现在她面前会不会吓她一跳呀？

狗娃突然又有些担心：解放军会不会优待投降的国民党军呀？不会等我游过去，被他们抓住枪毙吧？听他们的广播说，只要投降是会受到优待的。可是，狗娃是参加过金门战斗的，他手上沾有解放军的鲜血。如果解放军知道他参加过金门战斗还会放过他吗？听这边当官的说，解放军最恨参加过金门战斗的国军官兵，抓到后都要活埋，还会牵累他们在大陆的亲人。

狗娃想到这些真有些害怕，他想放弃这个计划，但如果今天放弃这个计划，他真的可能一辈子就再也见不到母亲了。

狗娃矛盾极了。

他不知道该不该游回大陆去？游回去后解放军会放过他吗？会不会把他枪毙？

李狗娃就是在这种矛盾中迷迷糊糊地睡着了。

好像只睡了一会儿，李狗娃就被换岗的叫醒了："李狗娃，该你站岗了。"

李狗娃听着哨兵从营房坑道走了出去，就掀开热被窝起床，快速地穿好衣服，拿好枪向哨位走去。

换完岗后，李狗娃不再犹豫了，他决定冒一次险，为了能见到母亲！

李狗娃认真查看了四周一遍，确定没有其他暗岗，就快速地从小山洞里拿出藏匿好的篮球，按照事先准备好的路线向海边跑去。

隆冬的大海阴森森的，海浪哗哗地拍打着岸边的礁石。

凌晨3点多钟正是退潮的时间，沙滩上的垃圾不时被退潮的大浪卷回海里。这时只见一个黑影迅速从沙滩跑向大海，不一会儿，黑影就被海浪淹没得无影无踪……

五 弃暗投明

李狗娃下海后，一下就被退潮的海浪卷入了大海。

李狗娃有点慌，虽然他有过泅海训练的经历，但那毕竟是有组织的训练，周边都是人，现在就只有他一个人在黑洞洞的大海里。

李狗娃按照事先的计划，先把枪扔掉，又把身上的子弹也都扔掉，以减轻身体的重量，然后不顾一切地紧紧抱着篮球，随着潮汐向大陆漂去。

离小金门越来越远，海面也变得越来越平静了。

李狗娃抱着篮球浮在海面上，他回头看了一眼渐渐远去的小金门，心情非常复杂，他不知道等待他的是凶还是吉。不过，李狗娃知道现在已经没有退路了，必须按计划走下去。李狗娃想到这儿，就再也不看小金门了，他目测了一下方位，然后向着乌黑的大陆方向游去。

也不知游了多少时间，天空已经出现了鱼肚白，李狗娃感觉离大陆应该不远了。果然，李狗娃突然听到了狗叫声——他知道已经游到大陆了。

李狗娃是在天刚蒙蒙亮的时候登上了大陆。

已经精疲力竭的李狗娃几乎是被海浪冲上了沙滩，他躺在沙滩上休息了好一会儿，才慢慢站起来。

李狗娃回头望了望清晰可见的小金门，然后就拖着疲惫的身体向岸上走去。

还没走几步，就听到一声喝令："站住！什么人？把手举起来！"

李狗娃吓得一下就跪在了沙滩上，"别开枪，我是投降过来的。"

不一会儿，几个民兵从树丛中走出来。

其中一个对李狗娃说："你是从小金门过来的？"

"是!"

"叫什么名字?"

"李狗娃。"

"什么职务?

"下士。"

"为什么过来?"

"上个星期从你们的广播中听到了我母亲的讲话,所以,决心回大陆,我要见我的母亲。"

几个民兵不再问什么。

他们把李狗娃的眼睛蒙上,然后把他带到了乡政府。

汪海山是在第二天的下午接到报告,说有一个士兵趁站岗的机会,游回了大陆。

汪海山立即意识到,这是一个必须马上遏制的苗头。

自从解放军开始对金门进行有线广播,汪海山就一直担心这会不会动摇军心。

汪海山深知解放军善于开展政治攻势、瓦解自己的对手。内战时期,每当战役进行到关键时刻,都有国军整师、整团成建制的起义,致使战局不利,虽然不能说这是每次重大战役失败的根本原因,但起码是一个重要因素。

汪海山担任金门防卫部司令长官以来,虽然带兵还是以严字著称,但他知道,跟随他防守金门的这些原十二兵团的老兵们都是大陆人,在老家都有他们的亲人:有父母、有兄弟姐妹,有的还有妻子、儿女,他们能不思念亲人吗?! 汪海山知道,他们和他一样可能这一生都回不了大陆了,一辈子都再也见不到大陆的亲人了。尽管校长一再说要反攻大陆,要把跟随他来台湾的300万党政军人员都带回大陆。汪海山知道,这只是校长需要的一种信念,一种精神力量,没有这种信念与精神力量,这支部队会垮掉,会从内心崩溃掉。所以,汪海山也经常重复这句话,希望因此带给老兵们一点信心。但汪海山自己都不相信还能反攻大陆,还能重返大陆恢复中华民国政权,这真是痴心妄想。

所以，当解放军开始对金门进行有线广播时，尽管当时就有政战官向他建议，必须采取措施，否则可能后患无穷，但汪海山并没有马上接受这个意见，他从内心理解老兵们对家乡的思念。

汪海山也曾在解放军对金门广播时，故意走到山坡上，听听对岸都播了些什么东西。

他听到了来自大陆各地的戏曲、建设成就，当然也有鼓励国民党军投奔大陆的各项政策。

他还听到了田玉娟优美动听的声音。

汪海山当时就觉得，鼓励国民党军投奔大陆的政策不可怕，因为这些政策很容易进行反宣传、反教育，相信国民党军弟兄们不会相信这些赤裸裸鼓励投降的政策，倒是那些来自家乡的戏曲、家乡的消息会使老兵们发生情感上的变化，会对内心产生微妙的作用；还有就是那位女播音员田玉娟，她甜美动听的嗓音对这些长年驻守在海岛上的国民党军弟兄是会产生很大"杀伤"作用的。几年见不到一个女人，突然听到一个女人性感的声音，男人们通常都会浮想联翩，从而对这个女人产生好感，甚至把她当成自己的"梦中情人"。这是最要命的宣传效果——因为你把她当成了"情人"，你对她讲的一切事情就会慢慢接受，并越来越相信，最后就成了她的俘虏。

汪海山当时就意识到，如果不采取一些措施，可能真会出问题。只是汪海山想到跟随他来到金门的这些大陆老兵，可能一辈子都回不了家乡了，现在能让他们听听家乡的戏曲，了解一点家乡的情况，慰藉一下思乡之情，也不算太过分！所以，汪海山没有采取什么特殊措施阻止士兵们听对岸的广播。虽然不鼓励，但不制止实际上就是一种鼓励，所以，每天傍晚6点到了对岸广播的时间，金门岛上的国民党军都会走出坑道，三三两两地躺在海滩上或山坡上听大陆的广播。

现在真出问题了，真有士兵趁着站岗的机会偷偷游回大陆了，这个现象不马上制止，就可能像瘟疫一样传遍整个金门岛，那后果不堪设想。

汪海山想到这儿，立即让副官通知所有师以上军官到作战室来参加紧急会议。

汪海山没有处分李狗娃的连长、营长以及团长，只是严厉地对参加会议的高级军官强调，如果再出现士兵利用站岗的机会逃回大陆的现象，将对有关人员，也就是逃跑士兵所在连队的连长、营长、团长，甚至师长严惩不贷。

汪海山宣布了三条纪律：一是从现在起不准任何人听对岸的广播，对岸广播时全体人员必须待在坑道里，并采取措施确保坑道内听不到对岸的广播。二是晚上9点至凌晨6点的岗哨全部改成双人岗，不允许一个人站岗，加强互相监督。三是全部收缴所有可用于漂浮的物品，统一保管，像篮球、排球、足球、空瓶子、渔民用的浮标等等，凡是一切可用来当漂浮物的东西都在收缴范围内，军中不允许有任何这类东西存在。如果军中需要，必须专人使用、专人保管，保证这类漂浮物的绝对安全。

自从李狗娃投诚过来后，田玉娟发现，在她广播时再也看不到金门岛上三三两两的国民党军官兵躺在沙滩或山坡上听广播的情景了，现在沙滩上、山坡上是一片寂静，一个人影也没有。她知道金门岛上采取了措施，不让官兵们听大陆的广播了。

田玉娟知道有国民党士兵从小金门游回大陆，那是在李狗娃上岸后3小时。

那天田玉娟刚开始吃早饭，广播站站长就走到她身边悄悄对她说："玉娟，你吃完早饭后去趟军部。"

"有什么任务吗？"

"你去了就知道了。"站长神秘的口吻让田玉娟更加好奇。

"什么事呀，这么神秘？"

站长见四周没人，就小声对田玉娟说："我们的广播发挥作用啦，今天凌晨有一个国民党兵从小金门游了回来，现在已被送到军部了。听说这个国民党兵上岸后就直嚷嚷要见田玉娟，他说是听了你广播的他母亲的讲话录音后才回来的。"

"是吗！难道他是李狗娃？真这么巧，他母亲的讲话录音正好听到了？"田玉娟相信，如果是听了母亲的讲话录音后游回大陆的，这个人一定是李狗娃。

"是不是李狗娃我不知道，军长说让你今天上午去军部见见这位国民党士兵。"

李狗娃被三个民兵蒙着眼带到了乡政府。

当一个民兵把蒙在李狗娃眼睛上的毛巾拿下后，他眨了眨眼睛，适应了一下房间的亮度，然后紧张地四周打量着这个房间：房间里只有一张桌子，上面放了一部手摇式电话机，电话机旁有一个热水瓶，桌子两边是两把椅子，四周有几条长凳子。房间的墙壁上挂着一个人的画像，李狗娃不认识这个人，另外就是挂了一些锦旗。

李狗娃的心稍微安定了一些，他觉得这不像是关押人的地方。

一位民兵给李狗娃倒了一杯水，让他坐在长凳子上喝点水，压压惊。

李狗娃连忙接过水，受宠若惊地点头说了好几个"谢谢"！

大约过了20分钟，一位穿着解放军制服的干部走了进来。

三位民兵连忙起身，"你好！陈科长。"

进来的这位正是军敌工科的陈科长。

"你就是李狗娃吧？"陈科长看着有点紧张的陌生男人问道。

李狗娃平生第一次这么面对面地站在一位解放军面前，而且是位军官，非常紧张。

李狗娃穿的是一身渔民的服装，那身湿透了的国民党军服，在他来到乡政府时换掉了，一位民兵找了一套干净的渔民衣服给他穿上。现在李狗娃听到军官在问他，就赶紧站起来，一个立正，向陈科长敬了一个军礼，"报告长官，我就是李狗娃。"

"李狗娃，坐下说话。"陈科长和蔼地说。

但李狗娃不敢坐下，他还是有些紧张地站立着。

"李狗娃，你不要紧张。首先我代表人民解放军欢迎你弃暗投明，回到祖国大陆。你先跟我说说，你是怎么想到要弃暗投明，回祖国大陆的？"陈科长尽量用平和的口气说话。

"我是听了田玉娟的广播，听到了我母亲对我的讲话，就决定回大陆的，我不想一辈子见不到我母亲。"

"你能具体跟我说说，你是怎么准备的？为什么没有被发现？是按照怎样的线路游回来的呢？"陈科长又提出了更具体的问题。

李狗娃这时才把紧张的心放了下来，他发现眼前的这位解放军军官很和气，不像是来抓他的。

李狗娃又喝了口水，想了想陈科长的问题，然后开始把如何准备篮球、如何从渔民那里了解潮汐规律、如何搞到地图、怎样确定行走路线等问题，全部一五一十详细地说给陈科长听。

陈科长听得很认真，并不时在笔记本上做些记录。

问完了几个问题，陈科长让李狗娃在房间里休息一下，然后走出房间，去另一个房间给军长打电话报告情况。

不一会儿，陈科长就回来了。

"李狗娃，我现在带你去见首长，不过路上还要再把你的眼睛蒙上，你理解吗？"

"我理解，我相信解放军！"

李狗娃当然明白，他刚从金门跑过来，这里是前线，到处都是解放军的军事设施，自然不能让他都看到，这是基本的保密要求。何况不经过一段时间的审查，万一是假投诚、真特务怎么办？所以，必要的防备措施还是必须的。

刘锋听了陈科长的报告后，当即决定见一下这位投诚而来的李狗娃。

刘锋想具体了解小金门的防御情况，而且对一位普通士兵抱着一个篮球就能从小金门游过来，刘锋很感兴趣。

李狗娃到达军部时已是上午8点多钟了。

陈科长给李狗娃准备了很丰盛的早餐：大米稀饭、猪肉白菜馅包子、咸鱼干。

陈科长知道李狗娃是湖南人，爱吃辣椒，又给他准备了一小盘辣椒酱。

这是李狗娃游回大陆后吃的第一顿早饭，他吃得太香了。李狗娃边吃边想：解放军的伙食比国民党军可是好多了。在金门，早餐基本是稀饭、馒头、咸菜，吃不到肉包子，咸鱼也很少。

李狗娃确实饿坏了，他一口气吃了5个包子，两碗大米稀饭，才擦擦嘴满意地笑了。

吃完早饭，陈科长就带着李狗娃去见军长刘锋。

李狗娃见到军长刘锋时吓了一跳——他没想到刘锋这么年轻，看上去比他也大不了多少。

"欢迎你呀！李狗娃。你能弃暗投明，回到祖国大陆，说明你对新中国还是信任的。我们的一贯政策是：弃暗投明不分先后，只要能放下武器，回到祖国大陆，不管什么时候我们都是欢迎的。"刘锋握着李狗娃的手，对他的到来表示欢迎。

李狗娃紧张得不知道该说什么，他也没听清刘锋在说什么，只是想着共产党的军长怎么这么年轻。

刘锋见李狗娃很紧张，就故意换了一个话题笑着对陈科长说："李狗娃穿着这身渔民的服装有点不像呀！他毕竟是军人呀。陈科长你待会到后勤部给李狗娃找身合适的军服给他穿上，也让狗娃精神些。"

"是！军长，待会儿我就去办。"

"狗娃，听说你是听到你母亲的广播讲话后，就决定回大陆的?"

"是的，长官！是听了田玉娟小姐大年初一安排的我母亲的广播讲话后，我就决定此生一定要再见到母亲，所以我就冒死游回来了。"李狗娃站立着回答刘锋的问题。

"李狗娃，我们部队上都不叫长官，叫首长，或者叫军长都可以，别叫长官了。"陈科长纠正李狗娃的称呼。

"他们都习惯叫长官。"刘锋理解地说，"李狗娃你别紧张，你习惯叫什么就叫什么，以后再慢慢改。你坐下，我们随便聊聊。"

李狗娃坐下来，但还是很紧张，他从来没跟这么大的官说过话。以前在那边他也听过汪海山训话，但那时他站在队伍里，远远地看着汪司令的身影。

今天是解放军的军长就坐在他的对面，和他这么近距离说话，他能不紧张吗?!

"狗娃，你家里除了母亲还有什么人呀?"刘锋为了缓和气氛就和李狗娃聊起了家常。

"我还有两个姐姐，两个弟弟。"

"你是家里的老三。"

"是! 长官。"

"母亲身体好吗?"

"她以前的身体可好了，现在五六年没见了，不知道现在身体怎样!"

"你想什么时候回老家看母亲呀?"

"如果长官同意，越早越好!"

"那好，我们尽早安排你早些回湖南老家看你母亲。"刘锋看看气氛越来越平和了，李狗娃也不像开始时那么紧张了，就转了个话题:

"李狗娃，你能详细地和我说说小金门的具体部署情况吗? 团部设在哪儿? 有多少炮阵地? 具体都布置在小金门的什么位置? 各营、各连都部署在什么位置? 你知道多少就说多少，不知道就说不知道，可以做到吗?"

"是! 长官。"

刘锋示意陈科长让作战处处长和几位作战参谋都进来。

军作战处处长带着四位作战参谋走了进来，他们进来后就把一张放大了的小金门地图挂在了墙上。

刘锋让李狗娃站在地图前，让他对着地图具体讲述小金门的防御部署。

"团部设在小金门的这个位置，是用钢筋混凝土浇注起来的坑道，可以抗住炮弹的攻击。据我所知，小金门共有炮阵地 25 个，分别部署在这几个地方……"

李狗娃根据刘锋的要求，在小金门地图上一一讲解着他所知道的国民党军的布防情况。

整整讲了一个小时。

四位作战参谋根据李狗娃的讲述，在作战地图上做了详细的标注。

刘锋见李狗娃讲得差不多了，又具体问了问他是怎么游过来的？怎么做的准备？为什么没有被发现？

李狗娃又把他准备的前前后后详细地说了一遍。

这时军部通信员走进办公室，他在作战处处长的耳边轻声地说了句话，又走出办公室。

作战处处长就走到军长身边小声地说："军长，田玉娟到了。"

刘锋就笑呵呵地对李狗娃说："狗娃，你最想见的人来了，你知道是谁吧？"

李狗娃愣了愣就猜到了，他连忙转过身看着门口。

随着一声清脆的报告声，田玉娟推门走进了军长的办公室，"报告军长，有线广播站田玉娟前来报到。"

"田玉娟同志！你立了大功了，你们的广播一点不比大炮的威力小呀。来、来、来，给你介绍一下：这位是李狗娃，就是听了你们的广播才决定回祖国大陆的。"

刘锋高兴地给田玉娟介绍李狗娃，介绍完李狗娃又介绍田玉娟：

"狗娃，这就是厦门前线的广播明星，你天天想见的田玉娟！"

李狗娃慢慢站起来，双眼望着田玉娟说不出一句话。

田玉娟大方地握着李狗娃的手，"李狗娃，欢迎你回到祖国大陆，你母亲要是知道你回来了，一定非常高兴！"

"我真的见到你了吗！这是真的吗！"李狗娃双手握着田玉娟的手，嘴里喃喃地说着。

六　特殊炮弹

台北市北投区复兴岗，群山环抱，风光秀丽，一座日据时代留下的岗楼在绿草坪中显得十分醒目。

台湾政战学校就坐落在这里。

这所学校是蒋经国根据父亲的旨意于 1951 年 7 月创立的，学校模仿"莫斯科中山大学"的办学模式，主要培养国军政工干部，其中包括心战与谍报人员。

温素萍是政战学校新闻系四年级学生，也是新闻系的第一届毕业生，即将毕业的温素萍此时还没想好毕业后到哪个部队去工作。

温素萍是江苏南京人，16 岁那年，高中还没毕业的她跟随父母从大陆撤退到台湾。

温素萍的父亲在中央银行工作，是个中级职员。中央银行撤离南京时，温素萍的父母亲内心纠结了很长时间。想跟随银行撤离，又不知道前途在哪儿。作为一名银行的中级职员，战乱中银行不可能考虑到他们的利益，也更无法保障他们的生存权益，背井离乡去台湾他们还真不甘愿。但如果留下来，共产党对他们这些旧政府的职员究竟采取什么政策也不清楚，会不会一网打尽，统统抓起来也很难说。

最后父母决定还是跟随银行撤离吧，至少这样不会有生命危险。

温素萍也就跟随父母从南京撤到上海，又从上海撤到台湾。

刚到台湾时就是一个字"乱"。本来只有 600 万居民的台湾，一下子涌入 300 多万国民党军政人员，而且这些人除了军人，其他人员在大陆时都是有身份的。他们到台湾后都想要有体面的工作、舒适的住房，子女还要读书——台湾怎么可能一下子满足这些。

因此，到处是不满的怨声——来自大陆的党政军人员不满台湾的落后与贫困，台湾当地居民更不满突然而来的这么多外省人把台湾搞乱了，严重影响了当地人的正常生活。

温素萍在南京时已经是高中二年级的学生了，再过一年就可以高中毕业了。但到了台湾，台北的高中和南京是没法比的，再加上社会上的混乱局面，温素萍也就没再去读书，而是待在家里，帮助母亲做些家务，有时间就自己看看书。

温素萍的父亲刚到台北时也没有工作，一年后，局面稍微稳定了些，温素萍的父亲才在老上司的关照下重新回到中央银行工作，全家的生活才总算有了基本保障。

转眼两年过去了，台湾的一些大学也逐步走上正轨，开始正常招生了。温素萍开始考虑报考哪所大学，正在这时，政战学校创办了并也开始招生。

温素萍以前从没考虑过上军事院校。

她在南京读书时的目标是南京中央大学中文系或新闻系，如果不是战争，按照温素萍的成绩，她考上中央大学是没有问题的。

战争改变了一切，也彻底改变了温素萍的人生轨迹。

听到政战学校招生的消息，温素萍的父母都主张她报考这所新创立的军校。主要原因有三个：一是读军校不用花钱，不仅不用交学费，吃饭穿衣的钱都是校方负责，这对刚刚有了工作、要养活一家人的父亲来说还是很有吸引力的。二是不用担心毕业分配。政战学校的毕业生全部分配到军中工作，担任军中政工军官，毕业后就授予少尉军衔，待遇比较好。三是军人的社会地位非常高。50年代初，国民党当局随时准备抗击解放军攻占台湾，军事斗争是一切工作的中心。作为军事斗争主体的军人自然备受重视，不仅在收入上军人比别的职业要高出很多，在其他方面，比如住房、交通、上学、医疗等方面也享受较好的待遇。

温素萍的父母亲当然要考虑这些因素。

温素萍之所以同意报考政战学校，主要还不是因为这些诱人的待遇，而是专业，她看到政战学校有新闻系，一下就打动了她。因为温素萍从小就想当一名记者，这是她的梦想。温素萍一直觉得当一名女记者，出入在风起云涌的新闻事件现场采访报道，为历史留下文字是一件很有意义的事情。另外很打动温素萍的是，政战学校女学员的军服，她从政战学校的招生简章中看到了女学员服装的照片，太漂亮了：淡蓝色的学生礼服，漂亮的配饰，卷沿的军帽，让女学员英姿飒爽。

温素萍想象着自己穿上这身军服走在大街上，会吸引多少羡慕的眼光。

温素萍最终以优异的成绩走进了位于台北市北投区复兴岗那片群山环抱、风光秀丽的校园——政战学校。

四年的大学时光过的真快，转眼就到了毕业的时刻。

这天刚吃完早饭，温素萍就被系主任叫到了办公室。

"素萍，你对毕业分配有什么想法吗？"穿着上校军服的系主任，似乎有目的地询问着温素萍的毕业志向。

"还没有完全想好，不过，很想到一个有些挑战性的部队工作。"温素萍吐露着自己的真实想法。

"现在就有一个机会，相信可以满足你的这个心愿。"

"什么机会？"

"有一个最富有挑战性的工作不知道你敢不敢接受？"系主任用神秘的语调对温素萍说，他故意用了敢不敢接受这个很刺激的词。

果然，温素萍听到这项工作很有挑战性，就看她敢不敢接受，立即就有了强烈的兴趣，"主任，能具体说说是什么工作吗？只要真有挑战性，我一定接受。"

"是这样，总政战部决定在金门前线建立一个对大陆广播的有线广播站，专门针对厦门前线共军做心战宣传。有线广播站可能设在金门的马山，距离大陆也就2100米。总政战部决定，对厦门共军广播的有线广播站人员由政战学校新闻系毕业生为主组建，其中必须要有一名女学员担任广播站女播音员，这项工作是不是很具有挑战性呀?! 首先，工作地点是真正的前线，距离大陆只有 2000 多米。在那里工作，每天都能亲眼见到对岸的敌人，每天都能亲耳听到敌人的枪炮声，甚至可能随时都有生命危险，这是不是很有挑战性呀?! 其次，对敌有线广播，你的声音每天都能传到敌人的耳朵里。你每天播什么内容，怎么播才能打动敌人? 让你的声音，你播的内容入他们的耳、入他们的心，最后瓦解、分化他们，让共军的前线官兵最终相信只有三民主义才能统一中国，这是不是很有挑战性呀!"系主任一口气把对大陆广播的工作性质及这项工作所富有的挑战性说得清清楚楚，明明白白。

温素萍听得热血沸腾! 她当即表示愿意接受这项挑战，毕业后去金门前线工作，去担任以前从没有人做过的对厦门前线解放军广播的女播音员。

温素萍就这样来到了金门前线对厦门解放军有线广播站。

汪海山亲自给校长写了一个报告，要求总政战部在金门建立对厦门前线解放军有线广播站，针锋相对开展对共军官兵的心战宣传斗争。

自从金门前线采取了汪海山亲自规定的三项措施后，表面上看是平静了很多，但汪海山知道这是治标不治本的办法。虽然不让金门官兵听大陆广播，可以暂时防止一些士兵听广播后产生的冲动，收缴所有的飘浮物品可以从外部环境上遏制士兵叛逃事件的发生，但从长远来看，随着时间的推移，大陆老兵对故乡的思念会越来越深，如果不早点采取根本性的解决办法，迟早有一天会发生遏制不了的事件。

从近期来看，国民党军是不是也可以采取一些反心战的工作呢? 既然对岸共军可以采取有线广播的形式对国军开展心战宣传，我们为何不可以以其人之道还治其人之身，也采取有线广播的办法，向对岸的解放军进行心战宣传呢!

汪海山想到这儿，就提笔给他的校长写了一份报告，详细汇报了解放军对金门前线的心战宣传，同时报告了金门防卫司令部采取的三项措施，以及建议国军总政战部在金门前线设立有线广播站，对厦门共军开展有线广播，

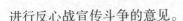

进行反心战宣传斗争的意见。

蒋介石收到汪海山的报告后，立即让蒋经国具体落实汪海山的建议，由国安会协调总政战部拿出一个可行的实施办法。

一个月后，国军总政战部给蒋介石呈送了《关于在金门建立对大陆有线广播站的报告》，报告中写道：对厦门前线解放军有线广播站设立在金门马山，人员编制25名，主要技术人员和播音员来自政战学校新闻系，首任女播音员：温素萍，政战学校新闻系首届毕业高才生，江苏南京市人。

蒋介石对这份报告很满意，提笔批示：照此执行。

1955年9月一个风和日丽的傍晚，温素萍身穿国民党军陆军军服，配戴少尉军衔，坐在了金门马山广播站的播音台前。

今天是她第一次播音，温素萍刻意为自己化了淡妆：双眉画得很细略弯，眼睑扑了些眼影粉，使双眼炯炯有神。鼻梁用眉笔勾勒出轮廓，显得鼻子又高又直，淡淡的口红，加上脸颊薄薄的红粉，配上齐肩的黑发，真是英姿飒爽中又透着女性的柔美！

开播前温素萍让前来采访的记者为自己留下了一张珍贵的照片——这是她人生的真正起点，在一个特殊的岗位，一个特殊的地方，从事一个特殊的职业，所以，温素萍觉得特别有意义。

傍晚5点，金门马山对厦门前线解放军有线广播正式开始播音。

温素萍清了一下嗓子，看到表示可以开始播音的红色小灯亮了，就发出了记录她人生起点的声音："厦门前线解放军官兵们，这里是金门对大陆有线广播站，现在开始第一次播音……"

又一个女人的声音回荡在金厦海域！

从此，金厦海域上空飘荡着两个女人的声音，代表两个不同的阵营，她们用同样性感、温柔、甜美的声音，争夺着两岸军人的"心"！

这是一场特殊的战斗！

她们的声音就是特殊的"炮弹"——真正的炮弹要的是军人的"命"，特殊的炮弹要的是军人的"心"！

七　心战计划

军长刘锋在温素萍广播结束后一小时就接到了敌工科陈科长的报告，知道了金门敌军也建立了有线广播站，开始对我厦门前线部队进行心战宣传。

刘锋立即指示陈科长，要把金门对大陆的广播做详细的收听记录，并对每次广播的内容进行认真的分析研究，然后拿出对策，开展针锋相对的对敌宣传斗争。同时刘锋要求角屿广播站也要认真收听对岸的广播，从中分析对方广播的特点、长处，找出如何化解对方宣传效果的办法，在心战斗争中占据有利位置，把握斗争的主动权。

根据军长的指示，角屿广播站全体人员轮流值班，每天金门开始对大陆广播时，都有一位同志蹲在听敌方广播最清楚的地方，认真记录广播的内容。

这天轮到田玉娟值班，她早早地就来到一处礁石边，找了一块平滑的石头坐下，把双脚泡在海水里，等待对岸开始广播。

其实金门对大陆广播的第一天田玉娟就听到了，而且一听是个女声，还真有种亲近感。毕竟这是在海岛上，一个完全男人的世界，整天都和男性打交道，现在突然听到一个温柔的陌生女人的声音，田玉娟还真感到亲切。

现在田玉娟完全明白了，当初建立对金门广播站时，军区首长为什么一定要选一个女播音员。这绝对不是心血来潮，也不是仅仅因为海岛上都是男兵，派个女兵去可以调剂一下生活，而是从传播效果、从心战斗争的需要做了全面认真的分析研究后做出的明智决策。同样的内容，面对不同的对象、不同的环境，男播音员和女播音员播出的效果完全不一样。

田玉娟有点自豪了，她第一次感觉到了她在海岛上的真正价值。

"厦门前线解放军官兵，这里是金门有线广播站，现在开始对你们广播。复兴基地台湾，近年来在蒋总统的英明领导下，人民生活发生了翻天覆地的变化，特别是经过农村土地改革，真正实现了孙中山先生提出的'耕者有其田'的伟大理想，得到土地的农民焕发了生产热情，他们勤劳动、多生产，丰富的物质产品使他们很快就过上了好日子……"

田玉娟边听边记，突然，田玉娟笑了——她听出来了，这位金门的女播音员一定是江南人，因为她在发翘舌音和平舌音时分得不是太清楚，而且她发音的语调说明她一定是江南人。

别忘了田玉娟是上海人，她对江南口音特别敏感！

时间过得真快，转眼又是一年的秋天。

金厦海域出现了暂时的平静，除了偶尔双方对打几炮外，更多的是飘荡在海峡上空的广播宣传战。

军区首长告诫刘锋，广播宣传战也是军事斗争的一部分，一定要高度重视，让广播宣传发挥出特殊的作用。平时利用广播宣传让金门岛上的敌军了解大陆发生的变化，了解祖国大陆的各项政策，使他们在感情上亲近大陆；战时才能真正瓦解分化他们，夺取军事斗争的最后胜利！

刘锋一直在思考：怎样才能发挥有线广播的最大作用，真正让对岸的敌军弟兄动心动情呢！

刘锋这时想起了李狗娃。

李狗娃回湖南老家快一年了，他在离开厦门的前一天，刘锋专门设宴为李狗娃送行。

那天刘锋还专门请了田玉娟和陈科长作陪，狗娃非常激动，他端着酒对刘锋说："首长，我这辈子还没跟您这么大的官一起喝过酒。今天，是共产党的军长请我喝酒，为我送行，我是真没想到。我李狗娃在金门算个屁呀，就是一个老兵，没人看得起。今天我算知道了，为什么共产党能打天下，能坐天下，那是因为你们把老百姓放在了心上。从今往后，首长要用得着我李狗娃的地方，您就说一声，我李狗娃如果说一个不字，就不是人！"狗娃说完就一口把杯中的酒都喝了。

狗娃又端了一杯酒对田玉娟说："您是我的贵人，如果不是你播出了我母亲的讲话录音，我现在肯定还在金门岛上，可能一辈子都回不了大陆，也见不到我母亲了。因为你的召唤，我回来了。今天军长为我送行，让我觉得回来的太值了！你放心，我回到老家见到老母亲后一定告诉她我是怎么回来的，让她老人家也高兴高兴。我会一辈子侍候好老母亲，让她晚年有个幸福的生活。"说完狗娃又把酒一口喝干了。

狗娃又端着酒对陈科长说："陈科长，感谢你几天来对我的关心教育，让我了解了很多政策，也知道了共产党、解放军和国民党不一样的地方。虽然我参加不了解放军，但我现在相信共产党，相信解放军！我回到老家一定好好劳动，听政府的话，如果有一天前线需要我，你只要打声招呼，我李狗娃二话不说立即上前线。"李狗娃又把杯中的酒全喝了。

那晚李狗娃喝了很多酒，也说了很多话——说的都是真心话。

刘锋也从中悟出一个道理：国民党军官兵大部分都是穷苦人家出身，只要大陆把经济建设搞好，把老百姓的生活搞好了，再通过我们的有效宣传，把这些情况原原本本真实地告诉生活在台湾的国民党官兵，他们就一定会动心动情，蒋介石在台湾的统治根基就会动摇，解放台湾就能事半功倍。

李狗娃走的那天，根据有关国民党军官兵投诚奖励的政策，陈科长把奖金和有关证书、证明都交给了他。

刘锋还特意交待陈科长多给李狗娃准备一套军便服，这样李狗娃回老家后能换着穿。

刘锋知道虽然没有领章帽徽，但是穿上军便服，会给李狗娃一路上带来许多方便，也会让李狗娃回到家乡后更容易得到乡亲们的认可，更快地融入家乡的生活。

李狗娃回到家乡后生活过得好吗？他母亲的身体如何？

刘锋突然想到，如果把李狗娃回大陆后的生活如实地介绍给金门岛上的国军官兵，他们一定很感兴趣，而且对他们一定会有很大的触动！

刘锋想到这儿，立即让人通知陈科长和田玉娟下午到军部开会。

军部小会议室已经坐满了人。

因为会议主要是研究对金门心战宣传问题，所以敌工科的同志全部参加会议，另外作战处、情报处等相关部门的负责人也被通知参会。

田玉娟是从角屿岛赶来，路程比较远，出岛后她紧赶慢赶，终于赶在会议开始前的最后一刻走进了会议室。

田玉娟看到军长刘锋和政委已经坐在会议室长条桌主持人的位置上，其他参会人员都分坐在两旁，还有一些坐在会议桌的后面，就偷偷吐了一下舌头，赶紧找了一个角落坐下来。

屁股还没坐下，田玉娟就听政委说道："田玉娟同志，今天是专门研究对金门心战宣传问题，你是来自真正的一线，又是这方面的专家，请你坐到前面来，有些问题还需要你来回答呢！"

政委的话音刚落，敌工科陈科长就向田玉娟招手，让她坐到他身边来。

田玉娟有些不好意思地低着头赶紧坐到了陈科长旁边。

参会人员都到齐了，政委就开始主持会议："同志们，今天我们开个小型会议，主要是研究一下对金门的宣传问题，现在这个问题是我们军面临的一个重要问题，军区首长希望我们军在对敌宣传战方面能拿出一个可行的有效的办法，为军区的对敌宣传拿出成功的经验。下面先请军长传达军区首长的重要指示，然后请军长讲话。"

一阵掌声后，刘锋说："同志们，现在金厦海域出现了暂时的和平，军区首长根据国际形势和两岸关系的现状分析判断，近一年中央军委可能不会采取对台重大军事行动。军区首长要求我们军要根据新形势，一方面继续做好军事打击的准备，另一方面要加强对金门的宣传，研究对敌宣传的规律、内容、形式、手段等问题，瓦解金门守军，让他们不想打仗，不愿打仗，打不了仗，为日后军事打击做铺垫。军区首长明确指示，对敌宣传也是军事斗争的一部分，需要高度重视。所以，我们绝不能把对敌宣传只看成是有线广播站的事情，或者说是敌工科的事情。今天把作战处、情报处的负责人都叫来，说明这次会议的重要性。虽然参加会议的人不多，研究的却一个重要问题，就是对敌宣传应该怎么搞才能达到最好的效果。"

刘锋说到这里扫视了一下参加会议的全体人员，然后说："下面先请敌工科陈科长介始一下目前对敌宣传的情况和下一步的计划。"

陈科长站起来介绍说："目前我们对敌宣传的主要对象是国民党金门防卫部所有官兵，运用的手段主要是有线广播。从有线广播开播两年来的情况看，已经取得了很好的宣传效果，驻守在小金门岛上的国民党兵李狗娃就是听了有线广播后游回大陆的。虽然之后国民党金门防卫部采取了严厉的措施，禁止官兵收听我们的有线广播，而且收缴了所有可用于漂浮的物品，严防官兵下海，防止官兵再偷游回大陆，敌人采取的这些措施从另一个方面说明了我有线广播宣传的作用。另外，从去年开始，台湾当局总政战部也在金门建立了对大陆广播的有线广播站，开始对我前线官兵开展心战宣传，这一切现实都说明，两岸的心战斗争会越来越激烈。下一步我方加强对敌宣传的主要措施有三条：一是加强对金门的有线广播，增加播出时间，由现在的一个小时增加到 5 个小时，另外考虑增加两个播音点，使有线广播更加有效地覆盖金门全岛。二是开始有计划地出版专门针对金门国民党军的宣传品，包括书籍、宣传画、宣传册等出版物，全面详细地介绍祖国大陆发生的新变化，宣传对国民党军投诚起义的各项政策及奖励办法。三是增加心战斗争的手段，准备尽快建立一支空飘、海漂队伍，充分利用气球作为空飘载体，利用一些可漂浮的物品作为海漂工具，把我们的宣传品，包括一些大陆的土特产品送到金门岛，让金门岛上的国民党官兵能及时了解祖国大陆的新变化和各项政策及奖励办法。"陈科长报告完后就坐下了。

"刚才陈科长把目前对敌宣传的情况以及下一步要采取的措施给各位做了报告，大家对加强对敌宣传有什么想法现在可以发言。"刘锋见陈科长报告完了，就对大家说。

会议室里出现了暂时的沉默！

政委见大家不发言，就笑着说："大家不要有顾虑，想到什么就说什么，也不一定要有很成熟的想法才发言。今天是研究问题，就要集思广益呀，有什么问题大家都可以提。"

作战处处长站起来发言道："心战工作既然是目前一项重要任务，我觉得就应该加强对我们部队干部战士的宣传教育，金门国民党军已经开设了对我军的有线广播，这对前线的每一位干部战士都是考验，我们也必须采取有效措施，化解对方心战宣传的效果，让每名干部战士都自觉成为抵制敌人心战宣传的保垒。同时，通过我们的宣传教育，让每名干部战士都了解对金门国民党军的各项政策，使每个干部战士都能成为宣传员，一旦有机会，都能做瓦解敌军的工作。"

"我赞成，下一步是要加强对我们干部战士的宣传教育工作。每一位厦门前线的干部战士都应该懂得我们的对台方针政策，懂得对金门国民党官兵的各项政策，并能模范地遵守，这也是对敌宣传的一部分。"政委接着作战处处长的话说。

情报处处长站起来发言："要让对敌宣传起到最好的效果，最重要是要做到有的放矢。我有一个大胆的建议，能否请军区情报部出面动用我们在台湾的情报人员，搞一份金门防卫部连以上军官的花名册，并尽可能详细地介绍每位军官的情况，比如个人的爱好、生活习惯、家庭生活情况以及他们在大陆亲人的情况。我们根据这份花名册以及每位军官的不同情况，研究、分析最后确定一些重点宣传的对像，有针对性、有目地加强对这些人的宣传工作，可能会起到更好的对敌宣传效果。"

刘锋和政委对视着微笑了一下，他们很赞同情报处处长的这个建议。

"田玉娟，你一直在一线做对敌宣传工作，怎样搞好对敌宣传工作你最有发言权，你讲讲吧？"刘锋开始点将了。

田玉娟听军长点了她的名，就站起来说道："我很赞同情报处长的意见。对有线广播来讲，越有针对性，宣传效果就越好。如果我们真能把金门岛上连以上军官的花名册搞到，就可以针对每位军官的不同情况、不同特点，做一对一的宣传，肯定会起到意想不到的效果。当年，李狗娃不就是听到了他母亲的讲话录音，才决定游回大陆的吗！我相信，每个人的情感世界中都有自己的软肋，只要我们能找准目标，对症下药，就一定能起到好的效果。"

会议一直开到傍晚 6 点才结束。

刘锋把情报处处长留了下来。

"你刚才的建议非常好。我和政委碰了一下，决定要采纳你的建议，明天你和我一起去军区向首长报告，看首长是否同意情报部动用我们在台湾的情报人员，为我们搞一份金门防卫部连以上军官的花名册及个人基本情况的资料。"

"是！那我今天晚上把有关材料准备一下。"

军区首长同意了刘锋的建议，当即命令情报部动用在台湾的情报人员，尽早搞一份金门防卫部军官花名册，军官的背景资料越详细越好，特别是师、团级军官。

三个月后，一份标明绝密的情报放在了刘锋的办公桌上，他打开一看，正是国民党金门防卫部军官花名册。

刘锋喜出望外，他立即让情报处处长到保密室来。

他们在保密室开始逐一研究金门防卫部每位军官的情况……

八　心战对象

江西宜春是一个秀美的小县城，位于江西省西北部，与湖南交界。清澈的秀江水穿城而过，把县城一分为二。河的北面是繁华的街道，各种集市热热闹闹。河的南面是解放后新建的政府机关、学校、医院，一条铺着青石板、宽只有两三米的街道沿着秀江蜿蜒起伏，街道两旁各种小店铺鳞次栉比，使南城也有了一些商业气息。

　　宜春历史上叫袁州，是一座文化积淀厚重、有着 2000 多年历史的文化名城，历来为"江南佳丽之地，文物昌盛之邦"。唐代大诗人王勃《滕王阁序》中的"物华天宝"、"人杰地灵"，其人、其事、其物均出自宜春。韩愈在宜春担任刺史时，曾在唐诗《秋字》中写下"莫以宜春远，江山多胜游"的诗句赞美宜春，宋代理学家朱熹发出了"我行宜春野，四顾多奇山"的感叹。

　　国民党军金门防卫部师长高有根的家乡就是宜春。

　　刘锋从军区情报部送来的绝密情报中看到了高有根个人情况介绍：高有根 1915 年出生于宜春一个农民家庭，他是家中老大，下面还有一个弟弟和一个妹妹。高有根读过几年私塾，有些文化。16 岁那年因为家里欠地主的地租还不了，高有根的父亲被地主抓去关进了土牢。高有根为救父亲，一天深夜独自偷偷闯入地主家，结果被地主家的护院伙计发现，双方打了起来。高有根失手把地主家的伙计打死了，闯下大祸。高有根知道大难临头，连夜告别母亲，叮嘱弟弟、妹妹照顾好母亲，就一个人跑到了湖南。正遇上中原大战，高有根稀里糊涂被拉去当了兵，参加的是湖南军阀何键的队伍。打了几年军阀战争，高有根因为有些文化，很快当上了排长，后来又跟随何键参加了对江西苏区的围剿。第三次围剿结束后，高有根当上了连长。部队撤回湖南时，高有根向团长请假，带了一个排回了一次老家宜春。当高有根回到宜春时，才知道那年因为他打死了地主家的伙计，父亲被判死刑，在高有根逃跑后一个月，他父亲就被枪毙了，只剩下母亲带着弟弟妹妹相依活命。

　　高有根当即带着一排弟兄把地主家包围起来，尽管地主再三向高有根跪下叩头，求高有根留他一条活命，他一定负责照顾好高有根一家，但高有根还是把地主一家全部杀了，并一把火把地主家的院子全烧了。

　　高有根本来想把母亲和弟妹都带走，但现在四处打仗，自己都没安定下来，再加上高有根母亲不愿意离开家乡，高有根只能给母亲留下一些钱，再次让弟妹好好照顾母亲，就带着一排弟兄离开宜春，回到了湖南。

　　抗日战争爆发后，国民革命军整编，已经当上营长的高有根被整编到国民革命军第十一师成了汪海山部下。高有根才有了根本变化，从一个军阀队伍的骨干，变成了一名职业军人，从此他就跟随师长汪海山转战南北。抗战时石牌保卫战让十一师一战成名，不仅师长汪海山声名大振，高有根也收获了很多荣誉。内战时，已升为团长的高有根跟随汪海山先是山东战场，后是淮海战役，跟共产党屡战屡败。好在高有根和他的恩师汪海山一样命大，淮海战场也幸运地逃了出来。

国民革命军第十二兵团在江西恢复重建时，同样在淮海战场大难不死的高有根已经成为汪海山绝对信任的心腹，汪海山任命高有根为十二兵团一师师长。十二兵团撤离江西前往广东时，高有根最后回了一次宜春。他现在有条件把母亲接走，并可以让母亲过上舒适的生活。

但无奈高有根的母亲坚决不走，任凭高有根怎么说，母亲就是不愿意离开故土。

更让高有根没想到的是，妹妹已经参加了共产党，而且还是中共宜春游击大队的政委。妹妹听说哥哥回来了，而且还想把母亲带走，就连夜赶回家，阻止了哥哥的行为，兄妹俩为母亲的生活大吵了一架，差点动起武来。

最后还是母亲说了话：人各有志，你们兄妹俩现在是各为其主，各信不同的主义，你们就各自走各自的路吧！我哪也不去，就守着这个老屋，和你弟弟相依为命。

高有根只能放弃把母亲带到台湾的计划，他再三告诫弟弟，什么革命都不要参加，也绝不要参加任何党派，就好好待在家里照顾母亲，有机会他一定会派人来和他联系。说完，高有根让副官把 10 根金条留给了母亲，然后带着人马离开了家乡，从此踏上了不归路……

刘锋看着高有根的绝密个人资料，大脑快速地运转着。他对高有根有了三个基本判断：一是高有根是穷苦人家出生，一家人对共产党是有感情的；二是高有根对中国革命还是做出了贡献，特别是抗日战争时期，他跟随汪海山在石牌保卫战中打出了中国军人的威风；三是高有根是个孝子，他几次在命运的重要节点上都回到家乡，想把母亲带走，说明他对母亲的牵挂与思念。

这不正是最好的心战对象吗！

刘锋当即决定：把高有根作为最重要的心战对象，拿下他就等于挖掉了汪海山在金门岛的半壁江山！

炮团团长米烈山自从九三炮战结束后，已经很久没见到军长刘锋了。这天下午，米团长突然接到军长的电话，让他到军部来。

米烈山一路上都在猜测什么事会让军长亲自打电话，难道又有新的战斗任务？如果有战斗任务，完全可以让作战处处长或作战参谋打电话，何必亲自打电话呢！难道有什么私事？可是最近没听说军长个人有什么事情呀！

米烈山想起来了，军长亲自给他打电话还是三年前他和于丽结婚时要自己参加婚礼。

一晃都三年了，时间过得真快呀！

米烈山到军部时，差 20 分钟就到 5 点了——快到下班的时间了。

"报告！"米烈山在军长办公室门口大喊了一声。

"米团长吗？快进来！"一个十分熟悉的声音传入了米烈山的耳朵。

"军长好！米烈山前来报到。"米烈山走进军长的办公室，向刘锋敬了一个标准的军礼。

"好了好了，就我们俩人，不用跟我来这一套。"刘锋笑呵呵地给米烈山倒了一杯开水，然后指了指办公桌旁的沙发让米烈山坐下。

米烈山有点奇怪，今天军长怎么这样随和？

"烈山呀，如果我没有记错的话，你老家应该是湖南株洲吧？"

"对呀！军长真是好记性。"

"你已经几年没回老家了？"

"快 10 年了吧！好像还是抗战胜利后不久回去过一次。"

"老家都还有什么人呀？"

"父母亲都健在，还有一个哥哥，一个姐姐，一个妹妹。军长，你怎么关心起这些婆婆妈妈的事了。"米烈山有点丈二和尚摸不着头脑，不知军长葫芦里卖的什么药。

刘锋笑了笑，然后神秘地说："准备交给你一项特殊的任务，我和政委商量了很久，也反复看了很多同志的档案材料，最后还是觉得你最适合完成这项任务。"

"什么任务呀？军长，你从来下达任务都是干脆利落，说一是一，说二是二，今天怎么这么婆婆妈妈！这不像军长您呀。"米烈山真有点急了，不知军长要给他什么作战任务。

刘锋还是不着急。

他让已经站起来的米烈山重新坐下，然后不紧不慢地说："正因为这项任务很特殊，又非常重要，所以才把你叫到军部来，我要亲自告诉你。"

米烈山又要站起来。

过去接受任务时必须是立正着，才显得庄重严肃。

刘锋挥挥手，不让米烈山站起来，"因为今天的任务和以前的任务完全不一样，所以你不必站起来，而是要认真听，认真领会，明白吗？"

"明白！"其实米烈山真不明白，是什么任务让军长这么神乎其神。

"你陪田玉娟一起去江西宜春找一位母亲，不仅要找到她，而且一定要让她情声并茂地对她儿子发表一篇感人肺腑的讲话，这篇讲话要让她儿子听到后泪流满面，产生回家的冲动！"刘锋说到这就不再往下说了，而是用双眼紧紧地盯着米烈山。

米烈山等着军长往下说，却见军长把话打住了，还一直看着自己，就满腹狐疑地说：

"就这些？"

"就这些！"

"就是让我陪田玉娟去江西宜春找一位母亲，然后让她发表一篇讲话？"

"对呀！"

"这叫什么任务？我不明白，为什么让我去执行这样一个任务呀？"米烈山有点急了。他不明白军长是什么意思，为什么让他这个炮团团长去执行这样一个跟炮团没有一点关系的任务。

刘锋一点都不着急。看到米烈山红着脸把话说完了，刘锋才心平气和地对米烈山说："你知道我让你找的这位母亲是谁的母亲吗？"

米烈山一愣，"谁的母亲？"

"是金门防卫部师长高有根的母亲。"

米烈山更糊涂了，"高有根的母亲？为什么让我去找高有根的母亲？他母亲跟我有什么关系？金门战斗的仇还没报呢，凭什么让我去找他母亲？"

刘锋没有急着回答米烈山一连串的问题。

他让米烈山平静一些后，才语重心长地说："烈山呀，你的这些问题问得都很好，也很有道理！但你想过没有，如果我们找到高有根的母亲，通过她能让高有根放下武器，让高有根全师官兵在他的带领下反正起义，重新回到人民的怀抱，你不觉得这个任务十分光荣而又非常重要吗？你不觉得这发炮弹比你们全团发射的炮弹威力还要大吗？你现在还会说，这项任务和你这个炮团团长没有一点关系吗？"

刘锋也一连用了三个反问。

这下把米烈山问住了！他认真地想了想，觉得军长说得很有道理。

"烈山呀，你千万不要小看了这项任务，这是一场特殊的重要战斗任务！希望你配合好田玉娟，出色地完成这次任务。"

米烈山没有像以往那样，大声地回答"保证完成任务"，而是用力地点了点头。

刘锋满意地拍了拍米烈山的肩膀，"另外，你一定记住，这是一项特殊任务，要注意保密，不能跟任何人泄露这项任务的内容。如果有人问，你就说是回湖南老家探亲，这也是为什么选你去的一个重要因素。"

米烈山又点点头。

"当然，任务完成后，你也顺便回老家看看，我们共产党人可不能让人觉得是无情无意的人，任何时候都别忘了孝敬自己的父母亲！"

"谢谢军长的关心，我一定配合好田玉娟同志，完成好这次特殊的任务。"

"你们到宜春后要充分依靠当地政府寻找高有根的母亲，高有根母亲的详细资料敌工科的同志会交给田玉娟。你明天和田玉娟同志一起到敌工科报到，敌工科的同志会把有关政策再详细地和你们讲解一遍。然后你们要尽快熟悉高有根母亲的情况，研究出一个方案来，看怎样才能尽快找到她，并且能动员老人家配合我们一起做高有根的工作。"

"是！军长放心，我一定配合好田玉娟完成这次任务。"

"田玉娟的人身安全由你负责，她在采访过程中遇到的任何困难也全部由你负责解决，明白我的意思吗？"刘锋严肃地问。

"明白！确保田玉娟同志的人身安全，并解决她在采访过程中遇到的任何困难。"

"你要让她一心一意地完成好采访任务，并且保证这个节目能向金门岛播出，让高有根亲自听到，让他的军官们都能听到，这是一发真正的重磅炮弹！"

"军长放心，坚决完成任务！"

九　特殊任务

米烈山在接受军长刘锋下达的特殊任务时，田玉娟也在同时接受政委下达的任务。

田玉娟也是在当天下午接到政委的电话，让她到军部来接受任务。

田玉娟也感到奇怪：为什么政委会直接给她打电话？是什么任务这么重要，需要政委亲自给她打电话？

一路上田玉娟也在猜想着，她隐约感到这个任务一定和那天的会议有关。

　　果然，一见面政委就开门见山地说："玉娟同志，那天军部召开的关于做好对敌宣传的会议上，你提出了一个很好的建议，就是要研究金门国民党军的情况，最好根据每个军官的不同情况，制订出不同的宣传方案，争取做到一对一的宣传，才能达到最好的宣传效果，你的这个建议我和军长很赞同呀！"

　　听政委这么说，田玉娟还有些不好意思了，"政委，那天我也是随口这么一说。军长点名让我发言，我也就是把在一线工作时最真实的感受说了出来。当然，我知道做到一对一的宣传是很难的，首先是怎样才能搞清楚敌军每个军官的情况，这太难了。"田玉娟一边说一边喝了一口政委倒给她的开水，让自己紧张的心情放松些。

　　政委认真地听着，不想打断田玉娟的思路，见她停下话了才说道："是呀，要做到这一点说起来容易办起来确实困难，但我和军长认为你的观点是对的，所以我们非常重视你的意见。军长把那次会议大家提的建议做了认真的总结和归纳，然后亲自到军区向首长做了汇报。军区首长也高度重视大家的意见，并接受了我们的建议。所以，现在有一项非常重要的任务需要你去完成。"接着政委把国民党军金门防卫部师长高有根的情况向田玉娟做了说明，并特别强调这次去江西宜春寻找高有根的母亲是一次秘密任务，目前只有军长和他知道，他们商量后决定，派炮团团长米烈山以回湖南株洲老家探亲休假的名义配合田玉娟完成这次任务。

　　政委还告诉田玉娟，此时军长也正在给米烈山下达同样的任务。你们俩人要密切配合，到达宜春后，要充分依靠地方组织尽快找到高有根的母亲，并做好她的思想工作，让她充分理解这次任务的重大意义，积极配合你们完成好录音采访工作。同时要注意保密，不要泄露这次采访的真实意图，对宜春地方党组织也不要暴露真正的意图，以免泄密。

　　田玉娟还是第一次执行这样的任务，越听越觉得紧张。

　　政委看田玉娟有些紧张，就用一种轻松的口吻说："田玉娟同志，你虽然是第一次执行这样的任务，但我和军长都相信你能胜任这项任务。另外，我和军长选定米烈山团长协助你完成这项任务，就是考虑到你是第一次执行这种特殊任务。米团长是经过战火考验的老兵了，有丰富的斗争经验，他的老家就在离宜春不远的湖南株洲。所以为了保密，他这次是以探亲休假的名义配合你执行这次任务，你有任何困难他都会帮你解决。"

听政委这么说，田玉娟更有些不好意思了，"请政委放心，我一定克服一切困难，保证完成这次特殊的采访任务，并听从米团长的指挥……"

田玉娟的话还没说完就被政委打断了："田玉娟同志，这次执行任务是米团长听从你的指挥，米团长的任务就是两项：一是确保你的人身安全，二是帮你解决一切困难，明白了吗？"

田玉娟听得很清楚，但她真的不明白为什么是米团长听从她的指挥，人家是团长，可我才是个副连级干部。

政委见田玉娟不说话，就再次明确地说："因为这次任务是要找到高有根的母亲并采访她，让她发表一篇足以打动高有根心灵的讲话，而这项任务只有你才能完成。米烈山的任务是协助你完成这项任务，所以他一定要听从你的指挥。"

"是，我明白了！"

米烈山和田玉娟第二天下午就出发了。

为了保密，军长刘锋派车先把他们送到了泉州。

米烈山在泉州找了一家小旅馆安排田玉娟住下，他自己赶到长途汽车站买了两张次日去三明的汽车票，回到旅馆都已经是下午6点了。

米烈山敲了敲田玉娟住的房间，"玉娟同志，你吃饭了吗？"

不一会儿门开了。

换了一身便装的田玉娟出现在门口，米烈山有点吃惊地看着田玉娟，"看惯了你穿军装的样子，猛然看你穿便装还真有点不习惯。"

田玉娟伸开双手，原地转了一圈，"怎么，我穿便装不好看吗？"

"不！不！不！不是不好看，是我一下有点不习惯，其实你穿便装还是另有一种风情。"米烈山这才认真地从上到下看了一遍穿着便装的田玉娟。

这是田玉娟在军区文工团时做的便装：上身是藏青色的列宁装，只是里面穿了一件墨绿色的高领毛衣，显得很洋气。下身是一条米黄色的西裤，裤腿剪裁得很合体，把田玉娟的双腿衬托得十分细长，再配上一双黑色的半高跟皮鞋。米烈山这才真正感受到田玉娟全身透出的一股洋气——毕竟田玉娟曾是军区文工团的著名歌手，浑身上下还是透着一股明星范。

田玉娟发现米烈山有点痴迷地打量自己，就半开玩笑地说："漂亮吗？是不是比你以前见过的女人漂亮呀！"

米烈山有点不好意思地收住目光，"还真是第一次看你穿便装，确实比穿军装漂亮。"

"是吗！不过穿军装有穿军装的味道，晚上你想请我吃点什么？"田玉娟换了一个话题，她不想在穿的问题上和米烈山过多地讨论。

"听说泉州的米线很好吃，我请你吃米线吧！"

"好呀！不过在出去吃饭前，你也把军装换了吧。"田玉娟不习惯指挥米烈山，但她觉得为了保密，从现在开始还是穿便装更合适些。

"好的，那我先回房间换衣服，5 分钟后我们大门口见。"

5 分钟后，穿着便装的米烈山和田玉娟一起走出了小旅馆。

他们先在街上转了一圈。

泉州的街道比起厦门来更充满了闽南风情，大部分的建筑都是用红色的砖头混合白色或青色的石头砌成的，形状各异的石材与红砖交垒叠砌，使房屋的外形独特而充满艺术美感。房屋的屋脊高翘，雕梁画栋，门前墙砖石刻浮雕，立体感很强。窗棂镌花刻鸟，装饰巧妙华丽。街道不宽，但很热闹，各种商铺鳞次栉比。

"泉州不愧是历史文化名城，建筑风格充满了一种独特的风情。"田玉娟很感慨地说道。

米烈山没有接话，他不太了解建筑艺术，只是觉得这里的房子和自己老家的房子从外观到色彩都不太一样。

田玉娟见米烈山不搭话，也就不再理他，自己兴致勃勃地欣赏着街边的建筑艺术。

转了约半个小时，就把整条街都走遍了，田玉娟才感到有点累，而且这时肚子也开始叫唤了。

"我们找个饭馆吃饭吧?"田玉娟对米烈山说。

早就不想逛了的米烈山赶紧说："前面有一家饭馆挺干净的，我们就去那里吧!"

于是，他们走进了这家小饭馆。

老板娘很热情地用闽南话招呼他们，发现他们听不太懂，知道不是本地人，就改用很不标准的普通话说："二位不是本地人啦，想吃点什么?"

"有米线吗?"米烈山问。

"有啦! 我们的米线最好吃啦，一人给你们来一碗?"

"好! 给我们两碗米线吧!"

不一会儿，两大碗海鲜米线就端了上来。田玉娟尝了一口，觉得很好吃，就大口地吃起来。

米烈山是湖南人，一直对海鲜不感兴趣，不过他看到田玉娟吃得很香，也就一小口一小口地吃起来。

吃完晚饭回到小旅馆已经是晚上 8 点半了。

俩人洗漱完毕，各自回房间休息。

第二天早上 7 点，田玉娟和米烈山坐上了前往三明的长途汽车。一路上穿山越岭，汽车开得很慢，300 多公里山路，汽车足足走了近 10 个小时，傍晚 5 点汽车终于开进了三明长途汽车站。

田玉娟和米烈山就在车站附近找了一家旅馆住下。

"坐了一天车，你先打点热水好好洗一下，今晚一定要好好睡一觉。"看着一脸疲惫的田玉娟，米烈山有点心疼地说。

"你呢?"

"我先去买些吃的东西，晚上我们就不出去吃了。"

田玉娟点点头，算是批准这样的安排。

田玉娟确实不想出去吃饭了，一是坐了一天车，真有点累了，二是她觉得三明也没什么好逛的，不如让米烈山买些吃的带回来在房间吃更舒服。

米烈山到街上的一家小饭馆买了 5 个包子、5 个馒头，又买了些卤味，回到旅馆已经是 6 点多了。

"饿了吧，玉娟同志？"米烈山提着买来的吃的东西一进旅馆就直奔田玉娟住的房间。

"真是有点饿了，你都买了什么好吃的？"田玉娟见米烈山提着大小纸袋走进了房间就迫不及待地问。

"都是你爱吃的：有白菜馅的包子，还有卤味……"

"别说别说了！再说我口水就要流下来了。"田玉娟阻止了米烈山往下说，她把房间桌子上的东西清理了一下，让米烈山把吃的东西放在桌子上，然后快速地从热水瓶里倒了两杯开水，就抓起一个肉包子往嘴里送。

"你洗手了吗？"米烈山见田玉娟抓起肉包子就吃，没见她洗手。

"我刚才洗脸时已经把手洗得很干净了，脸盆里的水是刚打的，你去把手洗下吧。"田玉娟指了指门边上的脸盆架，又用手拿了一块卤味吃起来。

米烈山看着狼吞虎咽的田玉娟，知道她真是饿了，就笑了笑，什么也没说。

田玉娟一口气吃了 3 个包子，本想还吃一个，看看只剩下两个了，就有点不好意思再吃了。

"你要想吃就再吃一个，只是别撑坏了肚子。"米烈山有点后悔没多买几个包子。他本来计划是田玉娟吃两个包子，他自己吃 3 个，另外的 5 个馒头明天带在路上吃。

"不能再吃了，吃撑了晚上就睡不好觉了。"田玉娟给自己找了个台阶下。不过 3 个包子下肚，她也确实吃了八分饱。

米烈山吃了两个包子，又吃了一个馒头，也觉得差不多了。

"刚吃饱饭不能马上睡，过一个小时后再睡吧。我明天一大早就去汽车站买票，买到几点的我们就几点走。"米烈山边收拾桌子边对田玉娟说。

"你辛苦了，我明天几点起床合适？"

"6 点半吧！汽车肯定是 7 点后的。"

"行，那我六点半准时起床。"

第二天一大早天刚蒙蒙亮，米烈山就来到长途汽车站售票口买前往江西鹰潭的汽车票。前面已经有了30多人在排队，轮到米烈山时，鹰潭的长途汽车票只有上午9点发车的了。

米烈山买了两张。

从三明到鹰潭又走了10个小时。

米烈山和田玉娟在鹰潭住了两天，才买到前往宜春的火车票。

米烈山和田玉娟是下午3点40分从鹰潭火车站上车的，车厢里都是人，过道也站满了人。米烈山找到他和田玉娟的座位坐下后，才真正觉得在鹰潭等了两天买到有座位的车票，这个决定是正确的。

到达鹰潭的当天晚上，米烈山就到火车站去买票。售票员告诉他，如果他要买有座位的票，只有后天的票了，如果买站票，当天就有。米烈山有点犹豫，等两天是不是时间太长了点。但一想到这一路上奔波，田玉娟已经很疲倦，如果没有坐票，意味着田玉娟要在火车上站10多个小时，她肯定吃不消，而且到宜春后还要马上投入工作……米烈山一想到这些，马上决定买后天有座位的车票。

田玉娟听说火车票是两天后的，真有点不心甘，她本想让米烈山把坐票退掉，就买当天的站票走。

米烈山不同意。

田玉娟就妥协了。米烈山也是为自己好，他是怕自己路上太辛苦，身体吃不消，从而影响工作。如果真的累倒了，就是到了宜春也没法开展工作，那时耽误的就不是两天了，可能是一星期，甚至更长的时间。

想到这儿，田玉娟也就不再坚持当天要走了。

现在看到火车上人挤人的样子，米烈山心中有了一丝的安慰，这两天等得值！

火车呼叫着驶出了鹰潭车站，这是杭州开往长沙的慢车，途径鹰潭和宜春。米烈山等火车正常行驶后，就从行李袋里拿出两个搪瓷茶杯放在茶几上，等着乘务员给倒开水。

"没想到火车上这么多人。"田玉娟看着满车厢的人有些不解地说。

"鹰潭是中转车站，南下湖南、广东，北去上海、南京的人都在这里转车，所以人自然多。"米烈山边回答边往车厢连接处望去，看看倒水的乘务员有没有过来。

"看来你坚持买有座号的票是对的，如果是站票，这么多人要等到什么时候才能有座位呀！"

"估计是等不到座位了，如果我们没买到坐票，你肯定要从鹰潭一直站到宜春。"米烈山用肯定的语气说。

田玉娟没再接话，她从心里感谢米烈山的决定。

"哪位旅客需要开水的，请把茶杯准备好。"列车上的乘务员开始给旅客倒开水了。由于过道上都站满了人，乘务员走得很慢，每接过一位旅客递过来的茶杯，都得小心翼翼的，生怕开水烫到周边的旅客。等乘务员走到米烈山座位前时，一水壶开水刚好倒没了。

"对不起，请等一下，开水没了，我去续一壶马上回来。"乘务员抱歉地对米烈山说。

"没关系，我们不着急，你小心点！"米烈山很理解地回答。

只过了不到 5 分钟，乘务员就提着一壶开水又回到了米烈山的座位前。

"同志，请把你的茶杯递给我。"乘务员对米烈山满脸微笑地说。

"谢谢！"

米烈山把田玉娟的茶杯递给乘务员，见水倒满了就接过来，再把自己的茶杯递过去。

乘务员娴熟地接过茶杯，好像看都没看就往茶杯里倒起水来。

米烈山接过第二杯开水，赞叹地说："你这倒开水的动作真麻利！"

"天天倒，能不麻利吗！"乘务员边说边接过另一位旅客的茶杯。

"火车到宜春几点呀？"米烈山又问道。

"正点是明天早上 6 点 42 分。"

"会晚点吗？"

"很难说，反正这段时间经常晚点。"

米烈山点点头，没再提出问题。

乘务员又喊着那句每天不知要重复多少遍的话走向了别的车厢。

田玉娟把脸贴在车窗上，也不再看车厢里乱哄哄的人群，她望着远处的山峦，想着自己的心事。

火车好像因为承载的旅客太多了，吃力地在铁轨上慢慢地走着，一副不着急的样子。因为是慢车，几乎每个小站都停，十几二十分钟就停一下，然后就是旅客上下车的骚动。等火车一开动，又慢慢平静下来。短途旅客一般是不会买有座号的票的，来了一趟列车只要能挤上去，他们一般都会选择挤上去，能早点走就早点走，所以慢车上人总是挤得不行，上上下下，每次停车都是你挤我，我挤你。

田玉娟脸朝着窗外，尽量不看车厢里混乱的人群，这样能让自己的心情稍微静一些。

米烈山也不打扰她，自己把头靠在座位的靠背上闭目养神。

火车在第二天早上 7 点 10 分徐徐驶进了宜春车站，虽然晚点了 20 多分钟，但对坐长途慢车的旅客来说这实在算不上晚点。

米烈山一手提着一个旅行袋，跟在田玉娟的身后走出了车站检票口。

初冬的宜春已经有了些许的寒意，尤其是早上，一阵风吹来，田玉娟情不自禁打了一个寒噤。

米烈山赶紧走上前问道："你是不是穿少了衣服觉得冷呀？"

"没事，刚才在火车上有点热，现在一下车有点不适应，走一会儿就好了。"田玉娟并没有停下脚步，边走边说，"我们是不是先住下，然后再去县委统战部了解高有根母亲的情况。"

"好的，我们就住在县委招待所吧！"米烈山本来想联系住在宜春军分区招待所，但这样容易暴露军人身份，所以米烈山决定住在县委招待所。

宜春县委招待所不大，一个小院子里一座三层小楼。

米烈山办完住宿手续后刚好 8 点正，招待所的食堂里还有早点供应。田玉娟和米烈山洗了把脸，就到食堂吃早餐。

早餐只供应稀饭和馒头。

米烈山要了一碗稀饭、两个馒头、一小碟咸菜，田玉娟是一碗稀饭、一个馒头，也是一小碟咸菜。

"你看我们的工作怎么开展？"米烈山喝了一口稀饭，夹了一点咸菜送进嘴里，然后边吃着馒头边问起工作。

"上午我们先去县委统战部，把我们的工作要求提出来。如果他们知道高有根母亲的情况，那就好办了，争取尽快和高有根母亲见面。如果他们不了解高有根母亲的情况，我们尽量把掌握的有关情况提供给统战部，让他们配合我们尽快找到高有根母亲。"

高有根的母亲姓张，今年已经 57 岁了。

自从 1949 年高有根撤离大陆前夕回宜春看望母亲后，就再也没有任何消息了。张妈妈不敢向任何人打听儿子的情况，她知道这会给全家带来很大的麻烦，尤其是女儿现在是共产党的干部，虽然官不大，但也是县政府的一名科长，管着十几号人呢。

张妈妈知道她不能给女儿添乱。

张妈妈的小儿子听从哥哥的嘱托，一直没有出去找工作，在家务农，照顾着母亲。

土改时，张家因为是贫农，分到了 5 亩地，其中 3 亩多是水田，1 亩多山坡地，这 5 亩地都是高有根的弟弟作为主要劳动力操持着。当然，每到农忙时，女儿也会回来帮弟弟种地，再加上母亲的帮助，5 亩地种得一直很好，收成也很好。3 亩多的水田，一年两季水稻，产量能达到每亩 400 多斤，一年能收获 1200 多斤稻谷。除了交一部分公粮外，剩下的足够两人吃的。山坡地一年四季都种着各类蔬菜，除了自家吃以外，还能拿到集市去卖，换一些零花钱。另外张妈妈在自家园子里还养了几头猪，20 多只鸡，每年除了一部分自己吃以外，大部分是拿到集市上去卖，一年的收入也够俩人用的，虽然谈不上富裕，但日子过得也还算舒适。

唯一让张妈妈放心不下的是大儿子高有根。

张妈妈知道高有根去了台湾，但在台湾什么地方，具体做什么？张妈妈一点都不知道。她只知道儿子最后一次回家来看她时带了很多人，大家都叫他师长。张妈妈不知道师长究竟是多大的官，但肯定是个不小的官。儿子让她去台湾，她知道这是儿子的孝心，但张妈妈不想离开老家，一是孩子的爸爸长眠在故土，张妈妈不能把老伴扔下；二是台湾太遥远，听说就是一个海岛，张妈妈怕生活不习惯。加再上女儿坚决反对，所以张妈妈没有跟大儿子走。

其实张妈妈心里清楚，小儿子是想跟哥哥走的，虽然他嘴里没说，但从他的眼神中，张妈妈知道他在想什么。高有根本来也想把弟弟带走，但一想到母亲不走，弟弟必须在老人身边照顾，所以高有根改变了主意，他不但没有带走弟弟，反而要求弟弟不要外出找工作，也不能参加任何组织，就一心一意地在家照顾母亲。

高有根把10根金条留给了母亲，这也是高有根所有的积蓄——他只能用这种方式表达对母亲的孝敬和歉意！

张妈妈一直小心地收藏着这10根金条。她从来没想过自己要用它，在她的心里，这10根金条是大儿子存放在她这里的财产，总有一天大儿子是要回来的，那时这些金条才能派上用场，或者给大儿子娶媳妇用，或者给大儿子盖一个新房子。

当然，张妈妈也想到了小儿子。小儿子在家照顾她也不容易，每天下地干活，回家还要给她做饭，真是很辛苦。张妈妈想把10根金条中的3根留给小儿子，她觉得大儿子一定会同意的。这样将来小儿子娶媳妇，盖新房也就不用愁钱了，只是现在张妈妈还不想把这一切都告诉小儿子，她怕小儿子不小心把这些事情说出去会惹麻烦。

张妈妈最不担心的就是女儿了，她现在是国家干部，每天忙里忙外的，一年在家也待不了几天。除了过年过节，再就是4月、8月农忙时她才会回家住几天，帮弟弟插秧收稻子，忙些农活。

张妈妈最害怕过春节和中秋节，每到这时她对大儿子高有根的思念都让她泪流满面——而这种思念又只能藏在心里！

　　田玉娟、米烈山吃完早饭后，只休息了片刻就来到宜春县委统战部，统战部部长热情接待了他们。

　　米烈山把军区开的特别介绍信递给了统战部长。

　　介绍信上这样写着："江西、湖南各地党委、政府部门：兹介绍我部干部米烈山、田玉娟（女）同志前往贵地执行特殊任务，请江西、湖南各地党委、政府部门给予全力配合。"

　　介绍信上盖着军区的大红印章。

　　统战部长看完介绍信后，更加热情地说："二位领导有什么需要我们配合的只管说，我们一定尽力而为。"

　　"我们要找一个人。"米烈山说。

　　"谁呀？是我们宜春的吗？"

　　"当然是你们宜春人。她是原国民党十二兵团师长、现在是金门防卫部师长高有根的母亲，高有根就是你们宜春人呀！"

　　"知道她叫什么名字吗？"

　　"高有根的母亲叫什么名字我们不清楚，但高有根撤离大陆前回宜春看望他母亲的详细资料我们有。"米烈山说完把一份标有机密的资料袋递给了统战部长。

　　"有这些资料我想找到高有根的母亲应该不困难。"

　　统战部长接过资料袋，又认真地问："我能看这些资料吗？"

　　"你可以看，但资料中的内容只能你一个人知道，不允许跟任何人泄露，包括你的直接上级和你的家人，明白我的意思吗？"

　　"我明白！"

　　宜春县委统战部根据米烈山提供的资料很快就找到了高有根的母亲。

　　统战部的有关同志经过细致工作，很快就全面掌握了高有根母亲的近况，他们把这些情况向米烈山和田玉娟做了详细的汇报。

田玉娟、米烈山听完他们的介绍后，初步判定高有根的母亲是有一定思想觉悟的，只要工作做得好，引导合理，她是会愿意配合做好高有根的策反工作的。有了这个基本判断后，田玉娟、米烈山决定第二天正式拜访高有根的母亲。

张妈妈的家离县城只有 5 公里，一栋砖木结构的大房子住着 5 户人家，这本是当地地主家的一处房产，土改时分给了 5 户贫农住。张妈妈分到了其中的 3 间房，除了一间正房外，还有两间厢房。张妈妈住一间厢房，小儿子住另一间厢房，正房就作为客厅兼吃饭的地方。高有根的妹妹是国家干部，在县城有宿舍，自然不会住在家里，她只是农忙时才会回家住几天，张妈妈就会让女儿住在自己的房间，晚上母女俩才有机会聊聊天。

县上的人告诉张妈妈，明天有两位从福建过来的干部要找她聊聊天，张妈妈就有些紧张，她不知道福建过来的干部为什么要找她聊天？她又不认识他们！但张妈妈猜到很有可能和她的大儿子高有根有关系，因为当年高有根回宜春看望她时，曾对她说过，部队要撤退到福建，然后从福建撤退到台湾，所以张妈妈记住了福建，也知道福建离台湾最近。现在，突然有两位从福建来的干部要找她，肯定是和大儿子有关吧！

张妈妈一晚都没睡好觉，胡乱地想着大儿子的事情。

天刚蒙蒙亮她就起床，先到菜地里摘了一些蔬菜，然后回到家就开始打扫卫生，先是把房间里仔细地打扫了一遍，又把屋外的院子扫得干干净净。小儿子刚起床，张妈妈就让他到集市上去买些肉和鱼回来。张妈妈想，无论如何今天都要留两位福建来的干部在家里吃顿饭。

吃完早饭，张妈妈让小儿子去县城找姐姐，告诉她家里来了重要客人，让她中午回家陪客人吃饭。

小儿子走后，张妈妈烧了两壶开水，再把几个茶杯洗干净后，就坐在客厅里静静地等着客人的到来。

9点多钟，张妈妈听到屋外传来了脚步声，不一会儿一个男人的声音传进了她的耳朵："应该就住在这里。"

张妈妈赶紧起身向屋外走去。

"您好！请问您是张妈妈吗？"

"我就是，你们是……"

"我是县委统战部的，这俩位是从福建来的……"还没等统战部部长介绍，田玉娟已经双手握住了张妈妈的手：

"您好！张妈妈，我是从福建来的，我姓田，叫田玉娟，您就叫我玉娟好了！这位也是从福建来的，姓米，稻米的米，您就叫他小米吧！"田玉娟热情地做着介绍。

张妈妈上下打量着田玉娟，心想，这位姑娘怎么长得这么漂亮呀！声音也好听。

"请屋里坐，屋里坐！"张妈妈热情地拉着田玉娟的手走进了房间，米烈山和统战部部长也跟着进了房间。

田玉娟环视了一下房间：虽然没什么家具，但房间收拾得很干净，客厅的方桌上摆放了几个茶杯，两只红色的热水瓶非常醒目。客厅正面的墙上挂着一幅毛主席的像，像的两边挂着两个镜框，里面放着很多小照片。

一张全家福的照片引起了田玉娟的兴趣：照片上两位30多岁的大人坐在中间，女的怀里还抱着个孩子，大人的两旁站着一男一女两个孩子。

"张妈妈，这是您的全家福吗？"田玉娟有点兴奋地问。

张妈妈没有马上回答，她不知道该怎样回答。

米烈山见张妈妈没有回答，就笑了笑，然后也走到镜框前仔细观看那张不大的黑白全家福照片。

"这是20多年前照的，那时孩子他爸还活着了！"张妈妈终于开口了，她虽然还不知道这两位从福建来的人找她有什么事，但人家问到了照片，你总该回应一声，否则是不是也太没礼貌了。

田玉娟见张妈妈有点紧张，知道她在担心什么，就不再看照片了。

田玉娟坐在张妈妈身边，拉着她的手说："张妈妈，我们是从福建厦门来的，专程来看您！"

"专程来看我？"张妈妈一脸的不解。

"是呀，是专门来看您！"田玉娟说着就从挂包里拿出一张地图。

这是一张厦门、金门区域地图。

田玉娟指着地图上的厦门对高有根母亲说："张妈妈，我们就是从这里专门来宜春看望您的。"

田玉娟又指着金门对张妈妈说："张妈妈，这里就是金门，您看，金门离厦门是不是很近呀！"

张妈妈顺着田玉娟手指的地方，看到了金门在地图上的具体位置，果然，金门、厦门近在咫尺。

但张妈妈不知道田玉娟跟她说这些是什么意思。

田玉娟见张妈妈还是很紧张，就用温柔的声音说："张妈妈，您别紧张，我们这次来呀，就是想告诉您，您的大儿子高有根现在就在金门岛上。"

"什么？我儿子在金门岛上！"

张妈妈瞪大了双眼紧张地看着田玉娟，大脑在飞速地思考：我儿子在金门岛，那他们来想干什么？是想抓我吗？但从他们的表情上看又不太像，难道说他们大老远的跑来就是要告诉我这个事情？也不太像！一定是我儿子有什么事情，他们需要我帮忙！

张妈妈看着田玉娟，脑子里在想着可能发生的事情。

田玉娟见张妈妈满脸狐疑，就笑笑说："张妈妈，您别紧张，听我慢慢跟您说。您儿子高有根现在是金门岛上的师长，是守卫金门的主要将领。虽然现在金门、厦门隔海对峙，但我们都是中国人，我们都没有忘记高有根在抗日时为打败日本鬼子所做出的贡献，特别是在石牌保卫战中他是立了大功的！"

田玉娟为了完成好这次采访任务，是做了充分准备的，她认真阅读了能找到的高有根的所有资料，并把很多事情都记在脑子里，目的就是为了便于和高有根母亲沟通，从情感上打消她的顾虑。田玉娟知道，要完成好这次采访，让张妈妈发自内心地跟高有根讲一次话，就必须让张妈妈从感情上接受自己，从而信任自己，才有可能做到这一点。

果然，张妈妈听田玉娟这样说，眉头顿时舒展开来，虽然她现在还不清楚这位田同志想要她做什么，但她相信不会是坏事。

田玉娟见张妈妈不那么紧张了，就转入正题："张妈妈，我们这次来找您，就是想让您跟您儿子讲一次话，告诉他您是多么的想念他，然后把您现在的生活情况都告诉他，让他争取能回来看看您！"

"你们大老远的跑来找我就是为这个事儿？"张妈妈不太相信地问。

"是呀！就是这个事。"田玉娟笑呵呵地说。

"他现在还能回来吗？他做了那么多坏事，和共产党、解放军打了那么多年的仗，共产党能让他回来吗？"张妈妈担心地问。

"当然能让他回来，只要他放下武器，不再和人民对抗，共产党、解放军是不记前嫌，允许他回来的！"

田玉娟心中暗自高兴，她知道张妈妈心中的疑虑开始化解了。

果然，高有根母亲的脸上露出了轻松的笑容，她热情地给田玉娟三人倒水，然后和田玉娟聊起了家常事。

"姑娘，我看你才20多岁吧？家是哪里人呀？"

"我是上海人，张妈妈，您去过上海吗？"

"没去过，不过我听说上海可大了，什么东西都能买到。"

"是！上海是我们国家的大城市，有机会我陪您去上海看看！"

"好呀！有你这句话我中午一定要做些好吃的招待你们。"

米烈山坐在一旁听着田玉娟和张妈妈的对话，从心里佩服田玉娟的沟通能力，刚才还是充满警觉和疑虑，几句话过后，现在亲得就像是一家人了。

正当田玉娟和张妈妈热情地聊着家常事时，张妈妈的女儿回来了，两个女人一见如故，互称起姐妹来。

田玉娟比高有根妹妹大一岁，自然就是姐姐了。

"姐姐，真高兴你们能大老远的从厦门来宜春看我母亲，今天中午我们一定要喝上一杯吧！"高有根妹妹热情地说。

"好哇！虽然我酒量不行，但我一定奉陪！谁让我在宜春还认了一个妹妹呀！"

"太好了，我母亲自己酿的米酒可好喝了，中午我们好好品尝一下。"

两个女人你一句我一句，亲热得不行。

高有根母亲开心得不得了，看着女儿和田玉娟那么投缘，她从内心感到高兴。

高有根母亲悄悄来到厨房，她让小儿子当帮手，开始准备丰盛的午餐，她要好好招待一下远方来的亲人！

张妈妈做了六菜一汤招待田玉娟和米烈山，有辣椒炒鸡块、梅菜扣肉、红烧肉、豆腐烧肉、辣椒红烧草鱼、水煮蛋，还有一盆冬笋炖鸡汤。

张妈妈的女儿端出了一坛新酿的米酒。

好酒、好菜、好人缘、好事情，田玉娟不喝多才怪呢！

米烈山没有阻拦田玉娟喝酒，反而鼓励她多喝些——因为米烈山知道，这顿酒喝完后，任务就完成了一半，接下来就是如何让张妈妈讲得更深动、更感人、更富有吸引力了。

果然，一顿饭吃完后，田玉娟又成了张妈妈的干女儿，而且，晚上也不回县城住了，要住在张妈妈家里。张妈妈的女儿也不回去了，说是要陪姐姐住两天。

米烈山只好和统战部部长两人回县城去了。

一晚上，张妈妈都在给两个女儿讲过去的故事：高有根是怎么参军的，后来又是怎样把地主家全烧了；抗战时如何打鬼子，怎样当上了团长，最后一次回老家为什么没有把母亲带去台湾……

田玉娟就给张妈妈讲解什么是对敌宣传，对敌宣传的重要意义，并告诉张妈妈，如果她给高有根的讲话感人、动心，这比几百发炮弹更有震慑力！

从第二天开始，张妈妈就配合田玉娟开始构思如何给高有根讲话。晚上，田玉娟根据张妈妈的情况以及张妈妈的语言习惯，开始撰写广播稿。

第三天一上午，田玉娟都在和张妈妈讨论广播稿，根据张妈妈的要求，田玉娟反复修改广播稿，力争让广播稿即通俗易通，又感人动听！

　　第三天下午，田玉娟回了一趟县委招待所，告诉米烈山一切准备妥当，广播稿基本完成，明天上午可以录音了。

　　田玉娟检查了一遍带来的录音机，一切正常。

　　田玉娟、米烈山到宜春后的第四天上午，张妈妈给儿子高有根的讲话正式开始录音：

　　根娃儿：我是你的母亲！你能听到我的讲话吗？根娃儿，7年多前你最后一次回宜春老家看我，想让我跟你一起去台湾定居，但我不忍心让你父亲的灵魂孤独地留在老家，另外我也害怕到那个陌生的小岛上生活不习惯，所以没跟你一起走。我知道你也不想离开大陆，离开家乡，更不愿离开自己的亲人，但时局的变化，你已经无能为力做别的选择，只能走上这条不归路！

　　根娃儿，最近我才知道你在金门驻防，是离大陆最近的地方，这对你可能也是一个安慰，毕竟每天都能遥望大陆，大陆的山山水水更能寄托你对故乡与亲人的思念！

　　根娃儿，你想念母亲吗？你想念生你养你的故乡吗！我可是天天想你，常常在梦中见到你呀！母亲快60岁了，现在的日子过得一天比一天好。前几年土地改革，我们家分到了5亩地，每年都能收获1000多斤粮食，足够我们全家人吃的。你妹妹现在是国家干部，每月有政府发的工资，住的是政府的宿舍，妹夫也是国家干部，小两口日子过得无忧无虑。你弟弟按照你的嘱咐，在家务农照顾我，日子过得也很舒心。对了，他最近相了个对象，准备明年结婚。

　　根娃儿，你现在日子过得好吗？结婚了没有？母亲现在什么都不想，就是想见你，那怕是见一面也好呀！我听政府的人跟我说，像你这种情况如果回来是可以得到赦免的！因为你在抗战中是为国家为民族做出过贡献的，你为国家、为人民做的好事，国家和人民都记得呢！

　　回来吧！我的根娃儿，没有什么比亲人团聚更重要，没有什么比母子相依为命更宝贵！母亲对你没有任何要求，只希望在我的有生之年你一定要回来！一定要回到生你养你的故乡看看！

　　母亲等着你回家！……

十 策反行动

初冬的厦门气温还是暖洋洋的，略显湿润的海风夹带着一丝的温柔，如同少女的手轻柔着人们的脸颊。

星期天，军运输处处长邱维力上街买了几斤苹果，又买了一串香蕉，回到军部后，又到宿舍拿了一张贝多芬的交响乐唱片，就提着水果往军长刘锋家走去。

邱维力是去看"老乡"于丽的，他已经很长时间没去于丽家了。

自从在婚礼上于丽得知邱维力是南京中央大学毕业的，又酷爱交响乐，于丽就对邱维力充满好感，多次邀请邱维力有空来家里坐坐。

邱维力后来去了几次于丽家，但碍于军长刘锋在家，邱维力不好意思单独跟于丽交流对交响乐的看法，更不能交流在南京上大学的趣事，只能客套地说些不着调的话，然后就告辞。

今天，邱维力偶尔从军司令部值班参谋那里得知军长下部队去了，就立即决定去军长家。他要趁军长不在家的机会，好好跟于丽沟通一下情感，加深彼此的好印象！

军首长的宿舍区就在军部大院里，离办公区也就200米，一名持枪的战士在首长宿舍区巡逻，警惕地保卫着宿舍区的安全。

邱维力走进宿舍区，正好与执勤的战士碰个正着。

小战士认识邱维力，一个敬礼，"邱处长好，战士王小伟正在执勤。"

邱维力回了一个军礼，"继续执勤。"

"是！"小战士答应一声后就走开了。

邱维力来到军长家，轻轻地敲了几下门。

"谁呀？请稍等。"

不一会儿，于丽把门打开，见是邱维力，高兴得叫了起来："是你呀！邱处长，你可有一阵子没来我们家了，快请进来。"

于丽热情地把邱维力让进了客厅。

邱维力走进客厅，把手中的水果放在桌子上，然后明知故问地说："军长不在呀？"

"吃完早饭就走了，说是去王师长他们部队了。"

"军长真是忙，星期天也不休息！"

于丽见邱维力买了这么多水果，就责怪地说："有空就来家坐坐，干吗还买这么多水果，以后可不许这样。"

"很久没来了，总不能空着手来呀。"邱维力有点讨好地说。

于丽也没再说什么。

"我不光带了水果，还给你带了一样你肯定喜欢的东西。"

"我喜欢的东西？"

"对呀！你肯定喜欢的东西。"邱维力说着就像变戏法一样从身后拿出一张唱片。

"是唱片！什么曲目呀？"于丽看见是一张唱片，顿时兴奋起来。

"贝多芬的《命运交响曲》和《田园交响曲》。"

"是吗！太好了。"于丽高兴地从邱维力手中拿过唱片，立即走到客厅的一角，一张小桌上摆放着一台留声机。于丽打开留声机，放上唱片，一会儿《命运交响曲》的旋律响彻整个客厅。

于丽和邱维力立即陶醉在贝多芬的音乐世界里。

两人不再说话，都在用心感受着音乐的魅力。当音乐中象征"命运"的主题音乐不断出现时，似乎同时唤起了他们对各自命运的不同感受与憧憬。

交响乐在命运的挣扎中结束，于丽和邱维力却迟迟没有从音乐中走出来，他们俩还沉浸在命运的交响中，沉思与抗争……

还是于丽打破沉静："真是好久没听贝多芬了！唱片从哪儿弄来的？"

"从我的一位朋友家拿来的，他是我中央大学的校友。"

"在厦门工作吗?"

"是! 在地方工作。"

"厦门有很多中央大学的校友吗?"

"不太多,有几位吧,都是当年跟随十兵团南下的。"

"你们经常聚会吗?"

"一年会有几次吧,也不太多。"

"还是你们好呀,校友还可以经常聚聚,我在厦门还没发现一个南京护校的校友呢?"

"我们可以算你的半个校友吧!大家都在南京上的学。下次我们校友聚会一定邀请你参加,可以吗?"

"当然可以,我很乐意参加!"

于丽似乎有些伤感!想想在她周围还真是很难找到志趣相投的同事,更不要说校友了。

"现在要找几个交响乐的爱好者还真不容易!"

"是呀!毕竟受过这方面教育的人太少了,不过我们军还有一个交响乐的爱好者。"

"谁呀?"

"田玉娟呀!那次在你和军长的婚礼上,她就表现出对交响乐的痴迷。"

"对呀,田玉娟曾是军区歌舞团的歌唱演员,她对交响乐应该会感兴趣,可惜,她现在不在军里!"

"不在军里?她去哪里了?"邱维力睁着迷惑的眼睛问。

"听我们家老刘说,好像去江西宜春出差了。"

"去江西宜春出差?什么时候回来呀?"

"具体情况我也不太清楚,只是那天听老刘说了一句。"

邱维力不再问什么,他走到留声机旁把唱片翻了一面,贝多芬的另一首交响乐《田园交响曲》又响了起来。

金门防卫部司令长官汪海山最近很烦。

上星期两个士兵失踪，据情报部门估计，肯定是趁着潮汐游到对岸去了。昨天，又有一位连长游了过去。

他们使用的泅渡工具竟然都是炊事班用的大铝锅。

汪海山对此十分恼火，但又没有太好的办法。汪海山可以下令禁止篮球、排球、足球，甚至乒乓球等可用于漂浮的东西出现在金门，更不允许士兵拥有，但炊事班用的大铝锅他无法禁止，否则，部队煮饭炒菜用什么呢！

接连发生的投奔大陆的事件再次说明，共军的宣传战对自己的士兵影响越来越大，但汪海山想不出什么好办法从根子上解决这个问题。唯一让汪海山稍感安慰的是，台湾对大陆的心战也起到了效果：最近一名解放军空军飞行员驾驶一架歼五战机投奔台湾，成为海峡两岸对峙以来第一位投奔台湾的解放军空军军官。这位解放军军官到台湾后在接受台湾媒体采访时公开表示，他投奔自由世界是听了台湾广播后，知道了自由世界台湾发生的巨大变化，才决定不顾生命危险驾机投奔自由的。

虽然汪海山从心底最看不起这些变节投敌的军人，但这也从另一个方面说明自己开展心战的效果，所以他也就不再说什么了。

"报告，台北密件。"值勤官的一声报告打断的汪海山的沉思，他示意值勤官把密件放在办公桌上。

值勤官把密件放在办公桌上，然后转身走出了汪海山的办公室。

汪海山走到办公桌前，看到这是一封"台湾国安委"送来的文件，淡黄色的大信封上两个黑体的"绝密"字样，显示出信封里的内容非常重要。

汪海山想：国安委会送什么绝密文件呢？他打开信封，一份绝密情报呈现在汪海山眼前："据潜伏大陆的高级特工'青鸟'报告，刘锋派人前往江西宜春，很有可能是要做高有根的策反工作，望加倍警惕！"

汪海山倒吸了一口凉气！

要做高有根的策反工作！刘锋还真敢想呀！汪海山不得不佩服刘锋的胆识。要真是把高有根策反了，金门防御的半边天就塌了，这还真是打中了自己要害。

不过，汪海山不相信解放军能策反了高有根。

高有根从抗战时就跟着汪海山，特别是石牌保卫战，他们是共患难的兄弟。正是石牌保卫战让汪海山真正了解了高有根，而高有根也真正认定了汪海山。从此，汪海山走到哪儿都带着高有根，把他从连长、营长、团长，一直提拔当了师长。而高有根也没有辜负汪海山的信任，每次作战都一马当先，充当汪海山的先锋。遇到难打的仗，汪海山总会第一个想到高有根，而高有根也总能出色地完成任务。

所以，汪海山绝不相信高有根会背叛他。

刘锋会采用什么手段策反高有根呢？汪海山思考着！他猛然想起了什么……

汪海山把绝密情报从大信封里拿出来再次认真地看起来：刘锋派人去江西宜春！江西宜春——这是高有根的老家呀！高有根可是个有名的孝子。记得十二兵团在撤离江西时，高有根还专门向他告假，说是要回宜春老家，把他母亲接到台湾。汪海山清楚地记得，几天后高有根赶回部队，两眼流泪地说，他母亲不愿去台湾，没办法只能给老人家留下了全部金条，作为她母亲的养老钱。当时汪海山还安慰他说，过不了几年我们就会打回大陆的。

汪海山突然明白了：刘锋派人去江西宜春，一定是去找高有根的母亲，让高有根的母亲来策反高有根。好你个刘锋，看来还真是下了功夫呀！一下就抓住了高有根的软肋。

汪海山还真是从心里佩服他的这个老对手刘锋，做什么事都如此精细。

汪海山现在还真有些担心了，他虽然不知道刘锋手里的这张牌会怎么出，但他知道这真是一张好牌，是一张有可能让他满盘皆输的好牌。

汪海山不敢冒险，他也不想冒这个险。既然知道了刘锋手里是一张什么样的牌，就要想办法让刘锋手里的这张好牌变成废牌，变成一张起不了什么作用的臭牌。

汪海山想到这儿，拿起办公桌上的保密电话，直接要通了台北总统官邸：

"校长吗！我是海山，有一件事必须亲自向您报告……"

第二天，蒋介石亲自签发的命令就到了金门防卫部，"高有根调任台北警备司令部副司令，三天内到任！"

田玉娟、米烈山从江西、湖南回到厦门时，再有三天就是 1958 年的元旦了。

这年从北往南刮起的"大跃进"热潮也让东南沿海的厦门变得热闹起来，到处都在大炼钢铁，各式各样的炼铁炉冒着黑烟，人们不断传递着各种钢产量不断创新的离奇故事。

田玉娟、米烈山从长途汽车上下来，看到四处的热闹场面，心中充满了疑问。他们俩没有说话，只是快步向军部走去。

"报告！田玉娟、米烈山前来报到。"

军长刘锋正在办公室看文件，听到门外的报告声，他高兴地快步走到门口，一把拉开办公室的门说："欢迎你们凯旋归来！"

"军长好！田玉娟完成任务，特前来向您报到！"田玉娟一步跨到刘锋的面前，一个标准的军礼，脸上挂满了笑容。

"好！好！好！我知道你们一定会完成任务的，让我好好看看你变样了没有。"刘锋说着上上下下打量着田玉娟，"嗯！好像晒黑了些，也瘦了些！是不是米烈山没照顾好你呀！"

刘锋这才转过头看着米烈山。

"军长好！"米烈山向刘锋敬了一个礼，然后故意十分不满地说，"军长您也太偏心眼了，我这么辛苦您可以不表扬，但也不能上来就批评呀！"

"怎么？不高兴呀！田玉娟路上受了委屈我就得批评你。"刘锋说着又转身问田玉娟，"米团长一路上有没有好好照顾你呀？有没有让你吃不上饭什么的？"

田玉娟有些不好意思了，她脸上泛起了微微红润，羞涩地说："瞧您军长说的，米团长一路上非常照顾我。"

"是吗！那就好。既然田玉娟同志说你一路上照顾得很好，我就要表扬你了。"刘锋满脸笑容地握着米烈山的手说，"谢谢米团长，你的任务也完成得很好！"

"谢谢军长的表扬！"

米烈山开心极了，此时他的心情就是四个字"心花怒放"。

米烈山万万没想到的是，此次江西宜春之行，他不仅完成了任务，还意外地收获了田玉娟的爱情。

那天采访完高有根的母亲，可能是因为任务完成得太出色了，田玉娟非常兴奋。从高有根母亲家回到宜春县委招待所后，田玉娟主动提议晚上喝点酒庆贺一下，于是，他们两人来到了一家小饭馆。

米烈山是湖南株洲人，老家离宜春很近，所以他知道宜春什么菜好吃。

米烈山就以东道主的身份为田玉娟点菜，他首先点了一个豆腐烧鲫鱼，又点了康乐三黄鸡、水煮鸡蛋、粉皮炒肉，两个凉菜是松花皮蛋和花生米，又要了一壶宜春当地产的米酒。

田玉娟看着米烈山这么娴熟地点着菜，不禁赞叹道："没看出来呀！你还是个美食家。"

"美食家不敢当，因为老家是湖南株洲，离这里很近，所以略微知道一点宜春菜的特点。"

"那你说说，宜春菜都有什么特点？"

"宜春菜总的特点和我们湖南菜一样，就是一个字——辣。"

"那完了，我不太能吃辣呀！"

"我知道你是上海人，当然不能吃辣呀。所以我今天点的宜春菜呀都是不太辣的，但又是当地有特点的。比如这个康乐三黄鸡，据说有 1700 多年的历史了，在晋朝时晋武帝就非常喜欢吃，并亲自赐名康乐三黄鸡，所以康乐三黄鸡自然也就成了当时敬献皇上的贡品。另外像这个豆腐烧鲫鱼，宜春的豆腐是用卤水做出来的，口感很特别，用这种豆腐烧出的鲫鱼，相信你一定爱吃。水煮鸡蛋是宜春特有的一种做法，和通常的炒鸡蛋完全不同，当然，这个菜有点辣，但你可以品尝一下。粉皮炒肉，主要是当地产的粉皮很有特点，因为粉皮是用大米做的，而宜春产的大米品质很好，所以粉皮很好吃，用粉皮炒肉自然是一道很有地方特点的菜了。"米烈山自己都不知道为什么今天变得这么能说，竟然一口气把所点的菜都介绍得头头是道。

田玉娟更是听傻了！她没想到米烈山有这么好的口头表达能力，而且知识渊博。一路上米烈山很少说话，只是默默地照顾她，让田玉娟错误地认为他是个不善表达的人，现在田玉娟才突然知道，米烈山只是在用心地照顾她！

田玉娟有些感动了！她突然感到米烈山真像个男人！

菜上来了。

米烈山给田玉娟的酒杯里倒满酒，然后真诚地说："玉娟同志，军长、政委让我配合你完成这次特殊的任务，让我有机会真正了解了你的工作态度和工作能力，说心里话，我真的很敬佩你。今天任务已经完成了，而且我相信军长、政委一定会非常满意，所以，这杯酒我敬你，真诚地祝贺你顺利完成了采访高有根母亲的任务！"

田玉娟此时心潮起伏，她很激动，也很感动，"不！米团长，没有你的支持与帮助，我不可能这么顺利地完成任务，所以我要感谢你。"

"你客气了！我敬你，干一个！"

"好，干一个！"

田玉娟和米烈山碰了一下杯，就一干而尽。

米烈山给田玉娟的碗里盛了几块鸡肉和一点鸡汤，又给她的菜碟里盛了一条鲫鱼。

"你尝尝这两个菜，不知合不合你的口味。"

田玉娟是上海人，本来爱吃带点甜味的菜。但这么多年走南闯北，田玉娟早已适应各种口味的菜肴了。她尝了一口三黄鸡，又喝了一口汤。

"真的很好吃，非常鲜美！"田玉娟从内心赞叹道。

米烈山深深地舒了一口气！他真担心点的菜不合田玉娟的口味。

田玉娟又尝了一口鲫鱼，她刚想说这鲫鱼也很好吃，还没说出口就听米烈山说："鲫鱼的肉虽然很鲜嫩，但鱼刺很多，你要小心。"

田玉娟心里又是一阵温暖，她用感激的目光看着米烈山，"米团长，我敬你一杯，感谢你一路上对我的照顾！"

"谈不上感谢。军长说了，保证你的安全并照顾好你的生活是我的任务，我只是尽力完成了我的任务，所以你不用感谢，但酒我是一定要喝的。另外，我有个建议，你能不能不叫我米团长，听了有点别扭，就叫我米烈山或者烈山都可以。"

"好！就叫你烈山，显得亲切些！"

"这就对了！来，我们再干一杯！"

米烈山和田玉娟就这样你一杯我一杯，不一会儿就把一壶酒给喝光了。

宜春产的这种米酒别看喝起来很甜，好像度数不高，不容易醉。其实错了，米酒的度数虽然不高，但酒的后劲很大，稍不注意，是很容易喝醉的。

田玉娟和米烈山可能是心情太好了，竟然喝了三壶米酒。

走出小饭馆，被冬日的冷风一吹，田玉娟就觉得有点头重脚轻，不由自主地拉住了米烈山的手臂。

"没事吧？玉娟，是不是有点头晕？"米烈山见田玉娟走路有点不稳，就顺势扶住了她。

"没事！烈山，我今天高兴，就是想多喝点酒。"田玉娟说的是真心话。

一阵风吹来，田玉娟打个寒噤，"烈山，你能把我抱紧点吗，我觉得有点冷。"米烈山心中一阵紧张与激动，紧张的是他之前从没敢想过这样抱着田玉娟，激动的是田玉娟让他这样抱着。

回到招待所，米烈山让田玉娟躺在床上，然后出去打了一瓶开水。他先给田玉娟倒了一杯开水，放在她的床头，然后又到公共洗脸间打了半脸盆的冷水，往脸盆里加了点热水，把毛巾搓了一把，然后拧干。

"玉娟，你能坐起来洗把脸吗？"

田玉娟想坐起来，可她刚刚坐起就觉得一阵恶心，赶紧又躺下了。

"觉得有点难受，是吗！如果你不介意我来给你洗吧。"

田玉娟听米烈山这么说，就微微闭上了眼睛，米烈山就轻轻地给田玉娟擦起脸来。

这是米烈山第一次给一个年轻姑娘洗脸，而且是一位美丽漂亮的女军官，米烈山的手都有些发抖。

他这也是第一次这么近距离看田玉娟。

田玉娟真是太美了！白皙的皮肤，一双大眼睛闭上后，长长的眼睫毛看得更清楚，鼻子高高的，嘴唇红润润的，显得十分性感。

田玉娟闭着眼睛，但她强烈感受到有双火辣辣的眼睛在仔细地端详着她，这目光充满着爱意与欲望。

田玉娟突然把眼睛睁开，吓得米烈山惊慌失措。他赶紧走开，到洗脸盆边又搓了把毛巾，等心情平静些才慢慢转过身，看着田玉娟，"舒服些了吗？我再给你洗洗吧！"

"舒服多了，好呀！你再给我洗洗吧。"

米烈山走到床前，正想给田玉娟洗脸，万万没想到的一幕发生了：田玉娟突然伸出双臂搂住了米烈山的脖子，火热的嘴唇紧紧贴在了米烈山的嘴上……

"米团长，你家里都好吧！"陷入沉思的米烈山被军长的一声问话拉回到现实中。

"家里一切都好！谢谢军长关心。"

刘锋又转过头带着神秘的口气问田玉娟："你陪米团长一起去他们家了吗？"

"是！军长。采访完高有根的母亲，根据首长指示，我陪米团长去了湖南株洲他的老家，见到了米团长的父母大人。之后，我们又去了湖南岳阳，采访了李狗娃。"田玉娟一口气把在湖南的行程都说了，只是脸上没有任何表情。

米烈山站在一旁紧张地注视着军长刘锋，他生怕田玉娟一不小心把他们的关系暴露了。

刘锋确实在关注着田玉娟说话时的表情，想从中发现什么，不过演员出身的田玉娟没让刘锋看出任何破绽。

"李狗娃的情况怎么样？生活得还好吗？"

"他现在和他母亲生活在一起，日子过得挺好，李狗娃再三要求我们转达对军长您的问候！对了，我们还给他录了一段讲话录音，是对他以前的那帮弟兄们讲的，讲了他现在的生活，很有针对性！"

"很好！找高有根的母亲困难吗？"

"很顺利，毕竟高有根也算是宜春的名人，我们到县委统战部一查，很快就查到了高有根母亲的情况。另外，高有根的妹妹在县委工作，给了我们很大的帮助。"

米烈山这时说话了："田玉娟同志太善于做人的思想工作了。她和高有根的母亲见面熟，一顿饭吃完她就成了高有根母亲的干女儿，接着在她们家住了三天，把什么问题都解决了。录音那天，高有根母亲讲得非常好。相信这个讲话录音播出后，只要高有根听到了，一定会动心的。"

"很好！做对敌宣传工作就要有这种沟通能力呀！"刘锋由衷地赞叹道。

"高有根母亲的录音讲话准备哪天播出呀？"刘锋又问道。

"再过三天就是元旦了，我想把节目放在元旦这一天播出，让1958年的元旦过得更有意义些。"

"好！我同意，节目就放在元旦这天播出吧！你们俩还没休息吧，我现在命令你们赶紧回去休息一天，然后准备元旦的节目。"

"是！军长同志。"

田玉娟、米烈山同时给刘锋敬了个礼，然后走出刘锋的办公室。

　　1958 年元旦，金厦海域上空回荡着高有根母亲的讲话声——本来这真是一枚重磅炮弹，直接打击金门守军的重要人物和他的部队！但遗憾的是，这枚重磅炮弹的目标消失了，高有根已经听不到他母亲的讲话了，因此，这枚重磅炮弹的威力也就发挥不出来了……

第四章

炮击金门

大炮，在懦夫手上它们仅是一堆无生命的铁，而在忠贞威猛的将士那里，它们方有了魂灵，与勇士同一质的魂灵。

——库图佐夫

一 国际风云

1958 年是中国的狗年，按中国人的传统这不是一个太好的年份，果然，从一月份开始，国际局势就动荡不安。

1 月 21 日委内瑞拉人民起义，2 月 1 日埃及与叙利亚两国要合并，成立什么阿拉伯联合共和国，2 月 14 日伊拉克王国和约旦王国也要联合成立阿拉伯联邦，当然，真正引起世界各国高度关注的事件发生在黎巴嫩和伊拉克。

5 月 8 日，黎巴嫩首都贝鲁特枪声大作，一群年轻的黎巴嫩军官发动了武装政变，他们冲进黎巴嫩总统官邸，把枪口对准了总统夏蒙。

7月14日凌晨，伊拉克的年轻军官们也开始行动了，他们在一位身材魁梧、浓眉大眼、留着典型的伊斯兰小胡子中尉军官的率领下，冲进了巴格达王宫。政变的军官们消灭了国王卫队，小胡子中尉军官直接冲进了国王的卧室，寻找国王费萨尔。这时，他听到国王的睡床下传来异常的声音，年轻的军官大步走到床边掀起床单，早已吓得面如土灰、浑身打抖的国王费萨尔、首相赛义德、王储伊拉就暴露在年轻军官的眼前。小胡子军官把国王、首相、王储三人从床底下拖出来，并宣布国王费萨尔、首相赛义德、王储伊拉勾结美国和英国，出卖伊拉克的国家利益，是民族的罪人，因此，他代表伊拉克人民判处三人死刑，并立即执行。说完，年轻的军官举起手中的枪，对准费萨尔、赛义德、伊拉连开三枪，可怜的国王费萨尔、首相赛义德、王储伊拉就这样离开了这个世界。

这位率众政变的年轻军官就是日后统治伊拉克30多年的萨达姆。

黎巴嫩和伊拉克的枪声震惊了美国白宫。

艾森豪威尔总统立即召集他的高级幕僚商讨中东局势。

国务卿杜勒斯首先发言："我们必须立即采用军事行动，阻止中东局势进一步混乱下去。如果不能立即阻止黎巴嫩、伊拉克这样的军事政变，那么，其他的中东国家有可能还会发生这样的军事政变。"

美国中央情报局局长接着杜勒斯的话说："据我的情报，中东地区现在至少有五个国家都在酝酿军事政变，这个势头不扼制住，肯定会引起中东地区的极大混乱。"

美军参谋长联席会议主席立即表态："如果总统下令，美国海军陆战队可以在24小时内在黎巴嫩或伊拉克登陆作战。"

幕僚们的观点少有的一致：立即出兵，保卫美国在中东的利益。

的确，美国在中东的利益太大了，因为美国国内所需石油的三分之一都来自这个地区，而美国总统及总统的高级幕僚们的身后，都可以看到美国石油大亨洛克菲勒家族的身影。中东地区的石油正是洛克菲勒家族最大的利益，现在这个利益遭到了严峻的挑战，有人想打破原有的利益格局，要重新划分势力范围，重新确定新的利益分配原则，这是洛克菲勒家族绝不能同意的，而当今的美国总统如果没有洛克菲勒家族的政治资金的支持，是坐不上总统宝座的。

艾森豪威尔立即请求国会批准向中东派兵，美国国会也以少有的速度批准了总统的提议。

伊拉克军事政变的第二天，7月15日，1500名美国海军陆战队员登陆黎巴嫩。几天后，在美国海军第六舰队72艘舰艇及200余架舰载飞机的支援下，这支部队扩大至1.5万人，他们轻而易举地镇压了起义武装的抵抗，控制了黎巴嫩首都贝鲁特及国际机场、火车站和海港区。

作为美国的绝对盟友，英国政府也立即决定采用军事行动，配合美国在中东的军事打击。

英国军队17日凌晨在约旦空降了三个营的陆战队员，外加一个伞兵大队，在伊拉克东南的巴林岛空降了一个营。另外，堡垒号航空母舰和三艘驱逐舰、若干潜水艇组成的特混舰队，运载了一个步兵旅和一个特战营驶往亚丁湾，完成了从北面攻击伊拉克的准备。

在美国和英国大兵的鼎力相助之下，亲西方的黎巴嫩总统夏蒙政权和约旦国王侯赛因政权终于化险为夷，稍稍站稳了脚，业已松动的美、英等西方国家在中东的利益开始得到有效保护。

7月的台北开始进入一年中最闷热的季节，早该来的台风今年一个也没来。

对于这个岛上的人来说，每到夏季都显得有些困惑。一方面希望每年都来几次台风，把夏季的炎热吹散掉，让大家能稍微舒适地度过炎炎夏日。另一方面又害怕台风到来，特别是12级以上的超强台风，如果它在台湾正面登陆，威力就太大了，对农业、水产养殖业、渔业的损失都太大，往往造成农民、渔民一年的收入都泡了汤。对都市民众的生活影响也很大，台风往往造成大面积停水停电，而且台风吹倒的树木、建筑物等还往往会造成交通堵塞，人员伤亡，所以大家又害怕台风的来临。

7月15日早上6点，已经68岁的中华民国"总统"蒋介石就习惯地起床了。他昨晚被闷热的天气弄得一晚没睡好，侍卫官想把电风扇打开，又怕总统着凉，想轻轻地给总统打打扇子，总统又不让。

清晨的空气虽然有点潮湿，但很清爽，气温也不算太高。蒋介石在阳明山总统官邸的草坪上漫步走着，呼吸着新鲜的空气，这时负责政治、军事事务的侍卫官急步走来。

"有什么急事吗?"蒋介石停下了脚步望着急步走来的侍卫官，他知道一大早侍卫官急匆匆地赶到官邸来一定有急事。

"总统，美军今天凌晨已经在黎巴嫩登陆，并控制了总统府、机场等重要设施。"侍卫官轻声但清晰地报告。

蒋介石没有说话，只是点了点头，表示知道了。

自从中东局势动荡以来，蒋介石多次指示情报部门要密切关注中东局势的变化，特别要注意美国政府采取的对策。

蒋介石心里十分清楚，要想实现反攻大陆，复兴中华民国在大陆的统治权，就必须借助国际力量，首先是美国的支持。但自从和美国签订了《台美共同防御条约》后，台湾本岛和澎湖列岛是安全了，艾森豪威尔总统明确表示，美国政府和军队有义务保证台湾及澎湖列岛的安全，绝不允许中共以任何方式对台湾实行占领。但同时，美国政府对他的大陆政策却越来越反对，不仅不允许他对大陆采取军事行动，而且还多次用各种办法劝告他放弃金门、马祖等东南沿海岛屿。国务卿杜勒斯每次和他见面，都会提到放弃金门、马祖，要一心一意建设台湾，保卫台湾，美国政府一定帮助中华民国政府把台湾建设好，让老百姓过上富裕的生活，确保国民党在台湾地区的统治。蒋介石知道杜勒斯心中的算盘，还是老一套的"两个中国"或叫"一中一台"，美国就是希望中国分裂，不管任何形式的统一都是美国不愿意看到的。

但是"两个中国"突破了蒋介石的政治底线。蒋介石寻求美国的帮助，一方面是要确保台湾地区的安全，但另一个更为重要的方面是希望美国政府帮助他实现反攻大陆，重新恢复中华民国在大陆的统治权，这是更重要的一个方面。如果仅仅是确保台湾的安全，而不想反攻大陆，最终变成"两个中国"或"一中一台"，那是蒋介石绝对接受不了的，如果结局是这样，台湾的安全对蒋介石来说意义就大打折扣了。

蒋介石是一个真正的民族主义者，他热爱中华大地的每一寸土地，他不希望国土分裂，他要对得起民族，对得起历史，也要对得起跟随他从大陆来到台湾的 300 万党政军人员。

更让蒋介石生气的是，近年来台湾党政军一些高层人员也慢慢接受了美国的主张，总是在他耳边吹风：什么金门防守的成本太高了，而且战略意义不大，能不能先采取韬光养晦的策略，先不跟大陆军事对抗，等我们把台湾建设得强大了，军力也更强大了，我们再找机会反攻大陆，等等。这些言论说穿了，无非就是想说，放弃金门、马祖，退守台湾，偏安一隅，这也是另一种台独思潮，蒋介石绝不赞同，更不能放纵这种思潮在台湾泛滥成灾。

中东局势动荡后，蒋介石立即敏感地意识到，这也许又是一次国际机遇。8 年前朝鲜半岛突然爆发战争时，曾给了蒋介石一次绝好的反攻大陆的机会，但没有想到的是，美军竟然在朝鲜半岛打了败仗，使蒋介石从朝鲜半岛进入大陆东北地区，然后从北到南逐步收复失地，最终打败毛泽东，夺回失去的政权，重新实现中华民国在大陆的统治这一宏伟计划没能实现。

那么今天的中东局势会不会变成一次反攻大陆的机会呢？

所以蒋介石十分重视中东局势，他早就吩咐过侍卫官们，不论什么时间，也不论他在干什么，只要有最新的中东局势的报告，都必须第一时间报告给他，不得有误！

蒋介石在草坪上走了两圈，几名侍卫官轻手轻脚地跟在后面，生怕他们的一点声响会打扰总统的思考。

"你告诉蒋副秘书长，让他今天上午召集中常委及三军首长开个会，认真研究一下中东局势，美军出兵黎巴嫩后，中东局势会如何发展以及对台湾海峡的安全有什么影响做出评估。下午 3 点，让蒋副秘书长到官邸来，我要亲自听他的报告。"蒋介石对负责政治军事的侍卫官命令道。

"是！我现在就去办。"侍卫官敬礼后转身离去。

蒋介石目视着侍卫官身影消失后，就转身回到室内。他洗漱完毕后，到餐厅吃了简单的早餐，就更衣来到办公室。

蒋介石想在上午把中东问题的所有报告再好好过目一下，他要认真想想中东局势发展的各种可能，然后做出基本的判断。如果中东局势最终可能让美苏两国动武的话，就可能引爆第三次世界大战，台湾就有机会了。

蒋介石想到这儿，就告诉侍卫官，上午他不见任何人，也不听任何报告，当然，除非有中东的最新报告。

侍卫官点头表示明白。

中华民国国防安全委员会副秘书长蒋经国接到父亲的指示后，立即召集在台北的国民党中常委和陆海空三军首长到国安委开会。

蒋经国的职务仅仅是国安委的副秘书长，这个职务本来是无权召集中常委开会的，三军首长更不可能听命于他。但在中国的传统政治权力习惯中，因为蒋经国是蒋介石的儿子，这个特殊的身份已经让蒋经国的职务变得一点都不重要。国民党高层也都清楚，68 岁的蒋介石已经开始精心栽培自己的儿子了，总统这个职位迟早是要传给蒋经国的，所以，中常委和三军首长才会听命于蒋经国——大家何必要跟未来的总统过不去呢！

上午的会议开得很顺利，各位中常委和陆海空三军首长都谈了自己对中东局势的看法。蒋经国让秘书们中午加了个班，把大家的意见集中起来，形成一份关于中东局势的研究报告，便于他下午向总统汇报。

中午秘书们来不及吃饭，加班整理报告。蒋经国也是简单地吃了点饭，然后抓紧时间午睡了一会儿。这是他多年的习惯了，中午哪怕是睡 10 分钟也行，中午如果不睡会儿，下午就一点精神也没有。

午睡一起床，秘书们已经把报告整理出来并送到了蒋经国手上，他只看了一眼标题：《关于中东局势的报告》，就动身前往阳明山总统官邸。

蒋经国乘坐的是一辆黑色的雪佛兰轿车。

阳明山总统官邸的警卫们对这辆雪佛兰轿车太熟悉了，每过一道门岗，警卫们都是立正敬礼，然后挥手让轿车通过。

轿车一直驶到总统官邸办公室的门前才停下，总统官邸的侍卫官连忙把车门打开，蒋经国手拿公文包一脸严肃地走下车。

蒋经国去总统办公室是不需要侍卫官通报的，这也是唯一进蒋介石办公室不需要侍卫官通报的官员，仅从这一点就看出蒋经国的特殊身份与地位，所以，职务对蒋经国纯属摆设。

"总统，听说您昨晚休息得不好！"蒋经国走进蒋介石的办公室，一看到父亲就关心地询问。

"问题不大，中午休息了一会儿，现在感觉精神好多了。蒋副秘书长，上午的会开得怎么样？"

蒋氏父子还是老规矩：在家里他们用"父亲"和"经国"互称，在办公室就是"总统"与"副秘书长"。

蒋经国打开公文包拿出了一份文件，"总统，这是今天上午大家对中东局势的分析与看法，我已经形成了一份文件，您待会儿可以看看。"

蒋介石看了一眼文件，上面写着《关于中东局势的报告》，文件的左上角两个黑体字显得特别刺眼："绝密"。

蒋介石对儿子的办事能力和高效感到满意。

"蒋副秘书长，谈谈你自己的看法。"蒋介石把文件放在茶几上，然后让蒋经国坐在他对面的沙发上。

侍卫官走进办公室，给蒋经国端了一杯西湖龙井茶，又把一杯白开水放在蒋介石身旁的茶几上。

蒋经国："总统，我个人认为，中东地区是世界油库，战略地位非常重要，美国和苏联一定会全力争夺这个地区。因此，这次中东危机将不会局限于一次地区性冲突，极有可能会导致美国同苏联的激烈对抗。我个人判断，即使苏联不直接出兵中东，他们在欧洲某个国家挑起事端的可能性也很大。而美苏两国要么不打，要打一定就是第三次世界大战的爆发，因此，中华民国又面临一次新的机遇和考验。"

蒋介石认真听着儿子对中东局势的分析与判断，他没有插话，因为他不想打断儿子的思路。

蒋经国："我认为，现在世界格局的任何变化都将波及亚洲。这次中东危机，如果美国能掌握主动，我判断毛泽东和中共不会轻举妄动。但如果是苏联占居上风，毛泽东和中共政权肯定会受到鼓舞，共产势力极有可能沿朝鲜半岛和印度支那大举南下，从东西两个方向在环太平洋反共包围圈上打开缺口，并对台湾在战略上形成夹击之势。可以预言，从目前局势看，台湾本岛是安全的。毛泽东不会首先选择台湾为目标，更准确地说是'不敢'。台湾海峡是一道难以逾越的天然屏障，同时，在《台美共同防御条约》已经生效，并构成威慑的情势之下，毛泽东如果敢贸然渡海攻台，等同向美国宣战，而以目前中共那样的海空军劣势去碰美国强大的海空军战力，无异于以卵击石，是一种自杀行为。"

蒋介石有点不太同意儿子对毛泽东的判断，他还是不太了解毛的胆量与智慧。朝鲜战争爆发时，不是所有的军事专家都判断中共绝不会出兵吗？可毛泽东不仅派兵参战，而且一参战就投入了六个军。

"蒋副秘书长，毛泽东对局势的分析与判断往往与我们想的不一样，他的思维方式和我们是不同的，他的胆量更是我们摸不透的。你说毛泽东不会发动对台湾的进攻，但他借助国际局势会不会攻打金门、马祖，以此来配合苏联的战略，分散美军在中东的军事力量呢？"蒋介石终于憋不住了，他提出了具体问题。

蒋经国："是的，毛泽东狡诈精明常常出乎意料，这次中东危机我想毛泽东绝不会袖手旁观，他一定会有动作。如果毛泽东想采取军事行动，那么他把金门和马祖作为打击目标的可能性最大。毕竟金门、马祖离大陆太近，当然这只是原因之一，更重要的原因是因为美国至今不曾明确态度，在这两座岛屿一旦遭到中共攻击的情势下，美国是否会挺身而出，对它们实施有效的保护。美国政府在此问题上的含混不清，肯定会给毛泽东提供可乘之机。"

蒋介石点点头，他完全同意儿子以上的分析与判断。4年前，在签订《台美共同防御条约》的谈判中，美国政府是主张要中华民国放弃金门、马祖的，条约只适用于台湾本岛与澎湖列岛，而把金门、马祖等东南沿海岛屿列入为不适用范围。后来虽然在国民政府一再坚持下，用私下换文的方式承诺美国政府的主张，而在公开的文件上用条约适用于台湾本岛、澎湖列岛，以及双方认为有必要协防的岛屿这种模糊的字眼应对中共与国际社会。蒋介石的想法是，等条约正式签订后，再好好做美国的工作，争取让美方在适当的场合用适当的方式向中共与国际社会表明，有必要协防的岛屿指的就是金门、马祖，但令人遗憾的是，美方至今从没有在任何场合做这种表态。

这让蒋介石心里很不痛快！

蒋经国见父亲在沉思，就端起茶杯喝了一口水。这真是上等的龙井呀，也不知父亲是通过什么渠道弄到的这么好的龙井茶。

蒋经国品着茶等待父亲的发问。

"这个龙井茶感觉怎么样呀？"蒋介石沉思一会儿后，见儿子在品茶，也就故意问道。

"这是今年的春茶，口感很好。"蒋经国由衷地回答。

"你是品茶的行家呀！知道这个龙井茶是怎么来的吗？"

蒋经国摇摇头。

"这是毛局长通过特殊通道从杭州弄来的。"蒋介石说道。

蒋经国听到这儿，突然一种悲哀从心底产生。现在父亲想要点龙井茶还需要保密局从特殊渠道弄来，要是在 10 年前，中华民国的总统想要喝龙井茶，浙江省主席还不亲自送到南京去呀！

"美国方面最近有什么新动态吗？"蒋介石见儿子有点伤感，就把话题转回到局势上。

蒋经国："几天前我曾与美军援台军事顾问团团长蔡斯将军面谈过，他虽然没有直接说要我方从金门、马祖撤军，但却拐弯抹角地说金门、马祖这些外岛其实对台湾安全并不重要，搞不好反会招惹一些无谓的麻烦。他那时就向我透露过，如果中东局势不稳，美国一定会在中东采取军事行动。他希望如果美军在中东采取了军事行动，我们一定要保持克制，金门、马祖的国军千万不要对大陆采取军事进攻，因为美国不想同时在世界的另一区域陷入另一场战争。"

蒋介石认真听着蒋经国的讲述，他觉得美方的这个态度真应该引起高度的重视。

蒋经国："总统，我一向认为，美国虽然是我们最重要的盟友，但我们同时又要清醒地认识到，美国在处理国际事务时始终是把自己的国家利益放在第一位，从来不考虑道义和友情，也不太顾及别国的感情与利益。因此，我们常常看到美国在面对国际事件时，往往因时因地因人而采取不同的政策与措施。朝鲜战场上美军领教了中共的顽强与凶悍，所以，他们现在极不愿意与中共刀枪对峙，说白了就是不愿意与中共打仗。"

蒋介石听到这儿不由自主地从沙发上站了起来，在宽大的办公室来回地走着，想着如何面对即将到来的变局。

"蒋副秘书长，你说下去。"蒋介石还想听儿子的分析。

蒋经国："在上午的会议上，陈院长（'中华民国行政院'院长陈诚）、何主任委员（'中华民国战略顾问委员会'主任委员何应钦）、俞部长（'国防部'部长俞大维）、王总长（参谋总长王叔铭）、蒋主任（'总政战部'主任蒋坚忍）、彭司令（陆军总司令）、梁司令（海军总司令梁序昭）、陈司令（空军总司令陈嘉尚）等党国长辈和各军种首长的意见都以为，金门、马祖是台湾的咽喉之地，断然不可撒守。但在中东情势尚不明朗、美苏两国是否会在中东打起来目前还难下定论之时，我们不妨在台湾海峡稍加克制，不事张扬，军事上采取低姿态。此种战略绝非示弱于中共，而是一种韬光养晦之策。一方面可以让美国放心，我们不会主动采取军事行动进攻大陆；另一方面也避免给毛泽东以寻衅的口实，避免挑起台湾海峡的军事冲突，我们通过静观时变，再寻觅良机……"

蒋经国的话还没有讲完就被父亲打断了。

蒋介石显得很愤怒，"你们这是妇人之见呀！克制，怎么克制！你刚才说得很好，美国人在处理国际事务时只考虑他们自己的利益，既然美国人有美国人的利益，我们就要考虑我们自己的利益，我们的权利，不能为了美国人的利益而放弃我们的利益与权利。他说让我们克制，不要挑起与中共的战事，我们就主动放下武器不打仗啦?！我们卧薪尝胆这么多年，不就是要寻找一切机会与中共决一死战的吗！这一仗迟早要打，想回大陆就得打！毛泽东不怕打，我也不怕！在台湾打，在澎湖打，在金门马祖打，由他拣好了。金门这个地方，我们不但不能撤，还必须给我牢牢守住，美国人帮不帮忙都要守。金门岛上10万国军打光了还要守，无非是把台湾的部队都派上去，我这个总统府哪怕没有一兵一卒了也要保证金门，守住金门。金门守不住，台湾早晚有一天也守不住的，翻一翻史书，读一读郑成功、施琅是如何渡海打台湾的就知道了……"

蒋经国怔怔站着，他不知道父亲为何突然勃然大怒，难到是刚才自己的建议与父亲所想不一致，惹恼了父亲？！

蒋经国虽然一下子还没有完全弄清楚父亲的真实想法，但他从刚才父亲嘴里说出来的并不十分连贯的字里行间，感觉到总统显然有更为深谋远虑的思考。

于是蒋经国轻声但十分坚定地对父亲说："总统，请给我一点时间，容我再和元老、三军首长们商议一次。"

蒋介石走过来苦笑了一下，用力拍拍经国的肩膀，说了一句意味深长的话："蒋副秘书长，不要忘记，台湾乃弹丸之地，只是我们中国国民党的栖身之所。我们不怕敌人强大，就怕自己苟且偏安，所以此生即便我做不了郑成功，也不希望你去做郑克塽。"

蒋经国略有所悟：父亲不愿听到诸如"克制"、"低姿态"、"韬光养晦"等消极避战之词，即便使用这类词的着眼点仅仅是就策略而言。

父亲在台湾海峡采取的战略只有一种：攻势战略。

父亲毕竟是父亲，几十年征战南北，加上政坛风云、宦海浮沉，早已把他打造得高深莫测，数不清的胜负荣辱、辛酸苦辣、大悲大喜、几起几落，更使他弄权谋游刃有余，用手腕炉火纯青。

相形之下，儿子确实还欠火候略逊一筹，思路合逻辑而显浅直，谋划应形势而缺算度。

虽然蒋经国接班人的地位已悄然确立，但作为一个领袖继任者，尚需继续修炼……

1958 年 7 月 17 日，台湾宣布陆、海、空三军进入"特别戒备状态"，全体官兵停止一切休假。

国民党军高级将领开始走马灯似地巡视金门、马祖地区，金门、马祖守军频繁进行演习，福建沿海不断遭到炮击。

美国在台湾的军事顾问、外交官同台湾有关部门时刻保持神秘接触，并同时每天把有关中东形势的最新情况报告蒋介石。

美军太平洋战区也进入紧急战备状态：第七舰队两艘航空母舰，两艘重巡洋舰和八艘驱逐舰，游弋于台湾东北 60 至 100 海里处待命。两艘潜艇则隐匿于中国大陆浙东海域，监测中共海军南下动向。第七舰队司令比克利将军透露：假如爆发战争，导弹舰只将驶近亚洲大陆摧毁共产党中国在旅大、青岛及上海的潜艇基地。美国海军参谋长伯克将军也毫无顾忌地表示：美国海军正密切注视台湾海峡的局势，随时准备进行像在黎巴嫩那样的登陆。

蒋介石也在公众场合频频曝光，显得信心十足，他多次演讲说：我们有一切理由相信，我们收复大陆的努力将会成功。这是完全做得到的，是可行而现实的事情。

蒋介石制订的"攻势战略"在行动。

太平洋上的台风没有到来，但从中东刮起的"强台风"，正以每秒 20 米的速度吹向原本就不平静的台湾海峡。

二　借题发挥

1958 年 7 月 18 日深夜，北京城开始宁静下来，热闹了一天的东、西长安街华灯明亮，白天的游行队伍早已散去。环卫工人开始清扫马路上的纸屑，最后一班公交车由东往西，或由西往东驶过天安门广场。

此时的中南海新华门却热闹起来，那个年代最高级的轿车"吉斯"、"吉姆"一辆接一辆地驶进新华门，警卫战士持枪敬礼目视着轿车从新华门驶向怀仁堂。

中南海怀仁堂，灯火辉煌，中央军委在此召开紧急扩大会议。

彭德怀、林彪、贺龙、徐向前、聂荣臻、陈毅元帅，粟裕、黄克诚、陈赓大将，海军司令员萧劲光大将，空军司令员刘亚楼上将，炮兵司令员陈锡联上将，工程兵司令员陈士榘上将，总政治部主任萧华上将，总后勤部部长洪学智上将等中国革命战争史上一批曾经叱咤风云的将领们，今天又一起坐到了最高统帅部。

彭德怀、林彪显然是这群将帅的核心人物。

彭德怀豪爽的性格一生都改不了，他一走进怀仁堂，就大声地说："好呀！你们都先到了，今天主席把我们都叫来，肯定是有重大军事行动了！"

贺龙元帅第一个迎上去和彭德怀握手，"把你彭老总请来了，这个事肯定小不了。"随后萧劲光大将、陈赓大将、陈锡联上将、陈士榘上将纷纷上前敬礼，"彭总好！"

陈毅元帅和粟裕大将在房间一角的沙发上正交谈甚欢，彭德怀见了就大步走过去，"两位老伙计，我老彭来了你们也不跟我打个招呼吗！"

陈毅赶紧站起来说："你彭老总来了谁敢不跟你打招呼呀！"说着两只大手已经紧紧地握在一起。

粟裕向彭德怀敬了个礼，"彭老总最近身体可好？"

彭德怀哈哈一笑，用手拍了拍肚子，"只是这个地方越来越大了，其他部件都好得很！"

这时林彪元帅走进了怀仁堂，元帅、将军们很是吃惊！

由于抗日战争时期受了枪伤，林彪当时到苏联医治并没有完全治愈，回国后抗日战争进入最艰难时期，加上解放区的医疗条件，林彪的枪伤也就没办法彻底根治。内战爆发后，林彪奉命率10万人进入东北，不久打响了夺取全国胜利的第一个战役——辽沈战役。随后，林彪率第四野战军从东北一直打到海南岛，直到全国解放，他根本没有时间，也没有机会再去治疗枪伤，休养身体。所以，全国解放后林彪的身体就一直不太好，虽然挂着军委副主席的职务，实际一直处于半工作半休息状态，没有特别重大的事情，主席、中央军委一般不会通知他。

今天林彪元帅来参加会议，可见这个会议的重要性。

跟随林彪元帅时间最长的老部下，空军司令员刘亚楼上将第一个迎上去，他敬了一个标准的军礼，"林总好！林总身体好吗？"

林彪伸出手和刘亚楼握了握，"身体还好，但主席还是让我以休养为主呀！"

黄克诚、洪学智、陈锡联、萧华也都站起来敬礼道："林总好！"

林彪的性格和彭德怀刚好相反，他很内向，一般也不多说话，对几位大将、上将的问候，他只是礼貌地点了一下头，并没有说什么。

徐向前、聂荣臻两位元帅也很关心林彪的身体，"最近身体情况怎么样？您应该到外地多走走，这样对身体反而好些。"

林彪苦笑了一下，"我当然想外出多走走，但我这个身体算是交给解放战争了。"

三年解放战争，林彪打了无数次仗，特别是辽沈战役、平津战役，更是让林彪费尽了全部心血，也许他的身体只是为解放战争储备的。

彭德怀虽然主持中央军委的日常工作，但今天的军委扩大会议是主席亲自主持召开，他并不知道林彪会来参加，所以彭德怀也有点吃惊！

"林总呀，你现在身体怎么样了？能不能出来工作呀，我现在是一天要当成两天用，事情真是太多了！"身兼中央军委副主席、国防部部长的彭德怀是发自内心地希望林彪能出来帮助他，分担一些他的工作。

林彪的脸上还是没有太多的表情，他握着彭德怀伸过来的手说："军委的工作有你主持，主席是放心的。"

贺龙、陈毅元帅和其他几位大将、上将也都过来问候林彪。

林彪的到来让元帅、将军们都强烈意识到今天会议的不同寻常。想想这段时间国际局势的动荡，以及天安门广场上的游行示威，虽然元帅、将军们还不知道今天会议要决定什么，但肯定是和中东局势有关。

美军和英军在黎巴嫩、约旦登陆作战后，北京举行了有百万人参加的声势浩大的示威游行，天安门广场顿时成了人的海洋。"让美国佬滚回去！坚决支持中东人民的革命斗争！"这样的口号响彻天安门广场，也响彻整个北京城。

工人阶级是那个时代的先锋队，为了支援世界革命，他们首先走上了街头，发出了"声援中东革命"的呐喊。

北京第一机床厂的1500名工人是第一支走上长安街的游行队伍，他们举着红旗和五光十色的标语牌，高喊着"美帝国主义从中东滚回去，坚决支持中东人民的革命"等响亮的口号，从东长安街向天安门广场走去。游行队伍立即引起了众多市民的围观，大家也跟着游行队伍呼喊着口号。

北京联合纺织厂的女工们，是在晚上11点下班时听说其他工厂的师傅们都上街游行，支援中东人民革命去了。她们立即组织起来，半夜时分举着红旗，喊着口号走向了天安门广场。女工们为声援黎巴嫩、伊拉克的兄弟姐妹，还组织了青年突击队，她们虔诚地说，多生产一支纱锭，就是多造出一颗射向美、英帝国主义的子弹。

首都文学艺术工作者的队伍里，作家艾芜走在最前列，他手里拿着匆匆草就的整个文艺界的抗议书。诗人沙鸥则被群众示威的场面所激动，诗兴大发，出口成章，他向围观的群众大声朗读新作《反侵略的红浪滔天》：

> 反侵略的红浪滔天，
> 愤怒的喊声吓破敌人胆，
> 这是火焰的洪流，
> 定要烧死战争罪犯！

　　游行示威的规模堪称世界之最，可收入"吉尼斯大全"。几天之内，全中国有 2000 多个城市、6400 万人参加了游行示威和抗议集会。一个引人注目的现象是，"美帝国主义从我国领土台湾滚出去"的口号，比"美国军队从黎巴嫩滚出去"、"英国军队从约旦滚出去"的口号喊得还要多还要响……

　　毛泽东时刻关注着中东局势，当然他关注的落脚点是台湾海峡。

　　作为政治家，毛泽东善于利用一切局势为政治服务。中东几国的军事政变，引发了美国对中东地区的干预，当然是为了美国的利益。中东地区产石油，是世界油库，而美国石油的三分之一来自于这个地区。当亲美国的政权被军事政变推翻了，作为世界第一强国，美国肯定不会坐视不管，他肯定要保护自己的利益。但出兵别国，武装干预，就不是小事了。毛泽东关心的是，中东局势会向哪个方向发展？苏联在中东地区也有自己的利益，它会参与进去吗？如果苏联支持另一方，那就会在中东地区形成美苏两个阵营，形势就复杂了。在这个格局下，中国应该怎么做？要不要借机打击一下美国呢？

　　对岸的老朋友好像有了一些动作，据情报部门报告，这几天台湾动作频繁，除了宣布陆、海、空三军进入一级战备，金门岛上的蒋军还频繁举行演习，并不断炮击大陆沿海地区。

　　蒋介石想干什么？他真想借机反攻大陆？

　　毛泽东一点不担心蒋介石反攻大陆，他深知，就靠蒋介石现在的那点家底，想反攻大陆绝对是痴心妄想。

　　毛泽东真正担心的是蒋介石会不会在美国的压力下放弃一个中国的立场，实行"两个中国"或叫"一中一台"，造成中国的长久分裂，这是毛泽东最担心的。如果在他们这一代人手中让台湾从中国分裂出去，就是民族的罪人，对不起历史，对不起国家，更对不起两岸的中国人。毛泽东绝不允许台湾从中国分裂出去，他相信蒋先生也绝不会放弃一个中国的立场。但台美共同防御条约签订后，美国对台湾的立场变得有点模糊，蒋介石的立场会不会发生什么变化，现在也是未知数。

毛泽东突然意识到，能不能借着中东局势的变化，我们也采取一些军事行动，一方面是向世界表明中国对中东局势的关注，坚决反对美国对黎巴嫩的武装入侵；另一方面也可以试探一下美国在台湾问题上的底线，同时看看蒋介石是否还坚持一个中国的立场。

毛泽东想到这儿，一个宏伟的军事行动蓝图开始在心中酝酿，他把想法与周恩来、朱德做了交流，得到了他们的充分肯定。

毛泽东又在中央政治局常委会上谈了他的初步想法，得到了常委们的一致赞同。

毛泽东决定开一次军委扩大会议，把他的想法变成军事行动！

深夜的中南海怀仁堂，参加军委扩大会议的元帅和将军们都到齐了，现在只等真正的主角出场了。

毛泽东穿着浅色中山装，在总理周恩来的陪同下走进了怀仁堂，元帅、将军们都站起来，向他们的统帅致敬！

毛泽东一一和参加会议的元帅、将军们握手，并询问一些他感兴趣的问题，会议室不时响起一阵轻松的笑声。

毛泽东在他专用的座位上坐下，习惯地点燃一支烟，深深地吸了一口，然后扫视了一下参加会议的全体人员，才用他浓重的湖南话说："现在开会。大家都知道了，世界上有一个地方叫中东，最近那里很热闹，搞得我们远东也不太平。人家唱大戏我们不能只做看客，所以，我们也应该有动作！"

瞬间，怀仁堂内鸦雀无声，空气像凝结了，只听见吊扇旋转的嗡嗡声，身经百战、熟知战争为何物的元帅、将军们立刻在心中读出了毛泽东话中的含义。

自从 1935 年遵义会议确立了毛泽东在全党全军的领导地位以后，历史便一次又一次印证了毛泽东就是胜利的代名词，元帅、将军们从不怀疑他所做决定的正确性。

主席说的动作应该指的就是战争吧！元帅和将军们用眼神互相探询着：是什么样的战争呢？

毛泽东看大家都屏气凝神地注视着他，就和总理对视了一下，然后继续说："美军在黎巴嫩、英军在约旦登陆，镇压中东人民的反侵略斗争和民族解放运动。现在全国各地都在游行示威，声援中东人民。但游行示威只是一个方面，只是从道义上支援中东人民，从政治上打击美帝国主义。我们不能仅限于道义上的支援，我们要有实际行动的支援——要打一仗呀！但这个仗怎么打，选择哪个方向用战争的方式支援中东地区呢？只有选择金门、马祖地区，所以中央决定：炮击金门、马祖，主要是打蒋介石。金门、马祖是中国领土，打金门、马祖是我们的内政，在政治上有理，在军事上有利，美国找不到借口，而对美国则有牵制作用。"

"炮击金门"——元帅、将军们一阵兴奋。粟裕更是精神百倍，他树起双耳，生怕漏掉一个字。

毛泽东见元帅、将军们都兴奋起来，就停顿了一会儿，然后继续说："美国所有的远东部队现在都进行了备战，制造紧张空气，企图牵制我们。我们要以实际行动回答他，牵制他在远东的兵力，使美国不能向中东调兵，减轻美国对中东人民的压力，如能调动美国海军在中东和台湾间频繁调动则更妙。我们就是要告诉全世界人民，美国要打仗，中国人民是不怕的。在朝鲜战场，我们摸了一下美国军队的底。对美国军队，如果不接触它，就会怕它，我们跟它打了33个月，把它的底摸熟了。"

毛泽东喝了一口水，又扫视了一下参加会议的元帅、将军们。毛泽东太熟悉了解他的这些部下了，20多年来，他们跟随自己从南到北，又从北到南，打了无数的胜仗，也曾经历过多少次的失败，终于把蒋介石赶到了台湾，建立了新中国。

抗美援朝战争取得胜利后，现在又过去5年了，也该打一次仗了！但是这一仗和以往都不一样，究竟该怎么打，毛泽东还没有完全想好。

但炮击金门他已经想好了!

毛泽东继续谈着他的战略构想:"这几年美国为了达到侵略别国的目的,到处打着反共的招牌,这是它的侵略本质决定的,它是一只凶恶的真老虎,也是虚弱的、外强中干的纸老虎。但在远东、台湾地区,美国有着海空优势,如果我们炮击金门,美国是否会卷入,值得考虑,我们要有所准备,它来打我们怎么办?局部战争会不会引起大规模冲突?这次炮击金门的主要作战对象是蒋介石,尽量不与美国正面冲突,因此,我们的海空军不出公海作战,并要防止误击美机、美舰,既不示弱,也不主动惹事。"

毛泽东把他的战略构想讲完了,他又喝了一口水,然后用征询的目光看了一遍参加会议的元帅、将军们。

"大家还有什么想法呀?"毛泽东想听听元帅、将军们的意见。

大家把目光都聚焦到彭德怀和林彪身上。

林彪微闭双眼,沉思了一会儿,但没有说话。

彭德怀想了一下,说道:"主席炮击金门的战略构想我们已经听明白了,但如何防止误击美机、美舰,美国会不会因此卷入战争,我们研究后拿出一个具体作战方案来,再报主席。"

毛泽东点点头,然后对彭德怀、粟裕说:"以中央军委名义发个电报,命令各大军区立即进入紧急战备。把作战任务下达给福州军区和海军、空军、炮兵,越快越好,最迟应于7月25日之前,以地面炮兵实施主要打击。第一次炮击几万发炮弹,以后每天打1000发,准备先打三个月。以后怎么办,走一步看一步。"

这一天的军委扩大会议,是毛泽东一生中最后一次亲自决策和部署重大战争行动,短短的一段开场白,已经明晰简要地勾勒出他的战略意图和战术原则。而他常胜的奥妙和指挥的精髓从来是在战略上藐视敌人,面对强敌,敢于应战,不退缩,不手软;在战术上重视敌人,谨慎从事,量力而行,知己知彼,不打无把握之仗。

如果把毛泽东此次作战的战略战术概括为"通过打蒋而打美,既要打疼蒋又要避免与美直接作战",可以想象,掌握好其中的"度"是达成目的的关键，而这个"度"之中，又蕴涵着多少驾驭大势的高超技艺和有声有色的戏剧性啊！正因为如此，"炮击金门"作为一篇相当奇特玄妙的大文章，为毛泽东富有传奇色彩的军事生涯画上了一个圆满的句号，也成为中国及世界军事史上颇具研讨价值的经典之作。

三 准备炮击

中南海怀仁堂的灯光刚刚熄灭，北海边一幢琉璃瓦绿顶大楼却开始灯火通明。

中国人民解放军总参谋部就坐落在这里。

总参谋长粟裕大将刚参加完毛泽东召集的军委扩大会后，并没有回家休息，而是直接来到总参办公楼，开始具体执行毛泽东炮击金门的军事战略。

总长深夜莅临总参谋部，预示着复杂的作战系统正式启动。

粟裕首先让总参作战部给各大军区下达进入紧急战备的命令，然后又把7月25日做好炮击金门准备的作战命令下达给福州军区、海军、空军和炮兵部队。下达完这几项作战命令后，粟裕大将就站在巨幅的军用作战地图前，思考炮击金门的作战方案。

毛泽东只讲了他的战略构想：通过打蒋而打美，即要打疼蒋又要避免与美直接交战。或者说，炮击金门的两大目标也很明确，即惩罚蒋介石，牵制美军在中东的军事行动。但怎样实现炮击金门的战略思想与目标，毛泽东没有讲。主席只是说：先打上三个月，以后怎么办，走一步看一步。

主席"炮击金门"的真实作战意图是什么呢？按照一般的作战逻辑，炮击金门即便不是解放台湾的序曲，起码也是拿下金门、马祖的前奏吧！但主席为什么说，"打上三个月，以后怎么办，走一步看一步"？主席要看什么呢？难道主席炮击金门的背后还有更为深层和久远的谋划与思考吗?!

粟裕还没有吃透毛泽东"炮击金门"的真正意图，但他已经感觉到，"炮击金门"绝不是一次简单的军事行动，更不像是解放台湾的"序曲"，毛泽东弹奏的是一首交响乐，只是这首交响乐粟裕还没有完全听懂，甚至还不清楚这首交响乐的第二、第三乐章是什么？

"解放台湾"难道不会成为这首交响乐的重要乐章吗！

粟裕想起了8年前为解放台湾而精心准备的战役方案。

1949年5月，上海刚解放，粟裕就受命制订解放台湾的战役方案。当时，解放台湾的形势对人民解放军相当有利，蒋介石还没有从辽沈、平津、淮海三大战役的失败中清醒过来，他把国民党最后的30几万部队分驻在海南、台湾、舟山三大岛。

蒋介石的想法是：以岛屿对抗大陆，三点成一线，海南扼制广东、台湾俯视福建、舟山锁闭上海、浙江。退——可以互为犄角鼎足依托；攻——可以全线同时展开或突出某一重点。

粟裕对蒋介石的部署更感到满意，你愈是分兵把守，愈有利于我各个击破。粟裕曾向毛泽东建议，必要时可考虑暂不攻击较易攻取的舟山群岛，而先攻击最难打的台湾，台湾打下，统一中国的最后一道难题必将势如破竹迎刃而解。

面对台湾7个军14万惊弓之鸟，粟裕初定以8个军20余万人发起攻击。作战计划尚在呈报待批过程中，粟裕预备进攻台湾的解放军一部分已经分别在胶东沿海、长江口和天目山开始了模拟跨海登陆作战及在台湾山区作战的训练。

蒋介石很快便觉察到了台湾本岛的防御力量太弱且兵源有限，但此时他布防在大陆的兵力是他最后的希望，蒋介石不甘心轻易败退台湾，他要在大陆做最后的抵抗，所以蒋介石还不想把部署在海南、舟山群岛的部队全部主动撤退到台湾。于是，蒋介石把求助的眼神瞥向了日本，决计以重金招募日本炮灰。不久，一支两万余人的日本雇佣军开赴台湾。日本人再次登临台湾，虽不是重演 50 年前的鲸吞强占，但用武士刀斩断宝岛与大陆的血脉却同出一辙。日本兵的顽强、凶悍、团队精神和战术精湛又是举世闻名的，这使得粟裕在评估他们的战斗力时，就不能用 1＝1，而只能用 1≈3 的算式来计算：如果 2 万日本兵约等于 6 万国民党兵，那么 6＋14＝20，台湾拥有的国民党守军战力应以相当 20 万人来看待。这样，原拟 8 个军参战已不够，粟裕对战役方案第一次做了较大修改，计划投入攻台的兵力增加到 12 个军、50 余万人。

1950 年 5 月，第四野战军解放海南岛战役，歼敌 33000 人，拿下全国第二大岛。但由于没有海、空军的协同作战，无法封锁各港口和机场，致使薛岳率近 7 万人撤退到台湾。此时此刻，蒋介石做出了在他的军事生涯中也许是最为艰难但也最为果断的决策：3 天之内，将舟山群岛 12 万守军全部秘密撤到台湾，集中一切兵力，确保台湾和澎湖列岛。从现象上看，三岛已丧其二，辖地仅存台澎金马，但台湾兵力陡增 1 倍，达 40 万人，成为一颗名副其实难以一口咬碎的硬核桃。

粟裕迅速向所部发出指示：敌人已集中 40 万左右的陆军及其海空军全部守备台湾，未来对台作战将更加激烈与残酷，原定以四个军为第一梯队的准备已不够强大，需增加至 6 个军，这是他对战役方案做出第二次较大修改。6 月末，情报部门又侦悉台湾正加紧补充部队，估计其陆军在我未来发动攻击时可达 50 万人，海空军亦得到加强。粟裕再次向军委和毛泽东报告：我军在数量上已无优势，但只要能登陆成功，且能于突入纵深后站稳脚跟，仍可完成预定任务。为了更有把握起见，如能从其他野战军中抽出 3～4 个军作为第二梯队或预备队则更好。至此，粟裕三度修改战役方案，计划参战兵力达 16 个军以上。

问题是，增兵较易，增船太难。

粟裕掐指一算，为确保战役胜利，必须在四五小时以内有第一梯队 15 万人左右登陆，并有相当数量的运送第二梯队的船只，而现在手中所有船只仅够装运 4 个加强师，为第一梯队所需的一半，征船、造船、买船又需要时间。别无良策，再三思考，粟裕下决心向军委报告：攻击台湾须进一步准备，此役关系重大，解放台湾战役如无绝对把握，则不应轻易发起攻击，而宁愿再推迟一些时间。

就在此时，朝鲜战争突然爆发，粟裕绞尽脑汁三易其稿的攻台作战方案只好无限期束之高阁。

时隔 8 年，大将粟裕的一头乌发早已是黑白参半，他终于又等来了机会，再次制订对台湾实施打击的作战方案。虽然 8 年前的那个方案如今完全用不上，但毕竟这是对自己当年未能把胜利的旗帜插上那座岛屿的一种安慰和补偿吧！

闽南地区的 7 月，虽然是台风季节，但并不是雨季。说来奇怪，1958 年的 7 月，台风没来，雨却下个不停，从 7 月上旬开始，一连十几天的大暴雨，让九龙江、晋江等河流洪水泛滥，大片的农田和民房被淹没、冲毁，老人们都说，这是有生以来见过的下的最大、时间最长的雨。

7 月 21 日早上 6 点，刘锋刚起床，值班参谋的电话就打到了家里：

"军长吗！我是司令部李参谋，刚接到厦门市政府电话，希望我们军派出官兵支援地方抗洪救灾。"

"知道了！你马上向政委报告，并通知司、政、后首长和各处处长，8 点钟在军部会议室开会，军党委委员都参加。"

刘锋挂断电话，刚想去打水洗脸，妻子于丽已经把洗脸水给他准备好了。

"怎么，又有任务呀？"于丽关心的问。

"嗯！闽南很多乡镇遭水灾了，地方政府希望部队能帮助抗洪救灾。"刘锋一边洗脸一边回答。

"是呀！老天爷怎么下个没完没了！现在正是水稻收割季节，雨这么下，老百姓今年的收成可就成问题了。"

"谁说不是呢！这雨都下了 10 多天了，还没有停的意思。"

于丽也不接话了，她赶紧到厨房给刘锋准备早饭。

吃完早饭，刘锋打了把雨伞就出门往军部走出。

雨越下越大，刘锋的皮鞋和裤腿都被雨水打湿了，他也顾不了这些，向着军部办公楼快步走去。

军部会议室，政委和司、政、后首长，各处处长都到齐了。

刘锋走进会议室，先和政委小声地交换了意见，然后对参谋长说："你先草拟一份给军区的报告，内容是：我部接到厦门市政府紧急求助电话，希望我部派出部队参加地方抗洪救灾，我部拟派军机关干部、警卫营和一师一个团参加地方抗洪救灾，请军区批示！"

参谋长记下军长的指示后，立即和作战处处长一起草拟派部队参加地方抗洪抢险的紧急请示报告，呈军区首长批复。

在等待军区首长批复的时间，刘锋主持召开军部机关动员会，"同志们，今年的这场雨来得很凶也很猛，到今天已经下了 12 天了，闽南地区的九龙江、晋江都已经泛滥成灾，农民兄弟的损失很大呀！今天早上我接到了厦门市政府打来的紧急求助电话，希望我们能派出部队支援地方抗洪救灾。我们是人民的子弟兵，人民有苦难，我们当然不能袖手旁观。这几年我们驻守在闽南地区，厦门、漳州、泉州各级政府和人民给了我们极大的支持。在老百姓生活不宽裕的情况下，为了让部队战士们吃好、住好，地方政府想了很多办法，克服了很多困难，来保障部队的需要。现在，老百姓遇到困难了，生命财产遇到危险了，我们应该怎么办……"

刘锋讲到这儿，正准备布置具体的抗洪抢险任务，会议室的门突然被"哐"的一声推开了，作战处处长气喘吁吁的跑进了会议室。

刘锋很不满地用眼睛瞪了一眼，刚想发脾气。

"报告军长，有紧急作战任务，军区首长让你立即到作战室接受命令！"作战处处长大声报告，全然不顾军长的态度。

刘锋一听有作战命令，二话没说，大步走出会议室，向作战室快步走去。

参谋长手里拿着红色作战专用电话，等待着军长的到来。

刘锋走进作战室，从参谋长手里接过电话，"报告首长，我是刘锋。"

电话里立即传来军区首长清晰的声音："刘锋吗！我现在下达毛主席、中央军委的作战命令：命令你军 7 月 25 日凌晨全部进入指定作战位置并做好炮击金门的一切准备，等候炮击的具体命令。你们军的具体作战位置一小时后，军区作战部会传真给你们。你们一定要严格按照新的作战位置，按时进入并做好炮击金门的一切准备，听明白了吗?"

"听明白了，7 月 25 日凌晨我部进入新的作战位置并做好炮击金门的一切准备，等待炮击具体命令。"

"好！这次炮击金门时间紧，任务重，除了你们军，还将有两个军和空军、海军也将参加战斗。你们长年驻守在厦门前线，对当地的情况更熟悉，所以你们一定要按作战命令的要求，高标准进入新的作战位置，做好炮击准备，为兄弟部队进入作战位置树立榜样！"

"请首长放心，我们保证完成任务！"

红色电话挂断了。

刘锋让自己的情绪稍微平静一些，然后对作战处处长说："你去报告政委，抗洪抢险动员会取消。通知军党委委员，司令部各处处长、一师师长、二师师长、三师师长立即到军作战室开会。"

不一会儿，本来是参加抗洪抢险会议的军党委委员和司令部各处处长都陆续走进作战室，大家都在交头接耳，不知发生了什么事情。

政委走进作战室，刘锋在他耳边把军区首长下达的军委、毛主席的作战命令告诉他。

"只有三天的准备时间，还是很紧张的。"政委小声地说。

"是呀！这也是对我们军的一次真正考验。"

参加会议的人员都走进作战室，只剩下三位师长未到，刘锋就对政委说："三位师长还要一个小时后才能到，我们先开始吧！"

政委点头表示同意。

刘锋站起来，示意大家都坐好。

"同志们，要打仗了！"刘锋大声宣布。

大家听军长说要打仗了，一下兴奋起来，作战室里一片议论声。等大家议论了一会儿，政委才示意大家安静下来，听军长布置作战任务。

"同志们，军区首长传达了毛主席、中央军委的作战命令，要求我们军在 7 月 25 日零点进入作战位置并做好炮击金门的准备。现在是 7 月 21 日上午 8 点 30 分，我们只有 80 多个小时做准备，而且为了保密，我们的行动更多的是要在夜间进行，这样给我们的准备时间就更少了，但毛主席、中央军委的作战命令我们必须坚决执行。我们军新的作战位置，军区作战部马上会下发给我们。现在我命令：军区机关在今天下午 4 点前做好进入新的作战位置的准备，前线指挥所必须在 24 日中午 12 点完成开设，由作战处、通信处、情报处具体负责。各作战部队在今天晚上 8 点开始行动，向新的作战位置进发，必须在 24 日下午 6 点前全部进入新的作战位置，以保证 25 日零点做好炮击金门的准备。"

王宝荣到军部接受作战命令回到师部已经快到中午了，他一分钟不敢耽误，命令作战科科长立即通知各团长及相关人员到师部开会，布置具体作战任务。

根据军区布置的新的作战位置，王宝荣师的任务还是很艰巨的：三个团从现在的驻地进发到新的作战位置，基本要走 200 多公里，而且多数是简易的战备公路，行车非常困难，加上这些天连日的大雨把路都冲坏了。

王宝荣看着窗外的大雨，眉头紧锁。

师部的作战会议开得很简短，王宝荣首先传达了中央军委的作战命令和军区的作战命令，然后是军长对各师的作战要求。根据军区下达的新的作战位置，王宝荣要求各团于今天晚上 8 点开始行动，24 日下午 6 点全部进入新的作战位置并做好炮击金门的准备。

米烈山回到团部已是中午 1 点，他顾不上吃饭，就用电话给各营下达作战命令，并要求各营一定要在今晚 8 点开始行动。

作为军的主力炮团，米烈山团的装备是最好的，全团清一色的苏式 122 榴弹炮，一个连 4 门炮 7 台炮车，全团 36 门榴弹炮，近百辆炮车和保障车。要在今晚 8 点全部动起来，米烈山的心里还真没底，他知道有些车的维修有问题，包括一些车的配件后勤部门总是难以保障。想到这儿，他对作战科科长命令道："你通知各营，要优先保证炮车的完好，如果炮车缺少配件，就从生活保障车上拆零件，无论如何，今晚 8 点，全团 36 门榴弹炮要全部开始向新的阵地出发，其他的事可以往后放放。如果哪个营有一门炮动不了，我就要处分营长，3 门炮动不了，撤销营长职务。"

"是！我立即下达团长的命令。"

晚上 7 点半，一阵刺耳的集合号声响彻团部上空，米烈山全副武装站在团部操场上。

3 分钟后，团部各机关部门全部集合完毕。

团参谋长跑步向米烈山报告："报告团长，炮团机关各部门全部集合完毕，请指示！"

雨还在下，米烈山穿着雨衣站在队伍前面大声说："同志们，现在离我们行动时间只剩下不到 30 分钟了，为保证全团 36 门榴弹炮能按时行动，我现在命令团部机关所有人员全部下到各营各连，协助他们行动，保证今晚 8 点全团 36 门榴弹炮全部能按时向新的炮阵地出发，现在由参谋长宣布下到各营的人员名单。"

参谋长开始宣布下到一营、二营、三营的人员名单。

米烈山带着作战股股长和通信股股长坐着吉普车去了一营。

晚上 8 点，一辆接着一辆的炮车牵引着一门门榴弹炮驶出了驻地，开始向新的炮阵地进发。

米烈山坐在指挥车上，无线电台传来各营的报告：

"报告团长，一营已开始行动，12 门火炮全部开始向新阵地出发。"

"报告团长，二营准时开始行动，12 门火炮全部正常，已开始向新阵地出发。"

"报告团长,三营在 8 点准时行动,12 门火炮全部正常,已开始向新阵地出发。"

米烈山满意地点点头,"向师长报告,炮团在 8 点已全部开始行动,全团 36 门榴弹炮开始向新阵地出发,保证在 24 日下午 6 点全部进入新阵地,保证在 25 日零点做好炮击的准备。"

参谋长领受命令,向师长王宝荣报告。

第一天的行动很顺利,虽然天老爷不给脸,雨越下越大,但由于公路情况比较好,车队行进得很正常,到 22 日天亮时,米烈山炮团已经走了近百公里。照这个行军速度,24 日中午前完全可以到达指定位置。

根据军部要求,各师在进入新阵地时为保密,白天尽量停止行动,以免被台湾情报部门获悉我军的行动。

米烈山命令全团停止前进,抢搭临时帐篷,上午休整半天。中午饭后检修车辆和榴弹炮,晚上 7 点开始行动。

经过一晚的行军,战士们真是累了。吃完早饭,除了值班人员,全部进入梦乡。

米烈山只睡了两个小时,就被一个炸雷惊醒。他掀开帐篷的一角,看着外面越下越大的雨,开始有些担心。

虽然第一天的行动很顺利,但接下来路况会越来越差,尤其是最后一天,在进入新阵地前,基本都是简易的山路,有些根本不能算路,只是插上了路标,工兵营把一些小山包和沟壑做了处理,该挖的挖,该填的填,让炮车能够通过而已。可下这么大的雨,那些临时修的路,炮车还能走吗?另外,明天部队要通过九龙江,江面上的木头桥会不会被大水冲垮呢?

米烈山想到这儿,就对作战股股长说:"张股长,你中午吃完饭后,带一部吉普车先走,探探路,特别是看看九龙江上的那座木头桥会不会被大水冲垮,我有些担心。"

"是!团长。"

米烈山布置完这项任务后,又躺在行军床上,可怎么也睡不着。他想着即将到来的炮战……又想到了田玉娟!

昨天出发,米烈山没有来得及和田玉娟告别,只是给她打了一个电话。田玉娟当然知道部队的行动,因为有线广播站也接到了作战命令。

电话里没有多说什么,也不能多说什么,米烈山只是告诉田玉娟晚上他们就要出发了。

田玉娟在电话里沉默了一会儿,最后只说了一句话:你一定要注意安全,我需要你!

就这一句话,让米烈山差点落泪,他大声向田玉娟保证:我一定会活着完成任务!

米烈山其实更担心的是田玉娟的安全,一旦开战,有线广播站肯定会成为蒋军的主要炮击目标,她们的危险一点不比炮兵们小。但米烈山不知道在电话里怎么表达他的担心,结果他一句牵挂的话都没说。

吃完晚饭后,部队开始继续行军,向新的作战位置前进。

果然不出米烈山所料,路越来越难走,大雨把很多路段都冲垮了。炮团直属工兵连不停地抢修被大雨冲坏的公路,但部队还是走走停停。

米烈山坐在指挥车上心急如焚,不停地看手表:部队走了7个多小时,才行进了不到30公里,比步行还慢。如果照这样的速度,24日下午6点是到不了指定作战位置的,想到这儿,米烈山急出了一身的汗。

更让米烈山心急的事还在后面呢!

前去探路的作战股张股长坐着吉普车回来了,他一见到米烈山的车,立即命令司机停车,然后冒雨跑到米烈山的车前大声报告:"团长,不好啦!九龙江上的木头桥被大水冲断了,所有车辆都过不去。现在不光是我们军,还有兄弟部队的车队全部被堵在路上,乱成一团。"

"有部队抢修大桥吗?"

"听说军工兵团上来了,但我离开时还没看到他们。"

米烈山看看表,现在已是凌晨4点了,如果工兵团不能在上午把大桥修通,整个部队就要全部被堵在江边,后果不堪设想。

米烈山立即向师长王宝荣报告。

师长王宝荣已经知道了这个情况，他现在比米烈山还着急。

九龙江上的木头桥是民国时期修建的，连续 10 多天的大雨让九龙江水暴涨，上游冲下来的各种垃圾不断冲击着年久失修的桥墩，终于在今天凌晨 2 点多钟时，木桥的第二和第三个桥墩断了，桥面瞬间断开了 30 多米。

刘锋接到报告后，意识到问题的严重，立即驱车赶往九龙江木桥。他在车上命令作战处处长，让军直属工兵团火速赶往九龙江木桥。

刘锋是在早上 6 点到达九龙江边，工兵团已经到达。工兵团团长见军长到了，立即上前报告："报告军长，工兵团已经到达指定位置，并开始进行作业抢修。"

"什么时间可以把大桥抢修好？"刘锋急切地问。

"河水太大了，我们几次把抢修材料放下水，瞬间就被大水冲走了，现在还没有找到可行的办法。"

刘锋急了，大声说："我不管你采取什么办法，你必须在上午 10 点前把大桥修好，让部队通过。如果因为大桥不通，让全军部队不能按时到达指定的作战位置，你就等着军法处置吧！"

工兵团团长涨红着脸也大声回答："是！上午 10 点前修通大桥。"

米烈山赶到九龙江边时，已是上午 7 点多了。他的车离九龙江木桥还有几公里远时，就根本走不动了，米烈山只好下车步行。他往江边木桥方向望去，前面黑压压的全是牵引车和大炮，估计有 200 多辆车，100 多门大炮，大家全都堵在路上或路边，谁也动弹不了。

米烈山心想，还好老天爷下这么大的雨，如果这时突然不下雨了，天放晴了，国民党的飞机来了，这后果就太可怕了。刚才还被他诅咒的大雨现在却变成了心中的希望，米烈山开始从心里盼望这场大雨此刻千万别停。

米烈山费了很大的劲才走到江边，他看到军长刘锋正大声地指挥工兵团抢修大桥。河水实在是太猛了，战士们稍不留神就会被大水冲离桥墩几十米远。抢修大桥的材料更难固定住，稍不注意就被大水冲走。

刘锋全身上下早已湿透了，也分不清是汗水还是雨水。他看着工兵团一次次抢修行动都失败了，急得不知如何是好。这时刘锋看见米烈山了，立即向米烈山招手，让他赶紧过来。

米烈山挤过人群，走到刘锋面前，刚想敬礼报告，刘锋摆摆手，"米团长，你长期驻守在九龙江边，对水情比较熟悉，你说说现在怎样才能最快把桥修通。"

米烈山想都没想就大声回答："我刚才在江边看到工兵团的抢修了，现在河水这么猛，要想把冲断的桥墩修好是很困难的，工兵团又没有重型机械……"

刘锋不耐烦地地打断了米烈山的话："你有什么好主意就快说。"

"我的意见是修桥不如抢搭一座浮桥，可能会更快些。"

刘锋用眼光询问工兵团团长："可行吗？"

工兵团团长点点头，"应该可行。"

刘锋当机立断命令道："好！改变方案，抢搭一座浮桥。你现在立即选择搭浮桥的水域，马上行动。"

工兵团团长跑步前去布置。

米烈山又想起了一件事：一年前他去泉州执行任务时，驻地的一位地方干部曾带他走过一条近路，当时过九龙江走的是一座浮桥，那座浮桥应该离这不太远。

"军长，如果我没记错的话，离这不到10公里的地方应该有座浮桥，去年我曾走过。"

刘锋一听大喜过望，"米团长，你立即带两台车并从工兵团带几名战士去找这座浮桥，如果浮桥还在，马上回来向我报告。"

"是！我马上出发。"

米烈山没有记错，他带着两辆越野车和几名战士很快就找到了这座浮桥，河水虽然很大，但浮桥安稳地在河面上漂着。

米烈山先让几名工兵认真检查了浮桥的安全状况，看有没有需要加固或抢修的地方，然后又让越野车在浮桥上来回走了几趟，确定肯定可以通过炮车后，米烈山才赶回木桥边，向军长刘锋报告。

刘锋听了米烈山的报告，心中暗喜，"你去报告王师长，就说是我的命令，你们师全部转向，走浮桥通过九龙江，其他两个师和兄弟部队从这里过江。"

"是！马上报告王师长执行命令。"米烈山转身跑步走了。

工兵团抢搭浮桥的任务完成得还算顺利，上午 10 点过 5 分，一座浮桥搭在了木桥下游约 300 米的地方。工兵团刚把过桥的标志线画好，刘锋就迫不及待地亲自指挥一辆牵引车通过浮桥。

牵引车拖着一门 155 口径的加农炮缓慢地驶上了浮桥，加农炮的轮子刚驶上桥面，浮桥就开始左右摇晃起来。刘锋紧张地注视着，看着牵引车慢慢地把加农炮拖过浮桥，一颗悬着的心才放下来。

刘锋下令：各炮团过浮桥时，必须让最有经验的老兵驾驶牵引车，以保证安全。

虽然浮桥一次只能过一辆车，但由于指挥若定，各部队秩序井然，6 个小时后，200 多辆牵引车拖着各种大炮全部安全通过了九龙江。

刘锋如释重负，下令各部队：白天如果下大雨就继续行进，把过桥耽误的时间抢回来，确保各部队在 24 日下午 6 时全部进入作战位置。

米烈山带领着全师部队改走小路，向浮桥进发。这条路虽然窄，但平时走的人少，更没什么车辆通行，所以路况还不错。米烈山到达浮桥时，留下来的工兵早已把浮桥做了必要的加固并把路标插好了。

米烈山亲自指挥第一辆牵引车拖着 122 口径的榴弹炮过浮桥。

虽然浮桥的承受力达到了极限，每辆牵引车拖着大炮过桥时，桥面几乎快沉入水下，但有惊无险，全师车辆牵引的大炮全部顺利渡过九龙江。

1958 年 7 月 24 日下午 6 时，刘锋所部全部进入新的作战位置。

7 月 25 日零点，刘锋在新设立的前沿指挥所向军区首长报告：全军各炮位全部做好炮击金门的准备！

四 "青鸟"落网

军运输处处长邱力维是在下午 2 点才接到命令：运输处全力配合各炮团检修牵引车辆，如果牵引车有问题需要配件，运输处负责把生活保障车拆卸掉，把配件提供给牵引车。总之，今晚 7 点行动时，运输处要保证全军所有牵引车能够正常行驶，确保每门大炮能按时进入新的阵地，完成作战准备。

邱维力接到命令后惊出了一身冷汗——怎么事前一点风声都没有，3 天后就要开始炮击金门，而且这次炮击金门，海军、空军都将入闽参战，规模显然比 1954 年 9 月 3 日的炮击行动要大得多。这个情报太重要了，如果送不出去，金门国民党军将会受到毁灭性打击，后果不堪设想！

邱维力决心破釜沉舟，冒死也要想办法把情报送出去。

邱维力——代号"青鸟"，是国民党"保密局"潜伏在厦门前线的间谍。

邱维力是在南京中央大学读书时被国民党军统（保密局的前身）看上的。戴笠亲自看了邱维力的档案资料及他个人情况的介绍，认为邱维力是个很好的间谍苗子，指示军统南京站立即秘密发展邱维力加入军统。邱维力在读大三时正式加入军统，并参加军统特训班。只是他和一般特训班学员不一样的是，他只是利用晚上时间参加特训，白天照常到学校上课，而且在特训班邱维力上的都是小课，也就是教员一对一地辅导。所以，同期的特训班学员都不认识他，据说这是戴笠亲自交代的。

戴笠很看重邱维力未来的潜力，知道有一天他一定会派上大用场。

抗日战争爆发后，中央大学南迁到云南。邱维力接受的第一项任务就是利用学生的身份，秘密监视中央大学进步教授，防止他们投奔延安，并在学生中成立"三青团",打击学生中亲近共产党的学生组织。

　　大学毕业后,邱维力奉命参加孙立人的远征军去了缅甸,他的任务当然是监视最让蒋介石放心不下的孙立人将军。由于邱维力的学识及他流利的英语,再加上"国防部"的极力引荐,邱维力很快引起了孙立人的关注。孙立人将军是从清华大学毕业的,后来又去了美国弗吉尼亚军校,同样精通英语的孙立人将军很快就喜欢上了这个年轻人,并让他当上了自己的副官。

　　邱维力在副官的位置上充分展示了自己的军事才华和交际能力,一方面在军事上,邱维力经常给孙立人提出独到的见解,比如在丛林战中如何化整为零,机动作战,才能最有效地打击日军。而且邱维力对情报的分析判断能力超强,往往从蛛丝马迹中能发现最有价值的情报。比如,仁安羌战役,邱维力就是从截获的日军要求提供生活补给的电报中,判断英国军队被日军围在了仁安羌,而且日军损失也很大,于是他建议孙立人立即发动仁安羌战斗,给日军以突然打击。果然,战斗打响后,中国远征军不仅全歼了围攻仁安羌的日军1200人,还解救了英军7000人和美国传教士,震惊了国际社会。另一方面,由于邱维力懂英语,使中国远征军与英国军队、美国军队的交往变得方便了很多。孙立人每次与英军或美军进行军事合作时,一定会带上邱维力,而且邱维力也得到了英国人和美国人的认同。当然,这一切都是为了更好地完成军统交给的任务。邱维力也确实没有辜负戴笠对他的期望,每次提供的中国远征军和孙立人的情报都是最准确,也是最权威的。所有,孙立人将军率中国远征军出国作战的三年多时间里,蒋介石对他的行踪及想法了如指掌。每当孙立人与美国人或英国人交往过密,有可能影响到蒋介石的声望或地位时,"国防部"总会及时出面敲打孙立人,让他不要走得太远。

　　戴笠意外死亡后,毛人凤亲手接管了对邱维力的指挥。

　　抗战结束后,邱维力随中国远征军回国。毛人凤请示蒋介石后把邱维力调回"保密局"总部,并根据蒋介石的指示,秘密授予邱维力青天白日勋章,以表彰他在中国远征军期间出色完成的任务。

　　内战全面爆发后,当国民党军在正面战场节节败退时,毛人凤就开始考虑如何才能让邱维力打入共军内部,做长期潜伏的准备。淮海战役打响后,国民党军整团整师地投诚解放军，毛人凤看到了机会。

毛人凤秘密把邱维力派往第十二兵团，作为一名下级军官，在双堆集战斗中邱维力随部队投降，成了解放军第三野战军第十兵团的一员。

淮海战役结束后，解放军缴获了大量汽车，急需驾驶人员。邱维力在军统特训班不仅学会了开车，而且驾驶技术特别好。很快解放军首长就发现了邱维力的这个专长，让他成为解放军第十兵团汽车驾驶员训练大队的教员，专门教抽调来的有点文化的战士学开车。

邱维力不仅自己开车开得好，而且教得也特别好，深受学员们的欢迎，很快就当上了训练大队的总教员。在这个岗位上，邱维力不仅结识了很多解放军的各级干部，更重要的是建立了自己的关系网。从汽车训练大队出去的学员都成为各部队汽车驾驶的骨干，有些人又成了部队首长的专职驾驶员。通过首长的司机，邱维力认识了不少师长、军长，甚至兵团首长。

解放上海后，第十兵团准备南下福建，邱维力接到了台湾方面的最新指示，让他务必跟随第十兵团进入福建，并做好长期潜伏的准备，他在福建潜伏期间的代号为"青鸟"，没有"保密局"的召唤，他的任务只有一个：潜伏。

为了适应南下福建的作战要求，第十兵团决定组建汽车运输团，邱维力没费任何气力就当上了汽车运输团的副团长。十兵团打下福州后，刘锋所部成为漳厦金战役的先锋。根据战役要求，军部组建运输处，以保障前线部队的供给，邱维力知道这个信息后，稍微运作了一下，就被正式任命为军运输处的处长，跟随军长刘锋打漳州，攻厦门。

金门战斗失利后，邱维力顺其自然地潜伏在了厦门前线。

毛人凤知道"青鸟"顺利潜伏在刘锋所部后，欣喜若狂。他知道这颗棋子的份量，所以，毛人凤绝不会轻易起用这个棋子。

1950 年 6 月朝鲜战争突然爆发后，在国际社会都认为新中国不可能派兵参战时，毛泽东毅然决然地派出中国人民志愿军赴朝参战，并给予美军沉重打击。当时毛人凤想唤醒"青鸟"，刺探厦门前线部队的动向，以配合国民党军对东南沿海的军事行动。但当毛人凤获知蒋介石军事行动的重点在北边，国民党是想利用朝鲜战争从东北进入大陆，然后依靠美军的支持，由北往南夺回失去的整个大陆，恢复中华民国在中国大陆的治权，毛人凤马上打消了起用"青鸟"的念头。

他舍不得为不重要的东南沿海的偷袭行动而动用保密局的王牌间谍。

4年过去了，台湾保密局一直没有召唤"青鸟"，直到1954年9月人民解放军进行了较大规模的"九三"炮战后，汪海山亲自给蒋介石写报告，要求"保密局"动用潜伏在厦门的间谍，获取刘锋所部的军事情报，并及时提供给金门防卫部，以保证金门防卫的安全。

蒋介石让蒋经国亲自下令，让毛人凤起用王牌潜伏特工，配合汪海山在金门的防卫，毛人凤才不得不唤醒"青鸟"。

王牌就是王牌，苏醒后的"青鸟"很快送来了一份份厦门前线的最新情报，特别是刘锋所部团以上军官的名单和个人资料，各团的布防位置及主要火力配置，真让汪海山惊喜交集，他没想到"保密局"有这样的王牌，能弄到如此绝密的军事情报。当时，汪海山就判定，这名间谍一定潜伏在刘锋所部，而且还担任一定的职务，否则他接触不到这些军事机密。

不过，也正是这份情报，让"青鸟"的身份开始暴露。

中共潜伏在台湾"保密局"的间谍早就知道有一名代号"青鸟"的高级特工可能打入了解放军第十兵团，但此人是谁？一直无法破解。此后几年，由于"青鸟"一直没有行动，自然无法发现他的蛛丝马迹。

"青鸟"被唤醒后，中共间谍密切关注"青鸟"送来的情报，从中分析判断"青鸟"是谁。但大部分情报都很难判断出"青鸟"的身份，直到刘锋所部团以上军官的名单、个人资料、主要装备及布防位置这份极为重要的情报出现后，中共间谍判定，"青鸟"肯定潜伏在两个部门，一是军区指挥机关，二是刘锋的军机关，因为只有潜伏在这两个部门，才有可能拿到刘锋所部团以上军官名单、主要装备和布防情况。

军区情报部获得这一情报后非常重视，专门向军区首长做了汇报。军区首长立即指示军区保卫部一定要尽快把"青鸟"找到，否则对厦门前线部队的作战威胁太大了。

但军区保卫部的侦破进展不顺利，主要是有关"青鸟"的情报太少，仅凭泄密的刘锋所部情况，人员范围太大，能接触到这份情报的人起码有五六十人，不可能把这五六十人全部隔离起来审查。所以，三年来，军区保卫部一直无法确定"青鸟"究竟是谁或潜伏在哪个部门。

但是，金门防卫部高有根师长的情报一出来，"青鸟"的身份就基本暴露了。

1957 年 12 月中旬，台湾保密局突然接到"青鸟"的绝密加急情报，刘锋所部正在策反金门防卫部师长高有根，刘锋已经派人去了高有根的老家江西宜春，并找到了高有根的母亲。

汪海山接到这个情报后，虽然他不相信高有根会被共军策反，但汪海山考虑再三，为了安全起见，最后还是向蒋介石建议，把高有根调离金门，担任台北警备司令部副司令。虽然这种调任不符合惯例，但提升一级，担任岗位也十分重要的台北警备司令部副司令，高有根不会有疑心，又避免留下隐患。

果然，1958 年元旦，解放军厦门前线有线广播站播出了高有根母亲的录音讲话，呼唤高有根一定要回大陆看看母亲。高有根母亲的讲话情深意切、生动感人，再加上田玉娟极富煽动性的播音，谁听了都会有所心动。

汪海山听到了高有根母亲的讲话，当时都差点掉下眼泪，他听完后最大的感慨是：还好把高有根调离了金门，否则他听到这段母亲的声音还不知会产生什么后果。

"青鸟"送出的这个情报彻底暴露了他的身份。

军区保卫部接到军区情报部转来的情报后，立即做出准确判断："青鸟"就潜伏在刘锋的军部机关。

排除了军区指挥机关，而当时知道田玉娟、米烈山去江西宜春执行特殊任务的只有军长刘锋和政委，而这两个人绝对不可能是"青鸟"。

军区保卫部的侦察人员分析判断，除了军长和政委，一定还有人可能是无意中知道了田玉娟、米烈山去江西宜春，这个人可能就是"青鸟"。

刘锋对侦察人员偶然谈到的一个情况，引起了军区侦察员的高度关注，从而使侦察有了重大突破。

刘锋向侦察人员反映，他爱人于丽知道田玉娟去了江西宜春，但她不知道田玉娟去干什么。事情的经过是这样的：一个星期天，于丽包了些刘锋爱吃的南京馄饨。馄饨包好后，于丽想起田玉娟是上海人，也特别爱吃南京风味的馄饨，于是就对刘锋说，是不是把田玉娟叫来一起吃。刘锋随口回答，田玉娟不在，去江西宜春执行任务了。于丽当时只是有点吃惊地"哦"了一声，没再问什么。

侦察员："于丽告诉过别人田玉娟去江西宜春吗？"

刘锋："这个我不太清楚，你们可以找于丽了解一下情况。"

军区保卫部侦察人员立即找于丽了解情况：

"于主任，听刘军长说，他曾跟你说过田玉娟去江西宜春执行任务了，有这事吗？"

于丽想了想："好像是有这么回事。那天我包了些馄饨，因为我知道田玉娟是上海人，爱吃我包的馄饨，就想让刘锋把田玉娟叫到家里来一起吃。刘锋说她去江西宜春执行任务了，我就没再问什么。"

"那你有没有把田玉娟去江西宜春的事告诉过别人呢？"

"没有！"

"你再仔细想想，包括无意中有没有告诉别人，或者讲别的事情顺带说到。"

于丽又认真地回想起来：

"好像我跟邱维力处长讲起过。"

"是军运输处处长邱维力吗？"

"是他。"

"能把当时的情况讲讲吗？包括所有的细节。"

于丽又认真地回想了一下，然后说："那天也是个星期天，邱维力带了一张唱片来我们家。他知道我喜欢交响乐，就带了贝多芬的《命运交响曲》和《田园交响曲》。我知道邱维力是南京中央大学毕业的，而我是南京护校毕业的，所以我们也算是半个老乡吧。在欣赏贝多芬的交响乐时，邱维力突然说，我们军还有一个人也是交响乐的爱好者。我当时问：是谁呀？邱维力说是田玉娟！我好像当时随口告诉他，田玉娟现在不在，她去江西宜春执行任务了。邱维力当时也没说什么，只说太可惜了，否则可以邀请她来一起听贝多芬。"

军区保卫部侦察员获知这一情况后，立即查阅了邱维力的档案，发现他的档案太完美了，看不出一丝的破绽，这恰恰更引起了侦察员的怀疑⋯⋯

7月21日下午两点，邱维力接到命令，运输处全力配合各炮团维修车辆，保证每辆大炮牵引车在晚上8点能向新的作战位置进发。邱维力知道了解放军在3天后，即7月25日可能炮击金门，吓出了一身冷汗。

这个情报太重要了！

邱维力准备破釜沉舟，就是暴露身份也要把情报送出去。

邱维力先通知运输处全体人员紧急开会，把协助各炮团维修好车辆的任务分解布置下去，然后他匆忙回到宿舍，把军装脱掉，换了一身便装。

雨越下越大，虽然现在只是下午3点多钟，但大雨让天色变得黑沉沉的。

邱维力把窗帘拉上，然后坐在桌子前，他点了一支烟，狠狠地吸了几口，又大口地吐出来。

现在他需要冷静一下，再想想还有没有更好的办法，即能把情报送去出，又不暴露自己。

自从被台湾"保密局"唤醒后，邱维力的每份情报都价值连城，特别是那份刘锋所部团以上干部名单和布防位置、主要装备，是他两年来精心收集的成果。邱维力作为军运输处处长，是有机会了解各团情况的。因为运输处要经常给各团运送生活物资和军需品，对各团主官的了解则是他有心所为。每次军部召开团以上干部大会，邱维力总会想方设法认识那些还不太熟悉的各团主官，和他们聊聊天，问问是哪省的人呀，参军多久了，有没有结婚呀等生活话题，从中判断出此人的性格特点、指挥风格等情况。有时运输处给各团运送生活物资，如果这个团的主官邱维力还不太熟悉，往往他会亲自带车前往该团。一般情况下团长、政委见是运输处处长亲自带车给自己团送物资，通常都会留邱维力在团里吃顿饭，一顿饭后，邱维力自然就和团长、政委熟悉了。

关于高有根可能被策反的情报，虽然看似得到的有点偶然，但反映出邱维力对有价值信息的敏感。

那天在军长刘锋家，当于丽无意中说田玉娟去江西宜春执行任务了，邱维力立即判断，刘锋要策反高有根，因为邱维力不仅了解解放军厦门前线部队团以上干部的情况，他同时也了解金门国民党军团以上军官的情况。邱维力知道高有根是江西宜春人，而且知道高有根是个孝子，对他母亲言听计从。田玉娟去江西宜春肯定是去找高有根的母亲，找高有根母亲无非是要让她呼唤儿子回大陆，以此动摇高有根的心志。邱维力太熟悉解放军的这套手法了，所以，他立即把关于解放军策反高有根的情报送出去，避免出现意想不到的后果。

但邱维力万万没想到的是，台湾保密局高层竟然会有中共间谍，他的这份情报把他自己给暴露了。

雨还在下个不停，留给邱维力的时间已经不多了，如果情报不在晚上8点前送出去，部队开始行动，邱维力就不可能再有机会或时间了。

邱维力看看手表，已经下午4点多了，他不能再犹豫了，虽然现在不是和3号情报员的联络时间，但他只能采取最特殊的办法——直接把情报传递到3号情报员，哪怕自己完全暴露。

邱维力知道3号情报员是谁，但3号情报员不知道"青鸟"是谁。3号只知道"青鸟"潜伏在解放军内部，每次"青鸟"都是把情报由挂号信寄给3号，3号再把情报用无线电发回台北保密局。

但这次用挂号信寄送情报已经来不及了，邱维力只能采用到市内找一个公用电话给3号打电话，把解放军3天后要炮击金门的绝密情报告诉他，让他立即给台北保密局报告。如果电话找不到3号，邱维力就只能去3号家里找，这也是没办法的办法了。

邱维力穿了一件雨衣，把自己裹得严严实实，打开房门冲进了大雨中。邱维力向市区快步走去，他的身后不远处两个也穿着雨衣的人紧紧跟着他。

邱维力走到市区，很快就找到了一个电话亭，他四处张望了一下，大雨中人很稀少，没人注意到他。

邱维力走进电话亭，脱掉雨衣开始拨打电话。

电话打通了，邱维力刚想说："你好，请找……"电话亭的门被猛地打开，一阵大雨被风吹进了电话亭。

"你好呀，青鸟先生！你让我们找得很辛苦。"军区保卫部的两名侦察员站在了邱维力的面前。

邱维力什么话也没说，只是伸出双手让侦察员给他戴上手铐。

五　运筹帷幄

军长刘锋待在前沿指挥所已经整整 24 小时，从 24 日中午 12 点到 25 日中午 12 点，刘锋一步没敢离开指挥所，但炮击金门的作战命令一直没接到。

刘锋的前沿指挥所是在 24 日中午开始起用的。部队在下午 6 点全部进入新的作战位置后，刘锋就在新的前沿指挥所向军区首长报告：部队已全部进入新的作战位置，完成对金门炮击的准备。但军区首长明确指示：25 日零点是否开始炮击金门要等中央军委、毛主席的最后命令，命令没到之前只是让你们做好炮击的准备。

25 日零点刘锋又打通了军区作战室的电话，军区首长还是那句话：耐心等待，没有中央军委的命令绝对不能开炮。

结果等了一天又一天，还是没有接到中央军委、毛主席炮击金门的作战命令。

7月26日深夜，中南海。

工作了一夜的毛泽东在凌晨4点终于睡下了，可他翻来覆去怎么也睡不着，又起身揿亮了台灯。

主席在房间里来回走着，手指上夹着一根点燃的香烟。

整整一天，毛泽东都在想着福建前线的事情。总参作战部几次来电话，报告福建前线部队已经按计划在25日零点全部进入作战位置，完成了对金门炮击的准备，何时开炮就等最高统帅的一声令下。但最高统帅此时还有一个问题没有想清楚：一旦炮击金门，美国会不会卷进来。如果美国卷进来了，会不会变成中美之间的战争，最后引发世界大战呢？

毛泽东知道，现在只要他愿意，立即就能够给他的老朋友和那些正在中东耀武扬威的美国人、英国人一点厉害瞧瞧。但是，你有把握既打疼对手，又不致使战争无边无际扩大吗？避免把一场带有惩罚、警告意味的局部、有限战争发展成同美国的直接对抗乃至全面战争，这确是一个值得深入思索、认真斟酌的问题。

毛泽东感到房间里有些闷热，就走出房门。月光下，执勤的警卫战士突然发现主席走出了房门，立刻有点拘谨地向主席敬礼。

主席微笑着拍拍警卫战士的肩头，信步沿着曲折幽深的小路走去。毛泽东一生中许多重大军事决策都是在行军途中、在马背上做出的，主席已经习惯了，在他思考问题时，喜欢以走动的方式，帮助思维，拿定主意。

东方已经泛白，中南海波光粼粼。毛泽东站在湖边，他一手叉腰，一手夹着烟卷，身披霞色，目视远方，恰似一尊高大的塑像。

这时的毛泽东已经把问题想透彻了：充分做好打的准备，但暂且不打，以静观时局，等待更有利的时机。

离中南海不远的前门火车站的汽笛声随着和煦的晨风传入毛泽东耳中，

天已经亮了，毛泽东顺着中南海快步回到房间。他铺开信纸，提笔给彭德怀、黄克诚写了一封信：

德怀、克诚同志：

　　睡不着觉，想了一下，打金门停止若干天似较适宜。目前不打，看一看形势。彼方换防不打，不换防也不打。等彼方无理进攻，再行反攻。中东解决，要有时间，我们是有时间的，何必急呢？暂时不打，总有打之一日。彼方如攻漳、汕、福州、杭州，那就最妙了。这个主意，你看如何？找几个同志，议一议如何？……如彼来攻，等几天，考虑明白，再做攻击。

　　以上种种，是不是算得运筹帷幄之中，制敌千里之外。我战则克，较有把握呢？不打无把握之仗的原则，必须坚持。如你同意，将此信电告叶飞，过细考虑一下，以其意见见告。

　　晨安！

毛泽东

七月二十七日

　　据说，毛泽东推迟炮击时间还有更深一层考虑：苏联方面刚刚提出苏共中央第一书记、苏联部长会议主席赫鲁晓夫希望能于近日访华，同中国同志讨论当前紧张、复杂的国际局势问题，中国方面已经同意苏联的这一要求。在赫鲁晓夫访华前夕对金门实施大规模炮击，时机恐怕不太合适，有可能会使赫鲁晓夫同志感到尴尬，因为这很容易让国际社会产生"炮击金门是苏联指使"的感觉。另外，苏联是社会主义阵营的老大哥，炮击金门后，老大哥的态度无疑是影响事态发展的重要因素，中苏两党在此问题上理应取得某种默契和共识。

　　1958 年 7 月 31 日，苏共中央第一书记赫鲁晓夫乘坐的图－104 专机在北京机场降落。

　　毛泽东没有去机场迎接这位社会主义阵营的老大哥，而是在中南海的游泳池旁，以游泳的方式迎接他。

这完全不符合外交惯例，但毛泽东就这么做了。

谁也猜不透毛泽东为什么要以这样的方式来迎接苏共中央的第一把手。

农民出身的毛泽东和工人出身的赫鲁晓夫虽然不是第一次见面，但毛泽东对赫鲁晓夫没有太多的好感，这当然是源于 1956 年苏共二十大上赫鲁晓夫做的彻底否定斯大林的秘密报告。

毛泽东和他的同事们不能同意赫鲁晓夫代表苏共中央的观点，坚持应该对斯大林三七开，因为把斯大林说得一无是处，只能丑化苏联共产党几十年的历史。另外，赫鲁晓夫主张社会主义阵营应该同美国等西方国家搞和平竞赛、和平过渡、和平共处，这也是毛泽东深恶痛绝的。你想想，几年前中国刚刚同美国在朝鲜打完一仗，现在台湾海峡的紧张局势都是因为美国第七舰队的入侵造成的。美国一直想把台湾从中国分裂出去，把台湾变成美国在太平洋上永不沉默的航空母舰，这时你赫鲁晓夫提出应该和以美国为代表的西方国际搞和平竞赛、和平过渡、和平共处，不是故意跟中共过不去吗！毛泽东当然不高兴！

西装革履的赫鲁晓夫被中方人员引领着走进中南海毛泽东的专用游泳池，毛泽东正在泳池中畅游。

赫鲁晓夫饶有兴趣地站在游泳池边看着毛泽东一会儿仰泳，似乎在水中休息；一会儿又是侧泳，好似在水中漫步，开始有点不悦的心情慢慢好起来。

毛泽东看到赫鲁晓夫来了，并没有马上结束游泳的意思，反而热情地邀请赫鲁晓夫下泳池一起游泳。

赫鲁晓夫也是个最不讲究外交礼仪、充满个性的领导人，当年在联合国大会上，他可以脱下自己的皮鞋敲击桌子，以阻止人们的说话声。今天，当毛泽东邀请他下游泳池游泳，赫鲁晓夫笑了——他也最讨厌坐在会议桌前和别国领导人会谈。

赫鲁晓夫高兴得三下五除二把西服脱掉，让中方工作人员找了一件大号游泳裤换上，"扑通"一声跳入水中。

毛泽东最擅长的泳姿是侧泳，他斜身侧头，两手向着同一方向，一下又一下缓慢而有力地划水，从容间凸显出超常的自信。赫鲁晓夫则善长自由式游泳，虽然他的四肢短而粗壮，游起自由式不是很和谐，总感觉是重重拍击水面，搞得小半个游泳池水花四溅，但他的游泳速度挺快，不一会儿，就能从此岸冲击到彼岸。

毛泽东与赫鲁晓夫相互欣赏着对方的泳姿，不时发出爽朗的笑声。

可能是苏共中央的高级陪同人员做梦都没有想到他们的第一书记、国家最高领导人会以这样的方式和中国共产党的领袖会面，全都睁大眼睛，呆若木鸡。

随行的摄影记者却都乐开了花，纷纷举起照相机拍下这历史的瞬间。

游了一会儿，两位领袖都觉得有点累了，于是在工作人员的帮助下，双双爬上岸来，裹上毛巾毯，斜靠在躺椅上，开始了他们介于正式与非正式之间的谈话。

毛泽东之所以用这样的方式与赫鲁晓夫会谈当然是经过深思熟虑的。

毛泽东知道赫鲁晓夫这次来中国是要谈什么。苏联想在中国建立空军和海军基地，使苏军飞机在太平洋执行任务后可以在中国的基地停留并加油，远程潜艇和大型军舰可以在中国的基地长时间停留并维修，而且为了更好地保持与苏联太平洋舰队的联系，苏军还想在中国建立一个长波电台。苏方作为交换条件，将为中国提供潜艇设计图纸并帮助中国制造潜艇。

毛泽东是真正的民族主义者，也是一位伟大的爱国者，他绝不能容忍任何国家在中华人民共和国建立自己的军事基地，不管这个基地用于何种目的。只是因为苏联在国际社会主义阵营中的老大哥地位，再加上当时苏联对中国还有许多援建项目，毛泽东不想因为这个事而跟苏共中央闹翻。

毛泽东也知道赫鲁晓夫是个急性子的人，如果两人在谈判桌上可能会吵得面红耳赤，不欢而散，与其这样，还不如用一种更为特殊的方式会见赫鲁晓夫，让两人吵不起来。

现在看来这个效果达到了。

在游泳池边，两位领袖穿着浴衣，躺在椅子上，实在不适合谈过于严肃的话题，尤其是细节，最多只能谈谈原则、方向。

毛泽东的外交策略从来都是这样，他只把握大的方向、大的原则，而把细节、条文这些艰苦的谈判都留给总理周恩来。毛泽东信任周恩来，知道周恩来在谈判中从来都能最好地体现他的原则与方向，是真正的谈判高手。

1958年8月3日《人民日报》发表了《毛泽东和赫鲁晓夫会谈公报》，立即引起国际社会的广泛关注。在国际局势高度紧张、敏感时刻，中苏两国首脑聚首会谈，肯定是有重大议题，而目前国际上最关注的就是中东局势。美国、英国已经出兵，现在两个最大的共产党国家的领袖聚首，是否也要采取重大军事行动呢？

公报表明，中国方面参加会谈的有国务院总理周恩来、国务院副总理兼国防部长彭德怀元帅、国务院副总理兼外交部长陈毅元帅、中共中央书记处书记王稼祥，苏联方面参加会谈的有苏联国防部长马利诺夫斯基元帅、苏联代理外交部长库兹涅佐夫、苏共中央政治局委员波诺马烈夫。

由于中苏两国的国防部部长都参加了会谈，使中苏将进一步加强军事合作的意向表现得十分突显。

《公报》中的文字表达似乎传递出中苏双方"空前团结"、"一致对外"，并且已在某些问题上达成了"秘密协议"：

"会谈双方在极其诚恳、亲切的气氛中，就目前国际形势中迫切和重大的问题，进一步加强中苏之间友好、同盟、互助关系的问题和为争取和平解决国际问题、维护世界和平而进行共同奋斗的问题进行了全面讨论，并且取得了完全一致的意见。

"中苏两国严厉谴责美国和英国在中近东地区的粗暴侵略行为，坚决主张立即召开大国政府首脑会议讨论中近东局势，并且坚决要求美国和英国立即从黎巴嫩和约旦撤出他们的军队。

"双方就目前国际形势下两国所面临的在亚洲方面和欧洲方面的一系列重大问题充分地交换了意见，并且对于反侵略和维护和平所应采取的措施达成了完全一致的协议。"

赫鲁晓夫尽管在北京的三天中对毛泽东老大不高兴，但他毕竟是政治家，他知道应该如何对国际社会竭力掩饰中苏双方的分歧。这份中苏双方联合发表的《公报》让赫鲁晓夫十分满意，因为《公报》能让苏联国内认为他在中国与中共领导人的会谈取得了丰硕成果，为苏联争取到了应有的利益，同时也给国际社会留下了一片迷雾。

中苏联合公报一发表，美国中央情报局局长艾伦·杜勒斯就在第一时间看到了英文版的《公报》。艾伦局长仔细阅读《公报》中的每个字，对于英文可以有多种解释的关键中文词语，他还请汉学家做出全面准确的解读。

艾伦局长无非是想读懂《公报》文字后面的真正含义。

自从朝鲜战争爆发后，预测中美之间一旦发生大规模战争，苏联将在何种情况下，会以何种方式介入战争就成为美国中央情报局重大战略研究课题。尽管中情局早就得出结论："在中国长江以南发生任何级别的战争，苏联都不会以任何方式直接参战。"但艾伦局长在这个问题上还是十分的谨慎，生怕因为自己的误读造成美国在重大战略上出现失误。

朝鲜战争停战后，台湾海峡的局势又成为中情局研究的重大课题。

艾森豪威尔总统明确要求中情局提供准确的情报分析：如果美国在台湾海峡使用武力，是否会面临苏联直接干预的危险？如果对中国使用原子弹，苏联会为中国提供核保护吗，或者会促使中国从苏联获得同类毁灭性武器吗？美军如果在中国的东南沿海大规模登陆，苏联会不会乘机从欧洲领土大规模西进？正是来自美国总统的情报压力，使中情局局长艾伦·杜勒斯相当重视中苏的任何信息。

毛泽东和赫鲁晓夫在北京秘密见面了，三天后赫鲁晓夫离开北京并发表了联合公报，中情局才知道这件事。艾伦局长深深感到：在中国中情局没有建立自己的情报网是多么可怕的一件事。但在一个对西方国家完全封闭的共产党国家建立中情局的情报网当然不是一件容易的事。

艾伦局长只能等待机会。

现在，他要获取中国的情报也只能从媒体中，或是中国领导人在各种场合的讲话中来分析判断。

艾伦局长反复读着《公报》，只可惜他也没能从《公报》热情洋溢的词语中读出中共和苏共之间存在的巨大分歧，更不可能读出20天后解放军对金门突然进行的猛烈炮击。

因为毛泽东根本就没有告诉赫鲁晓夫，解放军很快将对金门进行大规模炮击，这使得20天后炮击金门的战斗打响后，不仅让台北、华盛顿感到震惊和恼怒，也让莫斯科大为不满。

赫鲁晓夫得知解放军发动了炮击金门的战役后，在克里姆林宫大叫大嚷："这么重大的事情，我在北京，毛泽东竟连一个字都不跟我透露，这算什么兄弟党，我们还是老大哥吗！"

毛泽东不告诉赫鲁晓夫解放军将炮击金门，当然有他的道理：中国人解决自己家里的事，为何要向莫斯科报告，难道还需要苏共中央的批准吗?!更重要的是，在和赫鲁晓夫的会谈中，毛泽东已经感觉到中共和苏共之间在对内对外方针政策上存在巨大潜在分歧，并且有利益冲突。现在苏共中央、赫鲁晓夫同志要同美国搞缓和，搞和平竞赛、和平共处，毛泽东却想与美国搞点斗争，造成紧张气氛。

毛泽东通过这次和赫鲁晓夫的接触，也摸清了苏共的底牌：苏共要和美国搞缓和，所以一旦中美之间发生战争，只要不涉及苏联的核心利益，可以肯定的是，苏联对中国的帮助将是十分有限的。炮击金门战斗需要更加谨慎，要尽可能地不让美国卷入进来。最理想的打法是：既表达了对蒋介石的惩诫意志，又不使炮战事态扩大失控，使美国找不到直接参战的理由。

蒋介石不难对付，但现在就让解放军同美军在台湾海峡打一场主要是海空军较量的大规模战争，毛泽东心里十分清楚，人民解放军的实力还不够。

毛泽东是伟大的军事家，更是杰出的政治家，在国际局势复杂多变的情况下，毛泽东要打出一张战争牌，肯定是要运筹帷幄、谨小慎微的。

战争是政治的延续！

毛泽东决心把炮击金门当成是国际斗争的手段！他一定要在最好的时机、以最好的方式打出这张牌。

彭德怀、黄克诚同意毛泽东暂缓炮击金门的时间，最高统帅和中央军委都在等待一个更好时机打出"炮击金门"这张绝非单纯军事斗争的政治牌。

六　寻找目标

刘锋在前沿指挥所的第三天终于接到军区首长的命令，但不是马上开炮，而是推迟炮击时间。具体推迟到什么时间，军区首长没有说，只是让刘锋继续做好炮击金门的准备。

刘锋接到这个命令时，手拿着电话听筒足足呆了半分钟，才对着话筒说："是！坚决执行命令！"

整个前沿指挥所一片寂静。

作战参谋们都看着刘锋，等待军长的命令。

刘锋放下电话，一屁股坐在指挥台前，双手撑着头，两眼望着墙壁上挂着的大幅军用地图发呆，谁也不敢上前打扰他，大家就安静地站着或坐着，等待军长开口说话。

大约过了两分钟，刘锋才轻声地对作战处处长说："通知各炮群，解除炮击前一小时准备，转入一级战备。命令各团除战备值勤人员，其他人员今天好好睡一觉，各团后勤部门这几天一定要想办法改善伙食，让战士们能吃好睡好。"

刘锋已经三天三夜没有离开前沿指挥所一步，此刻他走出坑道，深深地吸了一口新鲜空气。

从 25 日零时起，刘锋就一直坐在指挥所的红色电话机旁。这部加密电话直接和军区作战部相连，一旦北京的作战命令下达，军区首长会第一时间通过这部电话把作战命令下达给他，所以刘锋一刻也不敢离开电话机。但一天、二天、三天过去了，刘锋始终没有接到开炮的命令，最后接到的却是推迟开炮的命令。

刘锋虽然不知道最高统帅为什么要推迟开炮，但他从心里相信中央军委、毛主席推迟开炮一定有原因。

刘锋让军前沿指挥所的参谋们都去休息，只留下三个参谋战备值勤，他自己在警卫员的陪同下，步行来到军部设在前线阵地不远处的临时休息区。这个休息区就是搭的几个帐篷，只是比一般的帐篷要大一些，军机关的作战人员从前沿指挥所下来后就在这里休息。

刘锋走进自己的帐篷，把鞋和衣服一脱就躺在了行军床上。

他实在是太累了。

这三天刘锋吃住在指挥所，饿了吃些干粮，实在困了就靠在椅子上睡一会儿，但那时他并不觉得累，因为炮战随时可能打响，北京的作战命令随时可能下达，这根弦绷得紧紧的，倒让刘锋确实也感觉不到太累。现在一接到暂缓炮击的命令，这根紧绷的弦立刻就断了，饥饿、瞌睡全都袭来。

警卫员打了一盆热水走进帐篷，想让军长洗洗再睡，看见军长早已进入梦乡，警卫员就轻手轻脚地又退出帐篷，并把帐篷的门帘给拉上。

他要让军长美美地睡上一觉……

由于推迟了对金门的炮击时间，而且推迟到什么时候北京没有明说，军区就要求各参战部队利用这个时间抓紧修筑炮兵阵地，并同时修改以前的作战方案。军区首长命令刘锋所部新的作战方案重点是炮击汪海山的司令部，并封锁金门料罗湾码头。

刘锋接到军区的命令后，立即召开作战会议，讨论修改作战部署。

刘锋："同志们，由于炮击金门的时间推迟了，推迟到什么时候中央军委、毛主席还没有最后决定，因此，军区命令我军修改作战方案。大家知道，准备炮击金门的命令来的比较突然，当时军区只是命令我们炮击金门岛上的军事目标和码头、机场即可，至于各炮群的具体炮击目标，由各炮群的作战位置来决定，也就是说，哪个炮群适合炮击，你就打那个目标，并没有明确的要求。当时是因为时间太紧，三天时间，三个军的参战部队，近500门大炮要全部进入新的作战位置，不可能把作战计划订得很具体。现在推迟了炮击时间，我们有了更充分的准备时间了，因此，军区要求我们重新修改作战计划。根据军区下达给我们军的炮击任务，是重点炮击汪海山的司令部，封锁料罗湾码头，这可是金门岛上军事目标中的重中之重呀！我们一定要完成军区交给我们的任务！下面请各位发表意见。"

通常这种军事会议，军长讲完后，第一个发表意见的一般是参谋长，所以刘锋话音刚落，大家就把目光投向了军参谋长。

参谋长："同志们，军长已经把我们的任务讲得很清楚了，下面我讲讲怎么完成好这两大任务。封锁料罗湾码头，这个任务肯定能完成，我们只要用两个炮团、72门大炮就能完全封锁住料罗湾码头，让国民党的补给船进不了料罗湾，料罗湾的准确坐标明天让侦察兵修正后提供给各个炮群。承担封锁料罗湾码头的炮团，后天必须全部修正好坐标，做好封锁料罗湾码头的准备。现在困难的是汪海山的司令部，要想摧毁汪海山的司令部就必须搞到它的准确坐标，我们只知道汪海山的司令部在北太武山，但在北太武山的具体哪个位置我们并不知道，不知道位置就不可能有效摧毁，打再多的炮弹也没用，哪怕你把北太武山全部覆盖炮击一遍，可能也摧毁不了汪海山的司令部。"

参谋长的发言使作战室一片寂静，大家都在思考着如何破解这个难题。

刘锋把目光投向了军情报处处长。

情报处处长只能站起来说道："对于汪海山司令部具体位置的侦察，我们进行了两年多，也动用了很多侦察手段，但直到今天也还没有搞清楚它的具体位置，只知道汪海山把他的司令部隐藏在北太武山的一个山洞里。由于一般的下级军官到不了汪海山的司令部，我们也曾派出武装侦察员泅渡金门，抓获了一名连长、一名营长，但遗憾的是他们都没去过汪海山的司令部，只听说司令部在北太武山。"

作战处处长补充说："由于太武山是金门的最高峰，北太武山背对大陆方向，我们用炮兵最先进的侦察望远镜也看不到北太武山的情况，所以，靠炮兵侦察兵是找不到汪海山的司令部的。"

"你的意见？"刘锋追问了一句。

"我的意见是马上派出特种兵上金门，专门侦察汪海山的司令部位置，尽早确定坐标，才能完成军区交给我们的作战任务。"

刘锋赞同地点点头。

深夜，厦门前线解放军某阵地。

海浪拍打着礁石传来阵阵"哗哗"的声响，5 名全副武装的战士站在海边正等待着出发的命令。

军长刘锋走到每名战士跟前，仔细检查他们的装备：每名战士携带一支冲锋枪和一支手枪，配带了四枚手雷和一把匕首。和一般装备不同的是，他们每个人身穿的是国民党军的服装，而在军装外又套了一件游泳衣。这种游泳衣是用特殊材料制作的，可以帮助他们轻松地从厦门泅渡到金门。

这支特殊的队伍就是准备登陆金门、潜入北太武山侦察汪海山司令部的小分队，带队的是驻守在角屿岛的炮营营长朱国群。

朱国群是被军长点名参加小分队并担任队长的，原因只有一个——他两次登上金门执行任务，对金门岛的情况相对比较熟悉。另外，朱国群还有一个很大的优势，就是会讲闽南话，一旦遇到紧急情况，懂闽南话可能就能帮助他们化险为夷。

其他 4 名战士都来自军侦察营。

刘锋一一检查着每名战士的装备，最后来到朱国群面前。

他上上下下仔细检查了一遍朱国群的装备，然后才对 5 名小分队成员说："同志们，你们是去执行一项特殊的任务，侦察汪海山司令部的位置。这项任务很艰巨，因为金门岛前沿阵地布满了各种地雷，而且敌人对司令部的防卫很严密，沿途你们要多次穿越敌人的防御阵地，肯定会遇到很多意想不到的困难与危险。但我相信你们是最优秀的战士，一定能克服各种困难，胜利完成任务，我等待你们凯旋归来。"

"坚决完成任务！" 5 名小分队成员几乎异口同声地回答。

"好！出发吧！"

刘锋说完，每名小分队成员就一一跟军长敬礼告别。

朱国群最后一个走到军长刘锋跟前，他向刘锋敬了个礼，"军长，我们出发了，等我们的好消息！"

刘锋突然拉住朱国群的手，把他带到一边小声说："我现在命令你，一定要把战士们都带回来。如果实在有困难，侦察不到汪海山的司令部，就放弃任务，我们再想别的办法，听清我的命令了吗？"

朱国群有些吃惊地看着刘锋，"军长的意思是——战士的生命更重要？如果确实遇到难以克服的困难，宁肯放弃任务，也要把 4 名战士带回来。"

刘锋点点头！

朱国群再次向军长刘锋敬礼，"坚决执行命令！"说完就转身向大海跑去。

凌晨的金门岛一片宁静。

天刚蒙蒙亮，海面上不时传来海鸟欢快的叫声。在海边一块巨大的礁石下，5 个小黑影正慢慢地攀上树根，然后顺着礁石登上了金门岛，这 5 个小黑影正是朱国群和他的小分队成员。

朱国群对这一带的地形比较熟悉，他两次上金门都是从这片礁石中登上岸的。蒋军对这一带的布防相对弱些，因为这些天然的大礁石完全能够阻止大部队的登陆。

事物都是正反两面，不适合大部队登陆，却非常适合三五人的小分队登陆。礁石的陡峭成了天然的掩体，三五人的小分队随便往哪个石缝一躲，几米外的人都很难发现。

朱国群带着小分队登上金门后，天已经全亮了，蒋军的起床号声划破天空，各个连队开始出早操。

朱国群听得清清楚楚，他拿出指南针判定了一下他们的具体位置，又打开军用地图，仔细确认了他们的侦察路线，然后才对队员们说："前面这一带纵深约有 500 米全是雷区，白天我们无法通过。现在我们找个山洞躲起来，大家也好好休息一下，天黑后我们再行动。"

朱国群熟门熟路地找到了一个小山洞，5 个人进去一点不挤。朱国群把游泳衣脱下来并叠好，找了一块石头压在上面："大家都把游泳衣脱了，像我这样放好。等我们执行完任务，再回到这个山洞，然后穿上游泳衣回大陆。"

4 名小分队成员也都学着朱国群的样子，把游泳衣放好。

"大家把武器再检查一遍，然后开始睡觉。"朱国群又命令道。突然他想起了什么，"你们 4 个都不会打呼吧？"

4 名战士都笑了，其中一个小声回答："选调到侦察营的人睡觉都不能打呼，放心吧，朱营长！"

朱国群笑了笑，倒头开始睡觉。

天慢慢黑下来，金门岛上的蒋军也开始进入坑道，白天仅有的一点喧哗此刻也变得安静下来。

金门岛的夜晚真是安静，除了偶尔听到村民的狗叫几声外，听不到其他的任何声音。

朱国群和 4 名小分队成员在山洞里睡了一天，养足了精神，傍晚时又吃了点压缩饼干，把肚子也基本填饱。现在他们就像 5 只小老虎，只等天一黑就冲出去，寻找他们的猎物。

天终于完全黑下来。

朱国群带着 4 名战士钻出躲了一天的山洞，向着北太武山方向摸去，前面是一片开阔地带，也就是雷区。

朱国群知道，凡是临近海边的开阔地带都布满了地雷，这样才能有效杀伤登陆的部队。

朱国群示意一名战士带着探雷器，先去探出一条路来。

探雷战士小心翼翼地趴在草地上，慢慢寻找着一个个地雷。一个小时后，一条标明没有地雷的通道画了出来，朱国群带着其他三名战士快速通过雷区，向着北太武山方向跑去。

朱国群带着小分队尽量避开山头，选择走村庄。因为越是山头，蒋军的军事设施就越多，暗哨也越多，而且在军事设施附近也会布设一些雷区，很容易误闯雷区被发现。而村庄一般都不会驻军，更不会有军事设施，防卫也比较松，再加上朱国群他们都穿着蒋军的军服，即使碰上村民或一般的军人也不会被怀疑。

朱国群的判断与选择是正确的。

小分队快速穿过了3个村庄，都安然无事。北太武山越来越近了，就在小分队准备穿过第4个村庄时，意外发生了。

也不知是谁家的一头猪半夜竟然跑了出来，刚好被小分队撞上。这头猪可能是受到了惊吓，疯狂地往村外的山坡跑去。朱国群意识到不好，可已经来不及拦住这头受到惊吓的猪。

猪很快就跑得没有了踪影，一会儿就传来了地雷声——猪闯入了雷区。

地雷的爆炸声顿时引起一片哨声，设在各处的暗哨、明岗都把探照灯打开，巡逻的哨兵也警觉地四处张望。

小分队被这突如其来的变化搞得有点措手不及，他们本想迅速躲进老百姓的家里，又怕引起怀疑。一旦在村庄被包围，可是连退路都没有。

朱国群当机立断：小分队往山里撤。

就在撤往山上的途中，他们不幸被发现了，设在山坡上的一个蒋军暗哨发现了这5个行踪可疑的人。他立即向团长报告，很快一个连的士兵就把这个山头包围了起来。

探照灯把山头照得雪亮，蒋军士兵开始封锁这座山。

朱国群命令小分队在任何情况下都不要开枪，他知道如果小分队一旦彻底暴露，很快会有更多的敌人赶来，整个山头会被围得水泄不通，那时他们就绝对没有逃出去的机会了。现在唯一的机会就是不暴露自己，让蒋军怀疑他们已经逃出了这个山头，从而撤出部队，小分队才有生还的可能。

朱国群找到了一个小山洞，他让小分队躲进去，然后用石块和杂草把洞口完全堵住。

现在只能听天由命了。

天一亮，陆续赶来的蒋军部队把整座山围得水泄不通，他们像梳头似的搜了一遍又一遍，始终没有发现小分队的影子。

带队搜山的蒋军团长找来的昨晚值勤的暗哨，"你看清楚他们是跑进这座山了吗？"

"我的哨位就在这山坡上，非常清楚地看见5个身穿国军制服的人从山下村庄跑进山里。"

"是在地雷爆炸后吗？"

"是！地雷爆炸后约一分钟，这5个人就从村口跑了出来，直接往山上跑去。"

团长没再问什么，随后命令部队再次搜山，一定要把这5个人找出来。

汪海山是在天亮后才接到报告，说有5名解放军的侦察员出现在离北太武山不远的村庄里，现在已被部队围困在村庄后的山上，部队已开始搜山。

汪海山点点头，表示他知道了，但没说什么。

中午吃完饭后，汪海山突然想起了这事，就问副官："那5名解放军的侦察员抓到了没有？"

"一个小时前搜山部队来过报告，说还没有抓到，不知现在情况如何，要不要打电话问一下？"副官小心地回答。

汪海山摇了摇头，"这个时候都还没抓到他们，恐怕早已跑了。"

其实汪海山对是否抓到解放军的侦察员并不十分感兴趣，他感兴趣的是，他们跑到金门岛上的任务是什么？

"你说说，解放军的侦察员跑到金门来侦察的目标是什么？目的又是什么？"汪海山半认真半随意地问他的副官。

"这我可猜不出来。"副官有点紧张地回答。

汪海山笑了笑——他知道副官答不上来，他也不想让副官回答什么，其实这是汪海山自己给自己提出的问题。

这是他思考问题的一种方式。

汪海山虽然也不清楚这5名解放军的侦察员上金门岛的任务是什么，但他隐约觉得好像是奔着他的司令部来的，解放军的侦察员出现在离北太武山不远的村庄，显然是想到北太武山来。

他们到北太武山来干什么……

汪海山命令："司令部警卫团加强警戒，进出司令部的人员都要严格盘查。"

朱国群和4名小分队成员躲在山洞里一直等到天黑，外面已经很安静了，蒋军的搜山部队都撤走了。

白天真是很危险，几次听到蒋军搜山人员从洞口走过，有一次，一个蒋军士兵的脚几乎就踩在了洞口上。好在洞口是用石块和杂草完全堵死，只要不踩在上面，让石块掉下来，洞口是发现不了的。

蒋军的搜山部队是在傍晚时撤走的。

朱国群一直等到半夜10点才轻轻地把洞口的石块搬掉，探出半个身子，又仔细观察了四周的情况，确定周边肯定没有了敌人，才把身子缩回山洞。

"同志们，我们被敌人发现后，去北太武山沿途都会增加很多暗哨，我判断汪海山也会加强对司令部的防范，所以，侦察汪海山司令部的任务很难完成。军长在出发前已命令我，如果确实侦察汪海山的司令部十分危险，就放弃这次任务，另想办法，军长命令我首先要保证把你们安全的带回去。他说，战士的生命高于一切，所以，我现在决定放弃这次任务。"

4名战士想说什么，但被朱国群制止了："我知道你们想说什么，但我相信我更了解军长的意图，现在我们的任务就是安全地回到大陆。敌人搜山没有找到我们，但他们绝不会放弃对我们的抓捕。他们知道我们迟早是要返回大陆的，所以在每个可能入海的地方都会设下埋伏，这样我们只能从他们绝对意想不到的地方下海游回大陆。我们来时上岸的地方现在不太安全，不能走那条路，因此留在山洞里的游泳衣只能放弃，我们只能不借助游泳衣游回去，有信心吗？"

"有！平时训练时都没穿游泳衣。"

"好！我们今晚就回去。敌人肯定判断我们不会轻易放弃侦察任务，会在金门岛待上两天，所以，我判断今晚敌人对海边的设防还不会太紧，正是我们可利用的机会。"

朱国群说到这儿，抬手看了一下手表，正好是凌晨1点。他算了一下潮汐的时间，"我们现在就出发，顺利的话两个小时后可以到达海边，正好是退潮的时间，有利于我们游回大陆，现在你们把武器检查一下。"

小分队成员都把随身携带的武器检查了一遍。

"我们到海边后，下海前大家把冲锋枪和手雷埋在岩石下，只带手枪和匕首，这样可以节省体力，顺利地游回大陆。"朱国群说到这儿，看了一眼4名小分队战士，见他们都做好了准备，就一挥手，"跟着我，出发！"

5个黑影钻出山洞，向着海边跑去……

刘锋刚起床就接到朱国群从角屿岛打来的电话："报告军长，我们没有完成任务，刚到离北太武山不远的一个村庄时发生了意外，我们被发现了。我下令放弃任务，撤了回来。"

"其他4名战士都好吗？"

"都好！全都一起安全回来了，具体情况我下午到前指再向您报告。"

"好！你做得对，先好好休息一下，下午我听你的报告。"

下午2点，朱国群来到前沿指挥所向军长刘锋详细报告了登上金门后的情况。刘锋听得很仔细，每个细节都反复询问：比如从哪个地点上岛的，雷区的面积有多大，一般村庄有多少户人家，敌人的暗哨布防有规律吗，等等。

作战参谋也把朱国群小分队上岛后的路线做了标志。

听完朱国群的报告，刘锋很满意。

"朱营长，这次上金门虽然没有侦察到汪海山的司令部，但也很有收获，你的任务完成得很好。"

"不！军长，没有侦察到汪海山的司令部，我和小分队其他同志都感到内疚。"

"不！朱营长，你准确把握了我对你的命令，我要表扬你。这次行动虽然有缺憾，但更多的是欣慰。你的行为表明，我们的干部开始真正懂得什么是战争与战士的关系，不懂得爱惜战士的生命，就不可能取得战争的最后胜利。取得战争的胜利一定需要战士的牺牲，但不到万不得已，不到关键的时刻，我们绝不能轻易地牺牲我们的战士！"

刘锋说到这里有些动情——他可能又想起金门战斗牺牲的 9000 名战友，想起了团长肖玉金……

让刘锋万万没想到是，朱国群没完成的任务，朱国群的俘虏帮他完成了。

就在刘锋因为锁定不了汪海山的司令部而万分苦恼时，情报处处长给他带来了一个意想不到的好消息：

"军长，你还记得东山岛战斗吗？"

"当然记的，当时驻守岛上的营长就是朱国群。"

"是的，你还记得当时东山岛战斗朱营长他们俘虏了一个敌军连长吗？"

"有这个印象，俘虏怎么啦？"

"刚才军区情报部打来电话说，据这个俘虏交代，他去过汪海山设在北太武山脚下的司令部。"

"你说什么！"

刘锋大喊了一声，然后愣了好一会儿才又说："你立即去军区，把这名俘虏带到我这来，越快越好！"

"是！军长，我马上出发。"

第二天下午，雨过天晴，是个难得的好天气，午后的阳光从大陆洒向金门，把金门岛的山山水水照得清清楚楚。

刘锋带着军指挥所的全班人马早早来到厦门云顶岩，他们要在这里打一场特殊的侦察仗。

8月的云顶岩本应是烈日炎炎，但因为连着下了几天的雨，加上海风习习，倒有了一丝凉意。

刘锋站在云顶岩上，远眺金门，北太武山看得清清楚楚。

刘锋让作战参谋把金门的大幅地图铺在临时支起的桌子上，然后等待"主角"的到来。

不一会儿，情报处处长带着俘虏来到刘锋面前，"报告军长，东山岛被俘国民党军连长带到。"

刘锋点点头，然后两眼直盯着那连长的双眼。

那连长被刘锋盯得有些害怕，就把头低下来。

"你叫什么名字？"刘锋突然问道。

那连长吓了一跳，抬头看到刘锋是问自己，就紧张地回答："长官，本人叫路小根。"

"当兵多少年了？"

"1946年参加的国军，不，是蒋匪军。"

"家是哪里呀？"

"我是山东人。"

"哦！我们还是老乡呢。"

刘锋把口气放缓些，也让路小根放轻松些。

"路小根，你过来。"

路小根胆怯地走到刘锋跟前，不知道解放军的这位大官要干什么。

刘锋指着对面的北太武山问道："你看到对面的那座山了吗？"

路小根顺着刘锋手指的方向望去，然后点点头。

"告诉我，那是什么地方？"

"金门的北太武山。"路小根想都没想脱口而出。

刘锋一听，心中暗喜——看来这个路小根还真去过北太武山。

"路小根，你现在听好了，我下面问你的问题，你知道就回答，不知道就说不知道，如果敢瞎说，事后查出来，你将被枪毙。如果你今天说的都是实话，将为你减刑，提前把你释放，你听明白了吗？"

路小根点点头。

"你去过汪海山的司令部吗？"

"去过。"

"去过几次？"

"两次。"

"那你能说出汪海山司令部的具体位置吗？"

"可以。"

刘锋示意作战处长让路小根在地图上标出汪海山司令部的坐标，作战处处长拿出笔和标图尺，递到路小根手上。

路小根熟练地很快就在地图上找到了汪海山司令部的具体位置，并用笔和尺标出了具体坐标。

作战处处长向刘锋点点头，表示汪海山司令部的位置终于找到了。

刘锋站在云顶岩上，把衣服解开，让海风尽情地吹向他的胸怀，然后面向金门北太武山发出了豪爽的笑声……

七 战地红花

于丽这几天是又气又急，气的是邱维力竟然是国民党的高级特工，而且还从她这里获得过重要情报，急的是这两天她几次给小嶝岛打电话都没有找到乡长林凤秀。

于丽决定再次上小嶝岛去找林凤秀。

4 年前的那次炮战，于丽也是在开战前上了小嶝岛。不过那次上岛于丽仅仅是亲身体验了一次战争，而这次于丽上岛不是要体验战争，而是要亲自参加战争——她找林凤秀是要商量组建女民兵炮营的事。

于丽早就想组建一支女民兵炮营，因为于丽发现，未来厦门、金门之间经常性的战争形式就是炮战，而且可能还会长时间进行下去，所以女民兵要想直接参加战斗，而不仅仅是站站岗，运送炮弹和物资，就必须组建一支女民兵炮营，才有机会直接参加战斗。

于丽一直想找机会和林凤秀商量这个事，但都因为忙于其他的工作把这个事给耽搁下来。这次即将开始的大规模炮战因为中央军委的命令暂时推迟了，而且还不知道推迟到什么时候，于丽觉得这是成立女民兵炮营的绝好机会。

于丽知道，前线的几个海岛都有女民兵排，而且平时她们也训练过如何打炮，对大炮的性能有所了解。只是因为没有成立女民兵炮排、炮连这样的组织，使她们缺少系统的训练，还形成不了真正的战斗力。但于丽相信，只要成立了女民兵炮连、炮排这样的组织，稍加系统的训练，她们就能够上战场，并成为合格的女炮兵战士。

于丽急着找林凤秀就是商量这个事，而且这次于丽的心比较大，她不想只成立女民兵炮排或炮连，而是想成立女民兵炮营，把几个海岛的女民兵都组织起来，组建厦门前线女民兵炮营，而且于丽想好了女民兵炮营营长的最佳人选——当然是小嶝岛女乡长林凤秀。

林凤秀这段时间根本就没在乡政府待过，她接到协助解放军 25 日零点做好炮击金门准备的指示后，就天天工作在前沿阵地上。

朱国群 7 月 21 日接到的命令，是要他们营继续留在小嶝岛参战，军里又给朱国群新装备了 6 门大口径加农炮，以加强对大金门的打击。师长王宝荣命令朱国群，新大炮必须在 24 日中午进入阵地，25 日零点完成对大金门的炮击准备。

朱国群立即为新大炮选阵地。

只有 0.6 平方公里的小嶝岛已经很难找到加农炮的合适阵地，小岛上只有一块地适合建炮兵阵地。但现在那块地是几十户渔民家的菜地，岛上的渔民就靠这块地才能吃上些新鲜蔬菜，朱国群有些不忍心把炮阵地建在那儿。就在朱国群为炮阵地犯愁时，林凤秀来了，看到朱国群愁眉苦脸的样子，林凤秀知道他遇到难题了。

"怎么啦？国群，有什么困难吗？"林凤秀关心地问。

"还不是为新大炮选阵地的事。"

"山后的那块地不行吗？"

"可那是岛上乡亲们唯一的菜地呀！占用了那块地，以后乡亲们靠什么吃蔬菜呢？一年四季总不能天天吃鱼吧！"

林凤秀也觉得这是个问题，但炮战即将打响，现在顾不了这么多了，一切都要为炮战让路。只要有战争，老百姓就很难过上安稳的日子，现在的牺牲，不就是为了将来真正实现永久的和平吗！只有消灭了战争，实现了真正的和平，老百姓才能安心搞生活，才能过上好日子。

林凤秀想到这儿就对朱国群说："国群，你不用纠结了，我相信乡亲们是能想通的。他们知道你们是为谁打仗，是为了什么打仗，眼下的这点牺牲还是值的，我现在马上去做渔民们的工作，你就做好明天修工事的准备吧。"

朱国群没再说什么，只是紧紧地拥抱了一下林凤秀，表达他内心的感激！

渔民的工作很好做，因为他们天天生活在炮火中，很容易理解什么是一切为了炮战。

由于有渔民的支持，炮阵地修筑得很顺利。为了保密，朱国群带领全营官兵利用晚上时间抢修工事，林凤秀带领基干民兵协助部队官兵修工事。人多力量大，只用了两个晚上，就把 6 个炮阵地全部修好。

24 日凌晨 3 点，6 门加农炮悄悄运上了小嶝岛，天亮前又被战士们用双手拖进了阵地，天亮后大炮穿上了伪装网，几十米外看不出这里竟藏着6门大口径的加农炮。

　　林凤秀这几个晚上帮助抢修工事，白天只能睡两三个小时，往往就被叫醒处理其他工作。好在林凤秀年轻，超负荷的工作还能扛得住。

　　这天下午，林凤秀刚回到几天没进门的乡政府办公室，就听说于丽来了，她连一口水都没喝，又出门往码头方向赶去，还没走几步，远远就看到穿着一身列宁装的于丽正向乡政府走来。

　　林凤秀就站下等着于丽，"怎么！一要打仗你就往小嶝岛上跑，平日怎不见你来呀？"林凤秀看着走近的于丽，嗔怪地说，同时张开双臂迎接于丽的到来。

　　两人紧紧地拥抱了一下。

　　于丽看着林凤秀的双眼布满了血丝，知道她肯定好几天没睡好觉，心疼地说："是不是几天没合眼呀？瞧瞧你的眼睛，全是血丝。"

　　"帮着国群他们修工事，不是为了保密吗，天天晚上修，连着修了两个晚上，把6个炮阵地抢修了出来，所以这几天确实没睡好觉。"

　　"赶紧回家，下午补个觉，我替你守着，不是特别紧急的工作，等明天再说。"于丽说着就拉着林凤秀往她家走去。

　　"大姐，这怎么成呀！马上要打仗了，还有好多事没处理完呢！放心吧，我身体好着呢，几天不睡觉拖不垮我。"

　　于丽看着林凤秀的脸好一会儿后才说："真的没事？不会突然倒下吧？"

　　"没那么严重，我不是还年轻着吗，怎么可能几天没睡好觉就累倒了。"林凤秀边说边拉着于丽往乡政府走去。

　　"于姐，你急急忙忙地跑到岛上来找我肯定有急事吧？"

　　"我打了几次电话到乡政府都找不到你，所以只能亲自跑来。"

　　"对不起，于姐，我已经好多天没进乡政府的门了。快说，什么事？"

"不急，到乡政府再说吧。"

于丽和林凤秀并肩走进乡政府。

林凤秀就以主人的身份让于丽坐下，然后给她倒了一杯开水，自己也倒了一杯，就坐在于丽的对面，"于大主任，有什么事需要我做的，请下命令吧！"

"调皮！"于丽喝着水，想着该怎么跟林凤秀说。

"是这样的！这段时间我有一个发现，厦门、金门之间将来主要的战争形式就是炮战，这种形态可能还会持续一段时间。如果我们女民兵想真正成为前线的战斗员，还不只是站站岗、运送运送物资，我们应该成立女民兵炮兵部队，这样才能真正参加战斗。"

"快说说，应该怎么成立？"林凤秀感兴趣地听着。

"我是这样想的，现在沿海的几个岛屿和渔村都有女民兵，有的人多些，成立了女民兵排，有的少些，成立了女民兵班，还有的是加入到男民兵连中，我们能不能把几个岛上和渔村的女民兵组织起来，成立一个女民兵炮营，请求上级批准，并给我们按解放军炮营的编制配装大炮，这样我们现在和将来就能名正言顺地参加战斗，体现我们新中国前线女性的战斗力。"

"太好了！支前办主任就是不一样，站得高看得远！你说具体该怎么办？"

"分两步走，第一步是马上联络各村的女民兵，看看究竟有多少人可以参加女民兵炮营，当然最好是未婚女青年，结婚但没有孩子的也行，有孩子的要慎重考虑，年龄一般在35岁以下吧。第二步我向市委写报告，请求成立前线女民兵炮营，市委同意后，再向解放军前线部队请求装备并请解放军派出教官，帮助女民兵炮营训练，女民兵炮营争取能参加这次炮击金门的战斗。"

"好吧！就按你说的办。我们现在就出发，分头联系各村的女民兵。明天晚上我们再碰头，汇总情况。"

女民兵炮营的成立工作进展得非常顺利，各方面都很支持。

于丽和林凤秀只用了一天时间，就联络到200多女民兵愿意参加女民兵炮营。

于丽、林凤秀从中筛选了180人。

给市委"关于成立前线女民兵炮营的请示报告"一天就批了下来，于丽拿着报告去前沿指挥所找军长刘锋。

刘锋看了市委的批示，又仔细看了附在后面的女民兵名单及个人简历，二话没说，拿起电话就向军区首长请示。

军区首长在电话里明确指示：可以成立前线女民兵炮营，女民兵炮营成立后的装备和训练由前线部队负责，女民兵炮营的训练达到训练大纲的要求可以参加战斗。

从于丽提出想法到女民兵炮营正式成立，只用了不到10天时间。

1958年8月5日厦门前线女民兵炮营正式成立，刘锋让王宝荣亲自参加成立仪式并宣读命令。

下了10多天的大雨这时完全停了下来，雨后的天空湛蓝透亮，阳光明媚！

上午9点，180名英姿飒爽的女民兵整齐地排列在操场上，她们都剪着齐耳的短发，身穿白色衬衣，黑色长裤，脚穿布鞋，腰上扎皮带，于丽和林凤秀排在队伍的最前列。

王宝荣在团长米列山、营长朱国群的陪同下大步向女民兵的队列走去。

林凤秀见师长王宝荣来了，就大喊了一声："立正！"然后向师长王宝荣跑去：

"报告师长，女民兵炮营已列队完毕，请指示！"

"稍息！"

"是！"

林凤秀跑到队列前大声说："稍息！"然后跑回队列中。

王宝荣大步走到队列前，"同志们！"

女民兵们全部立正。

王宝荣："请稍息！今天厦门前线女民兵炮营正式成立了，我代表厦门前线部队对女民兵炮营的成立表示最热烈的祝贺！"

操场上响起了热烈的掌声，于丽和林凤秀对视了一下，也高兴地鼓起掌来。

王宝荣："下面我宣布命令：经上级批准，林凤秀任女民兵炮营营长，于丽任女民兵炮营教导员，朱国群任女民兵炮营总教官。"

操场上又响起热烈的掌声。

站在师长王宝荣身边的朱国群，此时向王宝荣敬了一个礼，然后向女民兵炮营的队列跑去。

女民兵们用更热烈的掌声还伴随着一点笑声欢迎她们的总教官入列。

朱国群跑到林凤秀和于丽面前，向她们敬了一个礼，然后站在她们身后。

王宝荣也是笑嘻嘻地看着朱国群入列，然后又大声说："下面由米烈山团长代表厦门前线部队为女民兵炮营赠予装备！"

米烈山走到队列前，"同志们，经上级批准，厦门前线部队决定配装女民兵炮营榴弹炮12门。"

操场上又一次响起最热烈的掌声。

林凤秀再次出列，跑到米烈山面前，接过12门大炮的配装命令。

米烈山握着林凤秀的手，小声说："祝贺你，凤秀同志！让我们在战场上英勇战斗，为人民建功立业！"

"是！谢谢米团长。"

厦门前线女民兵炮营成立后，只经过短短10天艰苦训练，她们就完全掌握了榴弹炮的各项性能，各炮手的配合也日趋熟练。8月16日，女民兵炮营进行了第一次实弹考核，成绩合格。

于丽、林凤秀高兴极了。

于丽握着朱国群的手感激地说："朱教官，真的要好好感谢你，不是你的言传身教，严格要求，大家不会进步得这么快。"

"看你说的，我们是一个集体，还分什么你我吗！"

"话虽这么说，但我还是想感谢你。"

林凤秀在一旁插话："那是他应该做的，谁让我是营长呢！他不付出谁付出呀！"

"对了，他是我们营长的未婚夫，我是不是应该向大家宣布一下呀？"于丽故意大声说。

林凤秀一下子满脸通红，"于姐，你小声点！你想弄得满城风雨呀。"

于丽哈哈大笑，"你刚才不是很英雄吗！怎么，现在又胆小啦！"

于丽又转头对朱国群说："以后她要是敢欺负你，你就告诉我，我有治她的办法。"

"哟！哟！你们俩个还想建立联盟呀！还不知道将来谁欺负谁呢？"林凤秀故意假装生气地说。

朱国群笑呵呵地说："我们谁也不欺负谁，相互关心，相互爱护！"

"这还没结婚呢，就开始这么向着她了！"于丽也故意假装生气地说，不过话刚说完，就有些控制不住了，哈哈地大笑起来。

林凤秀见于丽哈哈大笑，也控制不住了，跟着大笑起来！

只有朱国群还保持着微笑……

八　巡视前线

人民解放军厦门前线部队的 459 门大炮全都对准了金门，只等北京一声令下，几万发炮弹瞬间就会落在金门蒋军的头上。

由于"青鸟"的落网，加上 7 月中旬以来的特大暴雨，国民党的侦察飞机无法飞临福建，厦门前线这么大的军事行动台湾方面竟然一无所知，实在有点匪夷所思。

8月20日凌晨，天还没亮，黎明前的夜色把金门料罗湾码头笼罩在一片黑暗中，一阵低沉的螺旋桨的轰鸣声从远处海上传来。不一会儿，一艘蒋军中字号登陆舰在数艘战舰的护航下，向着料罗湾码头驶来。

登陆舰刚刚在码头上靠稳，几个探照灯突然打开，把码头照得如同白天。

汪海山穿着一身笔挺的军服站在码头边，上将军衔明晃晃地闪着耀眼的光泽，他身后列队站着的是金门防卫部两位中将军衔副司令，一位少将副司令，其他全是师以上军官——这样的欢迎阵式预示着即将到来的只能是"总统"蒋介石。

果然，登陆舰的舱门一打开，两名侍卫官先走了出来，两人在舷梯旁刚站好，同样身穿戎装、手持拐杖的蒋介石就出现在人们的视野中。

码头上响起一片掌声！

蒋介石走下舷梯，汪海山立即迎了上去，"总统好！学生汪海山率部将欢迎您视察金门。"

蒋介石面带微笑地握着汪海山的手说："汪司令，你一直替国家坚守金门前线，任劳任怨，为国家出力，是我的学生中最让校长满意的一个，我要感谢你呀！"

"学生不敢！为国家出力是应尽的本分。"汪海山说完就把列队的各级军官一一介绍给蒋介石。

蒋介石跟每位军官亲切握手问候，其中大部分军官他都认识，只不过平日里很少有见面的机会。

台北"警备司令部"副司令高有根也从舱门里走出来。

汪海山有点意外，"你怎么也来了？"

"是总统让我来的。"高有根边敬礼边说。

蒋介石回过头来说："是我让他来的。高副司令长期驻守金门，对金门有很深的感情，所以这次特意让他陪我回金门看看，以解他对金门的思念。"

汪海山不由感叹道："还是校长想得周到！"

8月下旬的金门岛，虽然已经立秋，但南方的秋老虎天气更加炎热，天刚蒙蒙亮，已能感到气候闷热。

汪海山和军官们都穿着礼服迎接蒋介石，汗水早把内衣湿透。但汪海山深知蒋介石一生讲究礼仪，堪称注重军人仪表的典范，所以，汪海山不敢马虎，他要求所有军官必须着礼服迎接蒋介石。

在汪海山的陪同下，蒋介石坐上了为他准备的轿车。

蒋介石刚坐上轿车，探照灯就熄灭了。一辆辆轿车驶离码头，在晨曦中向着汪海山的司令部开去。

吃过简单的早餐，蒋介石就要开始视察。

"校长，您是不是稍微休息一下，再开始视察！"汪海山关心地询问，毕竟蒋介石已经70岁了，不是当年北伐战争时期那个年轻的总司令了。

"不必了！我只在金门待一天时间，想多看几个地方。"蒋介石很坚决地说。

"那您是不是换套衣服，穿军服今天实在有些热。"汪海山让副官拿出准备好的短袖绸衫和遮阳礼帽，想请校长换上。

但蒋介石又摇摇手说："海山呀，我平日也没有多少机会见前线的官兵，也许有些官兵一生中也只能见到我一次，我今天留给他们的形象可能就是一生的印象，所以我愿意穿军服就是想留给前线官兵一生的形象是军人，你明白吗？！"

在一些不太正式的场合，蒋介石更愿意称呼汪海山的名字，显得更亲切！

汪海山顿时有些感动，"校长，是我考虑不周，我们都陪着您穿军服。"

蒋介石点点头，率先走出汪海山的司令部。

蒋介石想先去看看北太武山刻着"毋忘在莒"四个大字的石碑，这四个字是他1952年视察金门时的亲笔题词，后来汪海山把这四个字刻在了北太武山一块摩崖上，成了金门一景。

沿着山路，蒋介石有些吃力地走着，但他拒绝任何人的搀扶。有几次汪海山见山路有些陡峭，就伸出手想扶着校长，蒋介石立刻站着不动了，并且严厉地说道："你若要扶，我就不走了。"

弄得汪海山好不尴尬。

上午的气温就达到 35 度，从海上吹来的风像热浪一样，让人感觉不到凉意，所有的人早已汗流浃背，湿透了军服。

蒋介石挂着拐杖走在最前面，两位侍卫官紧跟着他，防备出现意外。毕竟是 70 岁的老人了，爬山已经明显感到吃力。蒋介石不时地停下来稍微喘口气，每当这时侍卫官就会给他递上一块事先准备好的湿毛巾，让他擦擦脸上的汗。

汪海山知道校长这么做的用意是什么，他是以自己无言的行动告诉大家什么叫作"忍辱负重、牺牲奋斗，百折不回"。

这是一位个性倔强而固执、意志坚硬而刚愎的老人。

终于走到北太武山"毋忘在莒"四个大字下，蒋介石仰望当年的留墨，显得很激动，他对陪同的众军官说："2200 年前的战国时期，田单虽仅存莒县而不降燕，最后终于驱逐敌寇，恢复了齐国。今天，我们在台湾、在金门就是在'莒'呀，大家都要效法前贤，殷忧启圣，发扬坚忍不拔、以寡击众的精神，立志雪耻复国，不达光复使命，绝不罢休。"

汪海山带头鼓起掌来，众军官跟着鼓起了掌！

蒋介石很高兴，对汪海山说："海山呀，今天的天气虽然有点热，但我感到还是很舒服。来！我们大家在这里合个影吧。"

汪海山立即召呼大家围在蒋介石身边。

蒋介石体贴地问道："有没有第一次和我合影的？"

四五个年轻军官马上说："总统，我们是第一次跟您合影，我们太荣幸了！"

蒋介石立即招呼这几个年轻军官站到他身边并对汪海山说："海山呀，凡是第一次和我合影的都让他们站到我身边来，以前和我照过像的就往旁边站站，把机会让给年轻人。"

众军官发出会心的笑声。

随行记者立即拍下了这张以"毋忘在莒"四个大字为背的合影照。

照完合影，蒋介石示意汪海山第二站去古宁头，看望守卫在那里的英雄连队。

蒋介石每次视察金门，古宁头是他一定要去的地方。当年的"古宁头大捷"给他留下太深的记忆，如果没有这场全歼共军 9000 人的辉煌胜利，金门早就被共军占领了，台湾也可能被共军攻占，那么今天的台湾海峡肯定不是现在这样的局面，中华民国还能不能存在也很难说。所以，每次到金门，蒋介石总会想到古宁头，想到古宁头大捷对今日台湾的重大意义。

驻守古宁头的连队是蒋军 201 师一团三连，连长已获知上午总统要来连队视察，所以早早就把全连官兵集合好，等候"总统"的视察。

上午 10 点刚过，连长远远看见一行军用吉普车向连队驻地驶来，知道是"总统"来了，立刻下令全连官兵列队。

蒋介石在汪海山司令的陪同下走进了连队驻地。

连长见状立即大喊一声："立正！"然后跑到蒋介石跟前大声报告："报告总统，驻守古宁头 201 师一团三连集合完毕，请总统训示！"

蒋介石微笑着点点头，"战士们辛苦了，请稍息！"

连长向蒋总统敬礼后，跑回队列前大声说："稍息！"

这时汪海山走到连长跟前，小声对他说："总统不讲话了，直接去连队的荣誉室。你陪同就行了，其他人解散。"

"是！汪司令。"

蒋介石在汪海山陪同下走进连队荣誉室，一幅幅照片和实物纪录了 1949 年 10 月 25 日那场惨烈的战斗。虽然蒋介石已经多次看过这些照片与实物，但每次观看都给他带来不一样的感受。最后蒋介石在一辆装甲战车前驻足，再次仔细端详这辆标着"66"号的装甲车，仿佛又回到了 9 年前的那个夜晚：

1949 年 10 月 24 日傍晚，驻守金门的国民党军 201 师一团三连的 66 号装甲战车在训练结束返回营地时，在古宁头海滩上发生故障，履带脱落，无法动弹，团长命令 65 号和 67 号战车前往古宁头海滩把抛锚的 66 号战车拖回来，但两辆战车也拖不动抛锚的 66 号战车。天黑下来，全连的人都回驻地了，只剩下三连一排这 3 部战车停在沙滩上。

25 日凌晨 4 点多，在漆黑的夜空里，前方海滩突然出现一发红色信号弹。坐在战车里的几名士兵感到奇怪，难道这个时候还有部队在演习吗？突然又有两发信号弹钻入夜幕里。排长立即醒悟过来：是解放军进攻金门的信号弹。他马上命令全排战士分别进入停在古宁头海滩上的三辆战车，并做好战斗准备。

果然是解放军发动了金门战斗，而且登陆点就在古宁头。三辆装甲车立即开火，意外构成了对解放军打击最强的火力点，为"古宁头大捷"立下了第一功……

这就是台湾媒体宣传了无数次的"古宁头大捷"的传奇故事，蒋介石对这个故事熟悉得不能再熟悉了，熟悉得都能背下来。

作为亲自指挥过北伐战争、抗日战争，又和共产党打了三年内战的军事统帅，蒋介石十分清楚战争是怎么回事，他心里清楚，"古宁头大捷"取胜的真正原因是运气和解放军的轻敌。但在国民党军一败再败，几乎到了谈共军色变的情况下，国民党军太需要这样一场胜利来提振信心，所以蒋介石需要这样的故事，需要这种能振奋信心的传奇。

他更希望台湾老百姓相信这一切都是真的。

"校长，是不是到贵宾室休息一会儿？"汪海山见蒋介石在 66 号装甲车前站立了很久，担心他累着，就轻声地提议道。

蒋介石点点头，他确实感到有点累了。

贵宾室摆好了各种水果，一张长条桌上已经准备好笔、墨——这是汪海山事先打的招呼，让连队做好准备，他知道今天校长肯定有心情题字。

果然，蒋介石喝了点水，休息一会儿后就对汪海山说："现在年纪越来越大了，以后来金门的机会也会越来越少。"

"校长，您身体好着呢！您看今天爬北太武山，年轻人都比不了您。"汪海山有些讨好地说。

蒋介石笑了笑，他理解学生的好意："人老是自然规律，任何人也改变不了，生老病死是每个人的归宿，想躲也躲不掉呀！"

汪海山点点头，马上转个话题："校长，大家都希望您给题个词！"

蒋介石马上站起来向长条桌走去。

几名军官以更快的速度走到长条桌边，铺纸、研墨并把毛笔递到总统手中。

蒋介石略微想了想，挥毫写下："冬天饮寒水，黑夜渡断桥。"题完这十个字，蒋介石觉得意犹未尽，接着又写下："忍性吞气，茹苦饮痛，耐寒扫雪，冒热灭火"。

汪海山见蒋介石接连题了两幅字，就带头鼓起掌来，贵宾室里立刻响起一片掌声。

"校长，您先休息休息，已经写了两幅字了。"汪海山也是书法爱好者，他知道书法是要费心力的，他真为校长的身体担心。

但不知今天为什么，蒋介石的兴致特别高，他稍微停顿了一下，运了几口气，又挥毫写下了第三幅字："千秋气节久弥著，万古精神又日新"。

写完这三幅字，蒋介石才放下手中的毛笔，转身回到沙发上坐下，侍卫官给他倒了一杯白开水。

几名军官走到长条桌旁，认真欣赏着总统的书法。

汪海山也认真看了校长的三幅书法，觉得这里面包含着很深的意义，就诚恳地说："校长，学生没有完全理解您这三幅字的全部含义，我想大家也都想知道这三幅字的真正含义，您是不是给大家讲讲？"

蒋介石喝了一口水，环视了大家一眼，说道："这三幅字是我在台湾建立反共基地以来每日复述之座右铭。第一幅字'冬天饮寒水，黑夜渡断桥'，是我初来台湾时的真情写照；第二幅字'忍性吞气，茹苦饮痛，耐寒扫雪，冒热灭火'，是我痛定思痛后决心一切从头开始的誓言；第三幅字'千秋气节久弥著，万古精神又日新'，是必须永远追求之崇高境界。这幅字连贯起来读，反映了本人已逐步走出感情低潮，完成心理革新，达至精神振兴。我希望金门前线的各位将士都能把这三幅字烂熟于心，深刻体会，树立'从前种种譬如昨日死，今后种种譬如今日生'的信心和勇气，不断砥砺卧薪尝胆之志，共同完成反共复国之大计！"

蒋介石说到这儿站了起来。

汪海山率众军官全体起立:"总统放心,从今日起,金门前线全体官兵每日三遍诵读这三幅字,并把它牢记在心,不忘使命,跟随总统完成反共复国的大计!"

其他军官一起大声说道:"不忘使命,跟随总统完成反共复国的大计!"

蒋介石满含泪水点点头,"好!好!我信任你们。"

离开古宁头,蒋介石要去马山对大陆有线广播站看看,车队路过老金门城南的"观海石",蒋介石让车队停下。

蒋介石走下车,站在"观海石"前,眺望着金厦海域,海面上樯橹点点,波浪翻腾。

蒋介石诗兴大发,他高声读出清朝林焜熿在此地的抗倭遗诗:

> 啸卧亭空碧藓粘,乾坤此日快观瞻。
>
> 荒城雾卷笼山顶,破寺云封露塔尖。
>
> 岛屿狼烟连戍垒,旌旗鹤首握戎铦。
>
> 南来巨浪排云起,思骋长风酒力添。

汪海山又带头鼓起掌来,并连声说道:"好诗,好诗呀!"

蒋介石也很有感慨地说:"这确实是一首好诗。金门自古是军事要塞、兵家重地,当年林焜熿在此地防范南来倭寇,今天我们在此地抵御北方共匪,只需更换一字,将'南来巨浪'的'南'字改为'北'字,也就是此时此刻我们的心情写照,古人留在金门的雄心、豪情还望各位同志继承发扬之。"

此时,马山广播站的大喇叭开始播音了。

温素萍性感甜美的声音飘向金厦海域:"厦门前线解放军官兵弟兄们,金门对大陆广播现在开始播音。解放军官兵弟兄们,复兴基地台湾在蒋总统领导下,民众的生活发生了翻天覆地的变化……"

车队来到了马山广播站,这里离大陆很近。

广播站官兵在坑道口列队迎接"总统"的到来。

蒋介石走进马山广播站的坑道，仔细了解对大陆广播的情况，每天都播些什么内容，对岸解放军官兵是否听得清广播的内容，什么内容他们最喜欢听，什么时间播出解放军官兵听的人最多，等等。

广播站长一一向蒋介石做了详细的报告。

这时广播里开始播出蒋介石最喜欢听的一首军歌《保卫大台湾》，趁着播放歌曲的时段，温素萍走出播音间。

站长马上向蒋介石介绍："总统，这位就是最受对岸解放军官兵欢迎的播音员温素萍中尉。"

"总统好！"温素萍向蒋介石敬了个标准的军礼。

蒋介石高兴地握着温素萍的手，关心地问道："当了几年兵呀？"

"我是政战学校第一期新闻专业的毕业生，毕业后就来到金门马山广播站，在这里工作已经三年多了。"

"老家是大陆的吧？"

"是！老家是江苏。"

"是吗！那我们还是半个老乡呀，江浙、江浙，江苏浙江是一家哟！"

蒋介石谈到浙江，顿时思乡之情溢于言表，他突然向坑道口走去，边走边说："把望远镜给我。"

侍卫官立即把一个望远镜递到总统的手中。

临近中午，阳光把海面照的波光粼粼，近在咫尺的大陆被望远镜一下拉到了眼前。

蒋介石仔细看着这片"梦里寻它千百度"的故土家园，久久不愿放下望远镜。阳光下，厦门市的建筑群出现在他眼前。他一栋栋地看着，似乎在寻找失去的记忆。

他把望远镜抬高些，想看得更远些——更远处那片广袤的大地曾是他统治的地盘，那里有他奋斗的足迹、成功的喜悦与失败的落寞。

自从北伐战争开始，胜利一直伴随着他，灭军阀，统江山，肃党派，治国家，他一路高奏凯歌。抗日战争爆发后，虽然国民党军一败再败，华北沦陷、上海失守、南京被占。短短两年，大半个中国都被日本占领，但全国军民还是团结在他的周围，坚持抗战，绝不投降，最终在国际反法西斯阵线的帮助下，取得了抗战的完全胜利，彻底把日本侵略者赶出了中国，甚至把甲午战争丢失的国土——台湾，也一并从日本人手中收回，全国人民真正把他看成领袖。

但接下来的几年，事业达到巅峰的他开始不断衰落。

毛泽东成了他最大的克星。

他们两人从 20 年代开始，你死我活的争斗了整整 30 年。长时期内，他占尽优势，掌握国家机器，毛泽东四处躲藏，在穷乡僻壤建立根据地。所有的城市和大片的国土都在他的统治下，毛泽东只有小块的农村根据地和数量不多的农民。他统领着百万大军围追堵截，好几次险些置毛泽东于死地，使毛泽东只能行走二万五千里，远走他乡寻找时机。谁能料想，当他以绝对优势兵力把毛泽东逼上决定中国命运的最后战场时，竟然天地翻覆、乾坤倒旋，一场仅持续了短暂三年的中原逐鹿，他以每月平均丢失相当于英国或罗马尼亚面积的管辖范围、被消灭 20 余万兵力的规模和速度，走向统治大陆的终结，而毛泽东从北到南，一路跃马扬鞭，占南京、过长江，把红旗插遍了中国大陆。

纵览一生，他最大的成功是建立起一支世界上人数最多的军队，最大的失败却也是在军事上。三年内战，他打一仗，失败一仗，从东北一直败到海南岛，800 万军队被毛泽东一口一口吃掉。此一"纪录"在人类军事史上，只有二次世界大战中希特勒损失的兵力可以与之相匹，这对他打击有多大，非军事家、政治家是难以体会的。

中国历史上，多少王朝在战火中结束，多少新君在炮声中登基，但无论百年辉煌的汉唐，还是昙花一现的秦、隋，却没有哪一个朝代是断送在得天下者之手的。唯独蒋介石在其年富力强之时，眼见自己创造的时代分崩离析而又无能为力，残酷的现实确实让刚愎自用又喜好别人崇拜的他难以接受和面对。

此刻的蒋介石站在金门岛，面对故国河山，难忘往昔历历在目……想起了溪口镇的顽童岁月，慈母教诲；想起了黄埔起家，北伐督军，蒋家王朝开张的盛典；想起了抗战领袖、民族英雄，好不威风凛凛，荣光八面。而如今，所有的一切都成过眼烟云，唯余满腔悲愤……

蒋介石百感交集，两行老泪慢慢流下。

汪海山见状，赶紧让侍卫官递上毛巾，又亲自搬了一把藤椅请"总统"坐下。

"校长，您不要太激动，保重身体，来日方长。您不是一直教导我们，忍辱负重才能最终胜利吗！"

蒋介石确实感到有些累了，他坐在藤椅上，让激动的心情平静下来！望着近在眼前的大陆，他再次深深感受到——金门万万不可以放弃。

有了金门，我还可以打毛泽东一下，这实际上是向国际社会表明我还没有输到最后。只要保住脚下这方宝地，一切就有可能！也许一次历史的机遇就可以让他和毛泽东重新调换一下位置。

蒋介石期待这个机遇的出现！

离开马山广播站，蒋介石又视察了几个炮兵阵地，看望了部分营连军官，并和他们合影留念。

直到夜幕降临，一天的视察总算结束了。

蒋介石在汪海山的司令部吃了个简单的晚餐，就驱车前往机场——"总统"要连夜赶回台北。

蒋介石在机场和送行的军官一一握手道别，最后是汪海山。

汪海山早有耳闻，最近台北最高层和美军顾问团对金门撤守攻防意见不一致，他想借此机会探探校长的底。

"校长，您这次来金门视察的时间太短了，学生还有很多想法来不及向您报告。但有一条请校长放心，我已经完全做好准备，只要您一声令下，我可以立刻率领10万大军渡过金厦海峡，攻占福建，开始实施反共复国的大计。"

蒋介石听了连忙摇摇头，"汪司令，你只要给我牢牢地守住金门，就是最大的胜利，切不可渡海作战。平日里可以向对岸打打炮，如果能把毛泽东打急了最好。毛泽东真的来打金门，是天大的好事，我最高兴！记住我的话，守住金门就是守住了希望，台湾的前途就全拜托你了！"

蒋介石紧紧地握了握汪海山的手，然后转身登上他的座机。机舱门一关上，飞机就滑出跑道，一会儿就飞入了漆黑无声的夜空。

九　于无声处

天下之事正因为巧合，后人才觉得神乎其神！

就在蒋介石视察金门，站在马山广播站前回顾自己的一生，感慨万千、心潮澎湃的时候，远在千里之外的毛泽东决定要炮击金门了！

8 月 20 日下午，北戴河海边浴场披上了灿烂的霞光，夕阳下，毛泽东披着一件浴衣向大海走去。

连着开了几天的中央政治局会议，毛泽东感到一丝的疲惫，他想放松一下，当然是下海游泳——这既是最好的休息，又是最好的锻炼。

无风时的大海，碧波荡漾，白浪翻滚。

毛泽东在一群警卫战士的簇拥下，脱去浴衣，兴奋地扑向大海——大海同样热情地拥抱这位一生热爱大风大浪，喜欢到大江大海中搏击风浪的伟人！

今天，他很少用独特的侧泳去迎接一波波袭来的微浪，而是靠手脚缓慢地划动保持浮力，仰躺在海面上，闭目凝神，任其漂流，像鸥鸟一样漫不经心自由自在地享受着大海带给他的宁静。

他已进入身体得到休息、大脑高效工作的最佳状态。

毛泽东总是把游泳当成最好的休息，又当成是最好的工作。一生酷爱游泳的毛泽东，许多重要的决策都是在游泳中思考、游泳后做出的。此时的毛泽东，脑海中没有思考政治局会议上的主要议题——经济建设，而是想着一个月前决定的军事行动——炮击金门。现在，万事已经俱备，好像也不欠什么"东风"了，但打还是不打，什么时候打？一念之差也许结果完全不同！

事到临头方知难，决心不好下哟！

大海，给人以滤清纷繁的明彻；大海，赋予人心盛寰宇的胆魄。

毛泽东在大海中畅游了一个多小时，也思考了一个多小时。这时，他向岸边走去，边穿浴衣，边对身边工作人员说："去把彭德怀和王尚荣请到我的房间来。"

毛泽东已经决定要炮击金门了！

国防部部长彭德怀元帅和总参谋部作战部部长王尚荣中将如约来到毛泽东的房间，工作人员已经把一幅巨大的台湾海峡军用地图挂在了墙上。

"主席，连着开了几天的会，您精神还这么好呀！"彭德怀走进毛泽东的房间，给主席敬了个礼并说道。

王尚荣也敬礼道："王尚荣向主席报到！"

毛泽东指了指沙发椅，让他俩坐下，"才开几天会就感到有些疲劳哟，这不，刚游了一个多小时的泳，才感到精神好多了。"

"主席游泳就是在工作哟，把我们叫来，是不是金门的事想好啦？"彭德怀还是了解主席的。

毛泽东没有立即回答，他想了想说："彭老总，你是主张要打的，是主战派，我是主和派。所以，开场戏你先唱，前线准备得怎么样啦？"

彭德怀从公文包里抽出一份文件，开始报告台湾海峡的局势和前线部队的备战情况："主席：美国最近因为在中东已经得手，所以在台湾问题上调门越来越高，也更加强硬。美国在远东地区的海军和空军已经得到进一步加强，而且活动非常频繁，美军的屠牛式导弹已经运抵台湾。美国政要和军方不断发出干涉台海局势的恫吓性言论，台湾国民党当局因为有美国的撑腰也变得大胆起来。假想在大陆沿海大规模登陆攻取福州的'夏阳演习'台湾军方正在部署，'加速进行反攻准备'的言论不绝于耳。最近，国民党空军多次侵入福建与我福建前线空军展开空战，妄想重新控制台湾海峡制空权的目的很明确。另外，台湾军方首次发射了美制'响尾蛇'导弹，显示台湾军方的防空力量。而我福建前线部队，因为主席下达了暂缓炮击金门的命令，有了充分的战斗准备时间，空军已经顺利入闽，并把福建及金门岛上空的制空权夺了回来。前线的炮兵野战工事已大体完成并不断加强，大小金门及其所有重要目标，均在前线部队的火炮射程之内。"

毛泽东聚精会神听着彭德怀的报告，没有打断也没有提问，直到彭德怀讲完后，他才说了一句："针尖对麦芒，剑拔对弩张，多年如此，不足为奇。"

毛泽东让彭老总喝口水，稍微休息一下，然后问："你们搞清楚了蒋介石在金门、马祖问题上到底是何打算？"

彭德怀示意王尚荣向主席报告。

王尚荣就站起来说："主席，最近总参情报部刚刚搞到一个情报，蒋介石鉴于国际形势和台湾海峡的紧张局势，最近曾连续几天召开军事部门的高级会议，专门研究金门、马祖的撤、守问题。"

毛泽东眼睛一亮，听得格外仔细。

王尚荣继续报告："国民党得出结论，从政治战略上讲，固守金门、马祖不仅是反攻大陆的跳板问题，同时对国际观感与海内外的民心士气都有莫大关系。但从军事战略上讲，则死守金门、马祖是不利的，因为增援很困难，长时间的防卫能力很薄弱。目前国民党总兵力共计557000人，其中驻守在金门、马祖等沿海岛屿就占了112000人，如果金门、马祖发生战事，台湾本岛还要守卫，无力再分兵支援，何况岛屿战争，稍一不慎，就可能全军覆没，所以，金、马等岛屿军事上对台湾实无死守的价值。据说，不少高级将领都劝蒋介石下定决心撤出金、马，一则避免损失，二则台、澎暴露，可以将犹疑不决的美军推到与我直接对抗的第一线。"

毛泽东插话道："这个主意很好嘛！我要是蒋介石，就按这个意见办。占住两个小岛，就能搞成反攻大陆？天大的牛皮嘛。"

彭德怀笑道："可惜蒋介石不是毛主席。他反复权衡，最后仍决定不惜以任何代价防守金门、马祖到底。我们分析，一方面，蒋介石很看重他的政治战略。另一方面，他骨子里，仍抱有很大幻想，即现在逼迫美国宣布协防金、马已不可能了，但只要战事一开，他拼出血本也要把美国拖下水，使美国在金门、马祖一线直接同我对抗。蒋介石的意图是，只要美军介入，就是最大的胜利。"

毛泽东笑着说："岛小赌注大，上面住着占他三分之一的十几万军队嘛。好啊，人家的思路已经理清了，彭老总，说说看，我们应该怎么办？

彭德怀站起来走到军用地图前说："如果蒋介石放弃金门、马祖，我们不妨网开一面，让他撤。但问题是现在蒋介石要固守金门、马祖，这一仗就迟早要打，晚打不如早打。我们研究后认为，真打起来，美国确实是个未知数，但不怕，主席讲过，道义在我方，人心在我方，政治主动在我方，地理优势在我方。军事上，我们也不差太多。还有，大家在朝鲜交过手，互相都摸了底嘛。总之，打，有风险，但更有利。"

毛泽东轻松地说："你们主战派有那么多条理由，我这个主和的还有什么话说！"

彭德怀与王尚荣会心一笑，互相点点头。

他们知道，至此，毛泽东"打"的决心已下——台湾海峡即将迎来惊天动地的时刻。

毛泽东突然问王尚荣："那么多炮弹打过去，会不会打死美国人呀？"

王尚荣愣一下，"这很难说，可能会吧！"

王尚荣心想，国民党军中营以上单位都配有美军顾问，炮弹可是不长眼睛呀，一旦炮击金门，千发炮弹同时飞向金门，谁知道会落在哪些人的头上。

毛泽东没再说话，他点燃一支香烟，在房间里来回踱着步子，最后在台湾海峡巨幅的地图前站定，再次思考起来。突然，毛泽东拿香烟的手在空中有力地一挥，红亮的烟头指向地图上的金门岛，像是自言自语，又像是跟彭德怀和王尚荣说："不要怕，狠狠地打，把它四面封锁起来。我们此次是直接打蒋，间接打美！"

王尚荣赶紧插话问："主席是否还有登岛作战的考虑？"

毛泽东想了想，说："先打三天，无非两种可能，登与不登。好比下棋，我们先走一步看。"

王尚荣又问："主席，您看，炮击时间……"

毛泽东看了一眼彭德怀，没有马上说。

王尚荣建议道："明天是 8 月 21 日，再给前线两天时间准备，炮击时间定在 8 月 23 日，正好是个星期六，敌人容易麻痹，可以吗，主席?"

毛泽东大声说："好嘛，就是你说的这个'八·二三'开炮!"

三个人开怀大笑。

8 月 22 日，刘锋吃完晚饭，刚想去前沿指挥所对面的小山上散步，就看见师长王宝荣往指挥所走来。

"吃过饭了吗?"刘锋问。

"吃过了，心里闷得慌，就过来想找你聊聊。"王宝荣的师指挥所离这儿不远，也就三里地。

"那我们去海边走走吧!"刘锋改变了去小山上散步的主意，改为去海边。

傍晚的海边，夕阳西下，落山前的太阳就像挂在金门岛上的大灯笼，把全岛照得清清楚楚。

刘锋和王宝荣肩并肩地漫步在海边，身后不远处两名警卫战士跟着，警惕地注视着四周。

"军长，炮击的命令怎么一直不来呀?"王宝荣看着近在眼前的金门，有些不解地问。

"是呀! 我也一直觉得奇怪，原以为最多推迟一星期，炮击金门的命令就会下达，现在转眼都快一个月了，最高统帅在等什么呢?"

"不会最后取消这次战斗吧?"

刘锋没有回答，他现在也回答不了这个问题。不过在这段等待的时间里，刘锋认真思考了金门炮战前前后后北京下达的所有命令，他隐约感到这不是一场一般意义上的军事行动，里面有太深邃的政治内容。具体是什么，刘锋当然想不明白，只是一种感觉。

"军长，炮击金门后，会有登陆金门的后续动作吗？"王宝荣又问了一个更为关心的问题。

"这个更不好说了，不过，仅仅是炮击应该还不够吧，应该还有更进一步的行动，总之，我们要做好一切准备。"

王宝荣点点头。

"军长，你估计作战命令什么时候会下来呀？真急死人了！"

"不光你着急，我也着急，军区首长也着急！"

"那你没从军区首长口里探听点消息？"

"前几天还跟军区首长打电话询问过，他说要有耐心。毛主席也让他不要着急，首长还说，毛主席给他讲了一个《聊斋》里'狂生坐夜'的故事。"

王宝荣没听明白，什么是"狂生坐夜"，他让刘锋把这个故事讲给他听听。

刘锋就说道："《聊斋》里'狂生坐夜'的故事，说的是夜深时分，有一个书生和一个鬼面对面坐着，鬼做出各种嘴脸吓唬书生，书生照此办理，也龇牙咧嘴地吓鬼，最后还是鬼先抬屁股被吓跑了。"

"这是什么意思呀？"王宝荣还是不明白。

"军区首长说，毛主席告诉他，我们现在同美国也是面对面坐着，金门这一场仗打不打，怎么打？大家心里都怕。我们也不能说一点不怕，美国有原子弹、航空母舰，我们能一点不怕？再说美国，它就不怕吗？它真的那么想打第三次世界大战？我们有 6 亿人口，有那么大的国土，有社会主义阵营，美国心里就不怕？也是怕的，但谁更怕呢？"刘锋说到这儿就停下来看着王宝荣。

王宝荣从来没听过这些内容，正沉醉在主席的话语中，见刘锋不说了，就急忙问道："谁更怕呀？毛主席是怎么说的？"

刘锋停了好一会儿，才慢慢说："毛主席说，还是美国人怕的更多一点吧！"

王宝荣深深地舒了一口气，无限崇敬地说："毛主席太伟大了，他看问题就是深远！"

刘锋和王宝荣在海边走走聊聊，谈了一个多小时，王宝荣的心里亮堂多了。刘锋看看手表，已经晚上 7 点多了，就对王宝荣说："你也该回去了。今天说的这些，就是一句话，做好一切准备，时刻听从中央军委的命令！你也别说，这个命令随时可能下达，说不定明天作战命令就来了。"

"越快越好，战士们都有点等不及了！"王宝荣说完敬个礼，告别军长回师指挥所了。

还真给刘锋说对了。

8 月 23 日上午 9 点，刘锋接到军区首长下达的作战命令：今天 17 点 30 分开始炮击金门，重点炮击金门国民党军的指挥机关、炮兵阵地、雷达站和料罗湾码头的海军舰艇，先炮击三天，看看国际上的反应和台湾当局的动态后再决定下一步行动。

军区要求：根据作战命令，把修改后的作战方案一个小时后报军区作战部。

刘锋立即在前沿指挥所召开炮击前的最后一次作战会议。

"同志们，大家等待已久的作战命令终于到了。根据新的作战命令，下面请参谋长布置具体作战任务。"刘锋用最简练的语言开场后，参谋长就走到作战地图前，开始布置具体作战任务。

参谋长：各团各炮群的炮击时间是今天下午 5 时 30 分，首次以加农炮 10 个连，集中打击金门料罗湾敌海军码头附近停泊的舰艇。同时以榴弹炮 52 个连，集中打击敌大金门防卫部和大、小金门各 1 个师部和敌炮兵雷达阵地，较集中的营房仓库等目标。

第一次打击，力求打烂敌人的指挥系统和通信系统，摧毁和压制敌人的炮兵、雷达阵地，杀伤其有生力量。

第一次炮击准备使用炮弹 3 万发，多打国产的和旧式火炮，如果敌人反击，坚决用更强烈的炮火压制住。

第一次炮击结束后，我军将根据实战情况，配合兄弟部队封锁金厦海域，并对大、小金门实施不规律的炮击，加重敌人的损失。已准备了炮弹 3 个基数（一个基数为每门炮 200 发炮弹），另外准备了 5 个基数，以备长期炮战使用。

也许是大家等待这一天太久，每个人心里都曾无数次演练过炮击金门的战斗。所以，参谋长布置具体作战任务时，大家兴奋的情绪达到了高潮，都感觉到现在的作战方案不太过瘾。于是你一言我一语，针对作战任务发表高论，谈着谈着，大家把关注点都放在了炮击之后的登陆作战。

"军长，炮击之后会不会有登陆作战的命令？我们要不要准备一个登陆作战的方案？要不然军委突然下达登陆作战的命令，我们可就措手不及啦！"作战处处长代表大家向军长提出了这个最核心的问题。

刘锋也被大家的情绪感染得心潮澎湃。

上级的作战命令说先打三天然后看看国际反映和台湾当局的动态再决定下一步的行动，这就是说，三天后究竟怎么打，现在还没定。这就有两种可能性，一是继续炮击，封锁金门；二是登陆作战，拿下金门。如果真要发动登陆作战，我们还真要准备一个登陆作战的方案，这样才不会被动。

刘锋想到这儿，决定给军区首长打个电话，摸摸首长的底。

刘锋拿起保密电话，打到了军区作战室："首长吗，我是刘锋，请首长转告中央军委、毛主席，我们军已经做好一切准备，今天下午 5 点半准时向金门炮击，保证把打击目标全部摧毁，请毛主席、中央军委和军区首长放心！"

军区首长："好！你们的决心知道了，请你们按作战计划执行。"

刘锋："炮击三天后，我们军要不要做好登陆金门的作战准备……"

刘锋还没说完，电话那头军区首长的嗓门就提高了八度："刘锋，我再次明确地告诉你，这次只是炮击金门，其他作战方案不要提。我提醒你，军区这次也是完全听从毛主席、彭老总的命令，如果军区没有给你下达命令，绝不能自由发挥。军人以服从命令为天职，听明白了吗？"

"是！首长，我明白了。服从命令，听从指挥。"

刘锋放下电话，刚才的热情被军区首长的一番话浇灭了。他越发清醒地认识到，这是一场特殊的战争，不单是军事斗争，更是一场政治斗争。所以，这场战争留给前线将士们发挥聪明才智的空间很小很小，充其量就是多研究怎样使每一发炮弹都落在预定的目标上，至于其他，只能由中南海的大脑去思考了……

十　血染黄昏

生活的巧合有时往往比作家的想象更丰富有趣得多……

蒋介石刚离开金门，两天后，也就是8月22日深夜，台湾"国防部部长"俞大维又飞到了金门。

这两天台湾军事部门针对台湾海峡的紧张局势，先后召开了三次御前会议，研判中共对金、马地区会采取何种军事行动。

蒋介石从金门视察回台后，顾不得休息，三次会议他全都参加，表达了他对金、马地区的高度重视。

台湾参谋总部的高参们一致认为：如果解放军对金、马地区采取军事行动，首先攻击的肯定是马祖岛。因为马祖岛上国民党军只有2万人，防卫力量相对薄弱。解放军控制的黄岐半岛离马祖岛近在咫尺，从黄岐半岛解放军用火炮可以有效打击马祖岛上的任何军事目标，再加上解放军的空、海军更容易封锁马祖，如果解放军对金、马地区实施登陆作战，一定会先集中优势兵力攻占马祖，然后再攻占金门。

　　俞大维完全不赞同参谋总部的观点，他作为文职"国防部部长"，更看重国际局势和政治形势对金、马地区的影响。俞大维认真研究过毛泽东的著作和思想，他比参谋总部的军官们更了解毛泽东，他相信毛泽东对台湾海峡采取的任何军事行动会更多考虑政治因素。如果从国际局势和政治角度出发，解放军对金、马地区采取军事行动，一定是先攻打金门，因为只有占领金门，才会对全局有影响，才会撼动台湾地区的安全与稳定，也才会对国际局势带来震荡。

　　俞大维根据当时的台海局势和他掌握的情报分析，他对蒋介石大胆直言："三个星期内，解放军必打金门。"

　　蒋介石让他拿出解放军三个星期内必打金门的有力证据，比如情报、分析报告等，俞大维拿不出来，他只能告诉总统这是他的判断与猜测，说得蒋介石满脸狐疑，不知道该听哪一方的意见才对。

　　由于"青鸟"的落网，"保密局"已经得不到任何有价值的情报，所以，情报部门也拿不出令人信服的意见。

　　正是在这个背景下，俞大维参加完下午的会议，吃完晚饭后，他向空军要了一架飞机，晚上就直飞金门。

　　俞大维之所以这么急的来金门，是他预感到解放军可能很快就会发起对金门的军事行动。尽管他不知道这个军事行动的具体计划是什么，是炮火攻击，还是登陆作战？但他相信解放军的行动已经迫在眉睫，他需要尽快地和汪海山商量一下，如何在短时间内加强金门的防御力量。

　　俞大维一到金门，虽然已是深夜，但他还是和汪海山在作战室密谈了两个小时，主要是征求汪海山的意见，看看金门守军需要"国防部"近期内再提供哪些军事装备，兵员还需不需要再增加些。俞大维把自己的判断毫无保留地全部告诉了汪海山，以引起汪海山的高度重视。

　　汪海山是十分敬重俞大维的，虽然俞大维是个文官，但在汪海山心里，俞大维这个文官比很多武官更勇敢，更大胆。

　　俞大维毕业于美国哈佛大学，是数学博士，也是国际知名的弹道专家。抗战刚结束，俞就进入内阁，担任政府"交通部"部长，后又担任了"国防部"部长。10 多年的内阁部长生涯,大家公认他是政府中最有学问最具国际声望的部长,也被誉为国民党政坛上的常青树。

一介文士,并非出身军校,也未曾领兵东征西讨,更未曾担任军方系统中的要职,却长久担任蒋介石政权的"国防部"部长,这在历来讲究战功和资历的军方系统还真是一个奇迹。但汪海山知道,俞大维这个文官之所以能长期坐稳"国防部"部长的位子,更多来自于他的才华和勇气。

俞大维担任"国防部"部长后,他的"战场"主要有两个:一个是向美方交涉争取军援的谈判桌,另一个是和大陆无时无刻不在斗智斗勇的台湾海峡。

在第一个"战场",他凭着地道流利的美式英语和对美国人心态的深刻了解,以及温文有礼的学者风度和圆熟的谈判技巧,为台湾争取大批美国军援立下汗马功劳;

在第二个"战场",他以平均每半个月去一次金门的勇气,赢得了同僚的尊重和认同。

俞大维有一个座右铭:"我自己不能去的地方,就不会派部下去!"对此有人质疑他:国军的空军经常飞到大陆去,你为什么不去?你的座右铭不是自己不能去的地方,不会派部下去吗?空军飞行员是你的部下吗?你为什么派他们去大陆呀?就为了争这口气,1955 年 1 月 7 日,身为"国防部"部长的俞大维竟然穿上飞行服,坐在 T-33 喷气教练机的后座上,亲自飞到大陆浙江路桥机场上空了解情况。当飞机由低空进入大陆,后拉升到 4500 英尺的高度时,俞大维手持望远镜仔细观察路桥机场附近的情况。俞大维是浙江人,从飞机上鸟瞰自己的故乡,他兴奋异常,久久不愿离去。直到解放军的四架米格-15 飞机升空拦截,他才依依不舍地让飞行员返航。从此以后,俞大维去大陆上了瘾,几年中他乘坐飞机进入大陆 19 次,在他 60 岁时还最后一次乘坐战斗机飞入大陆领空,创下台湾部长级高官空前,估计也是绝后的纪录——没有哪位高官敢像他那样乘坐军用飞机进入大陆领空。就凭着这项纪录,在台湾军界再没人敢说俞大维是文官,不适合担任"国防部"部长了。

　　俞大维的这个脾气和汪海山还真很像，所以他俩人很投缘，这也是俞大维愿意经常来金门的一个重要原因。

　　汪海山陪俞大维在金门防卫部军官餐厅吃完早餐，就向司令部的坑道走去。

　　"俞部长今天的视察怎么安排？"因为俞大维经常来金门，汪海山已经习惯让他自己决定金门的行程。

　　"在昨天的军事会议上，我见到高有根副司令了。他对我说了一个情况，说小金门和大担、二担的炮阵地基本还是属于简易阵地，就是用沙袋堆起来的炮阵地，如果对岸的大炮打过来，几发炮弹就能把炮阵地摧毁掉，他建议我尽快把小金门、大担、二担的炮阵地改修成钢筋混泥土的永久坚固的阵地，这样做看来起好像花的钱多一些，但修完后可以保证10年甚至更长时间不用再修，而用沙袋修的阵地，每年要重修两三次，几年下来花的钱也很多，一点不比修钢筋混泥土的阵地花钱少。所以我今天先到小金门、大担、二担去看看，了解一下修钢筋混泥土的工事究竟要花多少钱，国防部来帮助解决这笔钱，争取早日把金门所有的炮阵地全部改成钢筋混泥土的。"

　　"好哇！你这个"国防部部长"当得比谁都称职。"汪海山从心里赞叹道。既然俞部长对自己的行程已做了安排，汪海山就不客气地说："俞部长，我今天还有几项作战任务要部署，也是总统前天视察时布置的，所以你去小金门、大担、二担我就不陪你了，我让防卫部副司令长官陪你活动。"

　　"你忙你的，我看我的，我们俩谁都别客气！"俞大维根本不在乎这些所谓的礼节，他讲究的是实效。

　　"话虽这么说，但部长亲临金门前线，我还是要尽地主之谊的。晚上5点半我在翠谷水上餐厅设宴为部长接风洗尘，请部长一定在下午5点前回到司令部。"汪海山诚恳地邀请道。

　　"好！就这么说定，我下午5点前一定回到这儿。"

　　两人说好，握手告别。

　　俞大维由金门防卫部副司令长官陪同，乘车前往金门水头，然后换乘小艇，驶往大担、二担和小金门。

在大担、二担小岛上，俞大维认真查看了每一个炮阵地，了解每个炮阵地要多少袋沙包，每个沙包多少钱，如果改修成钢筋混泥土后，每个炮阵地要多少钢筋、多少水泥、多少沙石。

俞大维了解得很仔细，并认真记下每组数字。他回台北后要尽快让"财政部"拨出这笔款项，让前线的炮阵地都变成永久工事，这也是对前线官兵生命的尊重。

俞大维是在大担岛守备连队和士兵们一起吃的午饭，午饭后他又乘小艇去了小金门。

在小金门岛，俞大维视察了碉堡、战壕、坑道，当然重点还是炮兵阵地，小金门的炮兵阵地比大担、二担加起来还多。在炎热的天气下，俞大维一口气把小金门的所有炮阵地都走了一遍，让陪同的军官们从心里对他肃然起敬！

离开小金门，小艇只用了10分钟就回到大金门。

俞大维走下小艇，坐上了已经在码头等候的吉普车。他看看手表，刚好是下午4点钟，时间还早。于是他让司机先不回北太武山司令部，而是转向去古宁头阵地看看。

因为"古宁头大捷"让这片沙滩成了一块圣地，所有到金门来视察的台湾各级官员必到古宁头接受教育，学习古宁头"英雄部队"的战斗事迹。

俞大维因为经常来，已经和古宁头"英雄"连队的官兵们很熟悉，所以他来连队都不打招呼，吉普车直接开进了连部。

连长见是司令部的车，知道有长官来了，立即跑步到连部门口迎接。车门打开，见是"国防部"部长来了，连长顿时笑容满面，"报告俞部长，全连官兵不知部长驾到，未能列队迎候，请部长见谅！"

俞大维摆摆手，笑呵呵地说："我也是顺便过来看看，士兵们都好吧？"

连长尽管已经和俞大维很熟，但毕竟是"国防部"部长来了，连长还是显得毕恭毕敬，"士兵们都很好！要不要把全连集合起来请部长训话？士兵们都很想念部长！"

俞大维又摆摆手，"不用不用！我只待几分钟，看一看就走。"

俞大维对连队太熟悉了，他直接走进了连队的指挥坑道，从坑道口往大海方向望去，对面就是厦门。

俞大维举着望远镜认真看着厦门的一草一木，思乡之情由然而起。他对陪同的军官们说："那片土地就是我们的家园，现在我们有家不能回，只能隔海相望，日思夜想！所以，我们一定要守住金门，守住了金门就是守住了希望，守住了信心。只要金门在我们手里，总有一天，我们一定能跟随蒋总统打回大陆去，实现反共复国的宏伟计划。"

坑道里响起了一片掌声。

温素萍是中午接到金门防卫司令部的通知，让她晚上5点半到翠谷水上餐厅参加欢迎俞部长的晚宴。

温素萍已经习惯了这样的邀请。

自从解放军不断有人从厦门泅渡金门，然后叛逃台湾，说是听了温素萍的广播后才了解复兴基地台湾的新成就，开始有了奔向自由世界的想法，最终是在温素萍甜美声音的招唤下才来到自由世界台湾的，温素萍的知名度就越来越高，蒋介石接见温素萍的大幅照片被登在了台湾各大报纸的头版。二版是温素萍的特别报道，介绍了她从政战学校新闻系毕业后如何奔赴金门前线，开始从事一项崇高而神秘的事业，三版、四版是温素萍和解放军叛逃人员的合影和参加各种活动的照片。现在金门岛上所有官兵都知道温素萍，后来他们给温素萍起了一个名字——"金门百灵鸟"，说她的声音像百灵鸟一样好听，讨人喜欢。

从此以后，凡是有台北的高官到金门视察，温素萍都会受邀参加宴会，而汪海山通常都会这样介绍她："这是厦门最知名的播音员、金门百灵鸟温素萍小姐，也是厦门前线共匪官兵的梦中情人。"

台北来的高官此时都会瞪大两眼连声说："久仰！久仰！能见到温小姐真乃三生有幸，也不枉此次金门之行呀！"

刚开始听到这些话时，温素萍还有点羞涩，后来听多了，也就知道这都是些官场应酬的客套话，不必当真！

后来这类宴会参加多了，温素萍就感到很无聊，别人无非是把她当花瓶一样做摆设，撑门面，温素萍开始找各种理由尽量不参加这些无聊的宴会。

汪海山也发现了温素萍的变化，他很理解温素萍，所以，一般不是特别重要的宴会也就不再邀请她，省得温素萍烦心！

这次不一样，是宴请俞大维，而且，汪海山知道温素萍对俞大维充满敬意，甚至是崇拜。别忘了俞大维是美国哈佛大学毕业的，一口流利的美式英语曾倾倒多少台北的美女。当然，温素萍对俞大维的崇拜，更多是对他个性和学识的敬仰，一个敢坐战斗机飞到大陆的"国防部长"肯定让军中女杰顿感自豪！

俞大维也很喜欢温素萍，除了她的美丽和军人气质，还因为温素萍是江苏人，浙江人总喜欢把江苏人看成是自己的老乡。

温素萍是下午 4 点半离开马山广播站的。

离开前，她刻意化了妆：把眉毛修得又细又长，鼻梁也画高了些，使脸型变得长些，这样配上齐耳的短发会更好看。

温素萍又在脸上涂了些粉底霜，再加上淡淡的红色，使脸显得白里透红，这是温素萍一定要做的事情。本来温素萍的肤色就不太好，有点偏黑，来到金门后，天天吹海风，使整个脸色显得更黑，这是温素萍对自己最不满意的地方。所以，每次化妆她最注意的就是把脸化白些，再扑上点淡红色的粉，使肤色白里透红，显示出一种健康，也和军人的身份更相符。

最后是口红，本来温素萍想用大红色的口红，可以把脸上的肤色显得更白些，但温素萍想了想，觉得大红色的口红太性感，也太张扬，像俞部长这样有文化有涵养的官员一般不喜欢。所以，温素萍最终还是选用了淡红色，让嘴唇有些淡淡的红色就可以了！

温素萍穿了一套夏季礼服，配了一双白皮鞋，开了一辆吉普车就往北太武山金门防卫司令部驶去。

下午 5 点 15 分，应邀前来陪俞部长吃饭的金门防卫部三位副司令长官和参谋长都陆续走进翠谷水上餐厅。

温素萍走进翠谷水上餐厅时刚好是 5 点 20 分。

"各位长官好！"温素萍热情地跟各位副司令和参谋长打着招呼。

"我们的百灵鸟今天更漂亮，今晚可要陪我们多喝几杯呀！"

"放心吧！今晚我是不醉不归呀！俞部长还没来吗？"

"他和汪司令还在司令部，马上就过来了。"

"好！那我先去司令部和俞部长打个招呼！"温素萍说完就走出翠谷水上餐厅，向汪海山的司令部坑道走去。

正是这一走，让温素萍躲过一劫！

设在北太武山山脚下坑道里的汪海山司令部，是昨天刚从坑道外面搬回到坑道内，这还是蒋介石大前天视察金门离开时严令汪海山做的。

由于天气炎热，坑道里虽然凉爽些，但很潮湿，所以春、夏天汪海山一般会把司令部从坑道内搬到坑道外，到了 11 月后再把司令部从坑道外面搬回到坑道内。为此，离坑道不远处临时修了一排墙外做了伪装的木头房，这就是汪海山春、夏季节的司令部。

蒋介石大前天视察金门时，发现汪海山的司令部还放在坑道外面，吓了一大跳。这都什么情况了，司令部还没搬回坑道，这也太不安全了。虽然木头房外做了伪装，但如果解放军的侦察员一旦发现了这个秘密，炮兵的几发炮弹，或者空军有目标的轰炸，轻而易举就能摧毁金门防卫司令部，10 万金门国民党军就成了无头苍蝇，这太危险了。所以，蒋介石离开金门前，严令汪海山一天之内必须把司令部从坑道外面搬回到坑道内，以防不测！

蒋介石的这个命令算是挽救了汪海山，也挽救了 10 万驻守在金门的国民党军。

汪海山设在坑道内的司令部离翠谷水上餐厅也就 30 米，一条栈道把司令部坑道和翠谷水上餐厅连接起来。

温素萍走过栈道，刚走进司令部的坑道，就看到俞大维和汪海山正说着什么。

"俞部长好！素萍给你敬礼了！"温素萍说着就给俞大维敬了个军礼，给汪海山也敬了个礼。

"哈哈！我们的百灵鸟来了，今晚的宴会就热闹了！"俞大维高兴地说。

"走吧！人都齐了，我们到餐厅边吃边聊。"汪海山带头往翠谷水上餐厅走去，俞大维和温素萍紧随其后。

"素萍呀！今晚你和俞部长要给大家表演个什么节目……"汪海山回过头来跟温素萍说话，话音未落，就看见对面山头上突然冒起了几股白色的烟柱，接着传来几声沉闷震耳的爆炸声。

俞大维一惊，有点诧异地问："海山，是我们的部队在处理报废炮弹吗？"

汪海山也有点吃惊地回答："没有呀！

俞大维瞬间恍然醒悟，叫道："不好！那是共军在打炮！"

此时刚好是 5 时 30 分。

人民解放军厦门前线部队炮击金门的战斗打响了！

第一波数千发炮弹从金门对岸人民解放军各个炮阵地同时发射，如疾风暴雨顷刻覆盖整个金门，顿时，金门岛上四处开花，猛烈的爆炸声伴随着弹片乱飞的呼啸声，震耳欲聋，天崩地裂。

汪海山本能地拉着温素萍和俞大维趴在地上，等第一波炮弹打过后，稍一平静，便拉着温素萍迅速往坑道跑去，边跑边大声喊："俞部长，快跟我进坑道，这里不安全。"

温素萍的高跟皮鞋早已不知掉到哪儿去了，她光着脚被汪海山连拖带拉地拽进了坑道。

汪海山跑进坑道，一回头发现俞大维并没有跟着进来，立即想回身冲出去救俞大维，但几名宪兵死死地抱住汪海山，不让他出去，"汪司令，外面太危险，您不能再出去，我们去救俞部长。"

汪海山急切地大叫："快！快！你们快去救俞部长。"

俞大维被弹片击中了手臂，额头也被弹片划了一道小口，鲜血顿时从脑门上流下来，满脸是血。俞大维感到一阵头晕，汪海山喊他快跑时，他确实一下还爬不起来。

正当他吃力地准备爬起来往坑道里跑时，五六名宪兵从坑道里冲了出来，他们发现了躺在地上满脸是血的俞大维，立即架起他飞快地跑进坑道。

俞大维刚进坑道，人民解放军第二波次的炮击开始了！千发炮弹一起飞过金厦海域，落在金门岛上，各个军事目标几乎同时遭到打击。

刚才俞大维躺着的地方也顿时成了一片火海，从天而降的炮弹，一发又一发准确地落在汪海山司令部的坑道口，不远处的木头房早已被炮火夷为平地。

汪海山突然感到一阵哆嗦，他简直不敢想象，如果昨天没有把司令部从坑道外面搬回到坑道内，后果会是怎样？

温素萍惊魂未定，她回头看了一眼翠谷水上餐厅，早已被炮火摧毁得无影无踪，等候在餐厅准备陪同俞大维晚宴的三位金门防卫部副司令长官在第一波的炮击中就全部被炸身亡……

十一　战神炮魂

刘锋是在 8 月 23 日下午 5 点，再次接到军区首长的命令：作战计划不变，5 点 30 分准时开始炮击金门！

刘锋迅速把这道命令下达给各炮群。

从此时开始，以前略显繁忙的军前沿指挥所开始变得异常安静，大家都在等待那个庄严时刻的到来。

刘锋坐在作战电话机旁心潮澎湃——他等待这一天太久啦！

9 年前的金门战斗失利后，他卧薪尝胆，忍受了常人很难理解的内心煎熬，一直在等待洗刷耻辱的这一天。4 年前，虽然打了一场炮战，但那场炮战政治意义大于军事意义，北京只是想通过炮战向国际社会表明，中国政府是一定要解放台湾的。但台湾问题是中国的内政，美国想插手台湾，制造两个中国的图谋绝对不可能实现，所以，那场炮战并没有给刘锋太多的施展才华的空间，也就谈不上洗刷耻辱。今天，终于又等来了对金门的大规模炮战，虽然现在还说不清这场炮击金门的战役三天后会发生什么变化，是否会演变成一场更大规模的登陆作战，但刘锋隐约感到，这场炮战过后，人们会开始慢慢遗忘 9 年前那场金门登陆战，也许从此开始，刘锋的内心会逐渐得到平静！

17 点 25 分——刘锋命令各炮群全部脱去伪装，对准目标，准备装弹，做好炮击前的最后准备。

米烈山接到军长各炮群脱去伪装，准备装弹的命令后，立即让 36 门大炮全部对准北太武山山脚下汪海山的司令部。

为了这一刻，米烈山已经整整训练了一个星期。

自从俘虏口中得知了汪海山司令部的具体位置后，刘锋就把炮击汪海山司令部的任务交给了米烈山。

汪海山司令部在太武山北面山脚下，背对大陆，大炮直接打不到。要想击中汪的司令部，只能用榴弹炮高角度吊射的方式才能打到，但这种打法难度太大，炮口角度大一点，就会越过目标打到海里去；炮口角度小一点，炮弹就越不过山头，只能落在山的这一边，这是需要反复演练，反复校对的。

怎么办？困难当然难不倒米烈山。

米烈山让炮兵侦察兵准确标出汪海山司令部的坐标后，根据这个坐标，找了一个和北太武山的高度和坡度完全一样的山头，然后在这个山头的脚下标出汪的司令部位置。米烈山拉了两门炮到山的那一边，对好标尺开始用吊射的方式炮击模拟的汪海山司令部。第一发炮弹"嗖"的一声飞过了山头，落在模拟位置 100 米外。

炮口角度太大了！

通过较正，第二发炮弹飞过山头，还是落在了模拟目标约 70 米处——炮口角度还是大了些，再次校对。

第三发炮弹又飞了出去——没有飞过山头，炮口角度又太小了。

就这样，经过 30 多发炮弹的校正，米烈山终于掌握了炮击汪海山司令部的准备标尺。

现在 36 门大炮就是用这个标尺对准北太武山山脚下那个蒋军的心脏，就等开炮的命令——他们要一炮穿"山"，这个"山"当然就是汪海山！

女民兵炮营部署在炮击大金门的阵地上，她们的炮击目标是大金门岛上的雷达站。

林凤秀和于丽心情异常激动——毕竟这是她们第一次真正参加战斗。

经军长刘锋批准，朱国群作为女民兵炮营的总教官留在女民兵炮营，指导她们参加战斗。

这下林凤秀和于丽才放下心来，要不然让两个从没参加过战斗的人指挥炮战，她们自己都不太放心。

女民兵炮营组建的时间太短，虽然女民兵们都有打炮的经验，但成建制的参加战斗，并要独立完成炮击任务，这和以前作为四号、五号炮手参加战斗完全不是一回事。也正因为如此，刘锋才决定让朱国群留在女民兵炮营，协助林凤秀和于丽指挥，这样有什么问题，朱国群可以解决。

第一次参加战斗的林凤秀和于丽激动之余更多的是紧张。

本来说好离炮击前一分钟时，由林凤秀举起右手，各炮炮长（班长）看林凤秀的右手一落下就开炮。于丽接电话，传达上级的命令。这套程序演练了好几次，但真到了实战的时候还是出了大问题。

　　17 点 25 分军长命令各炮群脱去伪装，准备装弹，于丽刚说完准备装弹的口令，林凤秀就把右手举了起来。

　　朱国群一看这下坏了，离炮击时间还有 5 分钟，林凤秀能举 5 分钟吗？如果她因为支撑不了而放下右手，女民兵们会不会以为是下令开炮而提前炮击呢？在军长还没下令开炮，女民兵炮营却提前开炮，这可是特大事故，林凤秀和于丽是要受到军法处置的。

　　朱国群想到这里已是满头大汗，他快步走到林凤秀跟前，小声地说："你怎么现在就举起右手了，离炮击时间还有 5 分钟呢。"

　　林凤秀已经意识到自己错了，"我可能太紧张了，听到于丽说准备装弹，我以为是准备炮击。"

　　"你别紧张，右手千万别放下来，否则提前炮击的后果谁也承担不了。"朱国群紧张地说。

　　"我知道，我肯定不会放下右手。"林凤秀更是紧张。

　　朱国群冷静下来，他想了一下，然后说："这样吧！我帮你撑着，你就不会太累，5 分钟很快就过去了。"

　　朱国群说着就用左手撑住林凤秀的右手，林凤秀顿时感到一阵轻松，紧张的右手也可以放轻一下了。

　　林凤秀和朱国群就这样手撑着手地举着小红旗，等待开炮的命令。

　　于丽在指挥坑道里把这一切都看在眼里，她鼻子一酸，眼泪就流了下来——她是为林凤秀找到这么好的男人而感动！

　　田玉娟也是第一次参加战斗。

　　角屿岛离金门岛太近了，刘锋曾考虑把角屿岛上的对金门有线广播站撤到更安全的地方，但有线广播站的全体同志坚决不同意，说要想充分发挥有线广播的优势，离金门太远，效果显然就达不到，不能为了广播站人员的安全而不顾效果。刘锋最终接受了大家的意见，只是命令广播站全体人员要注意安全，既要充分发挥有线广播的战斗作用，更要注意人员的安全。如果大家都牺牲了，有线广播的作用自然就发挥不了了，这个辩证法希望同志们一定要掌握。

田玉娟和广播站其他同志认真执行军长的命令，连着几天几夜，他们把广播站的坑道做了进一步的加固，完全能够承受住炮弹的打击，然后就开始准备炮战开始后的广播内容。

炮战开始后具体播出什么内容，上级没有明确要求，只是要求广播站炮击一停止，就可以开始广播，要根据炮战的具体情况决定播出内容，当然主要是瓦解敌军，鼓舞我军的士气，至于用什么内容、什么方式来瓦解敌军和鼓舞我军的士气，由广播站自行决定。

田玉娟就天天琢磨，炮战中该向国民党军说些什么呢？

1958 年 8 月 23 日 17 点 30 分。

刘锋手拿电话，耳机里传来军区首长响亮的声音："开炮！"

刘锋立即对着话筒大喊一声："开炮！"

瞬间，对面金门岛上冒起了一股股白烟，不一会儿，一声声沉闷的爆炸声传入刘锋的耳朵——战斗终于打响了！

米烈山手拿电话，听到耳机传来军长"开炮"的声音，立即命令各炮群开炮。

全团 36 门大炮对着北太武山脚下那个早已演练了无数遍的目标开火！虽然米烈山看不到目标是否被击中，但他能感觉到一发发越过山头的炮弹是向着既定的目标飞去！

等待开炮命令最心急的当属于丽。

虽然她已经泪流满面地看到朱国群是怎样支撑着林凤秀的右手，她也坚信，林凤秀即使没有朱国群左手支撑着，也绝不会放下右手，但于丽还是希望 5 分钟快快地过去，好让林凤秀和朱国群早点解放自己。

电话耳机里终于传来于丽最熟悉也是最亲切的声音——军长刘锋，也是她亲爱的丈夫"开炮"的命令，于丽用尽平生最大的力气，大吼了一声："开炮！"

这声音把于丽自己都吓了一跳，但对林凤秀和朱国群来说，就是最悦耳的音符——林凤秀和朱国群一起把高举着的手唰的一下放了下来，顿时，女民兵炮营的阵地上，一发发炮弹飞向金门的雷达站。

不一会儿，就看到一座雷达站的天线被大炮击中——林凤秀和朱国群在炮声中紧紧地拥抱在一起……

解放军厦门前线部队炮击金门第一波次的炮声刚停下来，对金门有线广播的大喇叭就响了起来。

田玉娟的声音回荡在金厦海域上空："国民党官兵弟兄们：人民解放军的猛烈炮击你们领教吧！这是正义的炮声！是反对美蒋勾结的炮声！是绝不允许蒋介石反动集团出卖我国神圣领土台湾的惩罚炮声！"

田玉娟的声音立即引来金门国民党炮兵的猛烈回击，一发发炮弹准确落在角屿岛对金门广播站的坑道四周，强烈的爆炸声完全淹没了田玉娟的声音。爆炸声甚至从大喇叭里传了出去，使角屿岛上爆炸声响彻云霄。

真正的炮战开始了！

汪海山大难不死，仅仅因为幸运才躲过了解放军对他的炮击，望着满脸是血的俞大维，他一股怒火从心中升起。

汪海山让卫生兵立即给俞大维包扎伤口，他自己冲进指挥所开始调动部队对解放军进行反击。

汪海山确实带兵有方，他训练出来的部队具有很强的战斗力。虽然解放军突如其来的炮击把他的部队打蒙了，但也就是几分钟，在第一波次的炮击还未完全结束时，他的部队就已经开始进入战斗位置，准备还击了。

汪海山下的第一道命令是让侦察兵立即找到炮击北太武山的解放军炮群

阵地，他要狠狠还击，为死去的三个副司令，也为自己心头的怒火。

在解放军第二波次的炮击开始后，金门蒋军侦察兵很快锁定了炮击北太武山的米烈山团的炮群位置。

汪海山命令集中 40 门大炮对这个炮群阵地猛烈轰击。

刹那间，金门岛上蒋军的各炮兵开始对大陆上的解放军炮阵地进行了第一波次的反击。

米烈山团的阵地上落下了数百发蒋军的炮弹，爆炸声伴随着熊熊大火似乎要把阵地吞噬掉。

米烈山在指挥所的坑道里清楚地看见：二号炮位被一发炮弹击中，两名战士当场牺牲。五号炮位，一发炮弹落在了弹药室旁边，瞬间引起连锁爆炸，好在战士们躲避及时，没有造成人员死亡，只是三名战士受了轻伤。

战士们的斗志没有被敌人的炮火吓倒，反而被进一步点燃，他们勇往直前，谱写着一曲曲壮美的诗篇。

一号炮位三炮手像一个力量无比的机器人，快节奏地重复着同一个动作：抱弹、转身、猛力一推、将炮弹上膛、装填药筒——伴随一声巨响，炮口喷出二尺长的火焰，强大的后座力让大炮的身体"蹦"的一声弹离地面……过一会儿，就可以看到对面金门岛上绽开一簇灰白相间的烟花。刚刚打完第 25 发炮弹，一号炮位的弹药室就被敌人的炮弹击中，火焰如山洪爆发，带着呼呼的叫声奔泻到炮床上，班长命令大家紧急撤出炮位。但三炮手没有撤出，他心疼这门跟随他 6 年的大炮。

大火已经把炮身包围，炮膛里还有一颗没射出的炮弹，如果不立即发射，就会发生炸膛，大炮就报废了！

三炮手决心要保住大炮——在大火中他摸到大炮的拉火绳，猛地一拉，一颗炽热的炮弹飞向了金门。

三炮手撤离炮位时，大火已经把他变成了一团"火球"，只见这个"火球"快速地"滚"到一个水沟边，顺势"滚"到水沟里。火熄灭了，战友们纷纷跑到水沟边，把他从沟里抬起来。三炮手几乎烧成了一块"焦炭"，皮肤一块块脱落，只有胸前巴掌大的地方和双脚还保存着肉色，其他地方都是黑糊糊的，流着红黄相间的血水。

当担架把三炮手担到米烈山跟前时，他看了一眼团长，嘴里喃喃地说了一声："团长，我保住炮了……"然后就昏死过去。

女民兵炮营虽然是第一次参战，但她们打出的炮弹像长了眼睛一样，准确地命中目标，第一波次的炮击停止后，金门岛上四个雷达站就被摧毁掉三个。

林凤秀和于丽高兴地紧紧拥抱在一起。

很快，女民兵炮营的阵地就引来了金门蒋军的疯狂反击，金门飞过来的炮弹像雨点一样落下来。朱国群一看情况不好，立即下令让女民兵们先隐蔽好，等敌人的炮火停止再回击。就在这时，一发燃烧弹在女民兵炮营的阵地上爆炸，引起弹药库周围一片大火。大火吐着浓烟顺着弹药库的出入口就往里面窜。又一发炮弹击中了交通壕上的掩体，猛烈的冲击波将大火熄灭了，塌下来的土石方封堵住了弹药库的通道和出入口。

险情自然排除了。

正当大家松了一口气时，突然有人喊："不好！林营长，有一名运弹手被堵在了弹药库里。"

林凤秀一听，想都没想转身就往弹药库跑去，女民兵们都跟着林营长跑向弹药库。

"快！把铁锹、铁镐拿来，在弹药库的上面挖一个洞，这样就可以下去救人。"林凤秀着急地下令。

不一会儿，10多把铁锹、铁镐就拿来了。大家奋力地与生命抢时间拼速度。弹药库的顶端很快被开了一个"天窗"，一股浑浊的浓烟从洞口往外冒，把人熏呛得昏晕欲倒，鼻涕眼泪一起流了出来。

林凤秀也差点被熏倒，她屏住呼吸，强睁开眼睛，趴在"天窗"口往里面看。隐隐约约看见运弹手躺在离洞口六七步远的地方，林凤秀大声地呼喊，她却一动不动。

林凤秀知道，时间就是生命，如果不能马上将运弹手从里面救出来，用不了多长时间，她就会窒息而亡。

林凤秀想到这儿，就撑住洞口准备往下跳。

刚刚赶到的朱国群一把抓住她："你是营长，还要指挥战斗，我下去救人。"说完，不等林凤秀回答，就把她推在一边。

朱国群撑住洞口，纵身往下一跳。脚刚着地，一股浓烟差点把他熏倒。朱国群知道，如果他一旦倒下就可能再也爬不起来了。他屏住呼吸，闭上双眼，只用双手在地上不断的摸着。两步、三步、五步——他摸到了运弹手。

有毒的浓烟已经让朱国群感到窒息，他强忍着，用最后一点力气，把运弹手背起来，艰难地走到洞口，但他连举了两次都没有把运弹手举起来。

林凤秀趴在洞口，整个身体都快掉下去了，双手还是没有拉到运弹手的身子。林凤秀站起来，呼吸了几口新鲜空气，转身又趴在洞口上。

洞口边的女民兵想替换她，林凤秀却睁着发红的双眼，声音嘶哑但很威严地说："你们都给我站开！"

女民兵们从没见过她们的营长这种神态，一个个都害怕地站在旁边。

林凤秀再次趴在洞口，对着下面的朱国群尽量用柔和的声音说："国群，你再加把力，我就可以抓到她了！"

朱国群坐在地上，已经浑身无力。他知道这是毒烟的作用，再不用最后的力气把运弹手托出去，他们俩人都会死在这里。

朱国群站起来，双手抓住运弹手的腰，大喊了一声："凤秀，接住！"就猛地一举，双手把运弹手高高地举过了头顶。

林凤秀探下身子，抓住运弹手的肩膀，顺势把她拖上了洞口，其他人迅速接住运弹手，把她送往战地救护所。

朱国群已经耗尽了全部的精力，运弹手刚被林凤秀接住，他就"咚"的一声倒在了地上。

林凤秀对着洞口大声喊叫："国群！国群！你听到我的声音吗！"

林凤秀不顾一切纵身跳下洞口！

浓烟顿时把他们淹没。

女民兵们见营长跳下去，纷纷跳下去，营救她们的总教官。

四五个人一起托起朱国群，洞口三个人一起拉住他，好不容易才把他拖了上来。

但朱国群窒息的时间太长了，他的心脏永远停止了跳动……

林凤秀是最后一个被拉上洞来，她一出来就听到一片哭声，女民兵们围在朱国群身边失声痛哭。

林凤秀一阵头晕目眩！她跌跌撞撞地走到朱国群跟前，抱起他的头，欲哭无泪，把脸紧紧贴在朱国群的脸上。

于丽满脸是泪地走过来，紧紧地抱着林凤秀。

突然，林凤秀声嘶力竭地大哭起来，"国群！你就这样走了吗！"

林凤秀晕倒在于丽的怀里……

第一天的炮击已经结束了！刘锋听着作战处处长报告战果……

其实，战果已经不重要！重要的是战争能否孕育和平！

刘锋走出指挥所，站在山顶的岩石上，眺望着让他一生荣辱与共的金门，百感交集，心潮澎湃！

金门岛上弥漫的烟雾已经被海风慢慢吹散，这个外型像蝴蝶一样的海岛，轮廓渐渐清晰起来！

明天，一场更激烈的炮战又将开始……

十二　海峡和平

1979 年 1 月 1 日凌晨 6 点，已经离休的军区副司令员刘锋就起床了。看看老伴于丽还在睡觉，就轻手轻脚到洗脸间刷牙洗脸。

洗漱完毕，刘锋见老伴还没起床，就泡了一杯茶，带上小收音机，拿了一把剑，走出家门。

这是一所军队干部休养所，住在这里的都是部队军以上离休干部。

离干休所不远是一个公园。

每天早晨 6 点半，刘锋会准时来到公园，以锻炼的方式开始一天的生活。

南方冬日的早晨，虽然不像北方那样寒冷，但对出门锻炼的老人来说，也要穿戴得厚实些。

刘锋在外套上加了一件鸭绒背心，下身是一条绒毛面料的运动裤，脚上穿了一双冬季运动鞋，还戴了一顶鸭舌帽。

走了 10 分钟，刘锋就走进了公园大门，他在一棵松树下停下来，把小收音机和茶杯放在松树下的石凳上，把剑挂在松树枝上，就开始做准备活动。

从大军区副职的岗位上离休后，刘锋每天的生活很有规律。早上 6 点钟起床，6 点半去公园锻炼，边锻炼边听中国人民解放军福建前线广播电台的新闻节目。7 点半早锻炼结束后，有时会和老伴一起去菜市场买菜、买早点，8 点半吃早餐。9 点开始看当天的《解放军报》《人民日报》《参考消息》以及军区的报纸《人民前线》，10 点半会到干休所的院子里散步 30 分钟。回家后会看一会儿电视，然后帮老伴做午饭。12 点准时吃午饭。午饭后是午休时间，睡一个小时。午休后，3 点钟会到干休所俱乐部跟老同志下象棋，或去上书法课。5 点钟回家，陪老伴聊聊天，帮老伴做晚饭。6 点钟吃晚饭，晚饭后在院子里散一会步。7 点钟回屋子里看中央电视台《新闻联播》节目，然后看电视到 9 点，9 点半上床睡觉。

这就是刘锋离休后的生活。

刘锋和于丽有两个孩子，一男一女，都在部队上。男孩已经是部队的排长了，女孩就在军区总医院当护士，所以，平日里就老两口在家。

刘锋的业余爱好还挺多，每天总是排得满满的，一点也不空虚无聊。

刘锋做完准备活动，身体开始发热，他就把鸭绒背心脱掉放在石凳上，把鸭舌帽放在鸭绒背心上，然后把收音机打开，再把剑从树枝上取下来，开始舞起太极剑来。

收音机传来福建前线广播电台的早间新闻节目，首先播报的是台湾海峡地区天气预报。

刘锋对福建前线广播电台太有感情了。

1958 年 8 月 23 日炮击金门的第二天，为了更有效地扩大对金门、马祖及台湾地区的对敌宣传，经中央军委批准，决定组建福建前线广播电台。第二天，也就是 8 月 24 日，人民解放军的第一座无线广播电台就在炮击金门的隆隆炮声中诞生了。虽然当时只有一个中波频率，覆盖范围有限，但它和有线广播形成了优势互补，在炮战中很好地完成了中央军委和军区交给的任务，有效宣传了中央的对台方针政策。特别是在炮战中，1958 年 10 月 6 日和 10 月 26 日，福建前线广播电台及时播出了毛泽东主席亲自撰写的，以国防部长彭德怀的名义发表的《告台湾同胞书》和《再告台湾同胞书》，深深打动了国民党官兵的心灵，及时、准确地把握了对台军事斗争的主动权。同时扩大了蒋介石集团与美国当局的矛盾，有力地促使了蒋介石坚持一个中国的立场。

在随后长达 20 多年的打打停停，逢单打炮、逢双不打炮的特殊炮战中，福建前线广播电台及时准确传达了北京的声音，使这场世界罕见的炮战始终沿着既定的方针，发挥着特殊的政治效果，打破了以美国为代表的国际反华势力妄图分裂中国，搞一中一台，或两个中国的阴谋，也使两岸的中国人找到了一个共同的政治基础——坚守一个中国立场。

刘锋就是从那个时候开始，每天收听福建前线广播电台的节目，一些重大的对台方针政策都是从福建前线广播电台的节目中知道的。特别是离休后，收听福建前线广播电台的节目更成了他生活的一部分，每当听到福建前线广播电台的开始曲《中国人民解放军军歌》时，那段激情燃烧的峥嵘岁月就会出现在他的眼前。所以，刘锋和公园里其他老人不一样，一般老人收音机放的都是中央人民广播电台或当地广播电台的节目，只有他是收听福建前线广播电台的节目。

刘锋练了一套太极剑，刚停下来，收音机里就传来了报时声："刚才最后一响是北京时间 7 点正。"

刘锋放下手中的剑，端起茶杯喝了一口水，就听到收音机传来一个浑厚的男中音：“现在全文广播中华人民共和国国防部长徐向前发表的声明，宣布停止自 1958 年以来我军对金门等岛屿的炮击。声明全文如下。”

刘锋放下茶杯，把收音机拿在手上，坐在石凳上认真听起来。

中华人民共和国和美利坚合众国政府已经宣布互相承认并建立外交关系，这是一件历史性的大事。中美建交将有助于亚洲和世界的和平与稳定，也为台湾归回祖国、完成祖国统一创造了有利条件。台湾是我国的一部分，台湾同胞是我们的骨肉兄弟。为了方便台、澎、金、马的军民同胞来往大陆省亲会友，参观访问和在台湾海峡航行、生产等活动，我已命令福建前线部队，从今日起停止对大金门、小金门、大担、二担等岛屿的炮击。

台湾归回祖国，完成国家统一，是包括台湾同胞在内的全中国人民的共同愿望。爱国一家，我们相信台湾同胞和全国人民包括港澳同胞、海外侨胞，必将为祖国统一大业做出更大的努力。台湾终究要回到祖国的怀抱，台湾同胞和祖国亲人团聚的心愿一定会实现。

刘锋再也没有心情练剑了，他收拾好东西，穿上鸭绒背心，戴上鸭舌帽就往家里走去。

刚进家门，就听到老伴在厨房里问：“今天怎么提早回来了？有什么事吗？”

刘锋也不回答，放下收音机和茶杯，坐在客厅的沙发上就打起电话：

“宝荣呀！你听了今天的广播吗？”刘锋兴奋地问。

“是关于中美建交的新闻吗？”

“不是，还有对我们意义更重大的新闻。”

“我还真没听。”

刘锋有些不满地说：“你还是不太关心政治呀！几十年的毛病你就是改不掉。”

电话里传来王宝荣爽朗的笑声，“老首长，没办法呀！谁让我是王宝荣，不是刘锋呢！”

“告诉你一个特大好消息吧！从今天开始，我们已经停止炮击金门了，这是国防部部长徐向前刚刚发表的声明，向全世界宣布的。”

"是吗！这么说，进行了20年的炮战就算结束了！"

"是的，结束了！"

刘锋有些控制不住自己的情绪。

王宝荣也住在这个干休所，离休前的职务是军长。刘锋调任军区副司令后，王宝荣就被任命为副军长，5年后又当上了军长，而且，王宝荣在"妹妹"于丽的牵线搭桥下，和林凤秀结了婚，过着幸福的晚年生活。

于丽从厨房走出来，看着激动万分的老伴不知发生了什么事，"怎么了，老头子，出什么事啦，让你这么激动？"

刘锋不理于丽，继续对着电话说："宝荣呀！你说我们这些炮战的老兵是不是要庆祝一下。对！对！对！今晚到我家来，你把米烈山、田玉娟两口子也叫来，我们6个人今晚好好聚聚，庆祝一下！就这么定了。"

刘锋放下电话，才兴奋地对于丽说："老婆子，从今天开始，我们停止对金门的炮击了，从此再不打炮了，海峡两岸要和平往来了！"

于丽也兴奋起来："终于和平了！太好了！"

"晚上准备几个菜，宝荣、烈山两家人都过来，我们好好聚聚，庆祝一下！"

"好嘞！我这就开始准备！"

下午3点刚过，米烈山、田玉娟两口子就来了，她们住在另一个干休所，离这儿有些距离。

米烈山离休前当上了师长，田玉娟是在正团的职务上退的休。

田玉娟还是那么开朗活泼！

见到于丽就是一个拥抱，"于姐，好久没见，想死你了！"然后在于丽的脸上还亲了一下。

于丽也很高兴，"多大年纪啦，脸都快成菠萝皮了，还亲，不怕扎你的嘴呀！"

刘锋从卧室里走出来。

田玉娟又兴奋地走到他跟前，"报告军长，田玉娟奉命前来吃饭！"

"玉娟还是那么年轻呀！看来烈山把你照顾得还挺好。"刘锋高兴得上上下下打量着田玉娟。

"是我把他照顾得挺好。首长，您问问他，饭从来不做，菜从来不买，每天就是写字，学唱京剧，生活滋润着呢！"田玉娟这张嘴就是不饶人。

米烈山也不答话，笑呵呵对于丽说："一接到王师长的电话，我中午就没怎么吃饭，晚上到军长家吃饭，嫂子肯定要给我们准备几个好菜呀，所以，我是空着肚子来的，晚上可得让我多吃点！"

于丽也笑嘻嘻回答："有的是好吃的，你们军长一上午就在菜市场里逛，凡是你们爱吃的海鲜他都买回来了！"

田玉娟故意睁大眼睛吃惊地说："是军长亲自去买的菜呀！你看看——烈山同志，军长都亲自去菜市场买菜，你为什么就不能去呢？从今天开始，你要向老首长学习，每天上菜市场买菜！"

米烈山给刘锋敬了个礼，就顺着田玉娟的话说："好！从今天开始向军长学习，每天上菜市场买菜。"

刘锋笑呵呵地说："买菜可不那么简单，这里面学问大着呢！"

大家正开心地互相问候着，王宝荣和林凤秀走了进来。

"什么学问大着呢？再大的学问也难不倒我们军长吧！"人还没看到，声音已经传了进来。

于丽赶快迎了上去，"凤秀、宝荣你们来啦！"

"听说我妹妹今晚要给我们几个老哥做好吃的，我就一直催她早点来，你看，我们还是落在烈山、玉娟的后面了！"王宝荣抢先说。

林凤秀只能等他说完了，然后用更大的声音说："中午就没怎么好好吃饭了，一个劲地说，中午随便做点，留着肚子晚上到军长家吃，就这么没出息！"

田玉娟接话道："和我们家老头一样，看来老男人跟小孩一样，都是别人家的饭好吃！"

林凤秀先跟刘锋敬礼，"军长好！女民兵营长林凤秀向您报到！"

"你这个女民兵营长就是没穿军装的正规军！"刘锋哈哈大笑着拉着林凤秀的手，然后对米烈山说："8·23炮战，她的功劳不比你差吧？"

"一点不差，当年她是巾帼不让须眉呀！"米烈山接着刘锋的话，夸奖着林凤秀。

这一来让林凤秀还真不好意思了，"看来解放军就是老大哥，处处让着我们民兵呀！这么多年了还不忘表扬我。"

"我这个师长是不是也要沾民兵营长的光呀！"王宝荣也故意这么说。

大家哈哈大笑起来，好不开心！

相互问候后，三个老姐妹到厨房准备晚饭，刘锋和王宝荣、米烈山喝着茶聊起天来。

"时间过得真快呀！转眼已经快 21 年了。"米烈山感慨说。

"是呀！当年可能谁也没想到，炮战一打竟然延续了 20 年。"王宝荣说。

"谁说不是呢！当年我们这些炮战的组织者、指挥者都退休了，炮声还没有停止！"刘锋感慨。

"军长，当年我们可是要准备登陆作战，把金门拿回来的。"

"是呀！其实炮战还没开始，我就准备了两套作战方案，其中一套就是登陆作战，只是没想到，主席的最后决定是要把金门留在蒋介石手里。"

"那时我们都不明白呀，以为炮击金门后，封锁个 10 天 8 天的，国民党就顶不住了。要么他们主动放弃金门，要么我们登陆作战，把金门拿回来。"

"是呀！但主席考虑的是如何不让台湾从中国分裂出去。打了一个多月，主席突然命令暂停炮击，并发表了《告台湾同胞书》，让金门岛上的国民党军补充粮食和弹药，我才开始逐步明白，炮击金门不单是一次军事行动，更是一场政治斗争。后来主席下令，如果美国军舰护航国民党海军运送物资，我们就恢复炮击，绝不让美国插手台湾问题，我才真正懂得，炮击金门有更深远的政治考虑。从此以后，我就是坚决执行中央军委、毛主席的命令，执行军区的命令，再也不敢随意发挥主观能动性，生怕打乱了毛主席的战略部署。"

"是呀！那个时候真不知道为什么一会儿打，一会儿停，以前从没有这么打仗的！到了今天才知道，主席炮击金门，是要摸清三个底牌：一是美国人在台湾问题上究竟走得多远，美国人会为了金门等东南沿海岛屿而不惜与新中国打一场战争吗？会支持蒋介石反攻大陆吗？二是蒋介石与美国会勾结在一起，为了个人利益而牺牲民族利益，走上分裂祖国的道路吗？三是台湾问题能用武力解决吗？解放军有能力攻下台湾吗？"

"你说得对！后来炮战 10 多天后，美国军舰护航国民党军舰给金门运送物资，违反了我们停止炮击的条件，主席立即下令，恢复炮击，但不打美舰，只打国民党的军舰。结果，我们一炮击，美国军舰立即掉头就跑，根本不管国民党军舰的安危，自己跑到公海上，远离战场。"

"是呀！正是通过炮击金门，主席摸清了三个底牌：一是美国不会为了金门、马祖这几个小岛而与新中国打一场不知输赢的战争，更不会支持蒋介石反攻大陆。二是蒋介石会坚持一个中国立场，正因为这个立场，蒋先生和美国是有根本利益冲突的，蒋先生绝不会屈从美国的压力而放弃一个中国的立场，台湾在蒋先生手里绝不会独立。所以，主席对金门实行的是打而不占的战略，让金门留在蒋先生手上，才有利于他坚持一个中国的立场。三是解放军能占领金门、马祖，但解放不了台湾、澎湖，美国出于国际战略的需要，一定会出兵干预解放军对台湾的进攻。"

"毛主席真是伟大的军事家，更是伟大的政治家，只有他才会想到用炮击金门这样的军事手段达到看清蒋先生，摸清美国在台湾问题上的战略图谋，真是了不起！"

三位老兵就这样你一句、我一句地聊着金门炮战，聊着他们过去的理解和今天的认识。

很快就到了吃饭时间。

于丽在餐厅大声地说："三位老伙计，你们聊得也差不多了，该饿了吧！快过来吃饭喽！"

刘锋一听笑着说："三个老太婆催我们了，走！吃饭去。"

王宝荣走进餐厅，一看桌子上已经摆满了各式菜肴。六个凉菜是五味香肠、白切鸡、糖醋西红柿、花生米、凉拌黄瓜和茄子，海鲜有清蒸螃蟹、油炸带鱼、青椒炒花蛤、清蒸石斑鱼，另外于丽还做了两个拿手的菜：红烧猪蹄和香菇老鸭汤，主食当然是水饺。

王宝荣看得直流口水，"于丽妹妹，你的厨艺还是那么好呀！我们军长就是有口福呀！"

于丽笑眯眯地说："就你嘴贫，这不是我一个人的杰作，是我们三个人合作完成的，还有你老婆凤秀的手艺，海鲜都是凤秀做的。"

六个人刚坐好，刘锋就从酒柜拿出一瓶茅台酒，"今天是元旦，是新年第一天，我们三家人聚在一起，迎接新年的到来。当然，今天还有一个更加特殊的意义，就是从今天开始，人民解放军停止炮击金门，我们这些当年参加金门炮战的老兵，心情激动呀！所以，今天大家都要喝点酒，表达我们的心情。"

刘锋说到这儿，就让于丽给大家都倒上酒。

"这第一杯，我提议敬给金门战斗牺牲的战友，我们9000名好兄弟，敬给团长肖玉金！"刘锋说完就把酒洒在地上，其他五个人也都把酒洒在了地上。

田玉娟赶紧把酒瓶抢过来，给大家倒第二杯酒。

"第二杯，我提议敬给在8·23炮战中牺牲的战友们！"刘锋说到这儿，深情地看了一眼林凤秀，"要敬给我们的好兄弟朱国群营长，今天，20年的炮击终于停止了，你们可以安息了！"

林凤秀鼻子一酸，眼泪花花地流下来，王宝荣赶紧给林凤秀递上一块毛巾，让她擦擦眼泪。

田玉娟见林凤秀哭了，也控制不住自己，抽泣地哭出了声。哭是会传染的，本来还在安慰林凤秀的于丽，听见田玉娟的哭声，再也控制不了自己，也"呜呜"地哭起来。

刘锋见三位夫人都哭了，就大声说："国群兄弟，你安息吧！今天我和宝荣、烈山给你敬酒啦！"说完，就把酒洒在地上。

王宝荣和米烈山也把酒洒在地上。

三位夫人此时已放声大哭——用哭声寄托着对朱国群、对8·23炮战中牺牲的战友们的深深怀念！

等三位夫人慢慢平静下来了，刘锋才再次站起来，举着酒杯说："男儿有泪不轻弹，其实我们的泪水都在心里流淌。不过，此刻，我们可以把泪水擦干了。所以，我提议，第三杯酒让我们用欢乐的笑脸敬我们自己——为台湾海峡的和平、为两岸同胞从此不再兵戎相见、为祖国的早日和平统一！干杯！"

"干杯！"六个人一碰杯，把酒一口喝下去……

金门炮战是世界军事史上空前绝后的，海峡两岸共炮击了64天，打出炮弹57万发，创造了世界战争史上多个第一；此后，炮战以特殊的形态延续了20年零34天……

金门炮战使海峡两岸的中国人明白了一个道理，坚持一个中国的立场是和平统一的前提与底线。

作者2014年2月1日至8月24日写于日本千叶半岛、北京亚运村

图书在版编目（CIP）数据

最后的炮战/刘武著. —北京：华艺出版社，
2016.4

ISBN 978-7-80252-594-8

Ⅰ.①最… Ⅱ.①刘… Ⅲ.①长篇小说—中国—当代

Ⅳ.①I247.5

中国版本图书馆 CIP 数据核字（2016）第 147529 号

最后的炮战

著　　者：刘　武
责任编辑：陈娜娜　殷　芳
装帧设计：姚　洁
出版发行：华艺出版社
社　　址：北京市海淀区北四环中路 229 号海泰大厦 10 层
电　　话：010-82885151
邮　　编：100083
电子信箱：huayip@vip.sina.com
网　　站：www.huayicbs.com
印　　刷：北京天正元印刷有限公司
开　　本：1/16
字　　数：326 千字
印　　张：22
版　　次：2016 年 7 月第 1 版第 1 次印刷
书　　号：ISBN 978-7-80252-594-8
定　　价：38.00 元